# 古典詩歌研究彙刊

## 第十一輯

龔鵬程　主編

### 第 27 冊

## 馮煦詞學研究

吳 婉 君 著

國家圖書館出版品預行編目資料

馮煦詞學研究／吳婉君 著 — 初版 — 新北市：花木蘭文化出
版社，2012〔民101〕
目 2+264 面；17×24 公分
（古典詩歌研究彙刊 第十一輯；第 27 冊）
ISBN 978-986-254-745-8（精裝）
1.（清）馮煦 2.清代詞 3.詞論
820.91 101001405

古典詩歌研究彙刊
第十一輯 第二七冊 ISBN：978-986-254-745-8

馮煦詞學研究

作 者 吳婉君
主 編 龔鵬程
總 編 輯 杜潔祥
出 版 花木蘭文化出版社
發 行 所 花木蘭文化出版社
發 行 人 高小娟
聯絡地址 新北市永和區中正路五九五號七樓
電話：02-2923-1455／傳眞：02-2923-1452
網 址 http://www.huamulan.tw 信箱 sut81518@gmail.com
印 刷 普羅文化出版廣告事業
初 版 2012 年 3 月
定 價 第十一輯 30 冊（精裝）新台幣 42,000 元

# 馮煦詞學研究

吳婉君　著

## 作者簡介

吳婉君，台灣彰化人，國立成功大學中文系碩士。曾任教於國立台南家齊女中，目前轉任國立台中文華高中。

## 提　　要

　　清末民初詞學家馮煦，不僅詩詞創作兼擅，更以詞選、詞話、詞論相關序跋文章、論詞絕句等形式作為探鑽晚唐五代、南北兩宋詞學的載體。

　　馮煦認為詞體特質以「要眇」為尚。以「是雅非鄭」衡量詞作好壞。借用中國《周易》陰陽剛柔的觀念，擬出以「剛」、「柔」簡單二分詞作。「詞言志」是為增強實用價值與尊體的手段，視唐五代詞為師法學習對象。另，馮煦提出「顯者約之使晦，直者揉之使曲」為創作指導。而「渾」為創作最高境界，結構、用語「層深渾成」，乃倚聲藝術的極詣。

　　馮煦的詞學觀主要建立在實際批評之上。在唐五代詞人方面，馮煦最推崇馮延巳，正中詞作的比興寄託深獲馮煦讚賞。北宋詞人中，認為歐陽修「疏雋開子瞻，深婉開少游」，有兼善豪、婉宗主之姿。以「詞心」概括《淮海詞》之精神。以蘇軾超越「詞之四難」，表達《東坡樂府》的出類拔萃，而辛棄疾「摧剛為柔」的藝術更是不域於世的橫放傑作。至於《清真詞》之藝術手法與表現形式的「清和」、「渾成」，馮煦更是以之為北宋卓然有成的一大詞家。

　　南宋詞人裡，馮煦視愛國詞人為當世詞壇不可忽視的一批勁旅。面對靖康之難天翻地覆的國仇家恨，將「不得已」之痛發為倚聲，在內容重於文詞的審美觀念下，馮煦發出「正不必論詞之工拙」之嘆。而姜夔憑藉天份人力將「清空」與「幽澀」調和一鼎，馮煦依此提出習詞自「俗處能雅，滑處能澀始」。同時，馮煦也指出閱讀吳文英《夢窗詞》的可循脈絡。

　　馮煦詞學自成系統理路，循繹舊說之時能有所延伸發揮，創發新解之時又能言之成理，因此，在晚清詞學史及詞集選壇上，馮煦實佔有一席之地。

# 誌　謝

　　從構思到成文，從一字到完稿，在論文完成的此刻，回首這段自無至有的過程，得到許多人的鼓勵與慰勉，二百頁的論文篇幅雖不多，卻承載著我滿懷的激動與感謝。

　　謝謝指導教授王偉勇老師。因為您的包容與寬解，使我這個「不務正業」的研究生能依著自己的意願，在修課、選題、定題、下筆、完稿，皆能從容自得。對我而言，能成為老師的指導學生，是我修來的福氣。感謝徐照華老師與許長謨老師的悉心指教，所給予的建議，促使這本論文更加完善。

　　謝謝我的父母，總是讓我無後顧之憂，盡情於研究所學業，電話中的殷勤探問，回家時的叮嚀囑咐，都讓我無時不刻感受到親情溫暖的存在。謝謝哥哥傑棕，從小，你就是我追隨的目標，跟著你的腳步，一路從國中、高中、大學，而今我也同你一樣，完成研究所學業了。

　　謝謝研究所的同學們，能和大家在異鄉相遇而共築美麗的學術夢想，是我這輩子最珍貴的回憶；謝謝宜樺，妳優秀亮眼的表現，就像是個指標，不斷激勵著我努力前進；謝謝曉筠，你燦爛真誠的笑容總是能放鬆我緊繃的情緒；謝謝芳祥學長，不論在學業上或是在生活上，總是給我最受用的建議。

　　謝謝家齊女中的校長與各處室主任們，願意讓我這個初執教鞭的菜鳥，利用公假繼續我研究所的學業。謝謝國文科的同事們，總是像

朋友像家人般照顧我。還有我可愛而懂事的學生群，能和妳們一起為學業努力，是我教書之外最大的收穫。

　　人生行至於此，與這麼多人相遇，遭遇這麼多的事情，總是能順利完成心中的夢想，我想，我是幸運的。感謝上天對我的眷顧與憐愛。

　　碩士論文的完成，不是結束，而是另一段人生的開始。

　　謹以此論文，獻給我所關愛，與關愛我的一切。

目
次

# 第一章　緒　論

　　公元九四○年，《花間集》編成，歐陽炯為之作序，此為論詞而有專文之始，此後，論詞之作以各種體式如眾流紛湧，匯聚成詞學批評之大江，歷經分化與凝定，隨著世異時移，江流競奔至有清一代，在沉潛蓄澱之後，掀起三次波濤，第一次是在康熙中葉至乾隆末期，浙派諸人首揚其波；第二次是在嘉慶初至道光中，常派詞人取而代之；最後一次則是道光末年至清末民初，劉熙載、謝章鋌、譚獻、陳廷焯咸騁驥騄於千里，仰齊足而並馳，況周頤《蕙風詞話》、王國維《人間詞話》更被喻為晚清詞學之雙璧。方其時，論者透過各種不同的形式載體張揚自己的理念，除了詞話專書外，操持選政，兼寫序跋，以詩（詞）論詞，模傚仿擬、筆記、評點等都是宣傳詞論的利器。而在眾聲喧嘩裡，往往是持論特出、有所創解的理論聲音才能被聽見、被關注。近世詞學家徐珂《近詞叢話》言：「效常州派者，光緒朝有丹徒莊棫，仁和譚獻，金壇馮煦諸家。」〔註1〕此言雖淺，卻點出莊棫、譚獻、馮煦三家在常州詞論延續上的重要地位。譚獻善於作品鑑賞，其理論見於徐珂所編《復堂詞話》，其「柔厚說」、「旨隱詞微」之論、「作者之用心未必然，而讀者之用心何必不然」之言，深化常

---

〔註 1〕徐珂《近詞叢話》，唐圭璋《詞話叢編》（台北：新文豐出版公司，1988 年 2 月），冊 5，頁 4224。論文所採用《詞話叢編》版本皆與此同，其後引用只標明冊數、頁碼。

州詞論；而馮煦長於詞家評論，觀點精闢且獨到，往往給予後世論詞、創作者觀念之啓發，甚至居於理論扭轉之樞要地位，同時又能廣泛利用上述各種批評形式，故能成爲晚清時期具有影響力的詞論家。然而，後世對馮煦詞學探討卻不及對譚獻理論之研究來的豐富且精要，馮煦詞論遂湮沒不清，而在詞壇之立身處地亦難以辨識，實爲可惜。筆者欲藉本論文探討、梳理馮煦詞論，檢視它在晚清詞壇發展過程中所代表的意義及貢獻，爲馮煦尋回應得的地位，並藉此對晚清詞學理論史有所微補。

## 第一節　研究文獻探討

　　目前所見與馮煦相關的研究，在學位論文方面，許楠《清末詞人馮煦研究》〔註 2〕是迄今唯一針對馮煦爲研究對象的專業論文，文分三大主題，「馮煦的生平與思想」、「馮煦的詞學思想」、「馮煦詩歌與詞作」。總頁數三十五頁的論文要將理論與創作研討殆盡，尚有可再深入補足之處，以詞學思想而言，許楠以〈宋六十一家詞選例言〉四十四則爲主要研究文本，參酌若干序跋，就寄託、意境、詞之婉約豪放進行探討。然而卻忽略了《蒿盦類稿》中論詞絕句十六首所提供的詞學資訊，對於《宋六十一家詞選》本書也未有著墨，論文雖大抵能表述馮煦詞學關鍵，但資料掌握不夠全面，闡釋未臻詳盡，卻也是該論文容可再補缺裨漏之處。至於林玫儀博士論文《晚清詞論研究》〔註 3〕則是在第五章專門論述馮煦詞學，分「詞學理論」與「詞家評騭」兩節，認爲馮煦詞論雖多沿襲前人，但卻能擷取精華，多中肯持論。在詞學專書裡，謝桃坊《中國詞學史》一書，整理自宋人詞話至民初唐圭璋詞學成就，所論時代跨度極大，對於馮

〔註 2〕許楠《清末詞人馮煦研究》（蘇州：蘇州大學中國文學系碩士論文，2006 年 4 月）。

〔註 3〕林玫儀《晚清詞論研究》（台北：國立台灣大學中國文學研究所博士論文，1979 年 7 月）。論馮煦之專章見該論文第五章，頁 179～209。

煦詞論探討只能便宜行之，摘出幾個論點，肯定馮煦詞論的適切與宏觀。〔註4〕黃霖《近代文學批評史》述馮煦詞學亦是重點式采介，以為馮煦評論宋詞的代表家及作品實是深有會心之論，對近代詞論產生一定的影響。〔註5〕其他詞學理論史專書則多以幾行敘述約略提及。

　　期刊論文方面，宋邦珍〈馮煦的詞論探析〉〔註6〕，該文以「詞尚要眇」、「寄託說」、「剛柔分派」，詞作尚『渾』」括舉馮煦詞論，論述過程淺近簡要，其中對於「詞分『剛』、『柔』二派」的提出，宋邦珍認為是相當特殊的說法，只可惜未有更深入的鑽研。北京清華大學教授劉石在〈20世紀詞學研究史階段成果〉〔註7〕文中對於馮煦詞論中緊密聯繫「詞」與「史」的關係，辛棄疾「摧剛為柔」的創作風格，東坡寓寄託於詞中的四種藝術技巧〔註8〕，有較多文字的敘述，但在

〔註4〕　關於謝桃坊對於馮煦詞論的評說見《中國詞學史》（成都：巴蜀書社，1993年6月），頁250～255。在此要補充說明的是，謝桃坊於該書第二百五十五頁引陳廷焯評「蒿庵詞論」語：「千古詞宗，溫、韋發其源，周、秦竟其緒，白石、碧山各出機杼，以開來學。嗣是六百餘年，鮮有知者。得茗柯一發其旨，而斯詣不滅。特其識解雖超，尚未能盡窮底蘊。然則復古之功，興於茗柯。必也，成於蒿庵乎。」來佐證馮煦詞論的深刻中肯。然此「蒿庵」非指馮煦之號，而是另一詞論家莊棫。莊棫（1830A.D～1878A.D），字希祖，號中白，別號蒿庵，江蘇丹徒人，著有《中白詞》四卷。莊棫與譚獻相善，陳廷焯詞學受莊、譚啟迪，視莊棫之作為張惠言之後最突出的代表，《白雨齋詞話》卷五有連續近二十五則詞條讚賞莊棫之詞論與作品，所述多以「蒿庵」稱莊棫。至於論馮煦者只有「近時馮夢華所刻喬笙巢宋六十一家詞選，甚屬精雅，議論亦多可採處」一條。對於馮煦以字稱，不稱其號。

〔註5〕　關於黃霖對馮煦詞論的介紹見《近代文學批評史》（上海：上海古籍出版社，1993年2月），頁293～298。

〔註6〕　宋邦珍〈馮煦的詞論探析〉，《輔英學報》，第13期，頁248～253。

〔註7〕　劉石〈20世紀詞學研究史階段成果〉，
http://www.bjpopss.gov.cn/BJPOPSS/cgjj/cgjj20041112.htm.zh

〔註8〕　劉石對馮煦在〈重刻東坡樂府序〉論「詞有四難」，認為「(馮煦)詳盡地提出東坡詞作顯者使隱直者使曲的手法、若有意若無意、若可知若不可知的寄託等『四難』，堪稱兩宋以來對東坡詞既崇高且周贍的評價。尤其所論『涉樂必笑，言哀已歎』，確實是東坡詞與詩文相通的創作特點，也是其文與人相通的表現所在。在文人詞創

馮煦論柳永、姜夔、吳文英等議題上，則述而不作，幾筆略過。同樣
對於馮煦詞論進行爬梳的尚有邱世友〈馮煦的詞論〉﹝註9﹞一文，該
文指出馮煦藉評馮延巳展現「寄託論」之詞學觀；論蘇東坡、辛棄疾，
揭櫫平視婉約豪放的審美觀；對於倚聲創作中「空」與「實」之取捨，
「澀」與「滑」之辨證亦探討深入。王偉勇、王曉雯〈馮煦〈論詞絕
句〉十六首探析〉﹝註10﹞深有見地的將馮煦在《蒿盦類稿》卷七裡，
十六首論詞絕句摘錄而出進行探析，根據作品內容，以朝代為分界，
分論晚唐五代、北宋、南宋、清代共十八位詞人。得出馮煦論詞絕句
在形式的慣用手法，詞論內容「常」、「浙」兼併的理論特色，並指出
詞論文本全面掌握的重要性，指示研究者正確研詞門徑。曹保合〈談
馮煦的品格論〉﹝註11﹞是一篇專門以「人品」、「詞品」為探討中心，
論述馮煦對此議題的見解，同時擴充到馮煦詞論的大概雛型。論題的
選擇既是中國古代「文如其人」傳統觀念的延伸，同時也是對晚清詞
論家探討焦點的研究。﹝註12﹞此外，劉興暉〈馮煦《宋六十一家詞選》
的論詞與選詞〉﹝註13﹞，結合了詞論與詞選，探討詞選的特色與詞論

---

作中達到這一點的，東坡是第一人。在此之前，人們盡以東坡為豪
放詞風的創立者。」劉石認為馮煦對東坡之評為「探本之論」。

﹝註9﹞ 邱世友〈馮煦的詞論〉，《文學遺產》，1986 年第 6 期，頁 59～68。
十六年後，邱世友撰《詞論史論稿》一書，於第十二章專論〈馮煦
謬悠顯晦的寄託論〉一章，即是以〈馮煦的詞論〉一文做為主骨幹，
對前後文辭的刪增後收錄。見邱世友《詞論史論稿》（北京：人民文
學出版社，2002 年 1 月），頁 287～307。

﹝註10﹞ 王偉勇、王曉雯〈馮煦〈論詞絕句〉十六首探析〉，《清代文學與學
術》（台北：新文豐出版股份有限公司，2007 年 3 月），冊 3，頁 223
～266。

﹝註11﹞ 曹保合〈談馮煦的品格論〉，《北京教育學院學報》，1996 年第 2 期，
頁 49～53。

﹝註12﹞ 金鮮〈晚清詞論中的「詞品與人品」說〉一文，對於馮煦的相關意
念也有篇幅不大的簡單概說，認為馮煦視「詞品」與「人品」間非
有必然絕對關係，即「詩詞不盡定人品」，持折衷態度。見《中國學
術年刊》，第 18 期，1997 年 3 月，頁 232～235。

﹝註13﹞ 劉興暉〈馮煦《宋六十一家詞選》的論詞與選詞〉，《中山大學學報
（社會科學版）》，2007 年第 6 期，頁 65～70。

的要點，更重要的是對於兩者間的離合關係，得出馮煦透過詞選在顯隱間建構出詞史的企圖。

　　至於其他非直接相關詞論研究的篇章尚有朱德慈《中晚期常州詞派研究》〔註14〕，探討常州詞派在嘉慶年間及其以後的發展態勢，於論文第二章中，將馮煦列入常派發展中期「守成型詞人」，以專節討論《蒿盦詞》創作的內容與藝術技巧，至於詞論方面則略而不談。另外朱德慈於論文下編所附〈馮煦行年考〉一章，將馮煦生平做一番詳盡考察，對本論文寫作裨益甚大，附錄〈馮煦年譜簡編〉即是以該章爲主要底本再予以若干修訂而成。李金堂〈清代金陵學人傳略（三）──馮煦傳〉〔註15〕一文考察了馮煦生平，對其一生「與荒賑相始終」讚譽有加，同時對其文學才華、史學器識、藝術修養近鳥瞰式敘述，勾勒出一位博學多才的社會活動家之形貌。施蟄存〈歷代詞選集敘錄（六）〉〔註16〕對馮煦編選的《宋六十一家詞選》有扼要簡述。

　　綜合以上學人對馮煦詞學研究的整理發現，研究者皆肯定馮煦的詞學觀點，既有承先之處亦有創發之見，並進而一步認爲其詞說足以影響後繼論者觀點，在詞學史上佔有一席之地。故論述近代詞論史實不可忽略馮煦之說。然而，仔細觀察諸家所發表文論，會發現研究者或持部份詞學資料析論，或針對某一觀點進行闡述，雖從不同角度揭示馮煦詞論部分，但相較於馮煦詞學全豹，頗有片面零星之憾，至於大略式整理的研究介紹，在系統結構上則更有加強補實之空間，是以，筆者欲藉由此論文，在掌握馮煦詞話，詞集（籍）序跋，論詞絕

---

〔註14〕朱德慈《中晚期常州詞派研究》（南京：南京師範大學中國文學系博士論文，2003 年 5 月）。朱德慈在三年之後根據所掌握的新進資料，在博士論文的基礎上，進行若干修訂與編修，纂成《常州詞派通論》一書。朱德慈《常州詞派通論》（北京：中華書局，2006 年 11 月）。

〔註15〕李金堂〈清代金陵學人傳略（三）──馮煦傳〉，《南京高師學報》，1995 年 6 月，第 11 卷第 2 期，頁 1～5。

〔註16〕舍之〈歷代詞選集敘錄（六）〉，收於唐圭璋、施蟄存主編《詞學》（上海：華東師範大學，1988 年 7 月），第 6 輯，頁 223～224。舍之爲施蟄存筆名。

句，詞選等四方面相關詞學文本後，立基並藉鑑前人研究成果，構築
馮煦詞學之全貌，以期對馮煦及其詞論有更深刻而全面的了解。

## 第二節　研究範圍程序

　　進行馮煦詞學的研究，所掌握文本可從四大部分著手，其一為馮
煦嘔心瀝血所編選的《宋六十一家詞選》〔註17〕，該書乃是以毛晉《宋
六十名家詞》為底本，按照一定的選擇意圖和編選標準，選擇相應的
作品編排而成的作品集，透過該選，馮煦在隱微間寄寓了自我主張與
觀念。其二為〈宋六十一家詞選例言〉，此為馮煦對南北宋六十一家
詞人的品第評價，直接展示詞學主體觀念，唐圭璋特將此例言抽離為
獨立詞論，冠以《蒿庵論詞》之名。〔註18〕其三為相關序跋文章，以
〈唐五代詞選序〉、〈陽春集序〉、〈和珠玉詞序〉、〈宋六十一家詞
選序〉及〈重刻東坡樂府序〉〔註19〕為主，這些序文觸及了〈宋六十一家詞
選例言〉所未提到的詞學議題，對馮煦詞學的整體建構，有著微妙精
刻的補充作用。其四為收於《蒿盦類稿》卷七的論詞絕句十六首，透
過絕句精練簡扼，直指核心的論述，更能爽快俐落直觀地掌握詞論宗
旨。至於合併戈載《宋七家詞選》、成肇麐《唐五代詞選》的《蒙香
室叢書》，則是對《宋六十一家詞選》的補足與充實。對詞選、例言、

---

〔註17〕本論文所採用《宋六十一家詞選》為 1956 年 6 月台北文化圖書公司
　　　　出版。

〔註18〕顧學頡將周濟《介存齋論詞雜著》、譚獻《復堂詞話》、馮煦《蒿庵
　　　　論詞》合編校點，本論文即採用此一版本《蒿庵論詞》，並參酌唐圭
　　　　璋《詞話叢編》本。又論文中稱引詞條編號，則以顧學頡編序為主。
　　　　見顧學頡校點《介存齋論詞雜著・復堂詞話・蒿庵論詞》（北京：人
　　　　民文學出版社，1998 年 5 月）。

〔註19〕以上序文皆收錄於馮煦《蒿盦類稿・續稿・奏稿》，沈雲龍主編《中
　　　　國近代史料叢刊》（台北：文海出版社，1969 年）；馮煦《蒿盦（叟）
　　　　隨筆》，沈雲龍主編《中國近代史料叢刊》（台北：文海出版社，1967
　　　　年）。為方便敘述，其後引文出自《蒿盦類稿・續稿・奏稿》、《蒿盦
　　　　（叟）隨筆》者將以《蒿盦類稿》、《蒿盦續稿》、《蒿盦奏稿》、《蒿
　　　　盦隨筆》書之，並只註明卷數與頁數。

序跋與論詞絕句的同時進行研究，可收相互對照補充之效，而馮煦之詞學觀念也因此更加顯朗明豁。

　　至於研究程序，先對馮煦之生平、交遊、著述、思想進行敘說，再就馮煦所處大時代從歷史背景與文學背景兩面，以全景式宏觀述之。之後是對馮煦詞學主體部分的探討，藉深入全面的爬羅剔抉，以期達到建構完整詞學的目的，分別從「本體論」〔註20〕、「作家論」與「選本論」入手，既有分論亦有合論，相互對照與印證，此部分所佔篇幅最多，亦是本論文主幹。最末給予總結式論斷。

---

〔註20〕此「本體論」乃指對詞的基本觀點、本體特質、文學定位、藝術特徵、創作技巧等相關概念的理論。

# 第二章　作者研究

　　馮煦（1844～1927）〔註1〕，原名熙，字夢華〔註2〕，號蒿盦〔註3〕、蒿叟，辛亥後稱蒿隱，江蘇金壇縣人，光緒十二年（1886 A.D）一甲三名進士。馮煦長於舉第之家，馮氏六世祖馮標爲順治年間舉人，其後先祖或爲貢生，或爲監生，皆任官於清政府。曾祖馮新，國子監生，任安徽巢縣教諭，祖父馮浩，嘉慶十八（1813 A.D）年貢生，亦克紹

〔註1〕根據《清代硃卷集成》記馮煦於道光癸卯十二月初一日生於江蘇鎮江府金壇縣，此記年爲農曆，西曆則爲1844年1月20日。見顧廷龍主編《清代硃卷集成》（台北：成文出版社，1992年11月），冊169，頁245。嚴迪昌《近現代詞紀事會評》、《清詞史》，黃霖《近代文學批評史》俱記以1843年，於此正之。許楠《清末詞人馮煦研究》（蘇州：蘇州大學碩士論文，2006年6月）、朱德慈《中晚期常州詞派研究》（南京：南京師範大學博士論文，2003年5月）已明書1844年。魏家驊〈副都御史安徽巡撫兼理提督馮公行狀〉、蔣國榜〈金壇馮蒿盦先生家傳〉、趙爾巽《清史稿》、秦國經主編《清代官員履歷檔案全編》等生平文獻內容皆以馮煦虛歲行文，比馮煦實際年齡多增二年。

〔註2〕馮煦生時，母夢僧拈花以授，以爲吉象，遂字夢華。見魏家驊〈副都御史安徽巡撫兼理提督馮公行狀〉，收於閔爾昌纂錄《碑傳集補》（台北：文海出版社，1911年），冊26，頁940。

〔註3〕《清代硃卷集成》記「馮煦字夢華，一字蒿盦」，見顧廷龍主編《清代硃卷集成》，冊169，頁245。蔣國榜〈金壇馮蒿盦先生家傳〉、魏家驊〈副都御史安徽巡撫兼理提督馮公行狀〉則以蒿盦爲馮煦晚號。蔣國榜〈金壇馮蒿盦先生家傳〉，收於卞孝萱、唐文權編《辛亥人物碑傳集》（北京：團結出版社，1991年10月），頁661。

箕裘任教諭之職於安徽巢縣。父馮元棟,道光二十三年(1843 A.D)舉人並揀選知縣〔註4〕,蔣國榜〈金壇馮蒿盦先生家傳〉贊謂「三世經明行修」〔註5〕,家風如此,影響馮煦一生奉官守儒之思想。另有兄二妹一。茲以時間為經,事件為緯,介紹馮煦其人其事。並特立專節論其交遊、著述及思想。另有〈附錄二〉一文,是為馮煦年譜簡編,可與本章互見。

## 第一節　生平概述

馮煦享壽八十又三,可謂長壽,觀其持養與仕宦歷程,可再細分為家鄉問學、金陵治學、食君俸祿與隱退上海四個時期。

## 一、家鄉問學(1844 A.D～1869 A.D)

主要活動於家鄉寶應及往客桃源伴讀,是馮煦啟蒙、養成人格的主要時期。馮煦自敘其祖自六世祖先馮標、歷馮漢煒、馮秉彝、馮新、至祖馮浩、父馮元棟,皆以聖賢自勵、仁恕自修,於學無所遺,於官識政體,聲望傳於鄉里。〔註6〕馮煦八歲(1852 A.D)至河南依外祖朱士廉,十歲(1854 A.D)至寶應外家依堂舅朱百川,並從當地名宿成孺、喬守敬學,同時亦受業於周保廉,結識成肇麐〔註7〕、毛次米、

---

〔註4〕馮氏六世祖至馮煦以副貢生舉於鄉前之仕宦,見顧廷龍主編《清代硃卷集成》(台北:成文出版有限公司,1992年11月),冊169,頁245～254。

〔註5〕蔣國榜〈金壇馮蒿盦先生家傳〉,收於卞孝萱、唐文權編《辛亥人物碑傳集》(北京:團結出版社,1991年10月),頁661。

〔註6〕有關馮煦自述其祖之行誼及對自身之影響可見馮煦《蒿盦隨筆》,卷五下,收於沈雲龍主編《近代中國史料叢刊》(台北:文海出版社,1967年),冊64,頁615～622。

〔註7〕成肇麐(1847～1901),字漱泉,江蘇寶應人。同治十二年(1873A.D)舉人,官河北滄州、直隸靈壽等縣知縣。八國聯軍進逼靈壽時投井死,諡恭恪。有《漱泉詞》一卷,編《唐五代詞選》三卷。關於成肇麐生平見馮煦〈清故靈壽縣知縣贈太僕寺卿銜諡恭恪成君墓誌銘〉,文見《蒿盦類稿》,冊3,卷二十六,收於沈雲龍主編《近代中國史料叢刊》(台北:文海出版社,1969年),冊328,頁1443～1452。

潘詠、孔廣牧、朱勵志、劉嶽雲等。

　　馮母朱氏對馮煦人格養成有著極為重要的影響,《蒿菴隨筆》卷五下馮煦回憶母親之教,自言「煦孩提以迄成童,實得母教為多,太夫人之以身教不以言教,其牖廸於無形者,至纖至悉,非辭所能盡。……煦所受家庭教育者如是,雖甚細微,然日用常行之道不外是」〔註8〕,無論是不敢私其身,不以惡聲加人性,不敢汩愛物之仁,皆源受自其母,又言「夫人嘗口授雜詩十數篇,令之成誦,並為講解大意,蓋蒙養之教也。……且煦之知詩始此也。」〔註9〕馮母朱氏雜詩錄邵雍《擊壤集》以訓示馮煦知足懷恩、寬厚待物,充滿悲天憫人、仁民愛物的思想,是馮煦日後在京為官、外任為長時賑災救濟之信念根源。此蒙養之教,至馮煦耄耋仍深誌不忘。

　　成孺(1816～1884),原名蓉鏡,字芙卿,一字心巢,寶應人,「有禮經所未嘗言而先生以積誠通之,早邃經學,旁及象緯、輿地、聲韻、字詁,靡不貫徹,有所纂述必折衷於程朱,操履敦篤,恥為空言,一屏主奴出入之見。」〔註10〕著述廣及經學、文學,著量甚豐。德業兼修,博通六藝,為江淮大儒,又為馮煦之從母夫也。自馮煦十二歲歸寶應師事之以來,至成孺過世,師誼幾三十年,是為「一生學行淵源之所自」〔註11〕。至於成孺之子成肇麐(1847～1901)更與馮煦相從近五十年,彼此間以詩詞酬唱相和,於詞學則砥礪切磋,鑽研探討,是為馮煦冶治詞學極為重要之師友。咸豐七年(1857 A.D),馮煦亦從喬守敬習詞賦,在喬氏循循善誘下,奠定深博的詞學基礎,特別是對日後刪選《宋六十一家詞選》,更有著啓示之作用。

　　同治四年(1865 A.D),馮煦應周保廉之邀,往客桃源,陪其長

〔註8〕　《蒿菴隨筆》,卷五下,頁 623～624。
〔註9〕　《蒿菴隨筆》,卷五上,頁 470。
〔註10〕徐世昌纂,周駿富輯《清儒學案小傳二十一卷》(台北:明文書局,1985 年 5 月),卷十八,頁 403～404。
〔註11〕魏家驊〈副都御史安徽巡撫兼理提督馮公行狀〉,收於閔爾昌纂錄《碑傳集補》,冊 26,頁 940。

子周鳳笙共讀，至同治五年（1866 A.D）秋返回寶應，一年餘的時間，閒暇居多，《蒿盦類稿》所收詩作即自乙丑年往客桃源始，大抵以懷人寄贈，書觀山覽水之感為主。另有若干詞作，成肇釁於〈蒿盦詞序〉言「始君年弱冠，客游淮安之桃源，居處寂寥，間為詞自娛」，實《蒿盦類稿》與《清詞別集百三十四種》〔註12〕所收蒿盦詞，皆作於客居桃源之後。謂馮煦倚聲創作之成熟自桃源始，實不為過。同治七年（1868 A.D）馮煦往遊於常州，蘇州，終於在同治八年（1869 A.D）落腳金陵。

## 二、金陵治學（1869 A.D～1886 A.D）

同治八年（1869 A.D）馮煦入金陵書局〔註13〕校書，至光緒十二年（1886 A.D）成一甲三名進士，受翰林編修止。除於同治十三年（1874 A.D）至光緒三年（1877 A.D）春任夔州文峰書院山長外，約有十五年的時間僑寓金陵。由於曾國藩在江陵冶城設書局以振興太平天國亂後之文教，網羅當時東南碩彥，馮煦乃參與其中，當時如汪士鐸、張文虎、戴君望、韓弼元、強汝詢之輩，皆為馮煦「廣師之列，講貫之

〔註12〕楊家駱主編《清詞別集百三十四種》（台北：鼎文書局，1976 年 8 月），冊 12，頁 6307～6359。此版本即上海書店所發行，陳乃乾輯《清名家詞》。

〔註13〕金陵書局是曾國藩入據南京後，上書奏請經批准後成立的地方性官方書局，是為晚清官書局之濫觴。由於江浙地區圖書大半毀於太平天國之兵燹，曾國藩對士子無書可讀，學校無書可教之困窘感到痛心，於是以振興文教、恢復士風為宗旨，在朝廷與地方支持下，大量刊刻傳統經、史、子、集，編印教科書，譯介西方書籍。該書局除了主持者曾國藩本身博學多才，對於書局刻印之事重視非常外，參與圖書編輯校勘的都是學有專精大名鼎鼎的學者，例如張文虎，精通算學，善於校勘；莫友芝精通許慎、鄭玄之學，同時又是著名的版本家；李善蘭則是近代著名數學家、天文學家。當時菁英咸集於金陵書局，可媲美戰國臨淄稷下之盛。馮煦自同治八年（1869 A.D）入金陵書局校書，至光緒十二年（1886 A.D）離開，正躬逢金陵書局發展最迅猛的時期，許多書籍在這段時間被大量刊刻，對於保存古籍和流通文化起到一定的作用。關於金陵書局之敘述見柳愛群《晚清官書局刻書研究》（北京：北京師範大學碩士論文，2006 年 5 月）。

友」，另與成肇麐、孔廣牧、潘咏、顧雲、鄧嘉緝、陳作霖、蔣師轍
等「共商古今，學乃益富」，並受鍾山院長李小湖、林穎叔等優禮，
其中當時詞壇名家薛時雨主尊經、惜陰兩書院，宏獎士類，於馮煦更
是「噓植尤摯」，夢華「亦依爲舊宿」，時與燕坐一室之內，遊於佳景
之中，論及時事往往心有戚戚而相對噓唏。相識於家鄉寶應的成肇麐
於諸友中與馮煦從遊最久，兩人共校書於冶山，時並譽二人爲「馮成」
〔註14〕。同治十三年（1874 A.D）應蒯子範邀任夔州文峰書院山長，
以振興當地之學，成效彰著，士爭歸之。馮煦此行得覽觀山水之勝，
魏家驊〈副都御史安徽巡撫兼理提督馮公行狀〉謂「邐返數千里，盡
攬江山奇秀之氣，益昌其所爲詩文」，詞如〈三姝媚·荻港道中作〉
（斜帆天際小）、〈壺中天·經黃州赤壁下示洪雨樓〉（楚江一笛）、〈暗
香〉（朔風正峭）、〈霓裳中序第一〉（孤蟾下倦驛）……；詩作〈輪船
中放歌贈高安丁寶馨〉、〈黃鵠磯望雪寄漱泉〉、〈於夔雜詩〉、〈題子範
先生坐翠微圖〉……等皆於夔州中作。然以時間論，「僑寓優遊講誦
之地于金陵爲時最久」〔註15〕，對於日後供職京師，進奉文字，鴻篇
鉅製多出其手，待充國史會典總纂，史館續修地理志及會典諸圖說，
皆精密過於前人。〔註16〕如此成就皆導因於馮煦在金陵所奠定厚植的
學術基礎。

## 三、食君俸祿（1886 A.D～1908 A.D）

　　馮煦之仕宦自光緒十二年（1886 A.D）以一甲三名進士，受翰林
院編修起，至光緒三十四年（1908 A.D）七月詔罷安徽巡撫任爲止。
其中又可以光緒二十一年（1895 A.D）九月授安徽鳳陽府知府爲界，
於此前以在京任職爲主，此後則爲外放爲官二期。

〔註14〕蔣國榜〈金壇馮蒿盦先生家傳〉，收於卞孝萱、唐文權編《辛亥人物
　　　　碑傳集》，頁 662。

〔註15〕魏家驊〈副都御史安徽巡撫兼理提督馮公行狀〉，收於閔爾昌纂錄《碑
　　　　傳集補》，冊 26，頁 941。

〔註16〕徐世昌纂，周駿富輯《清儒學案小傳二十一卷》（台北：明文書局，
　　　　1985 年 5 月），卷十八，頁 407。

## （一）在京任職

光緒十二年（1886 A.D）春，馮煦參加會試，中試第十五名，殿試一甲第三名進士，受翰林院編修。慈禧太后贊謂左右曰「此老名士」，當時馮煦年四十有二矣。光緒十四年（1888 A.D）五月曾典試湖南，爲國舉才。十五年（1889 A.D）充國史館協修官，會典館繪圖處纂修官，其後至光緒二十一年（1895 A.D）或充教席庶吉士，皆以國史館爲主要任所〔註17〕，整理、編輯官方文獻典籍，精勤撰述，一絲不苟。光緒十六年（1890 A.D）京東大潦，京尹潘祖蔭、陳彝奏派馮煦督辦文安、大城諸縣急賑，此爲馮煦賑災之始。〔註18〕光緒二十年（1894 A.D）八月，中日甲午戰爭起，九月二十七日，馮煦同侍讀學士文廷式、編修丁立鈞等翰林官上疏請斥和議，從「受紿」、「啓戎」、「示瑕」、「踵敗」、「萌亂」、「沮忠」、「廢紀」、「溺安」八個方面論述與日本議和之愚駭，復以「正行賞以作士氣」、「擇將帥以策全功」、「利饟運以固軍心」、「堅勝算以圖久安」等積極面主張對日宣戰，奏疏中對李鴻章誤國殃民之舉措直書不諱，疾言痛斥「今日之事非戰之罪，皆李鴻章專主和議，任用丁汝昌、魏汝貴不肯一戰之罪也」，又力陳台灣物產之富、島民之性、軍事之要，捨台予日則禍患無窮，條分理析，三千餘言〔註19〕，皆可見馮煦非獨與文獻爲伍，更心繫國家安危，洞悉時事。同年十一月十九日，馮煦再上〈請圖自彊摺子〉仍秉「堅持戰事，終有制勝之時，溺於和議，斷無能勝之理」〔註20〕，駁斥和議者「紓慈廑」、「兵力不足」、「海軍難恃」、「軍械不繼」、「饟項難酬」、「暫與議和，徐圖恢復」之謬論，而以「伸軍律」、「選銳卒」、「策勝

〔註17〕馮煦京官任職履歷見秦國經主編《清代官員履歷檔案全編》（上海：華東師範大學，1997 年），冊 5，頁 704。

〔註18〕魏家驊〈副都御史安徽巡撫兼署提督馮公行狀〉「公之規畫振災也，始於光緒寅庚京東潦，潘文勤公祖蔭、陳文恪公彝奏派公辦文安、大城諸縣急振」，收於閔爾昌纂錄《碑傳集補》，冊 26，頁 633。

〔註19〕以上，皆見馮煦〈請斥和議疏〉，見《蒿盦類稿》，卷十一，頁 590～607。

〔註20〕馮煦〈請圖自彊摺子〉，見《蒿盦類稿》，卷十一，頁 613。

算」、「辦團防」四條自強之策，因應日本之侵逼。〔註21〕由於掌握清廷大權的慈禧太后一干人等，從未對戰事作過認眞積極的部署，一心只想儘早議和停戰，終於在光緒二十一年（1895 A.D）三月十四日，派遣李鴻章一行赴日，簽訂喪權辱國的馬關條約。同年三月十七日，馮煦知和議勢在必行，復上〈請圖自彊摺子二〉針砭時弊，以敦大本爲體，求人才爲用，佐以行實政，經國用，修武備，卹民生，則行之數年、數十年足以自強。〔註22〕

馮煦以至誠事君上，言天下之利弊，悃款樸忠，溢於言表，奏疏深得光緒帝賞識，〔註23〕終以京察一等奉旨記名以道府用，光緒二十一年（1895 A.D）九月二十七日奉旨補授安徽鳳陽府知府，開始長達十三年的外放爲官時期。

## （二）外放為官

馮煦任鳳陽知府後，亦於光緒二十二年（1896 A.D）、光緒二十六年（1900 A.D）兩攝鳳潁六泗道，政無不舉。光緒二十七年（1901 A.D）擢山西河東道，兼陝、豫、晉三省鹽庫，任職期間，「裁汰陋規，加解羨餘，復創爲河東道庫歲出歲入表，使後來者有所率由，即墨者亦懾於成憲，不至公然侵漁」〔註24〕，光緒二十八年（1902 A.D）遷四川按察使，二十九年（1903 A.D）任四川布政使，歷五月，又回復本任，三十一年（1905 A.D）遷安徽布政使，三十二年（1906 A.D）兼提學使。光緒三十三年（1907 A.D）革命黨惠州起義，徐錫麟戕殺巡輔恩銘，朝廷詔令馮煦立補安徽巡撫一職，馮煦到任後，治其獄，力持寬大，不事株連，政局始定。當是時，清廷著內外衙

---

〔註21〕以上，皆見馮煦〈請圖自彊摺子〉，見《蒿盦類稿》，卷十一，頁613。
〔註22〕以上，皆見馮煦〈請圖自彊摺子二〉，見《蒿盦類稿》，卷十二，頁625～670。
〔註23〕「疊上疏代奏，請圖自強，敦大本，行實政，德宗嘉納。」見趙爾巽《清史稿》（北京：中華書局，1998年1月），冊41，卷449，頁12541。
〔註24〕蔣國榜〈金壇馮蒿盦先生家傳〉，收於卞孝萱、唐文權編《辛亥人物碑傳集》，頁662。

門針對化除滿漢畛域，各抒所見，馮煦遂上〈化除滿漢畛域敬陳管見摺〉〔註25〕，摺中「今者黨禍已亟，民生不聊，中外大臣，不思引咎自責，合力圖彊，乃欲於存亡危急之秋，仍行其粉飾因循之計，苟安旦夕，貽誤將來，大局阽危，日甚一日」，批評當道，一針見血，遂使奏入而大臣權倖多忌嫉之，成爲馮煦僅任安徽巡撫一年，即被免官的深層原因。〔註26〕當時「識者已痛心於國事不可爲，而公（馮煦）在皖遂不能安於其位矣。」由馮煦一人之遭遇，清廷之腐敗可見一斑。

宣統二年（1910 A.D）江、皖大水，朝廷復起馮煦爲查賑大臣，馮煦接旨赴任「出入災區，規定辦法，施及豫東，未一年，凡賑三十九州縣，放款至三百餘萬。」〔註27〕實則馮煦規劃賑災自光緒十六年（1890 A.D）京東大澇始，此後，外放的十三年裡，賑災救濟成爲馮煦最重要的工作。所任鳳陽，幾於「無歲不災，無歲不振」〔註28〕，馮煦單騎按部，逐一履勘，視災情之輕重，定給賑之多寡。並聽斷疑獄，使閭閻無嘆息聲。光緒二十六年（1900 A.D）庚子事變，慈禧挾光緒帝逃奔西安，關中大饑，馮煦雖屬鳳陽郡守，然慷慨赴難，盡舉薪俸兩萬金，命門人劉鍾琳集眾往賑。民國成立後，馮煦雖以清朝遺老自居，然不以秦越之視，依舊視民如傷，嘗語曰：「吾生平不怕難事，義所在，必力赴之，以此十數年，籌人籌款於天荊地棘中，用心力尤苦，幾自忘爲八十餘歲老人」〔註29〕，馮煦總結其多年救災的豐富經驗，著有〈義賑芻言〉，從親至災區，實地

〔註25〕見《蒿盦奏稿》，奏二，頁1927～1932。

〔註26〕許楠認爲除此奏摺爲導致馮煦免官之深層原因外，馮煦爲官，不避權貴，一切秉公處理，自然得罪不少官員，且清廷政治積弊已深，非馮煦一人能挽回的了，這些都是促成馮煦丟官之因，詳文見許楠《清末詞人馮煦研究》，頁6～7。

〔註27〕趙爾巽《清史稿》，冊41，卷449，頁12542。

〔註28〕蔣國榜〈金壇馮蒿盦先生家傳〉，收於卞孝萱、唐文權編《辛亥人物碑傳集》，頁663。

〔註29〕魏家驊〈副都御史安徽巡撫兼理提督馮公行狀〉，收於閔爾昌纂錄《碑傳集補》，冊26，頁946。

勘查，邀實心救人者，實力辦事，籌款、設局、查戶、覆查、急賑、
總賑、平糶、育孩、興工、預防糧漲、禁販人口、醫藥、瘞埋、善
後、程限、虛己、和衷〔註30〕，所有層面均考慮周詳，此編一出，
中國賑災者多以之爲標本，行於災區，皆收良好之成效。馮煦甚至
組織「義賑協會」，不僅賑災水旱，且及兵災，賑舉廣及京、直、魯、
豫、湘、浙等地，《清史稿》謂夢華「善治賑，與荒政相終始。『民
爲邦本』，善哉言乎！」〔註31〕，成爲對馮煦最中肯之論評。

## 四、隱退上海（1908 A.D～1927 A.D）

　　光緒三十四年（1908 A.D）七月，朝廷詔罷馮煦安徽巡撫後，遂
卜居於寶應，以文史自娛，獎掖後學，與親故時相往來。宣統三年（1911
A.D）十月，革命黨人武昌起義，宣統旋即遜位，馮煦避居上海，仍
繼續從事賑災工作。〔註32〕閒暇之餘，與詩友結社、唱和、著述成爲
避居上海的馮煦主要的生活依託，民國四年（1915 A.D）與繆荃孫、
朱祖謀、陳夔龍、沈曾植、陳三立等人組成「逸社」，定期聚會，飲
酒賦詩，排遣憂思，更與鄭孝胥、陳三立、朱祖謀、夏敬觀等人或偕
同遊於上海各地，或塡詞吟詩相互答贈。民國七年（1918 A.D）馮煦
以七十四高齡應江蘇省修志局之聘，就任《江蘇通志》總纂修。民國
十六年（1927 A.D）七月卒於上海，遜帝溥儀特頒「清光粹範」額，
以表彰這位清末貞臣。〔註33〕當馮煦薨逝之時，「江淮千里及他受振

〔註30〕馮煦《蒿盦隨筆》，卷三，頁345～361。
〔註31〕趙爾巽《清史稿》，冊41，卷449，頁12543。
〔註32〕「辛、壬之難，桑海猝更，公辟地滬濱，與劉鍾琳立『義賑協會』。
　　　　自是往來白田、黃浦間，有振必辦，靡一歲寧。本省於水旱外，兼
　　　　及兵災，遠而推至直、魯、豫、皖、湘、浙。居恆誦富鄭公之言曰：
　　　　『吾豈惜此一身，以易數十萬人之命哉！』」見魏家驊〈副都御史安
　　　　徽巡撫兼理提督馮公行狀〉，收於閔爾昌纂錄《碑傳集補》，冊26，
　　　　頁945。
〔註33〕「（馮煦）從慢積痛，懸喘海隅，以遺老惜抉世運之傾，屹然爲清末
　　　　貞臣，蓋晚近一人而已」見蔣國榜〈金壇馮蒿盦先生家傳〉，收於卞
　　　　孝萱、唐文權編《辛亥人物碑傳集》，頁665。

區域，聞公之薨也，皆相向哭曰：『善人死矣，脫有漢溷，吾屬將復何恃而活耶？』」〔註34〕對於馮煦德澤之感念，竟至於斯。

## 第二節　交遊、著述

馮煦一生受知於不少名士、耆宿，同時往來交遊者，亦多為有道之人。以下特就詞壇之有聲而與馮煦有師承或往來者，簡述之。至於著述方面，馮煦之成就最主要在於地方志之纂修與詞集編選，亦於本節中敘述。

## 一、受業、交遊

據《清代硃卷輯成》載馮煦受業師、受知師有二十三人〔註35〕，而就詞學師承方面言，喬守敬為馮煦啓蒙師，咸豐七年（1857 A.D）馮煦以志學之齡受業於其下。喬守敬（1803～1858），字靖卿，一字蔗生，號醉笙，又自號茲生，晚號笙巢，江蘇寶應人，道光八年優貢，十七年舉人，以授徒為業。博通經史百家，為詩古文辭，醇粹儒家之言，猶工倚聲，精楷法，遠近乞書無虛日。〔註36〕著有《綠蔭山館吟稿》二卷、《紅藤館詞》一卷。馮煦〈宋六十一家詞選序〉言：

> 予年十五從寶應喬笙巢先生游。先生耆倚聲，日手毛氏《宋六十一家詞》一編。顧謂予曰：詞至北宋而大，至南宋而深，是刻實其淵叢，小子識之。予時弱不知詞，然知尊先生之言，而是刻之可寶也。……嗟乎，往予與先仲兄事先生於吾園，先生愛予甚，嘗賦七絕句書扇畀予，首章云：「自昔名聞大小馮，而今鵲起又江東，世家科第尋常事，難得清才鳳噦桐。」其六章今不復記憶矣。酒酣耳熱，執卷烏

---

〔註34〕魏家驊〈副都御史安徽巡撫兼理提督馮公行狀〉，收於閔爾昌纂錄《碑傳集補》，冊 26，頁 946。

〔註35〕見顧廷龍主編《清代硃卷集成》，冊 169，頁 248～250。

〔註36〕見戴邦楨、趙世榮修，馮煦、朱葚生纂《寶應縣志》（南京：江蘇古籍出版社，1970 年），卷十六，頁 990。

烏，爲予晰原流正變甚悉，既綴講，則與兄各述所聞相上下。〔註37〕

倚聲之啓蒙始於從喬守敬學，《宋六十名家詞》之出示與按語更成爲日後馮煦刪揀《宋六十一家詞選》之基因。馮煦十二首聯章詩〈昔者歎〉謂「昔者十五學詞賦，屈宋班揚迷不悟，我師之父喬先生，忽見我作雙眼明，謂汝盍我師，使汝放厥詞，我竊上所作，百譽無一訾，我作豈竟無一訾，誘之使進先生慈。迄今詞賦粗有名，此名出自喬先生，先生一別十七年，從把所作空潸然，丹黃在眼如雲煙。」〔註38〕馮煦將在詞學的卓然有成，歸功於當年喬守敬的循循善誘。

同治八年（1869 A.D）春，馮煦入金陵書局校書〔註39〕，爲期長達十七年，任職期間，則有薛時雨、李聯琇等詞壇前輩主學，孫鏘鳴、吳雲、童華等碩儒，皆曾執掌尊經、惜陰兩書院〔註40〕，馮煦讀書問

---

〔註37〕《蒿盦類稿》，卷十六，頁851～852。又文中所言毛氏《宋六十一家詞》應指毛晉《宋六十名家詞》一書。

〔註38〕《蒿盦類稿》，卷五，頁330。

〔註39〕魏家驊〈副都御史安徽巡撫兼理提督馮公行狀〉「同治甲子以後，曾文正公網羅東南碩學方聞之士，開書局於金陵。公一時師友，若丹徒韓叔起弼元、寶應成心巢暨其子恭恪公肇慶、溧陽強廣廷汝詢、星源汝諤昆季均先後在局。公己巳游江寧，與恭恪公同設小長干里。」收於閔爾昌纂錄《碑傳集補》，冊26，頁941。蔣國榜〈金壇馮蒿盦先生家傳〉「曾文正移設書局於江陵冶城，東南碩彥畢集。同治己巳，公入書局，師友之間，猶及侍汪君士鐸、張君文虎、戴君望等。若丹徒韓比部弼元、溧陽強君汝詢昆仲，皆預公廣師之列，講貫之友。若毛次米、成肇慶、孔廣牧、潘咏、顧雲、鄧嘉緝、陳作霖、蔣師轍等，相與商確古今，學乃益富」。收於卞孝萱、唐文權編《辛亥人物碑傳集》，頁161。

〔註40〕李聯琇（1821～1878），字季瑩，一字小湖，號師山，江西臨川人。道光二十五年進士，官至大理寺卿。有《好雲樓詞》一卷。曾應曾國藩之邀，主鍾山惜陰兩講席賓禮，當時「侍坐之士奉公身教爲圭臬。……故一時氣節文翰，巍爲世冠，其造就品類、昌學術，十四年如一日。」見汪士鐸〈大理寺卿李公墓誌銘〉，收於周駿富輯《清代傳記叢刊》，冊115，繆荃孫纂錄《續碑傳集》（台北：明文書局，1986年1月），冊1，頁829。孫鏘鳴（1817～1901）字韶甫，號渠田，晚號止庵，浙江瑞安人。道光二十一年進士，官至翰林院侍讀學士。繆荃孫讚「其所不朽者，不在立功，而在立德立言」，講學「不

學於此，霑漑甚深。特別是薛時雨，自杭州知府罷官後，先掌杭州崇
文書院，後適江寧掌尊經、惜陰兩書院，「主講十六年，人士蒸蒸日
勸於學著弟子籍盛於浙江」〔註41〕，也就是在此時，馮煦得以親炙詞
壇大師，增廣倚聲之見聞學識。薛時雨（1818～1885），字慰農，一
字澍生，晚號桑根老農，安徽全椒人，咸豐三年（1853 A.D）進士，
曾出任嘉善縣知縣。初仕時遇太平天國亂事，後遷杭州知府，料理戰
後賑災事務，旋罷官。〔註42〕蔣國榜〈金壇馮蒿盦先生家傳〉謂「全
椒薛慰農先生時雨主尊經、惜陰兩書院，宏獎士類，於公噓植尤摯，
公奉手且久，亦依爲歸宿。院課每一藝出，士林皆斂手傳誦，有『江
南才子』之目」〔註43〕，馮煦之才學與薛時雨對其青眼之意可見一斑。
楊叔懌言薛時雨「本歉奇磊落之胸，發窅渺幽微之韻，洵可遠追白石，
近抗迦陵也」〔註44〕，用筆動宕，思格清雋，以抑塞磊落之概，寫纏

襲理學之陳言，不蹈訓詁之勤説。至其爲教，并及西書」，見繆荃孫
《藝風堂文漫存》（台北：文史哲出版社，1973 年 2 月），頁 374、
376。吳雲（1811～1883），字少甫，一字退樓，號平齋，晚號愉庭。
諸生，官寶山、今匱等縣縣令，終至蘇州知府。其生平見俞樾〈江
蘇候補道吳君墓誌銘〉，收於周駿富輯《清代傳記叢刊》，冊 117，繆
荃孫纂錄《續碑傳集》（台北：明文書局，1986 年 1 月），冊 3，頁
216～221。童華（1818～1889），字惟充，號薇研，浙江鄞縣人。道
光十八年進士，官督察院左副都御史、禮部右侍郎。爲官清廉正直，
勇於任事，見翁同龢〈禮部右侍郎童公墓誌銘〉，收於周駿富輯《清
代傳記叢刊》，冊 115，繆荃孫纂錄《續碑傳集》（台北：明文書局，
1986 年 1 月），冊 1，頁 717～720。

〔註41〕 譚廷獻〈薛先生墓誌銘〉，收於周駿富輯《清代傳記叢刊》，冊 119，
繆荃孫纂錄《續碑傳集》（台北：明文書局，1986 年 1 月），冊 5，
頁 611。

〔註42〕 關於薛時雨生平見譚廷獻〈薛先生墓誌銘〉、顧雲〈桑根先生行狀〉，
收於周駿富輯《清代傳記叢刊》冊 119，繆荃孫纂錄《續碑傳集》（台
北：明文書局，1986 年 1 月），冊 5，頁 611～620。

〔註43〕 蔣國榜〈金壇馮蒿庵先生家傳〉，頁 661。又關於薛時雨與馮煦之交
誼亦可從馮煦所撰〈桑根師六十壽序〉、〈薛慰農先生墓表〉，窺得一
二。分見《蒿盦類稿》，卷十七，頁 933～936。卷二十六，頁 1413
～1416。

〔註44〕 楊叔懌〈藤香館詞序〉，收於《續修四庫全書》（上海：上海古籍出
版社，2002 年），冊 1727，頁 68。

綿悱惻之情，其詞作能遇事即書，直抒胸臆，薛時雨亦自書「文字中
最曲者莫如詞，……自取讀之，律疏而語率，無柔腸冶態以蕩其思，
無遠韻深情以媚其格，病根仍是犯一『直』字。噫！言者心之聲，幾
者動之微，詞翰小道無從比數，故能直不能曲。」〔註45〕如〈望海潮〉
（浪擁江聲）〔註46〕直批當道割地賠款的苟且偷安，憂心列強帝國的
蠶食鯨吞；〈臺城路〉（廿年不到江南岸）〔註47〕南京郊外「月黑鴉鳴，
雲陰鬼哭」的戰爭慘狀，亂後悲涼；〈何滿子〉「曾見桑海成田，又看
深谷爲陵，暗裏機緘天運轉，可憐人自營營」〔註48〕，百姓爲戰爭所
逼，背井離鄉，另謀出路；〈沁園春・歲暮書懷〉〔註49〕則道出一個

---

〔註45〕薛時雨〈藤香館詞自序〉，收於《續修四庫全書》（上海：上海古籍
　　　　出版社，2002 年），冊 1727，頁 72。

〔註46〕薛時雨〈望海潮・舟泊黃浦〉「浪擁江聲，雲浮海氣，奔流直下吳淞。
　　　　巨壑騰蛟，危樓結蜃，遙天萬里空濛。歇薄起魚龍，念蒼茫身世，
　　　　寄與艅艎。濁酒孤斟，銅絃高唱大江東。八蠻重譯來同。算漢家長
　　　　策，只是和戎。水驛馳輪，樓船激箭，海門百道能通。落日大旗紅，
　　　　嘆藩籬久撤，誰靖邊烽。聊把黃金買醉，歌舞向西風。」見《藤香
　　　　館詞》，收於《續修四庫全書》（上海：上海古籍出版社，2002 年），
　　　　冊 1727，頁 96。

〔註47〕薛時雨〈臺城路・十六夜無月，泊荒港中，淒涼特甚，遙指金陵不
　　　　遠，扣舷歌此〉「廿年不到江南岸，荒溪者般寥落。月黑鴉鳴，雲陰
　　　　鬼哭，古寺鐘聲遙閬。客懷悢悢。又惻惻風酸，暗生林薄。縱不工
　　　　愁，箇時也自感離索。　依稀一星幽火，石頭城下路，尋夢如昨。
　　　　白社狂名，紅樓綺習，畫舫秦淮宵泊。驚天鼓角，嘆六代鶯花，幻
　　　　成風鶴。訴盡淒涼，一聲聲棊柝。」見《藤香館詞》，收於《續修四
　　　　庫全書》（上海：上海古籍出版社，2002 年），冊 1727，頁 90。

〔註48〕〈何滿子〉「曾見桑海成田，又看深谷爲陵，暗裏機緘天運轉，可憐
　　　　人自營營。試看朱甍碧瓽，向來冷月荒汀。　十里鶯花春早，萬
　　　　家燈火宵明，海舶如山排浪起，風輪火琯縱橫。我是江洲過客，寂
　　　　寥時候曾經。」序云「荷葉洲向無居民，粵匪難作，避地者爭來結
　　　　茅，今且市聲浩浩，十里不絕，成巨鎮矣。」見薛時雨《藤香館詞》，
　　　　收於《續修四庫全書》（上海：上海古籍出版社，2002 年），冊 1727，
　　　　頁 87。

〔註49〕薛時雨〈沁園春・歲暮書懷〉「老矣吾衰，急景殘年，言愁欲愁。想
　　　　寒家雞酒，團圞白屋，豪家歌舞，跌宕紅樓。天闊雲低，風饕雪虐，
　　　　落落關河一散裘。淒涼甚，只青燈照影，伴我孤舟。封侯壯志都休。
　　　　須及早、安排返故邱。嘆十年講舍，詩書糟粕，十年宦海，踪蹟浮

有爲有直聲的循吏與現實齟齬的心聲，所見所感，化入倚聲，反映時代陵替的軌跡，構築「詞史」一脈。時至晚清，「詩有史，詞亦有史」之說更深入人心，馮煦主張以詞言志，在理論上接續薛時雨的實地作爲。而所謂「生平之非在直」、「能直不能曲」者，匪特缺失，實爲本眞，正馮煦言「忠憤之氣，隨筆涌出；並足喚醒當時聾瞶，正不必論詞之工拙也」〔註50〕。

而交遊方面，以在寶應結識的成肇麐對馮煦詞學之成就貢獻上，居功厥偉。成肇麐（1847～1901），字漱泉，成孺之子，江蘇寶應人，同治十二年（1873 A.D）舉人，官河北滄州、直隸靈壽等縣知縣。八國聯軍進逼靈壽時，義不受辱，投井殉國。馮、成兩人有「白首同歸之約」，成肇麐殉節前十日，尚修書予馮煦。著有《漱泉詞》一卷，編選《唐五代詞選》三卷。成肇麐不愧爲馮煦之益友，早在寶應求學時，日從成孺問學，退則與之相互質難，所得爲多。既至金陵，同居小長干里，出則連袂，入則接席，復又共同校書冶山飛霞閣，兩人挑燈共讀，時所覽之書「一字失得，往復再四而後安，臧否人物，一莊一諧，毫髮不少假，江左善持論者輒曰『馮成』」〔註51〕。兩人近半世紀的交誼，見之於詞，有同賦之作，如〈徵招〉（酒醒香斷眠還起）、〈梅子黃時雨〉（倦柳搖晴）；有贈懷之作，如〈長亭怨慢〉（又殘夢、東風吹醒）、〈渡江雲〉（西風吹暮雪）、〈霜葉飛〉（斷腸時候），更有同闋合作，如〈清波引·盟心古井圖，同漱泉各賦半闋〉（秋聲淒楚）。於詞集編選上，成肇麐《唐五代詞選》一書，馮煦序之，言謂「成子漱泉，竺嗜過我，手寫一編，既精且審，日夕三復，雅共商搉，損益百一，授之劂氏，凡得人某十有某，得詞某十有某」〔註52〕，可見馮

<hr>

溫。瓜子金黃，桃花綬紫，富貴驕人應自羞。吾何羨，要漁樵作伴，猿鳥同游。」見《藤香館詞》，收於《續修四庫全書》（上海：上海古籍出版社，2002 年），冊 1727，頁 79。

〔註50〕例言第 22 則。

〔註51〕馮煦〈清故靈壽縣知縣贈太僕寺卿銜謚恭恪成君墓誌銘〉，《蒿盦類稿》，卷二十六，頁 1444。

〔註52〕馮煦〈唐五代詞選序〉，《蒿盦類稿》，卷十六，頁 849。

煦在成肇麐編選該書過程中，曾深度參與，涉入極深，《唐五代詞選》
爲公認唐五代選本中之至精粹者〔註53〕，實爲馮、成二人商研不苟的
辛勤成果。此外，兩人在對詞學之認識上亦有共識：馮煦言「詞爲文
章末技」〔註54〕、「詞雖小道」，成肇麐以爲「詞於藝事，雖微之微者」
〔註55〕，然對於源流正變之不可輕忽，態度一致；馮煦認爲詞媲於風
騷，詩有六義，詞亦兼之，論詞重寄託，如「文外有事在」也，成
肇麐亦以爲是；在詞家評騭上，馮煦苦心搜羅《陽春集》全集，成
肇麐《唐五代詞選》五十位作家中，收馮延巳詞五十四闋，數量爲
眾家之首，對馮延巳之推崇，見解一致。成肇麐與馮煦交誼，深過
手足，當馮煦得成肇麐死訊，竟「神俎氣伏，不知生之可樂，而死
之可悲」〔註56〕，哀痛逾恆。

　　馮煦至金陵，與東南碩儒往來者中，以譚獻於倚聲之學最有心
得，編有《篋中詞》，馮煦爲之序（光緒八年秋七月），詞序中言該集
所選「旨隱辭微」〔註57〕，頗合常州詞派所倡。譚獻（1832～1901），
初名廷獻，字仲脩，號復堂，浙江仁和人。工詩詞駢文，著述甚豐，
嘗選歷代詞爲《復堂辭錄》十卷，又選錄清初至當時詞人之合其詞學
思想者爲《篋中詞》。譚獻之詞作以尚寄託爲主要特徵，莊棫〈復堂
詞序〉云「仲脩年近三十，大江以南，兵甲未息。仲脩不一見其所長，

---

〔註53〕陳匪石《聲執》「宋後，唐五代選本只此一種，而時爲最精，宜乎聲
　　　　家人手一編也」，見唐圭璋《詞話叢編》，冊5，頁4955。
〔註54〕馮煦《蒿盦論詞》，收於〔清〕周濟等著，顧學頡校點《介存齋論詞
　　　　雜著·復堂詞話·蒿盦論詞》（北京：人民文學出版社，1988 年 5 月），
　　　　頁 62。
〔註55〕成肇麐〈蒿盦詞序〉，見馮煦《蒿盦詞》，收於楊家駱主編《清詞別
　　　　集百三十四種》（台北：鼎文書局，1976 年 8 月），頁 6307。
〔註56〕馮煦〈清故靈壽縣知縣贈太僕寺卿銜謚恭恪成君墓誌銘〉，《蒿盦類
　　　　稿》，卷二十六，頁 1447。
〔註57〕馮煦〈篋中詞序〉「仲脩有篋中詞，今集之選，始自國初，迄於並世
　　　　作者。而以所爲復堂詞一卷附焉。刻於江寧，屬爲校字。是選與青
　　　　浦王氏、海鹽黃氏，頗有異同，旨隱辭微，且出二家外。」見譚獻
　　　　《篋中詞》，收於楊家駱主編《歷代詩史長編》（台北：鼎文書局，
　　　　1971 年 9 月），冊 21，頁 11。

而家國身世之感，未能或釋。觸物有懷，蓋風之旨也。」〔註58〕家國身世之感爲主要抒情基調，於詞作可見詞人風骨。至於其論詞之宗旨以「止菴爲津逮」，《篋中詞》宣稱「倚聲之學，由二張而始尊耳」〔註59〕，譚獻詞學觀念如柔厚說，正變之論、尊體思想，皆根源常州之論，並深度發揮，特別是對於周濟「以有寄託入、以無寄託出」的說法更是推崇備至，甚而認爲「(詞)爲體，固不必與莊語也，而後側出其言，旁通其情，觸類以感，充類以盡。且甚作者之用心未必然，而讀者之用心何必不然」〔註60〕，大開以寄託說詞之方便大門。馮煦與譚獻往來，理論又同源常州一脈，詞學思想大有相近之處。譚獻提出「柔厚」之說，深有用心地以風騷爲詞之本旨，要求詞作應包含忠愛纏綿、溫柔敦厚、怨而不怒、諷刺而不流於刻露。馮煦則提出「詞尚要眇」、「顯者約之使晦，質者揉之使曲」的本質與創作要求，幽隱微眇以寄覃思。而在以詞覘觀世變，列詞於「史」之位的尊體手段亦相當一致。

民國以後，馮煦退避上海，清朝諸遺老成爲馮煦往來對象，屢次參與以清朝諸遺老爲主幹的酬唱詩社——逸社〔註61〕的活動。由於上海爲外洋租界地，在辛亥革命爆發及軍閥亂政時，爲遺民提供了一個相對安全的居所〔註62〕，不滿於民國政治，顧念著「一士不仕二朝」

---

〔註58〕莊棫〈復堂詞序〉，見陳廷焯《白雨齋詞話》，收於唐圭璋《詞話叢編》，冊4，頁3876。

〔註59〕譚獻《復堂詞話》，收於唐圭璋《詞話叢編》，冊4，頁4009。

〔註60〕同上註，頁3987。

〔註61〕逸社是民國初年由一群清遺民結成的詩社，成立於民國四年正月二十五日，由瞿鴻禨發起。逸社之前身爲「超社」，立社以「超然」自詡，後改名爲「逸社」，強烈表達不願仕宦民國政府的決心。參與者爲陳三立、沈曾植、沈瑜慶、馮煦、吳慶坻、王仁東、陳夔龍、王乃徵、朱祖謀、楊鍾義、林開謩、張彬、繆荃孫等十四人，主要活動時間爲1913～1916年，爲民初上海規模最大，層次最高的遺民詩社。

〔註62〕這批清代高官遺民在失去頂戴花翎後，紛紛避居於上海、青島、天津、廣州、徐州、南京、北京、蘇州等城市，其中無論是在人數以及社會地位、影響上又以上海爲最。

是這批遺民的共同心理，爲了度過漫長而孤寂的時光，詩社也就應運而生。從詩社成員的身分來看，大體可分三類。一類爲晚清達官，如瞿鴻禨，曾任清廷軍機大臣、外務部尙書；陳夔龍官任直隸總督、北洋大臣；左紹佐曾貢職刑部，這群人於辛亥後落職閒居，於詩文著力甚深，尤其是隨著頻繁參與雅集，詩作數量增加，水準益愈提高。一類爲學者詩人型官僚，在文學政治領域均有建樹，如吳慶坻、吳士鑑父子，吳士鑑應聘赴京修《清史稿》，至京仍與逸社中人保持著密切關係。又如樊增祥，於晚清即有詩名，爲中晚唐詩派領袖，後擔任民國政府官員。另一類則是在清朝覆亡之前即宦情黯淡、退出仕途，其中多是有直聲，爲晚清士大夫聲名顯著者，王乃徵、朱祖謀、馮煦即屬此類。〔註63〕由此可見逸社乃是由清遺民中德高望重者所結成的文學團體，成員文學素養之高爲當時其他社團所不及。逸社成員裡詞學修爲最高，又與馮煦往來密切者無過於朱祖謀。

　　朱祖謀（1857～1931），原名孝臧，字藋生，一字古微，號漚尹，別署上彊村民，浙江歸安人。光緒九年（1883 A.D）進士，官至禮部右侍郎。光緒三十年（1904 A.D）出爲廣東學政，與總督齟齬，引疾去，卜居蘇州，受聘爲江蘇政法學堂監督。辛亥革命後，以遺老自居，往來江浙間，以著述爲娛。朱祖謀早期詞學吳文英，有鍊詞傷氣，艱澀之苦，後取法於蘇軾，趨向蒼勁沉著，大抵而言，其詞風「沉抑綿邈，莫可端倪」〔註64〕，特別是庚子、辛丑年間，國勢陵夷，內憂外患，交相侵逼，朱祖謀往往以勁蒼精純之筆抒發對時事的感受，蘊意

〔註63〕有關逸社在上海的文學活動情形參見楊萌芽《清末民初宋詩派文人群體研究——以 1895~1921 年爲中心》（上海：復旦大學博士論文，2007 年 5 月），頁 72～83。

〔註64〕此爲陳三立爲朱祖謀作墓誌銘所言，原文言朱祖謀「身世所遭，與屈子澤畔行吟爲類。故其詞獨幽憂怨悱，沉抑綿邈，莫可端倪，於太史邊所釋離騷，明其稱文小而其指極大，舉類邇而見義遠。其志潔故其稱物芳，固有曠百世與之冥合者，非可傷爲也」，見陳三立〈清故光祿大夫禮部右侍郎朱公墓誌銘〉，收於《彊村叢書》（上海：上海古籍出版社，1989 年 8 月），頁 8721。

遙深，可謂和雅渾成，沉麗俊邁。〔註65〕旅居上海時，與馮煦往來唱和，時相贈與。兩人在詞學理論上亦有相應之處。朱祖謀延張惠言之緒，重視騷、雅對詞的影響，要求填詞能蘊含對世道深切之感懷，義兼比興，與馮煦觀念同調。又，朱祖謀數度校批夢窗詞集，以行動表達對吳文英之傾心，言「君特以雋上之才，舉博麗之典，審音拈韻，習諳古諧，故其為詞也，沉邃縝密，脈絡井井，縋幽抉潛，開徑自行，學者匪造次能陳其義趣」〔註66〕，此論與馮煦於《蒿庵論詞》中所言「夢窗之詞麗而則，幽邃而綿密，脈絡井井，而卒焉不能得其端倪」〔註67〕之評近似，足見兩人在對夢窗的態度上志同道合之默契。其餘如鄭孝胥、顧雲、沈曾植、沈慶瑜、陳三立等人文酒唱和，多集中在以詩歌投贈，以詞相答者甚少，故略而不述。

## 二、著述

根據馮煦臨終遺囑自述〔註68〕，可謂著作等身，生前已刻者有類稿三十二卷、續稿三卷、奏稿四卷，此為現存已見。賸稿十六卷詩九詞一文六，刻未及半，雜俎四卷，已刻一卷，隨筆四卷、又筆四卷，另有尺牘若干卷在朱靜川處，叢槀若干卷，象贊楹帖之屬，睢寧縣志半部附於叢槀之內，以上或未及刊，或藏於私人處，難以得見。今將得以聞見者分方志纂修、文學編著、其他著述三方面述之：

### （一）方志纂修

馮煦入京供職前，寶應（今江蘇寶應）、桃源（今江蘇宿遷）、金

---

〔註65〕此為朱德慈在《常州詞派通論》一書中，論彊村詞所給予八字總評。朱德慈在前人研究為基礎對彊村詞做進一步研究，認為彊村詞總體風格「渾然天成，形質合一」，組織安排上能「緣情設景，虛實相間」，風格「哀頑清雄，和雅沉著」。見朱德慈《常州詞派通論》（北京：中華書局，206 年 11 月），頁 244～253。

〔註66〕朱孝臧〈夢窗詞集跋〉，收於《彊村叢書》（上海：上海古籍出版社，1989 年 8 月），頁 4395。

〔註67〕例言第 31 則。

〔註68〕馮煦〈遺屬〉，收於《蒿盦類稿》，頁 671～672。

陵（今江蘇南京）、夔州（今四川奉節）皆有其行跡。又自光緒二十一年（1895 A.D）任安徽鳳陽知府起，至光緒三十四年（1908 A.D）安徽巡撫罷官為止，外任為官長達十三年，實地走訪，並精心研究，纂成《鎮江府志》、《金壇縣志》、《寶應縣志》、《鳳陽府志》、《宿遷縣志》、《睢寧縣志》等地方誌。其中於民國七年延聘總纂《江蘇通志》成就最大，共三百九十二卷，約一千餘萬字，內容包含了自西周至清末江蘇的重大事件和歷史人物活動，分門別類保存了系統豐富的江蘇地方文獻資料，對於研究江蘇地方歷史，具有珍貴的史料價值之貢獻。〔註69〕馮煦以其豐富的方志編纂經驗曾多次為志書撰寫序文，對方志理論有所闡發。首先，重視方志作用，認為郡邑志書，一方之禮樂、政教、文物、風化繫之，溯其沿革，可資觀摩，還能使一方文獻得以保存。其次，主張方志記載應直書事實，其損益進退、不能妄加論斷。再次，對於方志體例，主張採用綱目體，即以綱統目。馮煦所著的方志，在清末有一定的影響。〔註70〕

### （二）文學編著

馮煦少溺於學，「秉英特之姿，於書無所不覽。童時應試諸作已驚里中長老」〔註71〕，才思敏捷，藻采葩流，後又「游楚游蜀，尤得江山之助。迨入承明、登金馬，獲觀天祿秘笈，讀人間未見書，遭遇益隆，而所學愈富」〔註72〕。晚收平生詩文詞賦，集為一編，是為《蒿盦類稿》，後又有《續稿》、《奏稿》、《蒿菴隨筆》問世。詞學著作以《宋六十一家詞選》最重要。

#### 1.《蒿盦類稿》

《蒿盦類稿》三十二卷。民國二年（1913 A.D）十月，刻成行世，

---

〔註69〕見李金堂〈清代金陵學人傳略（三）——馮煦傳〉（《南京高師學報》，1995 年 6 月，第 11 卷第 2 期），頁 4。
〔註70〕見黃葦主編《中國地方志詞典》（合肥：黃山書社，1991 年 7 月），頁 319。
〔註71〕陳夔龍〈蒿盦類稿序〉，《蒿盦類稿》，頁 8。
〔註72〕陳夔龍〈蒿盦類稿序〉，《蒿盦類稿》，頁 8。

陳三立、陳夔龍爲之作序。該書收錄摺子二卷、雜文十八卷，《彭城答問》一卷、《安吳書譜》一卷，賦二卷五十二篇、詩六卷七百五十九首，詞二卷一百四十一闋。識者認爲夢華詩、詞、駢體文「皆宛潔淒麗，幾闖唐人之室」〔註73〕。詩作依寫作年代編次，自同治四年（1865 A.D）迄光緒二十七年（1901 A.D）止。評家論其詩「篤雅和婉，晚遭亂離，辭旨淒咽」、「無體不工，晚年托旨，彌近柴桑」〔註74〕，更有特賞其七言絕句者，評爲「風神秀逸，絕類新城」〔註75〕。又〈論詞絕句〉十六首，論柳永、張先、蘇軾、秦觀、周邦彥、姜夔、史達祖、吳文英、周密、王沂孫、張炎、李清照、納蘭性德、朱彝尊、厲鶚，可爲研究馮煦詞學佐助資料。《類稿》所收《蒿盦詞》又稱《蒙香室詞》，內容主要「藉著友生聚散之跡」寫「性情之鬱伊」〔註76〕，詞風清麗端雅，「無愧正宗雅音」。〔註77〕

## 2.《蒿盦續稿》

《蒿盦續稿》三卷。承接《類稿》內容，所收內容自光緒二十九年（1903 A.D）擢四川按察使，至宣統三年（1911 A.D）辛亥鼎革止。凡詩二卷，以在蜀地詩爲多，江山之勝，動其興感。罷官後，往來江淮間，鬥韻聯吟，詩律愈細，其時國步艱難，已見漆室之憂，伊川之歎，悉寓於篇章。文一卷，多應酬之作。復收詞七闋。另有序跋、墓表、記、書後、傳、哀辭等。〔註78〕

---

〔註73〕沃丘仲子《當代名人小傳》，卷下，見沈雲龍主編《近代史料叢刊三編》（台北：文海出版社有限公司，1986年），第八輯，頁257。

〔註74〕蔣國榜〈金壇馮蒿盦先生家傳〉，見卞孝萱、唐文權編《辛亥人物碑傳集》，頁665。

〔註75〕汪國垣〈光宣詩壇點將錄〉，見沈雲龍主編《近代中國史料叢刊續編》（台北：文海出版社有限公司，1974年），第三輯，頁277。

〔註76〕成肇麐〈蒿盦詞序〉，見《清詞別集百三十四種》（台北：鼎文書局，1976年8月），冊12，頁6308。

〔註77〕錢仲聯〈光宣詞壇點將錄〉，見《詞學》（上海：華東師範大學出版社，1985年2月），第三輯，頁238。

〔註78〕中國科學院圖書館整理《續修四庫全書總目》（江蘇：齊魯書社，1996年8月），冊10，頁497。

### 3.《蒿盦奏稿》

《蒿盦奏稿》四卷。卷一裒集先後謝恩諸摺。卷二至卷四前半為任安徽巡撫奏書。卷四後半為宣統年間復起為江皖察賑大臣，臚陳災賑狀況，凡五摺五片。〔註79〕

### 4.《蒿菴隨筆》

《蒿菴隨筆》又稱《蒿叟隨筆》，今本所見可分三部分，前者四卷，有馮煦於光緒二十八年（1902 A.D）六十歲自序，後有民國十五年學生蔣國榜跋文，據馮煦自序動機「或讀書，或心有所見，或先世軼聞，或友朋切磋所得，或感於天下得失之故，或名章雋句得之耳食，與舊稿之殘叢無次者，隨筆錄之，以資攷鏡」〔註80〕，馮煦日寫一、二則或三、四則，最後董理成編。四卷內容，「朝章國故、逸聞雅詁、臧否人物，顯示躬行，論學論文藝，皆抉擇精微，約取廣大，莫不左右逢源」〔註81〕，痛快地抒發了一己之見，然而所展現的眼光見解實非經生腐儒及浮華之士所能得其一斑。民國十二年（1923 A.D），馮煦高齡八十一，再「輯述舊聞，或徵引叢說，開有所見以己意斷之」〔註82〕，著文五卷，其中第五卷又分為上下，所錄內容更為豐廣，抄錄古人佳句以欣賞〔註83〕，揀述箴言以自勵自戒〔註84〕，回憶往昔召見勤政殿事，鉅細靡遺〔註85〕，批評岑春煊、袁世凱、盛宣懷有負國恩〔註86〕，著錄尚恥社社約〔註87〕，另有「義賑芻言」為馮煦多年賑濟之心得與方法，雖謙名「芻言」，卻是發行於大江南北災區，皆見施行，成效卓著。〔註88〕此外尚有許多有關先賢、時政的精微之見。

---

〔註79〕魏家驊〈蒿盦奏稿跋〉，《蒿盦奏稿》，頁 2226。
〔註80〕馮煦〈蒿菴隨筆序〉，見《蒿菴隨筆》，頁 1。
〔註81〕蔣國榜〈蒿盦隨筆跋〉，見《蒿菴隨筆》，頁 185。
〔註82〕馮煦〈蒿菴隨筆序〉，見《蒿菴隨筆》，頁 186。
〔註83〕例如馮煦《蒿菴隨筆》，卷一，頁 225～245。
〔註84〕例見馮煦《蒿菴隨筆》，卷一，頁 217～224。
〔註85〕見馮煦《蒿菴隨筆》，卷四，頁 416～425。
〔註86〕見馮煦《蒿菴隨筆》，卷二，頁 256。
〔註87〕見馮煦《蒿菴隨筆》，卷三，頁 341～345。
〔註88〕見馮煦《蒿菴隨筆》，卷三，頁 345～361。

此五卷收束於馮煦八十五歲，亦即馮煦駕鶴西歸之齡。末附〈遺囑〉一篇錄著作書目及交代還山後事。

### 5.《宋六十一家詞選》、《蒿盦論詞》、《蒙香室叢書》

《宋六十一家詞選》十二卷。乃馮煦以毛晉《宋六十名家詞》為底本，刪揀該書南北宋六十一位詞家作品，別為一編，可謂毛之簡本，但因抉取菁英，汰其凡下，揀選得當，故是書一出，頗為詞者所賞，陳廷焯《白雨齋詞話》謂該選「甚屬精雅」〔註89〕，況周頤、夏敬觀、陳匪石更因該選去取精粹，故推其為學者入門之讀本。〔註90〕《宋六十一家詞選》書前附有例言四十四則，論述此六十一位詞家〔註91〕，兼評毛本之優劣，陳銳《襃碧齋詞話》謂「馮夢華六十一家詞選例言，可謂囊括先民之矩矱，開通後學之津梁，字字可寶矣」〔註92〕。唐圭璋《詞話叢編》中《蒿庵論詞》即獨立例言成一卷。馮煦特別將此選與成肇麐《唐五代詞選》〔註93〕、戈載《宋七家詞選》及馮煦自撰《蒙

---

〔註89〕陳廷焯《白雨齋詞話》，收於唐圭璋《詞話叢編》，冊4，頁3889。

〔註90〕對馮煦《宋六十一家詞選》推介之說分見屈興國輯注，況周頤撰《蕙風詞話輯注》（南昌：江西人民出版社，2000年10月），頁575。況周頤《蕙風詞話附錄》，收於唐圭璋《詞話叢編》，冊5，頁4599。陳匪石《聲執》，卷下，收於唐圭璋《詞話叢編》，冊5，頁4970。

〔註91〕陳匪石認為此例言可視為六十一家之提要與六十一家之評論。現存《蒿盦論詞》即是〈宋六十一家詞選例言〉，目前可見唐圭璋《詞話叢編》版及顧學頡校點，與周濟《介存齋論詞雜著》、譚獻《復堂詞話》合為一集，北京人民文學出版社，1998年5月之本。

〔註92〕陳銳《襃碧齋詞話》，收於唐圭璋《詞話叢編》，冊5，頁4201。

〔註93〕有關《唐五代詞選》一書編者，或謂為馮煦，如久保文庫，館藏於台灣大學圖書館，清光緒十三年，冶山館刊本，書中雖未明白標示編者，但館藏資料顯示為馮煦。然經與成肇麐《唐五代詞選》比對，在序文、所選詞人、詞作數量、編排順序完全一致。且晚近論詞集選本者，如陳廷焯《白雨齋詞話》卷五：「成肇麐《唐五代詞選》，刪削俚褻之詞，歸於雅鄭，最為善本。」陳匪石《聲執》亦以成肇麐為該選本編者，言「《唐五代詞選》，成肇麐所輯。書成於清光緒十三年，刊於金陵。……宋後，唐五代選本只此一種，而時為最精，宜乎聲家人手一編也」，分見唐圭璋《詞話叢編》，冊4，頁3889、冊5，頁4955。馬興榮等《中國詞學大辭典》（杭州：浙江古籍出版社，1996年10月），著錄清代詞選八十四部、王兆鵬《詞學史料學》

香室賦錄》合編爲《蒙香室叢書》。若再加上論詞序跋、論詞絕句即可見馮煦詞學觀。

### 6.《金陵紀遊》

《金陵紀遊》一書，記其未第時，在金陵書局二十年，「晉宋齊梁之墟，窮迴溪，探幽崖，寒榛宿莽，莫不披擥，乃效柳州之文，累記遊況」〔註94〕，譚其驤謂此書「文章清華淡雅，寫景能得其神韻，……讀其書令人興故國宮禁、舊家池館，零落滄桑之感，誠爲富於詩意之作」〔註95〕。

### 7.《蒿盦雜俎》、《蒿盦剩稿》

《蒿盦雜俎》四卷，但刻一卷、《蒿盦剩稿》十六卷，含詩九卷、詞一卷、文六卷，然刻未及半。

## （三）其他著作

其他著述原屬獨立之作，今皆收於《蒿盦類稿》中。《安吳書譜》上下二篇，今收於《類稿》卷三十二。乃是對包世臣《藝舟雙楫》進行爬羅剔抉，去蕪存菁之後的成果〔註96〕，內容條論歷代書法家之優缺特點，並示人以學書門徑，對近代學者頗有教益。馮煦本身爲清季

---

（北京：中華書局，2004 年 5 月）著錄清代詞選一百零二部，皆將《唐五代詞選》繫於成肇麐名下。清季專以唐五代詞爲選源者，止此一書。故馮本與成本實爲同一本。成肇麐編選該書期間，正值與馮煦校書冶山之巔，「日夕三復，雅共商搉，損益百一，授之剞氏」，深度參與了成肇麐《唐五代詞選》的編纂過程，謂馮煦爲此書的另一重要編者，實不爲過。

〔註94〕中國科學院圖書館整理《續修四庫全書總目》（濟南：齊魯書社，1996年），冊 33，頁 569。

〔註95〕同前註。

〔註96〕〈安吳書譜上篇〉：「包安吳氏《藝舟雙楫》論書多詣微之旨，而詞繁不殺，且或複緟流覽所及，竊爲須刪，猶安吳之於過庭也。」見《蒿盦類稿》，卷三十二，頁 1643。包世臣（1775～1855），安徽涇縣人。清代學者、書法家、書學理論家。字慎伯，晚號倦翁、小倦遊閣外史。涇縣古名安吳，故世稱「包安吳」。包世臣曾經對孫過庭《書譜》進行辨誤、刪訂，後將成果集於《藝舟雙楫》中。

書法名家，以鍾繇、虞世南之書爲楷法，草書則意歸孫過庭，其書法特點「古樸渾厚」〔註97〕，當時「片楮得者，珍逾拱璧」〔註98〕。另《彭城答問》收於《類稿》卷三十一，爲光緒十一年（1885 A.D）秋，館於彭城，與段士鈞、子馮夐生間就讀書學道間的相互問答。〔註99〕

## 第三節　思想概說

　　金壇馮氏，自六世祖馮標起，食清廷之祿，或爲地方官，或爲翰林學士，掌文教、供文職。「奉儒守官」成爲馮家育訓弟子的信條，馮煦生長於這樣的環境，尊崇儒學、縉紳士林，即是其人生目標。對於君國，馮煦持守著傳統儒家對讀書人的要求，以修身出發，然後齊家、治國，最後平治天下。馮煦自持謹嚴，無一日不恪守宗祖遺訓，至彌留之際，仍「拳拳於教忠教孝之義，親親睦族之規」〔註100〕。供奉翰林時，以天下興亡爲己任，面對外強侵略，能不憚權貴，連番上書，反對議和，請求圖強。接任地方父母官，又屢上摺子，澄清吏治，視民如傷，賑災濟民，以民爲邦國之本，化除滿漢歧見，以求國上下一體，君臣一心，藉以鞏固國家政權。在政治觀念上，馮煦可說是儒家忠君濟世觀念的維護者和實踐者，君國同等的觀念，使馮煦對於流血革命極力反對，認爲革命者所追求的自由，是一種「任情縱欲，無所檢制」〔註101〕的行爲。當革命沸沸揚揚，蒸騰於中國海內時，馮煦卻

---

〔註97〕竇鎮編輯《國朝書畫家筆錄》（台北：文史哲出版社，1983年6月），頁447。

〔註98〕蔣國榜〈金壇馮蒿盦先生家傳〉，收於卞孝萱、唐文權編《辛亥人物碑傳集》，頁665。

〔註99〕「乙酉之秋，館於彭城。段生士鈞、兒子夐生，閒有質問，爰舉前人之說斷以己意，或兼存異說，以俟質之有道者。所得既多，乃彙而錄之，以資考索，備遺忘。」語見〈彭城答問〉，《蒿盦類稿》，卷三十一，頁1605。

〔註100〕蔣國榜〈蒿菴隨筆跋〉，見《蒿菴隨筆》，頁673。

〔註101〕馮煦解釋「今之新學，每言自由，而不知二字所始，案：裴廷裕東觀奏記太宗與文德皇后曰：魏徵每廷辱我，使我嘗不得自由。『自由』二字，殆即始於此邪。蓋意在任情縱欲，無所簡制也」見《蒿

對於辛亥殉節者，極力稱頌，比之為「屈子之懷沙、申徒之蹈河，求仁烈於夷齊，就義出於從容」〔註102〕。等到清帝遜位，馮煦聞訊，痛哭失聲曰：「心所謂危，豈竟至於此極耶」，於是避居上海，以遺老自居，蔣國榜謂之「以清遺老惓拄世運之傾，屹然為清末貞臣，蓋晚近一人而已」〔註103〕。等到新政府正式成立，馮煦無一字建言，亦無一字批駁，表現出對事局的淡漠，以著述自娛，與遺老唱和，然而，「往往中夜撫時悲感，若有大不得已於中者」故發為詩歌，淒痛至不忍卒讀。〔註104〕此中之「大不得已」者與馮煦對滿清的眷戀分不開。

　　馮煦的保守還表現在對西學的態度上，馮煦為學講求致用，對於當時經學、理學的虛浮荒謬，攻之甚力，在〈代撰重建鍾山書院記〉中，馮煦批評「精研名物之經學」與「高談性天之理學」，前者為「學術之蠹」，後者為「心術之蠹」〔註105〕。就馮煦看來，學問之道無他，實事求是而已。對於西學，馮煦認識其優長之處，曾言「比年以來，注重科學，溝通中西，一洗用非所學，學非所用之弊，海內嚮風，爭自濯磨。……方今泰東西各國，相競以智，相勝以學，不獨技藝顓門確有心得，即心理、算數、輿地、歷史、法律、兵略亦多深造，標新領異，駸駸與吾國先民代相雄長」〔註106〕。馮煦雖識西方學術之長，但卻又以「標新領異」評價，雖能與吾國先民一爭短長，不過是「竊吾餘緒」〔註107〕，儼然以傳統文化上國自居。對於那些「涉獵東西

菴隨筆》，卷三，頁106。以今日審馮煦釋自由，實有曲解西方自由原意，囿於成說，管窺蠡見。

〔註102〕此言為王闓運對崇安胡姓辛亥殉節者所作之銘誄序言，馮煦特著錄於《隨筆》中，以示對此人殉國大節的推崇之意。見《蒿菴隨筆》，卷五下，頁624。

〔註103〕蔣國榜〈金壇馮蒿盫先生家傳〉，收於卞孝萱、唐文權編《辛亥人物碑傳集》，頁665。

〔註104〕魏家驊〈副都御史安徽巡撫兼理提督馮公行狀〉，收於閔爾昌纂錄《碑傳集補》，冊26，頁946。

〔註105〕〈代撰重建鍾山書院記〉，《蒿盫類稿》，卷二十二，頁1210。

〔註106〕〈采訪皖省遺書以存國粹摺〉，《蒿盫奏稿》，卷二，頁1955。

〔註107〕同上註。

學派,於政治方技僅得膚末,而口講指畫,簧鼓當世,或得粗而遺精,或逐末而捐本」〔註108〕者,貶其不過是道聽塗說,為德所棄,以至於誤國殃民,並批評國人為西學而盡拋國粹:「科舉廢,學校興,泰東西之學貫輸中國,佉盧沮誦之文,家誦而戶弦,為新是謀,為奇是聞,幾不知有今隸,何論篆籀。古小學之音聲訓故,日浸以微,此學術之蠹也。年銳氣張,鶩於新說,渺六經若腥腐,孔子所傳三代之道,或絕或續不一毫髮假微。」〔註109〕是為可恥。馮煦又以日本為他山之石,言:「右經緯學堂章程一冊,日本大學所立,以教鄰國遊學生者也。其所謂經東亞先聖之教,其所謂緯歐美百科之學也。夫一國之疆必有精絕深造之處,不隨人頰印,卓然有以自立。……日本變法之初,惟泰西是師,幾欲蔑其所固有,迨明治昌言於上,深識之士匡扶於下,務去其弊,國體危而復安。茲篇所述,其吾國之前車哉。」〔註110〕因此,對於西學之取,馮煦是相當保留甚至排斥的。

然而,馮煦並非顢頇無能、粉飾太平的保守頑固份子。青年時期對內憂外患的阽危時局早已了然於胸,傷懷身世之餘,對百姓黎庶的苦難寄予深刻的悲憫,〈上從父子昌〉〔註111〕三首中「鼠狐跳蕩憑城社,雞兔縱橫出墓田。莽莽寒榛聞野哭,陰陰灌木上壚煙。」如實寫出了太平天國戰後一片斷井頹垣,民生慘澹凋敝的荒涼之景,「十郡良家久淪喪,百年耆舊半凋零」直書戰爭對百姓生命的殘害。〈書憤〉四首〔註112〕記同治四年(1865 A.D)五月太平軍在山東獲捷,詩人對賊寇益張的憤恨,然而「汾陽再起收回紇,終望昇平答帝閽」鼓舞戰士重新振作,凱旋歸來;「養士百年憂社稷,更誰隻手挽狂瀾」、「少年亦有封侯事,起舞看天北斗高」期望有青年俊才能共赴國憂,力挽狂瀾,重振士氣。〈書憤〉表現了馮煦身為讀書人與清廷同仇敵愾,對

〔註108〕《蒿菴隨筆》,卷二,頁63。
〔註109〕〈論說語文教科書序〉,《蒿盦續稿》,卷三,頁1813。
〔註110〕《蒿盦續稿》,卷三,頁1771。
〔註111〕《蒿盦類稿》,卷三,頁262~263。
〔註112〕《蒿盦類稿》,卷三,頁249~250。

國事的關切深憂。然而，認同清廷之餘，馮煦並沒有枉顧現實一味地為統治階級粉飾太平，〈野老歎〉〔註113〕就以追步杜陵之姿〔註114〕，忠誠反映在敗朽政府的統治下，勞役帶給百姓的種種苦難。對百姓的同情、對清廷的看透，使馮煦在日後從政有著任重道遠的使命感，努力積極於國是，以解民倒懸為己任。〔註115〕於是，供奉翰林時，面對外強侵略，馮煦執理力爭，上書以諫，反對議和，請求圖強。在轉任地方巡撫後，又屢上摺子，澄清吏治、對於不適任者，與以革職處分，而於有功者，給予優遇豐獎，更積極為國舉才，如朝廷曾意屬夏曾佑接任泗州，然馮煦認為以夏曾佑「器局安詳，學問淵博，於中西政術能觀其通，從五大臣出洋考察，凡編纂各國政書半出其手」之博學與資歷，而派至「風氣剛勁，向為盜藪，非武健之力不克勝任」的泗洲，學非所用，埋沒人才，故上書朝廷將夏曾佑調充館職或派學部編譯處當差，如此方可「展其尺寸，收新政壤流之效」〔註116〕。至

〔註113〕〈野老歎〉「野老荷鋤出門去，痛哭悔從黃河戌。陰陰白晝晦難開，恨不早時下泉路。三月初城河上城，闞風伏雨城盡傾。田中水深沒禾稼，憂食不暇遑憂兵。聞道秋深復興役，膚裂腸飢更誰惜。將軍驕馬河上來，役夫俯首無人色。非時迫促鞭如風，吁嗟縱暴渾羌同。骨肉糜爛委墟莽，鷹鸇下食亦何雄。竄伏荊杞避不得，吞聲力役無蘇息。去時少年盡死亡，衰羸甘作溝中瘠。卻看妻子居窮村，十日不食為游魂。當時有寇憂戰鬭，無寇誰知喪一門。君不見西來戎馬相馳突，甲士桓桓不敢出。千里蒼莽無人煙，飛書更召防河卒。」《蒿盦類稿》，卷三，頁274～275。

〔註114〕陳衍《石遺室詩話》「駸駸追步杜陵」，見張寅彭編《民國詩話叢編》（上海：上海書店出版社，2002年12月），冊一，頁196。

〔註115〕許楠認為「馮煦已經很清醒的看到社會矛盾的激化，在很大程度上都是源於晚清政府的腐朽昏庸。而作為一個從小接受封建教育的傳統文人，他所能想到的所能做的只有入仕為官，這樣才有更大的能力去幫助百姓。認識到清政府的腐敗而不得不又依賴於這個腐敗的政府，這不能不說是那個時代有愛國之心的士子們的悲哀。正如陳夔龍在〈蒿庵類稿序〉中所寫：『踦天蹐地之孤抱，無可與語，輒間托詩歌以抒其伊鬱煩毒無聊之思。』」見許楠《清末詞人馮煦研究》，頁33。

〔註116〕事見〈請開去泗州夏曾佑本缺調京當差片〉，《蒿盦奏稿》，卷二，頁1999。

於停止苛捐雜稅、清斷訟獄，興辦任所當地水利、礦務、鐵路交通、地方軍事、蓋圖書館、設專局編修地方誌……等提振地方經濟與文教事業的工作，馮煦更是責無旁貸，一肩負起，此見馮煦為所當為，發揮了中國傳統知識份子積極於世的一面。及至鼎革易代，馮煦不以秦越之視，以為義之所在，必全力以赴，發揮人飢己飢之精神，至於名位，非馮煦所考量，與荒政相始終，至晚境鬻文自給，身歿之日，家無餘財。比之那些因清廷王朝的崩塌，而惶惶不可終日，以詩酒度日，流連煙花，顧影自憐的迂儒，馮煦的入世賑民，無疑有著更積極通達的一面。

馮煦是一個在儒家薰染下，典型的中國傳統知識份子。在他身上，可以看到絕對的忠君之心、愛國之情，以及對傳統儒家信念的堅持，造就了馮煦保守的一面。但保守並不等於陳腐，馮煦對於國是、民瘼的關懷，展現了積極進取的一面，特別是在時局丕變之際，國祚陵夷對馮煦信念衝擊至深，當「君」已不再，「國」已喪亡，馮煦以其多年賑災所累積的經驗智慧，主動積極深入災區，賑助百姓。如果說任職清廷時，對地方百姓的關切，是傳統儒家對知識份子所要求的忠君愛國的表現，那麼，民國之後，身遭喪亂，獨任其難，則是馮煦拋開傳統的君國之羈絆，積極入世的行動表態。

# 第三章　晚清時期背景環境

　　馮煦生於道光二十三年（1844 A.D），卒於民國十六年（1927 A.D），處於世紀之交，跨越兩個不同政體，是爲近代士大夫群中之一員。而其詞學思想以《宋六十家詞選》付梓爲完熟點，時間是光緒十三年（1887 A.D），先後雖有若干如論詞絕句、序跋等論詞詩文問世，但詞學觀念大抵不出「例言」所論。故本章擬以晚清時期特別是同治、光緒二朝爲觀察時間點，從大環境態勢與詞壇風氣兩方面進行論述。〔註1〕

## 第一節　歷史背景

　　晚清民初是個變亂紛乘的時代，內憂外患排山倒海而來，對此，嚴復曾慨然嘆曰：「於乎！觀今日之世變，蓋自秦以來，未有若斯之

〔註1〕公元一八六二年，同治帝即位，是時馮煦恰弱冠之齡，從喬守敬治詞賦五年矣，公元一八八七年，時維光緒十三年，馮煦年四十有五，完成《宋六十一家詞選》編纂，而「宋六十一家詞選例言」之完稿代表著馮煦詞學觀念的成熟。民國成立後，馮煦雖避居上海與眾文士交游，但根據現有文獻看來，並未見其有關詞學方面理論之改變。加上馮煦對於政體、文體、道統等整體思想觀念趨向保守穩健，故而推斷影響馮煦詞學觀念者，仍以家學與早期從喬守敬、成孺問學爲根基，同時摻以對同光年間內憂外患之感慨，進而架構出一番詞學體系。故本章關於時代大環境與詞壇背景之探討，以同治、光緒兩朝爲主軸，並在範圍上適當延伸擴展。

亟也。」〔註2〕同治帝在位（1862 A.D～1874 A.D），適逢清政府與英法媾和（1860 A.D）簽訂天津條約，及太平天國初定（1864 A.D），政治上出現了一個和諧時期，遂稱「中興」〔註3〕。然而，卻阻擋不了日後列強對中國土地的瓜分豆剖：美日進犯台灣，英俄覬覦新疆，法國侵略越南，葡萄牙強占澳門，英國掠奪西藏，中日之戰更粉碎清廷「中興」假象，迫使清政府割地賠款，中國之庸弱迥然畢現，列強蠶食鯨吞之舉措更加猖狂，此後數年，瓜分中國的論調甚囂塵上。面對江河日下的國勢，滿清君臣不得不有所變制，先有同治年間朝野志士力倡洋務、自強以圖變革；後有光緒親政，通過維新、變法謀求體制上的改變，連以慈禧為首的一干朝廷重臣也不得不順應輿論，施行立憲。但或因當局認識不清，或因守舊派反對等種種外因內緣，皆以失敗告終，於是，只剩革命一途方能避亡國滅種之危了。

## 一、同光二朝的社會與國情

同治五年（1866 A.D），歷時十四年，席捲中國半壁江山的太平軍終告覆亡〔註4〕，曾經威脅清政權的嚴重危機在這時總算暫時解

---

〔註2〕嚴復〈論世變之亟〉，見《嚴幾道詩文鈔》，卷一，收於沈雲龍主編《近代中國史料叢刊》（台北：文海出版社，1969 年），冊 417，頁 15。

〔註3〕「同治中興」乃是在中央和地方大員，及西方列強支持下，在政治、軍事、經濟、文化、教育、外交各方面做出種種努力和實行各種措施後，所產生的一時朝氣。耶魯大學歷史學家芮瑪麗（Mary Clabaugh Wright）在她的著作《同治中興——中國保守主義的最後抵抗（1862～1874）》序言中，對當時人物的努力作出肯定，但不免又指出「『同治中興』是一幕悲劇，在勝利的時刻已經預示了崇高希望和巨大努力的最終失敗。該時代的偉大人物在長長的陰影中目睹了勝利，而這便是他們所謂的中興事業。」又言「中興」後的國家「不是更強盛而是更衰弱，……（對外）訂立一系列比以往任何時候更加羞辱的條約，喪失領土，而且國家主權也名存實亡。」見芮瑪麗（Mary Clabaugh Wright）著，房德鄰、鄭師渠等譯《同治中興——中國保守主義的最後抵抗（1862～1874）》（北京：中國社會科學出版社，2002 年 1 月），頁 4、頁 375～376。

〔註4〕太平天國自道光三十年（1850 A.D）起於廣西桂平縣金田村，至同

除。嗣後，捻亂、回亂風起雲湧，遍及各省的地方性叛亂更使清政府疲於奔命，耗費巨量的人力、物資，而國家的動盪招致更多的外侮干涉〔註5〕，舉例而言，太平軍的平定，除依靠以湘軍、淮軍為主力的漢人軍隊外，列強如美、英、法等國也出力甚多，但諸列強卻也趁亂鞏固與擴張自身利益，以「合作政策」〔註6〕相互勾結，狼狽為奸，擴大在中國經濟與政治的勢力，造成中國走向半殖民化的不堪境地。清政府在經過長期民亂與兩次英法聯軍的打擊之後，對外政策日益趨向妥協，從中央到地方握有實際權柄的官吏們，以對外和局為共同默契，曾國藩以為對待外國「仍當堅持一心，曲全鄰好，惟萬不得已而設備，乃所以善全和局，兵端決不可自我而開，以為保民之道」〔註7〕，對於李鴻章「羈縻為上」的說法深表認同〔註8〕，滿清政府實已成為帝國主義奴役掠奪中國人民的掌中傀儡。以金融狀況而言，外資在中國設廠，由於資金、設備、技術、管理等方面都比中國傳統民族工業高過一籌，嚴重打擊傳統產業與民族資本工業，再加上外國商品大量傾銷〔註9〕，進一步破壞了原本自給自足的自然經濟，中國儼然成為

治五年（1866 A.D）洪秀全病死，曾國荃攻克天國都城（南京）為止，共歷時十四年。自興起至滅亡，太平軍攻佔六百餘城，波及關內十八省，造成五千萬以上人數死亡。

〔註5〕奕訢上奏曰：「外侮之來，多由內患之不靖。」見寶鋆等修《籌辦夷務始末（同治朝）》，冊5，卷二十七，收於沈雲龍主編《近代中國史料叢刊》（台北：文海出版社，1966年10月），冊611，頁2704。

〔註6〕此一政策由英美兩國領導，得到俄、法等國的支持。其內容主要是：西方列強在一切有關侵華的重大問題上彼此進行協商合作，調整相互間的對華政策和行動，同時又與清政府合作，加強控制並改造它，使其逐漸半殖民地化。見龔書鐸、方攸翰主編《中國近代史綱》（北京：北京大學出版社，2004年8月），頁112。

〔註7〕寶鋆等修《籌辦夷務始末（同治朝）》，冊13，卷七十三，收於沈雲龍主編《近代中國史料叢刊》，冊611，頁6805。

〔註8〕李鴻章認為「洋人所圖我者，利也，勢也，非真欲奪我土地也。自周秦以後，馭外之法，征戰者後必不繼，羈縻者後必久長。今之各國，又豈有異？」語見李鴻章《李文忠公全集》（台北：文海出版社，1968年5月），冊4，頁240。

〔註9〕商品輸出是列強對華經濟侵略的重要方面，棉紗、煤油、麵粉等日

列強資本主義商品的市場與原料供給地。列強還以在華銀行控制中國國際匯兌與存放款業務，並發行紙幣，操縱金融市場，對清政府貸款，使中國負債累累；〔註10〕又設立船舶公司、商號，將中國遠洋、近海航運掌控於手，同時威逼清廷廣開通商口岸，外國輪船直接駛入內河，在中國各地銷售洋貨，收購土產，完全壟斷進出口貿易。無論是外資設廠或開辦銀行，外國在華一切投資活動皆屬非法，即使在所簽訂的各項條約中也找不到文字依據，但清廷懾服於列強淫威，只能卑躬屈膝，一切唯洋人是聽。除開經濟掠奪，清廷無力招架外，在政治干預上，亦委曲求全，各國以駐京公使館爲據點，蠻橫干涉中國內政外交，總理衙門大臣薛煥即指出各國公使駐京，外人入內通商、傳教，對「中國虛實，無不畢悉。始不過侵我利權，近復預我軍事，舉凡用人行政，漸行干預」〔註11〕，如英國駐華使館參贊威妥瑪（Thomas Francis Wade，1818～1895）交呈〈新議略論〉〔註12〕、法國駐華代辦伯洛內（H.de Bellonet）遞〈意見書〉，其內容或威脅清政府順從列

常工業用品爲主要傾銷項目，再從中國掠奪生絲、毛類、豆類、桐油、菸草等原料。中國自十九世紀七十年代後期起，就一直是入超，且數額成增長趨勢。進入九十年代，貿易入超更達三千多萬海關兩。見高鴻志主編《中國近代史》（合肥：黃山書社，1989 年 8 月），頁 157～159。

〔註10〕外商銀行所貸予清廷款項多爲政治貸款，甲午戰爭前，清政府已債台高築，馬關條約中規定清政府對日賠款二億兩，外加三千萬兩「贖遼費」，清政府只好飲鴆止渴，大量舉借外債。列強則爭相兜攬，以便通過貸款脅迫清政府讓出各項主權。甲午戰後，清政府更向俄、法、德、英等國進行三次巨額貸款，總數超過三億兩，列強透過政治貸款牢固地控制了中國海關和部分常關自主權，掌握清政府財政命脈，清政府對列強的依賴也就更深了。見高鴻志主編《中國近代史》（合肥：黃山書社，1989 年 8 月），頁 270～272。

〔註11〕同治二年（1863 A.D），署禮部左侍郎薛煥奏：「方今夷商既分佈各口，又得內地遊行，天主教佈滿天下，夷酋住在京城。中國虛實，無不畢悉。始不過侵我利權，近復預我軍事。舉凡用人行政，漸行干預。」

〔註12〕寶鋆等修《籌辦夷務始末（同治朝）》，冊7，卷四十，收於沈雲龍主編《近代中國史料叢刊》，冊 611，頁 3790～3818。

強旨意，或責難清廷辦事不力，皆屬蠻橫無理至極。至十九世紀末，列強彼此間更沆瀣一氣，由美國提出有關中國門戶開放政策，彼此承認在華勢力範圍與既得利益，完全無視清廷存在，竟也成為國際協定。〔註13〕中國淪為列強俎上肉，任其恣意宰割。相對於滿清政府的顢頇無能，民間卻展現出不甘屈服的頑強抵抗，主要表現在層出不窮的排洋反教事件上。西方傳教士大舉來華，雖在客觀上多少對中西交流作出貢獻，但中西兩方在文化習俗上差異甚大，中國士紳、民眾視西方教會為異端，本難容忍，加之西方傳教士在種種行為上越軌踰節，諸如霸佔田產、魚肉鄉民，包攬詞頌，藉龐大教會勢力干涉內政，蒐集各類情報，製造民族糾紛等，更引起中國各階層普遍反感，反洋教事件幾乎遍佈全國〔註14〕，其中尤以山東起事的義和團聲勢最為驚人，但所帶來的災禍也最大，辛丑合約中十億兩的賠款，可抵清政府十二年的財政總收入；北京到大沽砲台的拆毀，使外人艦艇長驅直入中國；班列六部之前的外務部承辦一切對外事宜，清廷無權過問；北京使館區劃定，形成「國中之國」；嚴懲和帝國主義作對的的官吏，派重臣前往德、日賠禮謝罪，更是踐踏自我尊嚴，助長外人氣焰，凡此種種皆是陷中國於萬劫不復的深淵。〔註15〕而對外戰爭的屢戰屢

〔註13〕前蘇聯學者 C.B.戈列里克認為「美國政府不想落後於那些已在中國重要地區奪得『肥肉』的列強。同時。美國政府希望在列強的『勢力範圍』內享有『機會均等權』，根據從前同中國簽訂的條約，它享有這些權利。美國政府估計，憑藉美國高度的工業水平，它在這些『勢力範圍』內的處境必定會大大優於其他國家。」見 C.B.戈列里克著，高鴻志譯《1898～1903 年美國對滿洲的政策與「門戶開放」主義》（哈爾濱：黑龍江教育出版社，1991 年 3 月），頁 26。因此美國的「門戶開放政策」並非為保持中國領土與行政完整而提倡，而是要求在對中國的侵略中，也分一杯羹。關於美國所提出的中國門戶開放政策，得到英、義、德、日、法及俄國不同程度上的同意，彼此在侵占、掠奪中國的陣線上達到一定程度的聯合同盟。

〔註14〕清末的反洋教事件例如天津教案（1870 A.D）震動中外，四川、遼寧、江浙、兩湖、兩廣都有教案發生。

〔註15〕辛丑條約共有十二款，十九個附件，其主要內容可見田濤主編《清朝條約全集》（哈爾濱：黑龍江人民出版社，1999 年 6 月），冊 2，

敗，嚴重打擊中華民族的自信心，特別是在同光兩朝，對外政策搖擺不定，是戰或和往往莫衷一是，坐失良機，俄國侵略新疆（1871 A.D），日本併吞琉球（1879 A.D），英軍進犯西藏（1888 A.D），中法戰爭（1883 A.D～1885 A.D），中日戰爭（1894 A.D～1895 A.D）連番失利，不平等條約一項項簽訂下來，滿清只剩帝國空殼，早已名存實亡了。

## 二、朝野應變的措施與思想

### （一）應變措施

十九世紀之末，中國遭遇數千年來未有之強敵，痛歷數千年來未有之創局，朝野知識份子紛紛提出自強方案以救亡圖存。洋務運動即是在這種政治氛圍下所產生，以總理衙門恭親王奕訢為首，曾國藩、李鴻章、左宗棠等督撫為襄贊，雖不否認修明禮義，整頓內治的重要〔註16〕，但為解燃眉之急，購買、製造堅船利礮乃「今日救時之第一要務」〔註17〕，認為「治國之道，在乎自強，而審時度勢，則自強以練兵為要，練兵又以制器為先」〔註18〕，因此造船、製械、軍港、電

---

頁 1122～1144。「辛丑條約」是中國近代史上賠款數目最龐大、主權喪失最嚴重、凌辱國格最深沉，從而給中國人民帶來空前災難的不平等條約。它的簽訂，標誌著中國半殖民地地位更深一步的淪陷。

〔註16〕如恭親王奕訢認為「修明禮義，以作忠義之氣為根本；一面即當實力講求戰守，斬得制伏之法」見寶鋆等修《籌辦夷務始末（同治朝）》，冊 8，卷四十八，收於沈雲龍主編《近代中國史料叢刊》，冊 611，頁 4579。當時主持洋務的眾多官吏骨子裡仍以中國文化為本位，以為「中國文物制度迥異外洋獉狉之俗，所以郅治保邦，固丕基於勿壞者，固自有在」見〈同治四年八月初一日李鴻章摺〉收於楊家駱主編《洋務運動文獻彙編》（台北：世界書局，1963 年 7 月），冊 4，頁 14。認定中國文物制度優於外國獉狉野俗，因此洋務運動的改革主要還是停留在淺層部分的物質革新。綜觀洋務運動，以中體西用為變制原則，用意在取新法以守護舊物，藉西法以尊中國，所模習之洋務亦是被限定和被配置的東西，「以中國之倫常名教為原本，輔以諸國富強之術」才是最後目的。

〔註17〕曾國藩〈覆陳購買外洋船礮摺〉收於楊家駱主編《洋務運動文獻彙編》，冊 2，頁 225。

〔註18〕寶鋆等修《籌辦夷務始末（同治朝）》，冊 5，卷二十五，收於沈雲龍

報、招商局、織布局、礦物局等軍事、經濟相關機構一一興辦，而經濟方面又以裕餉爲目的，其餘如興學堂、派遣留學生，也是以工科學習爲主，至於政治、教育、思想等牽涉更深層的制度範疇則不在革新範圍內。洋務運動推行三十五年，卻在甲午之戰一敗塗地，除衛道保守人士因立場與所見之面的歧異而多方掣肘外，洋務推行者各自爲政，對於西方政治、財政、教育、制度的認知有限，因而流於形式的膚淺學習，也是導致失敗的原因。事實上，以當時政局來說，「外有滿漢、地域、派系的鬥爭；內有皇權侵越的陰謀。中央無權能兼具的主持機構；地方無和衷共濟的督撫大臣。權力分散，致使牽制多而合作少；議論多而負責少。內治根本無法澈底，洋務亦屢起屢仆。縱有自強計劃，亦無法收自強實效」〔註19〕。在洋務運動推行之時，另有一批思想更爲有深度的知識份子，欲從制度、思想改革進行維新，如馮桂芬主張廢八股時文〔註20〕，鄭觀應建議設議院公舉議員〔註21〕，其餘如「商富即國富」〔註22〕恃商爲國本之說，建立君主立憲，廣設新式學堂等進步觀念，啓發了康有爲、梁啓超等人的維新運動，更影響日後民族革命。

　　光緒二十一年（1895 A.D）四月，「馬關條約」即將簽訂，與聞者莫不悲切憤慨，康有爲以士氣可用，聯合各省舉人聯名發表「公車上書」，提出拒和、遷都、變法主張，未果，又連番上書，再陳變法

主編《近代中國史料叢刊》，冊 611，頁 2475。

〔註19〕石錦〈清末自強觀的內容、分野及其演變（1840～1895）〉，收於李恩涵、張朋園等著《近代中國：知識份子與自強運動》（台北：食貨出版社，1972 年），頁 116。

〔註20〕馮桂芬〈改科舉議〉，《校邠廬抗議》，卷下，收於沈雲龍主編《近代中國史料叢刊》（台北：文海出版社，1966 年 10 月），冊 612，頁 123～130。

〔註21〕鄭觀應認爲「故欲行公法莫要於張國勢，欲張國勢莫要於得民心，欲得民心莫要於通下情，欲通下情莫要於設議院。」見鄭觀應《盛世危言增訂新編》（台北：台灣學生書局，1965 年 11 月），冊 1，頁 55。

〔註22〕王韜〈代上廣州府馮太守書〉，見《弢園文錄外編》，收於《續修四庫全書》（上海：上海古籍出版社，2002 年），冊 1558，頁 642。

之要，得到光緒皇帝重視，於是，以光緒皇帝爲主，包含翁同龢、梁啓超、譚嗣同、嚴復等在內思想維新者，開啓一連串改革措施。一八九八年六月，光緒皇帝頒布「明定國事」詔書，宣明廢除八股，改試策論，建新式學堂，提倡西學，鼓勵辦報和譯書，設制度局，裁撤冗官。詔書中還指斥頑固保守者之迂闊，表明了光緒皇帝欲依靠維新變法之決心。同年九月，又大刀闊斧將禮部尙書等六堂官全部革職，安置李端棻、徐致靖、劉光第、楊銳等入尙書省、軍機處任職，同時罷黜李鴻章總理衙門之務。一連串的雷厲風行引起位居要津的龐大官僚體的惶恐，遂以慈禧太后爲首進行政變，幽光緒於瀛臺，大肆搜捕屠殺維新人士與參與新政的官員，康、梁維新，百日告終。檢論實際，從當時朝野痼疾的積弊之深去衡量維新運動，其革新力度猶嫌過輕，無法釜底抽薪，盡除國之沉痾；而從昏昏然的朝野當道意識去衡度變法，又覺未免過於激進，遂群起而反對，於是，在除惡不盡，又反遭杯葛下，維新運動便成了不輕不重的理想式改革。而康、梁言君主立憲、倡西方自由平等的政治主張，以爲「新政來源眞可謂令出我輩」〔註23〕，有自信可以改造君權，但實際過程卻先取依傍君權爲捷徑，指出建設新國家必須大破大立〔註24〕，卻又無法擺脫君主舊體，對於傳統帝制，特別是光緒皇帝本人更存在著知遇恩情，將忠君與愛國視爲一體，當君權垮台，維新者也只能流亡海外或血濺刑場。而也就在此時，受到變法維新的啓發，有一批人更看出維新之勢弱，不

---

〔註23〕中國文學史學會編《戊戌變法》（上海：上海書店出版社，2000 年 6月），冊 2，頁 542。

〔註24〕康有爲在一八九八年一月上光緒皇帝第六書〈應詔統籌全局摺〉言「觀大地諸國，皆以變法而強，守舊而亡。然則守舊開新之效，已斷可觀矣。以皇上之明，觀萬國之勢，能變則全，不變則亡，全變則強，小變仍亡……夫方今之病，在篤守舊法而不知變。法既積久，弊必叢生，故無百年不變之法。」力陳變法之迫切，其中「能變則全，不變則亡，全變則強，小變仍亡」宣示徹底改革之決心。見蔣貴麟主編《康南海先生遺著彙刊》（台北：宏業書局有限公司，1976年 9月），冊 12，頁 102。

如革命之快捷，轉而爲倡導革命的先輩〔註25〕，認爲國家與君權不應混爲一談，君權不能承載國家，而滿人不足以代表全中國，特別是在庚子拳亂，辛丑國恥之後，滿族的君權更成爲輿論撻伐的眾矢之的，因此，「驅除韃虜」也就成爲國民革命的號召之一。當然，清政府面對對外戰爭的慘敗議和也並非無動於衷，慈禧在各方壓力下不得不放棄祖宗成法，勉爲新法，於是在1901年頒下諭旨，責中央地方大臣各抒己見，條議以聞。但是，慈禧所講的新政不過是爲杜悠悠之口所設，眞正所收實效，微乎其微。1904年日俄戰爭爆發，俄國戰敗，國內輿論認爲日本戰勝之因乃在其立憲體制〔註26〕，於是朝野紛紛策動立憲，然而，清廷的回應卻讓立憲派人士大失所望，先是對於實行憲政之日含糊其詞，一拖再拖，再是對於人民三番兩次的請願置若罔聞，又以皇族親貴掌理內閣大權，名爲立憲，實爲專制，最末，終於在1911年非法宣布鐵路幹線收歸國有，使民氣鬱憤怨結上通於天，立憲派人士切齒痛恨，紛紛棄政府而去，步上革命之途。〔註27〕1912年，在武昌一聲槍響的同時，滿清王國喪鐘亦隨之響起，隨著各省紛紛宣布獨立，宣統皇帝下詔退位，大清王朝走入歷史。

〔註25〕楊國強認爲「二十世紀最初十年裡以反滿造革命的楊篤生、吳敬恒、于右任、蔡元培、秦力山、譚人鳳、劉揆一、馬君武等等，雖分別起於東西南北，其干預國運的政治意識則同章太炎一樣，都以十九世紀末的變法爲起點。」見楊國強《晚清的士人與世相》（北京：生活·讀書·新知三聯書店，2008年4月），頁300～301。
〔註26〕當時社會輿論認爲「日俄之役也，群以爲非軍隊之競爭，乃政治之競爭。辛之日勝而俄敗，專制立憲，得失皎然。」又言「此非日俄之戰，而立憲、專制二政體之戰也。自海陸交綏，而日無不勝，俄無不敗，於是俄國人民乃群起爲立憲之爭，吾國士夫亦恍然知專制昏亂之國家，不足容於廿紀清明之世界，於是立憲之議，主者漸多。」語見〈立憲紀聞〉，《東方雜誌》，光緒三十二年增刊《憲政初綱》。
〔註27〕侯宜杰《二十世紀初中國政治改革風潮——清末立憲運動史》（北京：人民出版社，1993年4月），頁476。

## （二）因應思想

綜觀同光二朝從「師夷之長技以制夷」〔註28〕的洋務運動，到「以革政挽革命」〔註29〕的維新與立憲，最後步上「除胡虜以自植」，從物質變革，漸進到制度變革，更在辛亥革命前後，五四運動期間於思想、文化上做更深層而整體的變動，〔註30〕一路走來，中國知識階層在外力衝擊下，採取了各種應對策略，而驅動策略措施的，是「西學」刺激下，思想的飛昇與轉變。可以說，十九世紀末到二十世紀初的五十年裡，中國知識份子思想的轉變，就是一個接受、適應並將西方思想改良成合乎中國國情的過程。洋務運動時期，在「經世致用」精神引導下，〔註31〕採西學以自強成為當時社會思潮

〔註28〕魏源《海國圖志》（台北：成文出版社，1967年9月），冊1，頁36。
〔註29〕語出光緒二十三年二月章太炎發表〈論學會有大益於黃人亟宜保護〉結語，見侯宜杰《二十世紀初中國政治改革風潮——清末立憲運動史》（北京：人民出版社，1993年4月），冊324，頁1256。
〔註30〕梁啓超在一九二二年發表〈五十年中國進化論概說〉一文論十九世紀中葉至第一次世界大戰結束這段期間，將中國的變化分為「物質」、「制度」、「文化」三期變革：「第一期，先從器物上感覺不足。這種感覺，從鴉片戰爭後漸漸發動，到同治年間借了外國兵來平內亂，於是曾國藩、李鴻章一班人，很覺得外國的船堅礮利，確是我們所不及，對於這方面的事項，覺得有舍己從人的必要……。第二期，是從制度上感覺不足。自從和日本人打了一個敗仗下來，國內有心人，真像睡夢中著了一個霹靂，因想到堂堂中國為什麼衰敗到這田地，都為的是政治不良，所以拿『變法維新』做一面大旗，在社會上開始運動，那急先鋒就是康有為、梁啓超一班人……。第三期，便是從文化根本上感覺不足。……革命成功將近十年，所希望的件件都落空，漸漸有點廢然思返，覺得社會文化是整套的，要拿舊心理運用新制度，決計不可能，漸漸要求全人格的覺悟。」見梁啓超《飲冰室文集》（台北：台灣中華書局，1983年12月），冊14，頁43～45。
〔註31〕汪林茂指出十九世紀中葉，深刻的民族危機引發中國人做深層的思考。傳統的「經世致用」精神在這思考過程中發揮了傳統走向近代過渡的推力作用——「經世致用」所具有的關注現實的學術精神，使得那些進步思想家們能夠看到、並承認第二次鴉片戰爭後中國所面臨的嚴峻形式，進而去探求「救時」良方；「經世致用」所具有的「實事求是」精神，使那些進步思想家們勇於沖破傳統，承認「夷人」比自己強，並且去探求強之所在；「經世致用」內含的不同於唯倫理思維的功

主流，「中體西用」之說蔚爲顯學。雖然，中日戰爭的結果證明了洋務運動的失敗，但就破除思想禁區，向西方敞開門戶，引進西方文化這些層面而言，洋務運動仍有啓發性的正面意義。十九世紀末，康梁維新變法，重新詮釋「體」、「用」之間的關係，以變政爲中心，等視中西，謀求本末俱變。康有爲的《新學僞經考》、《孔子改制考》在一破一立間，〔註32〕嚴重打擊了兩千多年來維護封建制度的理論依據，同時以托古改制的方式來宣傳自己的政治觀點與主張，先後遞進的七次上書以西方、日本的改革變制爲他山之石，謀劃變法藍圖。而梁啓超更以一枝凌雲健筆在《時務報》上大發議論，爲維新運動造勢，遂使變法觀念深植人心，改革聲浪乃騰湧於民間。〔註33〕維新運動雖成爲十九世紀改革的絕響，然而康、梁所宣揚的部分理念卻揭開了二十世紀初的立憲和革命序幕。〔註34〕1901 年梁啓超在《清議報》發表〈立憲法議〉闡述君主立憲主張，此外，在《新民叢報》還發表了其他人撰寫的立憲著作。1902 年初慈禧下詔施行「新

利、功用價值觀，爲接納異質文化留下了一方天地；而「經世致用」所倡導的「變異」思想，又推動思想家們不在留戀「古方」和「成法」，其思考和探索活動隨著形勢的變化（變局）而向前推進。一些先進的的思想家正是在「經世致用」精神的引導下，其文化思考和探索開始從傳統跨向近代。見汪林茂《晚清文化史》（北京：人民出版社，2005年 7 月），頁 93。

〔註32〕韋政通認爲「康有爲變法理論的代表作有二：《新學僞經考》、《孔子改制考》，如果說，前一書的主要內容和目的是爲了『證明』劉歆僞造經典，從而湮沒了孔子的『微言大義』，那麼，後一書就正是要來說明和闡發這種『大義』。前一書如果是『破』，則後一書是『立』。」語見韋政通《中國十九世紀思想史》（台北：東大圖書股份有限公司，1992 年 9 月），冊下，頁 686～687。

〔註33〕梁啓超在〈清議報一百冊祝辭並論報館之責任與本館之經歷〉回憶中國報館的沿革及其價值時提到「甲午挫後，《時務報》起，一時風靡海內，數月之間，銷行至萬餘分，爲中國有報以來所未有，舉國趨之，如飲狂泉。」見梁啓超《飲冰室文集》（台北：台灣中華書局，1983 年 12 月），冊 3，頁 52。

〔註34〕韋政通《中國十九世紀思想史》（台北：東大圖書股份有限公司，1992年 9 月），冊下，頁 710。

政」，卻讓知識份子再次見識到清政府的無可救藥，八月，康有爲挾眾海外華僑名義擬摺上奏，要求慈禧歸政光緒，立定憲法。而在一衣帶水的日本，留學生隔海倡導立憲，國內輿論、報刊對立憲一事亦討論得沸沸洋洋，「總之，到 1903 年，君主立憲作爲一種社會思潮已經在國內和海外留學生、華僑當中初步勃興起來了。」〔註35〕1905 年日本戰勝俄國，立憲運動走向高峰，「上自勳戚大臣，下逮校舍學子，靡不日立憲立憲，一唱百和，異口同聲」〔註36〕，「立憲」儼然成爲此段期間的主要潮流。清廷在各界壓力下於此後五、六年勉爲其難的做立憲的各項準備，但卻也愈偏離立憲人士最初的用意，群眾大失所望之餘，已然覺察革命意識在心中份量的與日俱增。事實上，從乙巳年秋（1905 A.D）到辛亥秋（1911 A.D）共六年間，革命黨「驅除韃虜，恢復中華」、推翻帝國專制，建立三民主義等理念，〔註37〕亦深植於眾多海外留學生與知識份子心中，同時，也與立憲派人士在報刊上針鋒相對，展開激論，所收的宣傳效果之大能與立憲分庭抗禮。當勢局轉變，清廷再次失信於民時，「欲避免瓜分，非先倒滿清政府，則無挽救之法也」〔註38〕也就理所當然成爲當時看清現實之人的共識。

　　在晚清一連串的變革改制中，即使維新、立憲、革命等思想如波似潮，聲勢滔天，但仍有爲數不少的士大夫對於改革抱持著較爲保守的態度，思考民族危機深化的同時，以抑西揚中作爲文化的基本取向，帶動保種、愛國、存學的國粹思潮，成就晚清文化保守思潮的最

〔註35〕侯宜杰《二十世紀初中國政治改革風潮——清末立憲運動史》（北京：人民出版社，1993 年 4 月），頁 39。

〔註36〕閔閒〈中國未立憲以前當以法律徧教國民論〉，《東方雜誌》第 2 年第 11 期，光緒三十一年十月。

〔註37〕建設三民主義是孫中山先生倡導革命的重要理念，但就一般革命黨人的心理而言，大多數還是只注重在民族、民權兩個問題上，尤其是民族問題——排滿主義，而這也正是滿清皇位所以容易顛覆的原因。

〔註38〕見孫中山〈駁保皇報書〉，收於《孫中山全集》（北京：中華書局，1986 年 7 月），頁 234。

高峰。文化保守主義者〔註39〕認爲一個國家、民族要獨立自主，就必須保有專屬這個國家民族的特別精神，即國魂，而國學乃國魂之所存，陶鑄國魂離不開對國學的開發與國粹的發揚，同時，保持一種開放的文化心理，吸收各國國魂之長，最終達到中國圖強的目的。〔註40〕整體而言，持國粹之說的保守者在文化運思上遠較早期文化保守的前輩們爲高，雖仍以中國文化爲主體，適當吸納西方文明之長，似是沿襲了洋務運動時期「中體西用」的理論，但在同時，卻也對舊有的傳統文化提出批判，認爲國學不應等同於君學，〔註41〕儒學非中國文化的唯一代表，此觀念的提出，無疑是文化思想上的一大飛昇。國粹之說雖表現出典型的文化保守色彩，在文化價值取向上更有著根本的失當之處，同時整體理論也有著膚淺、自相矛盾之處，但誠如鄭師渠所言「國粹派的所謂『古學復興』，歸根結蒂，其在實踐上最終是表現爲推動傳統學術走向近代化的轉換。」〔註42〕

〔註39〕此處所言文化的「保守者」有別於「泥古之迂儒」、「苟安之俗吏」的頑固派，頑固派守舊偏執，冥頑不靈，張之洞抨擊頑固者即使手著述而口性理，仍掩飾不住昏惰無志，空言無用，孤陋不通，傲狠不改，坐使國家顛隮，聖教滅絕的一面，這群人以中國文化不容侵犯改易，爲天下之唯一絕對，否定西學價值。而文化保守者認爲中西文化並非對立而是可以融通，引進西方文明，是爲傳統文化注入活水，繼往開來，維持傳統文化的主體地位。因此文化守舊者與頑固者之間最大的區別在於，頑固者完全否定西學價值，保守者不絕對否定西學，但持抑西揚中的文化取向。張之洞對頑固者之批評見〈勸學篇‧變法〉，收於苑書義、孫華峰、李秉新主編《張之洞全集》（石家莊：河北人民出版社，1997 年 12 月），冊 12，頁 9748。

〔註40〕喻大華《晚清文化保守思潮研究》（北京：人民出版社，2001 年 1 月），頁 103。

〔註41〕鄧實在光緒三十三年二月於《國粹學報》發表〈國學眞論〉言「夫國學者，別乎君學而言，……近人于政治之界說，既知國家與朝廷之分矣，而言學術則不知有國學、君學之辨，以故混國學於君學之內，以事君即爲愛國，以功令利祿之學即爲國學，其烏知乎，國學之自有其眞哉。見《國粹學報》（台北：文海出版社，1907 年 2 月），冊 5，頁 3291。

〔註42〕鄭師渠《晚清國粹派——文化思想研究》（北京：北京師範大學出版社，2000 年 11 月），頁 128。同時，鄭師渠又認爲國粹派提倡「古

仍不失其積極、有意義的一面。

## 第二節　文學背景

　　清末民初是一個危機的時代，知識份子爲應萬變想方設法，隨著時間的進程、事件的不同產生各種思潮，如同上節所述，思想潮流的後先出現，在國家、社會上引起震盪波瀾，作爲思潮載體的文學，也必然烙下深刻的時代印記。鴉片戰後，魏源、龔自珍作品中闡述了經世致用的理念：正視現實，反映現實，有利於國計民生，要爲當前政治服務，強調文學的功利性，〔註43〕成爲晚清文學改良與啓蒙的先驅。同、光洋務期間，眾士大夫「以中國之倫常名教爲原本，輔以諸國富強之術」〔註44〕，以求自強，出身傳統士紳階層的這群人，在所擅長的傳統詩文領域中，表達了西流衝擊下的圖強意念。更有部分人士將在外國的親身聞見紀錄成作，如曾紀澤《出使英法日記》、郭嵩燾《使西紀程》、黎庶昌《西洋雜誌》、張德彞《隨使法國記》等。〔註45〕翻譯文學也在此時蓬勃發展，王韜、張芝軒

　　學復興」在命意上追尋歐洲資產階級先哲，以謀中國文化的復興，提出強調中西融合的具體途徑，推進傳統學術近代化的努力，都說明了國粹派本質是創新而非復古。

〔註43〕郭延禮強調：文學的功利性是儒家文學觀的重要內容，孔子就提出詩可以興，可以觀，可以群，可以怨。近代文論家繼承了文學功利性的這一傳統，但卻反其道而行之，用來批判封建專制和封建文化思想，……。這是近代文學思想中功利主義和傳統文學觀中功利觀的不同。如果說，早期的龔自珍、魏源、包世臣、蔣湘南、馮桂芬等人主要還是強調文學批判功能的話，那麼後來的梁啓超、黃遵憲、蔣智由、陳去病、黃人等則更多的強調文學的啓蒙作用。見郭延禮〈在中西文化交匯中的中國近代文學理論〉，《東岳論叢》，第 20 卷第 1 期，1999 年 1 月，頁 86。

〔註44〕馮桂芬〈采西學議〉，《校邠廬抗議》，卷下，收於沈雲龍主編《近代中國史料叢刊》（台北：文海出版社，1966 年 10 月），冊 612，頁 151～152。

〔註45〕丘鑄昌〈近代思潮與近代文學〉，《高等函授學報（哲學社會科學版）》，1998 年第 3 期，頁 19～22。

翻譯法國國歌〈馬賽曲〉、德國詩人阿恩特的〈祖國歌〉、蠡勺居士翻譯英國小說《昕夕閑談》〔註46〕，文學在此擔負了東西文化交流的重任，實是順應大時代變局下的自然現象，也由於所乘載的思想內容不同，此時的作家看待文學的觀念與表現文學的手法形式上不得不有所興替。清末民初的文學走向開放，不僅向外來文化思想開放，也向社會讀者開放，文學不再以作者表達或解脫為滿足，更要傳播某些信息，讓讀者理解或接納，成為一種溝通方式，由作者、讀者雙方互動關係完成，〔註47〕支持維新運動的知識份子抓住文學對群眾的影響力，既利用各種形式，如報紙、刊物、書籍、翻譯宣揚理念，更對詩歌、散文、小說、戲曲提出改良革新的要求，一時間涉及文學各領域，從理論到創作，吹起一股晚清文學改良運動的風潮，詩歌、散文不僅從內容到形式，由裡而外徹底新變，其獨尊文壇的優勢也湮滅不再，而小說、戲曲反承擔起救國新民的重任，甚有凌駕詩文的氣勢。爾後，革命派作家承續文學救國的觀念，辦報、翻譯、組織文學社團，在創作的文學作品中毫無忌諱的批評清廷，號召群眾反清，文學成為其鼓吹革命思想的利器。

　　然而，就在改革新變思潮在文學界掀起狂潮之際，近代詞學領域竟冷靜的出奇，是一塊「相對安定的古典領地。它沒有向詩文那樣受到改良主義思潮的巨大沖擊，而是依照原來的軌道，緩慢地作慣性滑行。」〔註48〕理論方面，常州詞論是晚清詞壇的主調，但又兼容浙派之說；創作方面，作品內容與時事結合，卻也表現私我心曲；其餘如詞學集團活躍、詞集編纂刊刻，都顯示了清末詞壇的昌盛，繼清初詞學中興以來再創高峰。

〔註46〕原著為英國作家利頓（E.B.Lytton）於 1841 年在倫敦出版的小說《夜與晨》（*Night and Morning*）。
〔註47〕陳燕《清末民初的文學思潮》（台北：華正書局有限公司，1993 年 9月），頁 85～86。
〔註48〕方智範、鄧喬彬《中國古典詞學理論史》（上海：華東師範大學，2005年 12 月），頁 293。

## 一、詞學理論—以「常」為主，兼容眾流

　　面對晚清的內亂外侮，士大夫注重援經議政，提出經世致用主張，這股思潮在詞學界中也迸發耀眼的火花，張惠言以深通漢學的古文學家身分涉足詞壇，以「意內言外」的觀點釋詞，援引詩教，強調言詞之外未被明說的政治寓意。其甥董士錫承之，繼張惠言推尊詞體，倡言寄託的觀念，影響了周濟——常州詞派的重要功臣。周濟論詞雖多主張惠言之說，但仍有自我的見解與析論，並非一味盲從，以「寄託出入」為基礎，建立一套完整的詞學體系，揭示詞學入門、途徑及最高境界主張後，常州詞派可謂由此正式確立。常州後期，莊棫、譚獻繼續扮演常派理論糾偏補缺的重要角色，強調「比興柔厚」，此後，常派健將陳廷焯提出「沉鬱頓挫」的詞學宗旨，將常州詞論再度深化。至於其他詞學家，如蔣敦復、劉熙載、馮煦等人在詞論上各有特色，但不脫常州詞派的範疇。可以說，整個晚清詞壇就是以常州詞論為主流。蔣兆蘭在《詞說》中即指出常州詞派主盟壇坫的客觀事實：

> 有清一代，詞學屢變而益上。中葉以還，鴻聲疊起，闢門戶之正，示軌轍之程。逮乎晚清，詞家極盛，大抵原本風雅，謹守止庵，導源碧山，歷稼軒、夢窗，以還清真之渾化之說為之。……。其間特出之英，主壇坫，廣聲氣，宏獎借，妙裁成，在南則有復堂譚氏，在北則有半塘王氏，其提倡推衍之功，不可沒也。〔註49〕

當是時，由於家國多艱，舉步困頓，文人在傷時感世之餘，以「詞史」與「寄託」抒發經世致用之懷，強調文學與現世的結合，而常州詞論十分符合這種創作的需求，適當風會所趨，自然廣為詞人所接受。〔註50〕

---

〔註49〕蔣兆蘭《詞說》，收於唐圭璋《詞話叢編》，冊5，頁4625。
〔註50〕朱惠國對於常州詞派之論做過一個有趣的比喻：「常州詞派的理論本身就是作為醫治可能出現的衰世而炮製的一副藥劑，只不過這副藥劑裹著詞學的糖衣。」又說「張惠言以後，社會運行的方向正如常州學派與常州詞派創始人所預感的那樣，漸漸地轉向衰世，因此詞派的理論也變的愈來愈適應社會。社會需要一種實用的詞學，而常州詞派正是這樣一種詞學。這種需要與被需要的關係是常州詞派能

常州派論詞慣以詩教爲詞旨，把詩教作爲詞的基本社會功能。沈增植在回顧清代詞學理論變化的歷史，提到：

> 張皋文氏，董晉卿氏，《易》學大師，周止庵治《晉書》，爲春秋學者，各以所學，益推其義，張皇而潤色之，由樂府以上溯詩騷約旨而閎思，微言而婉寄。蓋至於是，而詞家之業，乃與詩家方軌竝馳，而詩之所不能達者，或轉藉詞以達之。〔註51〕

說明了自張惠言起，詩教指導詞學思想的日益深入。在詩教觀的影響下，常州詞論家對於詞的相關議題闡述，如詞的起源，上附風騷，尊詞如尊詩，重視詞的社會教化功能等，皆與詩靠攏，使詞到了晚清在創作和理論上都成爲了一種嚴肅的文學活動。〔註52〕

　　然而，常州詞派儘管在理論上主導晚清詞壇，但持常派之論者對於其他詞派，更能以客觀寬容的態度待之。常州對陽羨詞能「存經存史」〔註53〕說的繼承，顯而易見，對於浙派在情意內容上之不關政教雖深感不滿，但對於其個體情性與語言技巧上的表現，卻不完全否定，甚至以爲有可觀之處。〔註54〕並吸取他人優長，補自身之不足。例如譚獻是常州詞派重要的理論家，但對浙派殿軍屬鶚卻評其「秀絕人寰，超然物表」；陳廷焯後期轉服膺常派，對浙派理論批駁甚烈，

---

在晚清迅速發展的根本原因。」見朱惠國《中國近世詞學思想研究》（上海：上海古籍出版社，2005 年 6 月），頁 198。

〔註51〕沈增植〈彊村校詞圖序〉，見朱祖謀校輯《彊村叢書》（台北：廣文書局有限公司，1970 年 3 月），冊 1，頁 2。

〔註52〕陳銘即以「以詩衡詞」作爲晚清詞論轉變的核心，討論了晚清詞學從尊詞體發展爲以詩衡詞的背景因素、基本內涵與造成的影響。因爲以詩教觀點度衡倚聲，視詩教爲詞旨，在創作上講究詩教先行，鑑賞方面也偏重微言大意的挖掘。詳文見陳銘〈晚清詞論轉變的核心：以詩衡詞〉，《浙江學刊》，1993 年第 3 期，頁 74～79。

〔註53〕陳維崧〈詞選序〉「選詞所以存詞，其即所以存經存史也夫」，見陳維崧《陳迦陵文集》，收於王雲五主編《四部叢刊正編》（台北：台灣商務印書館，1979 年），冊 82，頁 31～32。

〔註54〕侯雅文《常州詞派構成與變遷析論》（中壢：國立中央大學中國文學研究所博士論文，2003 年 6 月），頁 285。

卻也指出「迦陵雄勁之氣，竹垞清雋之思，樊榭幽艷之筆，得其一節，亦足自豪。」〔註55〕；謝章鋌則客觀區分浙派初始與末流之別，給予朱彝尊、厲鶚高度評價，一針見血指出餘下耳食之徒「嗣法不精」累及初祖。〔註56〕

　　自周濟提出「問塗碧山，歷夢窗、稼軒，以還清眞之渾化」〔註57〕由南返北之學詞門徑後，常州詞派已有博觀南北宋詞優長之見，又歷眾多論者之約取補漏，至清末四大家在淵源於常州詞派時，能盡掃入主出奴之弊，跨常邁浙，突破浙派尊南宋，常州崇北宋的門戶之見，擴大詞學理論範疇，〔註58〕臻於前修未密，後出轉精之境。值得一提的是，吳中詞派有關聲律的許多合理思想也被清末四大家接受發揚，蔡嵩雲說：「鄭叔問、況周頤、朱彊村等，本張皋文意內言外之旨，參以凌次仲、戈順卿審音持律之說，而益發揚光大之。此派最晚出，以立意爲體，故詞格頗高。以守律爲用，故詞法頗嚴。」〔註59〕晚清四大詞人立基常州詞論之上，同時又能別具慧心，尋求突破與發展，兼容眾流派之長，不僅成就常州詞學的輝煌，更後出轉精，爲中國近千年的傳統詞學做了最好的終結。

---

〔註55〕見陳廷焯《白雨齋詞話》，收於唐圭璋《詞話叢編》，冊4，頁3930。在《白雨齋詞話》中，又處處可見陳廷焯對於陽羨領袖陳維崧詞作的「語言風貌」以及「個體情性」的肯定，如卷四云「迦陵汴京懷古十首，措語極健，可作史傳讀」，又云「其年〈賀新郎〉塡至一百三十餘首之多，每章俱於蒼茫中見骨力，精悍之色，不可逼視」。陳廷焯雖批判浙派朱彝尊《江湖載酒集》、《茶煙閣體物集》、《蕃錦集》爲「皆無其大過人之處」，但亦肯定上述作品「組織甚工」、「運用成語」之技巧別具匠心。

〔註56〕謝章鋌《賭棋山莊詞話》，見唐圭璋《詞話叢編》，冊4，頁3433。

〔註57〕周濟〈宋四家詞選目錄序論〉，見唐圭璋《詞話叢編》，冊2，頁1634。

〔註58〕關於清末四大家王鵬運、朱祖謀、鄭文焯、況周頤融會常浙之論、治南北宋而能一之的集大成之說，見孫克強《清代詞學》（北京：中國社會科學出版社，2004年7月），頁386～402。

〔註59〕蔡嵩雲《詞說》，見唐圭璋《詞話叢編》，冊5，頁4908。

## 二、創作實踐—結合時事，婉言心曲

　　晚清詞創作深受常州詞論中「詞史」與「寄託」的影響，在詞境的擴充與題材的開拓上，更爲進步，詞人作品往往與時事緊密結合，而國家陵夷，山河破碎之愁慨，亦伴隨之，結合晚清詞眾作，可憑題材內容撰寫出一部晚清簡史。如光緒十年（1884 A.D）秋，法軍進犯台灣基隆，詞人張景祁（1827 A.D～？）以〈秋霽‧基隆秋感〉〔註60〕感懷此事，詞中將基隆城中風聲鶴唳、畫角哀鳴的危殆景狀勾勒而出，同時抒發滿腔的義憤，唱出反侵略的戰歌。譚獻盛讚此闋「笳吹頻驚，蒼涼詞史，窮髮一隅，增成故實」〔註61〕。張景祁另有〈曲江秋‧馬江秋感〉〔註62〕記中法福建馬尾戰役一事，上片開篇寄慨，描寫戰後的「壚烟暗生，更無漁笛」，遙想當年的「烽火照水驛」，下片諷刺張佩綸自命儒雅，裝模作樣，「平臺獻策」的昏闇與禍國殃民，痛惋千百將士的枉斷魂魄。中日戰爭的慘烈與慘敗是近代史上難以抹滅的傷痛，詞人葉衍蘭（1823 A.D～1897 A.D）以〈菩薩蠻〉〔註63〕十首的組詞形式抒發因戰爭所激起的義憤。十闋作品從

〔註60〕張景祁〈秋霽‧基隆秋感〉「盤島浮螺，痛萬里胡塵，海上吹落。鎖甲煙銷，大旗云掩，燕巢自驚危幕。乍聞唳鶴。健兒罷唱從軍樂。念衛霍。誰是漢家圖畫壯麟閣。　　遙望故壘，氄帳凌霜，月華當天，空想橫槊。卷西風、寒鴉陣黑，青林凋盡怎棲托。歸計未成情味惡。最斷魂處，惟見芊芊神州，暮山銜照，數聲哀角。」張景祁《新蘅詞》，收於《續修四庫全書》（上海：上海古籍出版社，2002年），冊 1727，頁 295。

〔註61〕譚獻《篋中詞續二卷》，收於《叢書集成續編》（台北：新文豐出版公司，1989 年），冊 205，頁 602。

〔註62〕張景祁〈曲江秋‧馬江秋感〉「寒潮怒激，看戰壘蕭蕭，都成沙磧。揮扇渡江，圍棋賭墅，詫綺巾標格。烽火照水驛，問誰洗、鯨波赤。指點麋兵處，壚煙暗生，更無漁笛。　　嗟惜，平臺獻策。頓銷盡、樓船畫鷁。淒然猨鶴怨，旌旗何在，血淚沾籌筆。回望一角天河，星輝高擁乘槎客。算只有鷗邊，疏菰斷蓼，向人紅泣。」張景祁《新蘅詞》，收於《續修四庫全書》，冊 1727，頁 294～295。

〔註63〕葉衍蘭〈菩薩蠻〉其一「遙山黯淡春陰滿，游絲飛徧梨花院。野草冒閒庭，紅棠睡未醒。　　華筵歌舞倦，簾外流鶯喚。錦帳醉芙蓉，邊書不啓封。」其二「琅璈鈿瑟瑤池宴，素娥青女時相見。

不同角度忠實反映了當時的亂象：或寫大吏疆臣粉飾太平、聲色歌舞，或寫李鴻章等寡廉鮮恥，苟且誤國，而北洋水師不堪一擊，眾將官葬身魚腹。詞人請纓報國無門，悲慨難解，抑鬱憂深之情溢於言表。梁鼎芬亦有和作感嘆甲午戰事，〔註64〕字字淒切，聲聲婉轉，本是拾

濁霧起樓蘭，邊風鐵騎寒。　　扶桑東海樹，移種荒崖去。淚眼望斜陽，關山別恨長。」其三「觸輪夜半飛鯢惡，魚龍曼衍潛幽壑。海蜃駕長空，寒濤戰血紅。　　珊瑚金翡翠，滴盡鮫人淚。遺恨鵲填河，波斯得寶多。」其四「鳳窠群女顛頓舞，纏頭百萬輸無數。紅錦稱身難，瑤箏不肯彈。　　銀屏圍十二，私印綢繆記，醉眼太迷離，雙雙金縷衣。」其五「淮南赴召牙璋起，紫皇寵報金如意。烽火已漫天，何時著祖鞭。　　清人河上樂，卿子誰偕作。大漠陣雲昏，淒涼烈士魂。」其六「封狼天塹能飛渡，鸛鵝半壁空如虎。釜底惜游魚，游魚薄太虛。　　華陽頒十賚，恩重寵山戴。湯網總宏開，和羹宰相才。」其七「金鑾下詔璇宮裏，繡裳特爲蒼生起。瓊戶玉樓臺，誰教斫桂來。　　乘槎空挂席，未採支機石。青瑣點朝班，琵琶出塞難。」其八「窮鱗縱壑滄溟闊，姮娥巧計能奔月。天際動輕陰，冥鴻何處尋。　　青燐飛不斷，慘慘蟲沙怨。江上哭忠魂，同愁粉將軍。」其九「向陽花木都腸斷，青鸞望絕音書遠。鷓鴣忒知時，春晴聽子歸。　　鳴珂金紫煥，赫赫麒麟楦。簪紱樂昇平，終軍漫請纓。」其十「卅年競鑄神州鐵，水犀翻被蛟螭截。雷火滿江紅，傷心駭浪中。　　長城吾自壞，添築蠑螈塞。廷尉望山頭，思君雙淚流。」葉衍蘭《秋夢盦詞鈔・再續》，收於《續修四庫全書》（上海：上海古籍出版社，2002年），冊1727，頁231～232。

〔註64〕梁鼎芬〈菩薩蠻・和南雪丈詠甲午事〉，其一「芳春如夢愁時節，惜花長是經年別。淚眼隔風簾，幽香和恨添。　　重重窗網密，消息從無實。開徑見菲紅，驚呼是夢中。」其二「霜文翠照橫晨夕，流杯巧鏤桃花石。亭館極蟬嫣，清風也費錢。　　西園鶯燕好，拾翠春爭道。楊柳裊千絲，誰言非盛時。」其三「曼延更奏魚龍戲，驂鸞仙子青霞帔。各自唱廻波，纖兒奈汝何。　　繁聲香旖旎，天也胡爲醉。東去望扶桑，麻姑泣數行。」其四「無端橫海天風疾，龍愁鼉恨今何及。夜夜看明星，荒難聽二更。　　淒涼三月雨，念此芳非主。鵜鴂一聲先，人間最可憐。」其五「欽鴟遺旨誰能捍，狐狸撐撐成功竿。幾隊狹邪兒，暑寒猶未知。　　金鈴全付汝，一晌花飛去。總是不關情，高岡要鳳鳴。」其六「鶯銜蝶弄紅英盡，松臺竹崦潛相引。一處一淒迷，相思背燭啼。　　冷苔封劍滿，犀象知難斷。且過賞心亭，稼軒無復醒。」其七「縹縹鸞鳳扶雲下，綠章次第通宵寫。不敢負深恩，身危舌尚存。　　如何無一答，密字

翠爭春，鶯銜蝶弄的芳菲時節，卻聽得荒雞鳴，鶗鴂泣，有人空斷腸，思君空復情，詞人雖哀憐國家，對戰局深覺悵惘，也只能和淚賦詞，以澆心恨。至若清廷割讓台灣，詩人丘逢甲以〈滿江紅〉〔註65〕申訴了孤臣負嵎頑抗，仍無力回天的怨與恨，其孤忠遺志迄今依舊歷歷可感。光緒二十三年（1897 A.D）德國侵占膠州灣，文廷式以〈翠樓吟〉〔註66〕抒發幽憤，當時文廷式因戊戌政變出逃日本，自身命運未卜，但對國家自始至終未減一分關懷，發於詞作傲氣未減，慷慨沉吟，自有高標遠韻。庚子事變後，更毅然渡海共赴國難，作〈憶舊遊〉〔註67〕

---

銀箋合。滄海亦成枯，當筵淚更無。」其八「璇宮夜半驚傳燭，西頭勢重貂相屬。桃宴酒酣時，春殘那得知。　　塞芳情緒各，不念花開落。庭院這般荒，有人空斷腸。」其九「峨峨一艦浮東海，春帆樓約千年在。叔寶是何心，真成不擇音。　　通人眉語妙，豈避旁人笑。此恨竟無期，尋春歲歲悲。」其十「冤禽填海知何日，芳懷惹得秋蕭瑟。莫憶十年前，腸回玉案煙。　　采蘭輕決絕，唾膈壺中血。無謂過浮生，思君空復情。」見梁鼎芬《節庵先生遺稿》（香港：楊敬安印行，1962 年），頁 111～112。

〔註65〕丘逢甲〈滿江紅・越王臺，次伯韞韻〉「逐鹿中原，問何故、閉關自域。思舊事，登高吊古，五羊城北。椎結雄稱南武帝，抱孫左纛朝儀赫。笑此臺、高瞰百蠻天，何因設。甘心受，新王職。彈指頃，千年隔。訪霸圖一片，夕陽無極。殘缺不完南越國，老夫心事何人識。祇江山，雄繞臺基，今猶昔。」見《嶺雲海日樓詩鈔》，卷十，收於廣東丘逢甲研究會編《丘逢甲集》（長沙：岳麓書社，2001 年 12 月），頁 565。

〔註66〕文廷式〈翠樓吟・歲暮江湖，百憂如擣，感時撫己，寫之以聲〉「石馬沈煙，銀鳧蔽海，擊殘哀筑誰和。旗亭沽酒處，看大胾、風檣峨軻。元龍高臥，便冷眼丹霄，難忘青瑣。真無那、冷灰寒枊，笑談江左。　　一笑，能下聊城，算不如呵手，試拈梅朵。苕鳩棲未穩，更休說、山居清課。沈吟今我，祇拂劍星寒，欹屏花妥。清輝墮，望窮煙浦，數星漁火。」文廷式《雲起軒詞鈔》，收於《續修四庫全書》，冊 1727，頁 428。

〔註67〕文廷式〈憶舊遊・秋雁，庚子八月作〉「悵霜飛楡塞，月冷楓江，萬里淒清。無限憑高意，便數聲長笛，難寫深情。望極雲羅縹緲，孤影幾回驚。見龍虎臺荒，鳳凰樓迥，還感飄零。　　梳翎，自來去。歎市朝易改，風雨多經。天遠無消息，問誰裁尺帛，寄與青冥。遙想橫汾簫鼓，蘭菊尚芳馨。又日落天寒，平沙列幕邊馬鳴。」文廷式《雲起軒詞鈔》，收於《續修四庫全書》，冊 1727，頁 440。

一闋，記自彈劾李鴻章遭革離京後的心路歷程，以雁自喻，萬里關山漂泊盡，淒苦滿膺，卻又無法忘懷君國，只能遙遙祝禱帝京和平，對舉步維艱的國勢，災亂連年的故土，深切憂慮。而最能反映庚子事變詞人遭離喪亂，心有深慨，發之吟詠的倚聲創作，非二卷《庚子秋詞》莫屬。時當「光緒庚子之夏，拳匪倡亂，七月既望，各國師集都門。乘輿西狩，士大夫之官京朝者，亦各倉皇，戎馬奔馳星散。」〔註68〕然王鵬運、朱祖謀、劉福姚、宋育仁等卻閉門如故，相邀集聚「籌鐙倡酬，自寫幽憂之作」〔註69〕，作品集中反映時事，感念時局，孤臣血淚，商聲滿紙，深切而動人。

在晚清，此類與時事緊密結合的愛國憂憤詞作多不勝數，氣貫長虹者有之，悲歌慷慨者有之，追踪東坡，企步稼軒者亦可見，但總地來說，晚清這些以愛國時事為主題的詞作在表現手法上，不若兩宋豪放詞之放宕大器，開闔縱橫，敢於擺脫，反而多以香草美人寄懷國事，以男女之情喻君臣之義，風格偏向幽咽怨悱，沈抑綿邈。〔註70〕試看《庚子秋詞》中的作品，王鵬運〈相見歡〉（夜涼哀角聲聲）、（枕寒殘夢初驚）〔註71〕二首寓指慈禧挾光緒出走北京，奔逃西安一事，然

---

〔註68〕徐定超〈庚子秋詞序〉，見王鵬運《庚子秋詞》（台北：台灣學生書局，1972年1月），頁1。
〔註69〕同上註。
〔註70〕陳燕將清末民初文人分成五大類別，其中勢力最龐大者，即是傳統士紳階層，也就是經過傳統的科舉考試制度而取得一定的社會地位的知識份子，他們以精英的身份——如官吏、學者、教師，固定地在一個特殊而封閉的圈子裡閱讀、評論和傳授文學，並使用古文體寫作。這群士紳與政府之間存有共生關係，對傳統文化較能認同，並在其中尋求自我滿足感；他們自認是正統文學的維護者，而社會上一般人也以正統文學的傳承者看他們。見陳燕《清末民初的文學思潮》（高雄：華正書局有限公司，1993年9月），頁27～29。晚清詞人的創作主體多屬這類，因此在創作思想與藝術手法表現上，呈現出較濃郁的保守傳統色彩。隨心肆恣，縱意放筆者，量少而寡。
〔註71〕王鵬運〈相見歡〉其一「夜涼哀角聲聲，斷疏更。愁對南飛孤雁、帶參橫。　人不見，征塵遠，夢難成，又是絮蟲飄雨、落秋鐙。」其二「枕函殘夢初驚，欲三更。愁聽星鴻霜角、下重城。　人何處，塵迷路，恨難平。還是淚痕和酒、不分明。」王鵬運《庚子秋

兩闋詞不著一字於本事，不用一詞言史實，只有「人不見」、「人何處」隱約表達出對君王出奔的慨嘆和無奈。又如劉福姚作〈遐方怨〉（芳信晚）（吟賞處）兩闋悼念珍妃投井之事〔註72〕，以「落花」、「桃花」象徵珍妃，「落花新減」、「桃花人面」暗指珍妃香消玉殞，留下畫樓獨空，無人與同的長恨。同樣以〈遐方怨〉為詞牌悼珍妃之事者在《庚子秋詞》中尚有王鵬運六首，朱祖謀四首，亦多用含蓄筆法，寄託諷喻。再以前段所舉詞人作品為例，張景祁〈秋霽・基隆秋感〉、〈曲江秋・馬江秋感〉兩首，用筆隱曲，婉而多諷，詞盡而意未了，餘音嫋嫋，不絕如縷，葉衍蘭〈菩薩蠻〉雖悲憤甲午戰事，卻繪以麗澤，旖旎側艷不脫傳統〈菩薩蠻〉寫法。詞人蒿目時艱深感切膚之痛，原是踏地喚天的悲憤感激，怨悱幾能噴薄而出，但一寄於詞中，卻又束心斂手，婉轉心曲，筆觸隱晦曲折，以致莫可端倪，無論如何都比不上詩歌的直白爽快，俐落暢達。莫立民論晚清詞，認為晚清詞的主流趨勢「言骨格，則文弱清雅；言神態，則沉穩冷靜；言氣韻，則悠遠冷香；言胸襟，則深折雋永，雖時屬以風雲之氣，慷慨之音，然其本質神韻則是內斂而不囂張，靜弱而不雄強，深微而不廣闊，清冷而不宏亮，貴高雅而輕通俗。」〔註73〕精準道出晚清詞創作風格。常州詞派講究詞於言外別有事在，強調藝術手法的比興婉曲，晚清創作詞壇籠罩在這樣的審美訴求中，縱使作者胸中有撼山倒海的壯烈情懷，一入倚聲，也唯含蓄是尚了。

　　晚清詞的創作還有「學人化」的特點，清詞家的學問根柢，不僅如辛稼軒能將《論》、《孟》、《詩》、《騷》、《史》、《漢》、《世說》、《左

---

　　　　詞》（台北：台灣學生書局，1972年1月），頁26。
〔註72〕劉福姚〈遐方怨〉共三闋，其二「芳信晚，畫樓空。半晌春陰，夢回依依殘照中。落花新減幾分紅。不隨流水去，戀東風。」其三「吟賞處，與誰同。燕子來時，去年桃花人面紅。一簾微雨夢惺忪。探春人意嬾，負東風。」見王鵬運《庚子秋詞》（台北：台灣學生書局，1972年1月），頁184。
〔註73〕莫立民《晚清詞研究》（北京：中國社會科學出版社，2006年5月），頁6。

氏》、《南華》拉雜運用，更因爲本身就是史學、經學、地理學、佛學……
等腹笥豐厚的飽學之士，因此「以學爲詞」也就成爲有清三百年，特
別是晚清詞壇的特殊景觀〔註74〕，學人之間以詞相唱和酬答，創作過
程又強調以學力爲基礎，詞之創作與鑑賞成爲少數特定人物的活動，
對社會的影響力也就不及詩歌、散文、小說、戲曲等文類來的廣而深
刻，當各種文學革命蔚爲風氣時，在詞之創作上只能泛起些微漣漪，
很快又歸於平靜，景況如張宏生所言：「『詩界革命』所提倡的主張，
在詞這種文體上，卻體現得不是太充分，特別是梁啓超所提出的與新
意境密切相關的新語句（包括新名詞），在詞這裡，即使不能說完全
沒有，所表現出來的也是非常少，非常不明確。」〔註75〕晚清詞在創
作數量上的確超越清初與中葉之數，在素材的擇取也的確有所創關與
開新，但由於經過長時間的淘洗、積澱，倚聲塡詞的語言用法已經有
一定的慣性，即使有心融入新詞、著意經營新觀念，但傳統的已成形
的特定語碼與風格，在倚聲這樣的特殊領域中是很難像詩一樣有大幅
度的改變。

## 三、趨勢潮流—詞社集結，詞籍刊刻

葉公綽論清詞二百八十年中「高才輩出，異曲同工，並軌揚芬，
標新領異，迄於異代，猶綺餘霞。今之作者故強半在同光宣諸名家籠
罩中，斯不可不謂之極盛也矣。」言晚清詞之造詣是「一大後勁」、「一
大結穴」，就創作人數而言，詞之尊體在晚清已成爲文壇普遍共識，
相對帶動詞人創作的活躍與積極，晚清一段約只清代國祚三分之一的
時間，但晚清塡詞人數卻佔有清一代詞人總量的一半以上。再看詞人
的分布，以江蘇、浙江爲詞學中心，嶺南、湖湘、閩中等地輔翼之，

---

〔註74〕張爾田回顧晚清四大家的學人之詞創作道路時說：「及壯，獲與半
塘、大鶴、彊邨游。三君者，於學無不窺，而益用以資爲詞，故所
詣沈思婉進，而奇無窮。晚交蕙風，讀其詞，迨然優然，又若有異
於餘子者。」見張爾田〈詞荔序〉，收於朱孝臧原編，張爾田補錄《詞
荔》（台北：世界書局，1962 年 1 月），頁 1。
〔註75〕張宏生《清詞探微》（上海：上海古籍出版社，2008 年 5 月），頁 362。

其他各地皆有詞人活動，或以派別相從，或以詞社集結，相答唱和，成爲文人雅聚的主要節目。其中，以謝章鋌爲主盟者的「聚紅詞榭」活躍於道、咸、同治時期，爲晚清閩中最重要的詞社；「湘社」，光緒初年成立於湖南長沙，易鼎順、易順豫、鄭湛侯爲主要成員，湘社的活動擴大了湘湖詞人在晚清詞壇上的影響。光緒年間，王鵬運、況周頤、繆荃孫在北京成立「咫村詞社」，是爲晚清四大家之創作理論成形的一個重要標誌。清末詞人激增，詞籍刊刻的數量也跟著水漲船高，個人詞籍，匯刻詞籍與地域詞籍等作品的付梓，是當代詞壇創作最直截的反饋。也因爲考證、校讎之風的盛行，整理、校勘後也成果豐碩，馮煦《宋六十一家詞選》、成肇麐《唐五代詞選》，王鵬運輯印《四印齋所刻詞》，朱祖謀校刻《夢窗詞》，都是這時期的產物。詞學理論方面，詞話的大量生產也呈現了前所未有的興盛，以唐圭璋所編《詞話叢編》來說，該書收錄宋代以來詞話共八十五部，「其中清代以前的共十七種，清代前期的十八種；近代的四十九種，占全部詞話的百分之七十。」〔註 76〕詞話數量上的對比，可以看出晚清詞學之蓬勃。而詞話內容的理論深度與系統性更是超前邁往，譚獻《復堂詞話》的「柔厚說」，陳廷焯《白雨齋詞話》的「沉鬱說」，況周頤《蕙風詞話》論詞境的「拙」、「重」、「大」，王國維結合西方美學論詞之境界更是詞論史上的亮點。事實上無論是詞籍的編纂或是詞話的寫作，清代詞人都以嚴肅正謹的學術態度視之，往往懸宕不決的詞壇公案經詞學家們的發掘得以昭彰，科學的精神在詞譜、詞樂之考辨，詞人里爵、年代等環節之求實求眞上，更爲明顯。方智範〈常州詞派與近代詞學理論批評〉一文認爲：「乾嘉以後，一則憑前代和當朝的豐富創作和鑑賞經驗，二則借鑑歷代詩論、文論成果轉成而論詞，三則在經學薰陶下，人們對問題喜作系統的理性思考，於是這一時期出現了對傳統詞學進行全面總結的理論成果。」〔註 77〕詞籍內容的多樣性與刊刻出

---

〔註 76〕謝桃坊《中國詞學史》（成都：巴蜀書社，1993 年 6 月），頁 205。
〔註 77〕方智範〈常州詞派與近代詞學理論批評〉，《中國文化月刊》，1994 年
　　　　12 月，第 182 期，頁 103。

版的興盛，是爲晚清詞壇之蓬勃最好的證明。

# 第四章　馮煦詞學—本體論

　　學人將馮煦歸於常州詞派〔註1〕，而與馮煦往來者，如譚獻、陳廷焯等詞學觀也傾向常州詞派。細究馮煦詞學理論，在許多關於詞的本質、創作、鑑賞與實際批評中，都可見到馮煦對常州詞學的接受吸收，然而馮煦的詞學觀念並非是對常州詞派單純機械式的延續，而是有著關乎時代脈動、詞壇走向以及存在著個人獨到的見解，對前人有所繼承與開拓。馮煦並無詞學專書論著，而是寓理論於實際批評之中，〈宋六十一家詞選例言〉是馮煦詞學觀念主體的呈現〔註2〕，陳銳以為「囊括先民之矩矱，開通後學之津梁」〔註3〕，字字珠璣，珍貴可寶。而在其他序跋中，如〈唐五代詞選序〉對唐五代詞的推揚、〈陽春集序〉對馮延巳高度的稱許、〈和珠玉詞序〉對世俗「詞為衰世之作」進行批駁、〈宋六十一家詞選序〉述其詞學淵源、〈重刻東坡樂府序〉對東坡詞勾稽探微，再加上論詞絕句十六首，皆與例言相互輝映，完整架構出馮煦的詞學觀。同時再佐以《宋六十一家詞選》對南北宋

〔註1〕　徐珂「其效常州派者，光緒朝有丹徒莊棫、仁和譚獻、金壇馮煦諸家。」徐珂《近詞叢話》，見唐圭璋《詞話叢編》，冊5，頁4200。

〔註2〕　張伯偉認為「在中國古代文學批評史上，批評家往往更注重將理論體現於實際批評之中」，見《中國古代文學批評方法研究》（北京：中華書局，2006年1月），頁418。〈宋六十一家詞選例言〉是馮煦對南北宋六十一位詞家風格、作品及對前人評騭的再批評，此舉，比純粹說理的方式更容易被讀者接受。

〔註3〕　陳銳《裹碧齋詞話》，見唐圭璋《詞話叢編》，冊5，頁4200。

六十一家詞本進行刪繁汰蕪，將一己之詞學立場通過選本落實。至於合併戈載《宋七家詞選》、成肇麐《唐五代詞選》合刻爲《蒙香室叢書》，則是有計畫補足、充實《宋六十一家詞選》的缺憾。例言、序跋、論詞絕句與詞選的並行，使馮煦詞學不僅有理論的支持，也有實際的操作，因此，馮煦可謂在清末詞民初詞壇上，詞學活動較全面、且成就也較大的一位。

## 第一節　詞之基本觀點

　　馮煦詞學有關詞體的基本認識，包含雅鄭觀念，分派說，和奠基於此的創作指導，大致以常州詞派爲依準，但又因時代風會與個人體認，而有所轉變與側重。

## 一、詞體本質

　　「詞尚要眇，不貴質實」〔註4〕是馮煦對詞體特質所提出最直接的聲明，此言與張炎「詞要清空，不要質實」只有「要眇」、「清空」一詞之差，馮煦以「要眇」易「清空」有其深意。首先，是對於詞體特徵深切的認識。詞之風格絕非只有清空一路，況且亦非詞體的必需要求。「清空」作爲詞史上的一種風格、一種審美情趣是可以的，但作家眼中只有清空，而容不下其他，則又過於極端絕對，以南宋言，稼軒、夢窗之風格各有千秋，創作成就百代以來無人能過，但就因非屬清空風格而被視爲遊戲筆墨之作〔註5〕，而予以屏棄，如此短視之舉，實爲荒謬。詞體本身「就是一種偏重於並適宜於表現個人的深曲隱密的心靈意緒的抒情文學」〔註6〕，文小、質輕、徑狹、境隱的特

〔註4〕馮煦〈重刻東坡樂府序〉，《蒿盦續稿》，頁1831。
〔註5〕如宋人張炎在《詞源》中說：「辛稼軒、劉改之作豪氣詞，非雅詞也。於文章餘暇，戲弄筆墨，長短句之詩耳。」見張炎《詞源》，收於唐圭璋《詞話叢編》，冊1，頁267。
〔註6〕劉揚忠《唐宋詞流派史》（福州：福建人民出版社，1999年3月），頁7。

質構成要眇之風，因此以「要眇」一詞概括詞體特徵〔註7〕，實爲恰切。俞樾〈顧子山眉綠樓詞序〉「詞之體，大率婉媚窈深，雖或言及出處大節，以至君臣朋友遇合之間，亦必以微言託意，借美人香草，寄其纏綿悱惻之思，非如詩家之有時放筆直幹也」〔註8〕以言出處大節，意懷浩氣來說，於詩，多以縱逸放筆，但於詞，卻總是收斂下筆的，而這正是詞體婉媚窈深之特質給予的召喚，迥異於詩的獨特風格，馮煦亟稱的馮正中詞「繆幽其辭，若顯若晦」就是「要眇」之表現。「要眇」一詞見〈九歌‧湘君〉「君不行兮夷猶，蹇誰留兮中洲？美要眇兮宜修，沛吾乘兮桂舟。」王逸注：「要眇，好貌」；洪興祖補注：「眇，與妙同。《前漢》傳曰幼眇之聲。亦音要眇。此言娥皇容德之美，以喻賢臣。」〔註9〕蔣驥注：要眇，靜好貌。綜上注解，「要眇」皆用以形容女子之婉美，馮煦以此言詞體特質，實能符合詞之初始。

〔註10〕

---

〔註7〕繆鉞在〈論詞〉中指出：「詩顯而詞隱，詩直而詞婉，詩有時質言而詞更多比興，詩尚能敷暢而詞尤貴蘊藉」。進而提出文小，用字取其輕靈細巧；質輕，極沉摯之思出以輕靈；徑狹，詞能言情爲景，但不適說理敘事；境隱，其境界隱約淒迷等四端，作爲詞體的特徵。此說盡道北宋小詞的一般特性。見繆鉞《詩詞散論》（台北：台灣開明書店，1966 年 3 月），頁 4～10。

〔註8〕俞樾〈顧子山眉綠樓詞序〉見郭紹虞、羅根澤主編《中國近代文論選》（台北：木鐸出版社，1988 年 1 月），頁 344。

〔註9〕洪興祖《楚辭補注》（台北：頊淵文化事業有限公司，2005 年 10 月），頁 60。

〔註10〕學者劉少雄將張炎《詞源》中「清空」一節的敘述與其他相關論說比類而觀，認爲「清空」是指文字技巧「即在酌理修辭時，能有清勁靈巧的手法，使作品氣脈貫穿，自然流暢，寫情而不溺於情，詠物而不滯於物，呈現一種空靈脫俗、高曠振拔的神氣，而一切筆法技巧卻又脫落無跡，渾然不可覓，此蓋張炎讚白石詞『野雲孤飛，去留無跡』之意。」見劉少雄《南宋姜吳典雅詞派相關詞學論題之探討》（台北：國立台灣大學出版委員會，1995 年 5 月），頁 112～117。　然而張炎於《詞源》並無明白交代要如何於用筆上臻清空化境，後人以其思力多方揣摩，浙西末流以致流於形式追求，囿於文字技巧。張炎推崇白石詞「不惟清空，而又騷雅」、「清空中有意趣」，比之清空更高境界的騷雅、意趣爲後人忽略。在清空之地打轉，不

　　復次，此說與張惠言〈詞選序〉言詞「低徊要眇，以喻其志」合拍，亦是對常州詞派比興寄託說的補充。馮煦在「詞尚要眇，不貴質實」之後，又言「顯者約之使晦，質者揉之使曲」，透過這樣的表現手法，使詞具有幽約隱晦的藝術效果，而這也是爲達比興常採取的方式，同時寄託又透過比興完成，因此這就形成了彼此間緊密相連的文學手法。故「要眇」不只是指詞面上的風格特徵，也是使詞體幽隱的重要原因。

　　最末，馮煦此說又能糾正浙派「家白石而戶玉田」，一味求清空所產生的流弊。周濟曾批評張炎「過尊白石，但主清空」〔註11〕，再加上浙派末流扭曲朱彝尊、厲鶚推姜、張之本衷，又無二人之才力，無視社會現實的需要，遂使浙派走上形式主義之路。況且姜詞也非一味清空，馮煦深刻體認到清空與幽澀在姜詞中和諧的統一，故倡言學姜詞需自「俗處能雅，滑處能澀」始，如此創作方有空靈迭宕之姿又有蘊藉層深之態。周濟言「初學詞求空，空則靈氣往來。既成格調求實，實則精力彌滿。」〔註12〕浙派求清空，掃除明末以來之病，但是末流卻呈現「規模物類，依托歌舞，哀樂不衷其性，慮嘆無與乎情，連章累篇，義不出乎花鳥；感物指事，理不外乎酬應。雖既雅而不艷，斯有句而無章」〔註13〕的游詞之弊，作品與詞人眞性漸行漸遠，流於藝術技巧之賣弄，忽略求空成格調之後的「實」的要求。〔註14〕要補

　　　思復進騷雅高境，成爲詞家之弊，無怪乎馮煦反對過度推尚「清空」，而從詞之本質內容入手，以「要眇」一詞相代。至於白石之騷雅如何能到，馮煦以爲須從「俗處能雅，滑處能澀」入手，相關論述見本文第五章〈馮煦詞學——作家論〉。

〔註11〕周濟《介存齋論詞雜著》「論詞之人，叔夏晚出，既與碧山同時，又與夢窗別派，是以過尊白石，但主清空」，見唐圭璋《詞話叢編》，冊2，頁1629。

〔註12〕周濟《介存齋論詞雜著》，見唐圭璋《詞話叢編》，冊2，頁1630。

〔註13〕原文見金應珪〈詞選後序〉，見唐圭璋《詞話叢編》，冊2，頁1619。

〔註14〕此處所言之「實」是周濟所言之「實」，與張炎、馮煦所言之「質實」內涵不同。周濟之「實」著重詞作內容的質量，張、馮所批判反對的「質實」內容是指凝著於物，膠著於事，在藝術技巧上顯得板滯。

充的是，對於張炎力批的「質實」一格，馮煦亦是反對的，馮煦認為「質實」的表現方式不適於詞體，即使將詞寫的典雅博奧，但卻又凝著於所寫的對象，顯得膠柱鼓瑟，稠化不開，會使詞作過於質木無韻，喪失詞體的藝術魅力。他曾批評高觀國之作「精實有餘，超逸不足」〔註15〕，論南北宋詞之別時，說「北宋大家，每從空際盤旋，故無椎鑿之迹。至竹坡無住諸君子出，漸於字句間凝鍊求工，而昔賢疏宕之致微矣。此南北宋之關鍵也。」〔註16〕皆可看出馮煦認為質實有害詞體的主張。

　　由上述三點可知，馮煦不用清空一詞，乃認為清空不過風格之一，不足以代表詞體；要眇之說則能直指詞作特質，與常派之論相呼應補充；且為革除浙派只尚清空之弊，實有必要從主張用語上加以改換，故馮煦以「要眇」概括詞體特質實有一番深意。後來王國維《人間詞話刪稿》稱「詞之為體，要眇宜修。能言詩之所不能言，而不能盡言詩之所能言。詩之境闊，詞之言長。」〔註17〕更將馮煦所掌握者，推進一層。

## 二、是雅非鄭

　　馮煦編選石孝友《金谷遺音》入詞選時，認為「此事自有正變，上媲騷雅，異出同歸」故詞有「稍涉俳諢，寧從割捨」，「而淫蕩浮靡之音，庶不致靦顏自附於作者，而知所返哉」〔註18〕，以合乎雅正者方可入選，必寄以正視聽之冀望，這是基於馮煦「是雅非鄭」區分詞之雅俗之別的觀念。北宋時已有雅俗之辨，南宋鼎革易代，詞籍競以「雅詞」為尚，在理論上倡導雅詞者，所在多有。有清一代為扭轉空疏、浮艷詞風之弊，浙西、常州皆上述風騷，目的在以闡明詞亦為雅正之文學，浙西殿軍屬鶚欣賞清婉深秀、深窈空靈之

〔註15〕例言第 33 則。
〔註16〕例言第 20 則。
〔註17〕王國維《人間詞話刪稿》，見唐圭璋《詞話叢編》，冊 5，頁 4258。
〔註18〕例言第 29 則。

美，歸結點又在一「雅」字，認爲「由詩而樂府而詞，必企夫雅之一言而可以卓然自命爲作者」，又說「詞之爲體委曲嘽緩，非緯之以雅，鮮有不與波具靡而失其正者矣」（註19）。以常州詞派而論，張惠言《詞選》在選詞、批評上，表示了對醇雅作品的欣賞（註20），在周濟、董士錫等人的詞論中，無論是追溯詞之起源、推尊詞體、論述詞與詞人學問、襟抱、修養的關係、倡言寄託等，都可見到常州詞學向詩學的傾斜，其後柔厚說、沉鬱說等，都與儒家雅正詩學觀念脫不了關係。

論詞主張近屬常州詞派的馮煦，對於雅詞的堅持表現在平日與友論詞之言談中，根據成肇麐回顧二人論詞內容，曾明言「因爲肇麐辨析唐五代兩宋之流別，風尚之出入，期惟正軌是循，舉從來黷獷纖穠語體之若俳若詭茍焉取悅一世之耳目者，屏絕劃除，相引爲嚴戒。」（註21）此外，在例言中更是屢屢以雅俗作爲品評作品之尺度，如評謝逸詞「溫雅有致」，趙師俠、趙彥端、趙長卿所作「清雅可誦」，陳師道、侯寘、王千秋、戴復古諸家，「嫻雅有餘」，贊同四庫館臣對放翁詞「詩人之言，終爲近雅」，學習白石詞，亦從俗處能雅入手。（註22）對於俗詞，馮煦視之爲糟粕，認爲「側艷之作止以導淫，悠繆之辭或將損性，拘墟小儒懸爲徽纆」（註23），故而降低詞格，在論柳永詞曾言其「好爲俳體，詞多媟嬻」，以俗爲病，爲世所詬，柳永俗詞雖能獲得下層社會的廣泛青睞，但卻叛離士大夫審美標準，因此「與其千

〔註19〕厲鶚〈羣雅詞集序〉，見《樊榭山房集・樊榭山房文集》，卷四，收於王雲五主編《四部叢刊正編》（台北：台灣商務印書館，1979年），冊84，頁240。

〔註20〕關於張惠言如何在《詞選》中透過選詞、批評表達對醇雅作品的欣賞，以及反對豪放、軟媚、俚俗之作，可見曹順慶、李天道《雅論與雅俗之辨》（南昌：百花洲文藝出版社，2005年11月），頁296～297。

〔註21〕成肇麐〈蒿盦詞序〉，見《清詞別集百三十四種》（台北：鼎文書局，1976年8月），冊12，頁6307。

〔註22〕見例言12、15、19、26、30則。

〔註23〕馮煦〈重刻東坡樂府序〉，見《蒿盦續稿》，卷三，頁1832。

夫競聲，毋甯〈白雪〉之寡和也」〔註24〕，雖因雅正曲高和寡，但至少不傷詞格。至於如何成雅正之詞，脫去俗俚之累，在於要有「識俗」之眼力。馮煦批評毛晉所稱取的劉過〈小桃紅〉（晚入紗窗靜）、〈天仙子〉（別酒醺醺容易醉），以為前者「褻矣末甚」，後者為「市井俚談」，與〈沁園春〉（銷浦春水）、（洛浦凌波）詠美人足美人指甲一樣，有乖大雅。反對楊慎屢稱程垓《書舟詞》中〈四代好〉（翠幕東風早）、〈閨怨無悶〉（天與多才）、〈酷相思〉（月掛霜林寒欲墜）諸闋，以為極其俳薄。而蔣捷部分詞作，旨意鄙俚，用字雕琢荒豔，又好用俳體〔註25〕，這些都是有違雅正標準。馮煦以獨到眼光，辨識作品雅俗，不依傍前人之說，審慎批評，能從實際作品出發，給予公正評價，在編選詞籍時，去取謹嚴，以求正本清源，提供後學者最好的學習典範。

此外，馮煦還糾正時人一錯誤觀念，認為「詞非衰世之音」，其言見於〈和珠玉詞序〉：

> 或曰：詞衰世之作也。令莫盛於唐季，慢莫甚於宋季，衰乎否乎。是說也，蒙嘗疑之：宋之為慢詞者，美成首出，姜、張而極，片玉所甄，率在大觀、政和閒，北宋之季也。白石、玉田連蹇不偶，黍離之歌，橘頌之章，比比有之，南宋之季也。慢為衰世之作，殆有徵耶？小令則不然，溫、韋之深隱，南唐二主之淒咽，亦云衰矣！然而太白、樂天，實其初祖，開、天、元、長，世雖多故，衰猶未也。至宋晏元獻、歐陽永叔，則承平公輔也。元獻所際，視永叔彌隆，身丁清時，迴翔臺省，閒有所觸，為小令以自攄，與吾家陽春翁為近。上窺二主，其若遠若近，若可知若不可知，幾幾有難為言者，然所詣則然，非世之衰否有以主張之也。〔註26〕

馮煦所舉時人之說，包含兩個觀點：第一，認定長短句是衰世的作品，換句話說，長短句適合抒發衰世之情、事，而承平之時，長短句則退

〔註24〕例言第 3 則。
〔註25〕有關對劉過、程垓、蔣捷之批評分別見例言第 25、8、35 則。
〔註26〕馮煦〈和珠玉詞序〉，見《蒿盦類稿》，卷十六，頁 855～856。

居次位。第二，就體製而言，唐五代之衰世（註27），適於用小令表敘；宋季之衰敗，適於用慢詞抒發，因此，小令與慢詞發展臻於鼎盛，分別在唐五代與宋代。馮煦對此說表達不同的意見，分從兩部分解讀：首先，對於第一個觀點的破除，馮煦提出周邦彥、姜夔、張炎等人，就時代環境言，周邦彥活動於大觀、政和年間，當時表面歌舞，實則暗潮洶湧，此時的北宋無論在政治、經濟、軍事上，其實已是弊病叢生，岌岌可危了。姜、張二人分處南宋之初、宋元之際，江山皆非完璧，一人狷介其行、布衣以終，一人嘗盡亡國之痛，流離轉徙江湖間。所處時空上有所差異，但相同的是都以長短句鳴發內心之憂，特別是慢詞，如姜夔〈揚州慢〉（淮左名都）以揚州今日的殘破凋零對比往昔繁華勝景，「廢池喬木，猶厭言兵」是對金人蹂躪的痛恨，也是詞人對時局的無限深慨；張炎〈高陽臺・西湖春感〉（接葉巢鶯）為宋亡後所作，充滿無可奈何的悵惘與前途無望的哀傷。以上這些作品都充分發揮了詞體低回幽眇，細膩婉轉的藝術特質，文人以詞寄衰世之情，唱衰世之音，真可將心中最深刻幽微的那份情感，徹底宣洩出來，「詞為衰世之作」一說也真有幾分道理。在此，又特指慢詞而言。但馮煦謂「慢為衰世之作，殆有徵耶？」其語氣又似有疑慮，不盡肯定。再看下文，李白、白居易身處盛時，卻開小令之先聲。至宋代晏殊、歐陽脩，處承平之世，居臺省高位，尤其是晏殊，平步青雲，榮祿以終，以小令寫其閒愁綺怨，與遭逢國變之馮延巳在藝術表現上，大有相類之處，由此可証，長短句這種文體，衰世之溫庭筠、韋莊、二主可作，盛時之晏元獻亦可藉以詠情擴懷，原因為何？「所詣則然，非世之衰否有以主張之也」，文體之選擇，最大決定權在於作者本身，單純以時代規範，太過簡單化，言長短句為衰世之音，是為繆論。

其次，有關「令莫盛於唐季，慢莫甚於宋季，衰乎、否乎」之說，則與詞體自身發展實際情形有關，世之盛衰非唯一影響關鍵。就小令

[註27] 從該序文論小令之作將溫、韋、南唐二主與太白、樂天並提，可以推知，「令莫盛於唐季」應包含五代。

與慢詞歷史發展而言，從初試啼聲至臻於絕頂，有先後之別，唐代為詞體的醞釀期，現實條件限制長短句從體製小巧的令詞發展開始；五代為發展期，來到文人手中的詞體亦以小令為大宗；北宋初雖有柳永嘗試長調以創作，但真正使慢詞擁有文人所欣賞的藝術高境，並在詞壇上蔚成風氣還是必須等到北宋末。也因為有時間先後之別，所以，唐五代以令詞為主流，慢詞於宋季為風尚，實是文體發展的結果，但不可忽略的是，宋代雖創製長調慢曲，但從事令詞創作，並有傑出成就者不亞於唐、五代，甚至可以說，因為長短句在唐五代仍屬嘗試階段，真正將令詞之美推於高峰者，還是非宋詞人莫屬。即使就哀音言，李後主雖有「以血書者」之譽〔註28〕，但張炎的「去年燕子天涯，今年燕子誰家。三月休聽夜雨，如今不是催花」何嘗不哀婉〔註29〕，蔣興祖女的「飛鴻過也，萬結愁腸無盡夜。漸近燕山，回首鄉關歸路難」何嘗不悲淒〔註30〕，而宋徽宗趙佶的「花城人去今蕭索，春夢繞湖沙。家山何處？忍聽羌笛，吹徹梅花」〔註31〕又何遜於李後主邪？因此，「令莫盛於唐季，慢莫甚於宋季，衰乎否乎」〔註32〕之說，就實際創

〔註28〕「後主之詞，真所謂以血書者也」，見王國維《人間詞話》，收於唐圭璋《詞話叢編》，冊5，頁4243。

〔註29〕張炎〈清平樂〉「採芳人杳，頓覺游情少。客裏看春多草草，總被詩愁分了。　去年燕子天涯，今年燕子誰家？三月休聽夜雨，如今不是催花。」俞陛雲以為「羈泊之懷，託諸燕子；易代之悲，托諸夜雨。」見俞陛雲《唐五代兩宋詞選釋》（台北：文史哲出版社，1988年7月），頁651。

〔註30〕蔣興祖女〈減字木蘭花·提雄州驛〉「朝雲橫度，轆轆車聲如水去。白草黃沙，月照孤村三兩家。　飛鴻過也。萬結愁腸無盡夜。漸近燕山，回首鄉關歸路難。漸近燕山，回首鄉關歸路難。」況周頤評「詞寥寥數十字，寫出步步留戀，步步淒惻」，見況周頤《蕙風詞話續編》，收於唐圭璋《詞話叢編》，冊5，頁4531。

〔註31〕趙佶〈眼兒媚〉「玉京曾憶昔繁華。萬里帝王家。瓊林玉殿，朝喧絃管，暮列笙琶。　花城人去今蕭索，春夢繞湖沙。家山何處？忍聽羌笛，吹徹梅花」。諸葛憶兵、陶爾夫以為近似李煜亡國被俘後所寫的〈虞美人〉和〈浪淘沙〉。見諸葛憶兵、陶爾夫《北宋詞史》（哈爾濱：黑龍江人民出版社，2005年1月），頁560～561。

〔註32〕馮煦〈和珠玉詞序〉，見《蒿盦類稿》，卷十六，頁855。

作來看是不成立的。

## 三、剛柔分派

　　宋詞流派分體一直是詞學上的爭議〔註33〕，其中二分法「婉約」、「豪放」之說始於明人張綖：「詞體大略有二：一體婉約，一體豪放」〔註34〕。清初王士禛則將婉約、豪放作為分派之說。對於此種二分法，稱引者有之，反對並另提新說者亦有之。馮煦是其中一個，分詞為「剛」、「柔」二派〔註35〕。在馮煦之前，劉熙載以「陰」、「陽」分詞派，馮煦之後復有朱祖謀別以「疏」、「密」，都是為求在豪放、婉約不能盡定詞派後所擬出的解決之道。〔註36〕劉熙載《藝概·詞概》云「詞有陰陽，陰者采而匿，陽者疏而亮，本此以等諸家之詞，莫之能外。」〔註37〕劉熙載以陰陽分詞體之論，應是受到以經義哲學論文學的啟發，劉熙載在《藝概·經義概》中提到「立天之道曰陰曰陽，立地之道曰柔以剛。文，經緯天地者也，其道惟陰陽剛柔可以該之。」

〔註33〕雖有人反對宋詞分派，但認為可以分派者佔有多數，不過，具體分做幾派，個人看法不一，或三分，或四分，或八分甚至更細的分類的都有，然皆不若二分法影響來的大。參見孫芳〈宋詞流派研究述略〉《安徽教育學院學報》，2003 年 7 月，頁 72～74。因馮煦所提屬二分法，故本文只對清代二分法做一敘說。

〔註34〕張綖〈詩餘圖譜·凡例〉，見《詩餘圖譜》，收於顧廷龍主編《續修四庫全書》（上海：上海古籍出版社，1995 年 3 月），頁 473。

〔註35〕馮煦〈重刻東坡樂府序〉「詞有二派，曰剛曰柔」，見《蒿盦續稿》，卷三，頁 1831～1832。

〔註36〕按陳匪石說法，更早於劉熙載之前，周濟已有剛柔陰陽分詞體之正變的做法。陳匪石《聲執》以為周濟《詞辨》「實則古文家陰陽剛柔之說，而託體風騷，取義比興，猶是張惠言之法」至《宋四家詞選》出，指示入手門徑，「則剛柔兼備，無所謂正變矣」。見唐圭璋《詞話叢編》，冊 5，頁 4964。《詞辨》卷一所舉正體十五人詞風偏陰柔，卷二變體十三人詞風較陽剛，兩相對舉，真有陽剛陰柔之分，周濟所謂「正」、「變」雖有主次，但並無太大軒輊，對於陽剛陰柔分詞體，並未倡言明道，但或許給予劉熙載、馮煦以陰陽、剛柔分詞體的觸發。至於在《宋四家詞選》中主要在揭示學詞進程，目的在達清真渾化之高境，以剛柔分正變就更非周濟的重點了。

〔註37〕劉熙載《藝概·詞概》，收於唐圭璋《詞話叢編》，冊 4，頁 3710。

〔註38〕所謂陰，即指陰柔，陽就是陽剛，實際上與馮煦以剛柔論詞派內涵相近，同劉熙載一致，都是借用中國《周易》哲學中陰陽剛柔的觀念分詞之派別。其實剛與柔，是事物的兩個矛盾著的側面。這一對範疇的意義，我國古代哲人很早便有所認識。在《周易》中，同陰陽的觀念一樣，先民們也多次運用剛柔的概念，來解釋自然界的形成、發展和變化，說明處於一個共同體中的雙方既互相依存，又互相矛盾的運動〔註39〕，原本《周易》用陰陽剛柔的互動來說明宇宙天地、萬物生命的變化與發展，陰、陽是推動宇宙生命互動的兩種基本因素，而剛、柔則分別是兩者所具有的最基本的屬性，但從魏晉南北朝起，陽剛與陰柔已被引入文學領域，成爲文學理論的一對相反相成的概念，如曹丕〈典論・論文〉中以氣論文，「清氣」就是具有陽剛之美的氣，「濁氣」即爲具有陰柔之美的氣〔註40〕，其後，劉勰《文心雕龍》專論文之剛、柔，指出「才有庸俊，氣有剛柔」、「文之任勢，勢有剛柔」、「剛柔以立本，變通以趨時」，後世沿用剛、柔兩分法的文論家們陸續給予形象性的闡述，其中，就以清代姚鼐的闡述最爲傳神到位，在〈復魯絜非書〉文中提到：

> 鼐聞天地之道，陰陽剛柔而已，文者，天地之精英，而陰陽剛柔之發也。惟聖人之言，統二氣之會而弗偏，然而《易》、《詩》、《書》、《論語》所載，亦間有可以剛柔分矣，值其時其人告語之體，各有宜也。自諸子而降，其爲文無弗有偏者，其得於陽與剛之美者，則其文如霆如電，如長風之出谷，如崇山峻崖，如決大川，如奔騏驥；其光也，如杲日，如火，如金鏐鐵；其於人也，如馮高視遠，如君而朝萬眾，如鼓萬勇士而戰之。其得於陰與柔之美者，則

〔註38〕劉熙載《藝概・經義概》，劉熙載撰，劉立人、陳文和點校《劉熙載集》（上海：華東師範大學出版社，1993 年 3 月），頁 193。

〔註39〕程千帆、張宏生〈說辛棄疾「水龍吟・登建康賞心亭」〉，《古代文學作品鑑賞》（上海：上海古籍出版社，1988 年），頁 507～508。

〔註40〕汪磊、李平〈姚鼐陽剛陰柔風格論芻議〉，《成都教育學院學報》，2006 年 8 月，頁 90。

> 其文如升初日，如清風，如雲，如霞，如煙，如幽林曲澗，
> 如淪，如漾，如珠玉之輝，如鴻鵠之鳴而入廖廓；其於人
> 也，漻乎其如歎，邈乎其如有思，暖乎其如喜，愀乎其如
> 悲。觀其文，諷其音，則爲文者之性情形狀，舉以殊焉。
> 且夫陰陽剛柔，其本二端，造物者糅而氣有多寡，進絀則
> 品次億萬，以至於不可窮，萬物生焉，故曰一陰一陽之爲
> 道，夫文之多變亦若是也，糅而偏勝可也，偏勝之極，一
> 有一絕無，與夫剛不足爲剛，柔不足爲柔者，皆不可以言
> 文。〔註41〕

以萬鈞雷霆、掣電流虹表達強烈的震撼，令人感激奮發，具有強大的
衝擊力和鼓舞力就是陽剛的文章所具有的藝術效果，至於陰柔的文章
則像初日清風、幽林曲澗般，表現婉轉柔和、隱秀蘊藉之風。「陽剛」
與「陰柔」之文所帶來的審美感受迥然不同。姑不論文學作品的細部
差異，以陽剛、陰柔作爲粗略的風格辨識，大致而言具有一定的概括
性。馮煦以剛、柔分詞派，再分別賦予「縱軼」與「溫厚」的內涵〔註
42〕，剛者如姚鼐所譬舉之形象，具有大開大闔，不可遏抑，放而不
拘的特質，呈現出剛勁強力之美，然而，若掌握不當，易流於叫囂，
陷於「麤獷」；而柔者之「溫厚」以儒家詩教「溫柔敦厚」目之，應
不爲過，蓋馮煦一生行事以儒家之教爲依歸，論詞如「詩有六義，詞
亦兼之」〔註43〕、要求作詞自俗處能雅始、是雅非鄭的選詞觀念等，
實際都是詩教的延伸。然而，不得其義者，往往出以麗詞淫句，遂使
溫厚成爲妖冶。實則「麤獷」與「妖冶」皆不善學者之弊，非以能蓋
剛柔之全體。馮煦以剛、柔分體派，其概括性及合理性是大於豪放、
婉約之分的，劉揚忠的一段話恰可作爲註腳：

---

〔註41〕姚鼐〈復魯絜非書〉，見姚鼐《惜抱軒全集》，收於楊家駱主編《中
　　　　國文學名著》（台北：世界書局，1960 年 11 月），第三集，冊 16，
　　　　頁 70～71。
〔註42〕〈重刻東坡樂府序〉「詞有二派，曰剛與柔，毗剛者斥溫厚爲妖冶，
　　　　毗柔者目縱軼爲麤獷」，言下之意，柔者具溫厚，剛者具縱軼，兩者
　　　　內涵不同。見馮煦《蒿盦續稿》，卷三，頁 1831～1832。
〔註43〕馮煦〈唐五代詞序〉，見馮煦《蒿盦類稿》，卷十六，頁 849。

婉約詞風雖有一定代表性和相當的涵蓋面，但它畢竟只是
「陰柔」這一大類中之一體，用以概括和代指全部柔美詞
風，就嫌不足。……「婉約」一詞，無論其原生義和衍生
義，都有含蓄婉曲之意，但並非所有偏於「陰柔」的詞都
婉曲含蓄。……即單純以純屬陰柔一路的詞來看，「婉約」
亦只是其中之一體（儘管是頗有影響和代表性之一體）。任
意擴大婉約的含義，拿它來硬套全部柔美詞，將千姿百態
的詞人們籠統地納入一個幾百年一以貫之的「流派」，豈不
使詞學研究簡單化、狹隘化？……風格豪放者也確實屬於
陽剛之作中數量較多且較有代表性的一種。但須注意的是
豪放僅僅是陽剛風格之一種（儘管是其中較有典型性之一
種），不宜用它來處處代指甚至總括一切陽剛美的文學作
品。如果那樣做，也勢必使風格體性的辨析簡單化和籠統
化。〔註44〕

在此，否定了一味以豪放、婉約作為劃分詞體的唯一方式，避免了「古
已有之，於今為烈」之弊。而劉乃昌也認為「對兩種風格類型或基本
潮流，可以用剛美柔美（或陽剛、陰柔）的來概括，而在剛美、柔美
的風格類型之下，則可進一步用穠麗、典雅、豪放、婉約等風格術語
具體品評獨特風格個性，也可將個性風格接近的詞家區分為若干流
派。剛美和柔美是外延廣袤，而又相互對立的概念，作品的風格無論
怎樣紛繁，都可區分為偏於陽剛或偏於陰柔兩類（至於寓剛於柔和以
柔寫剛則是從剛柔兩類變化出來的）。用剛美和柔美既可以完整包括
宋詞的兩個基本潮流，又可以各自統攝多樣的個性風格。」〔註45〕此
說甚篤。

　　但必須指出的是，姚鼐雖承認人之秉氣、文之剛柔有所偏勝，但
「偏勝之極，一有一絕無，與夫剛不足為剛，柔不足為柔者，皆不可
以言文」所以在〈海愚詩鈔序〉中再次重伸：

---

〔註44〕劉揚忠《唐宋詞流派史》（福州：福建人民出版社，1999 年 2 月），
　　　　頁 12～13。
〔註45〕劉乃昌〈宋詞的剛柔與正變〉，《文學評論》，1984 年第二期，頁 39。

> 吾嘗以謂文章之源，本乎天地。天地之道，陰陽剛柔而已。
> 苟有得乎陰陽剛柔之精，皆可以爲文章之美。陽剛陰柔，
> 竝行而不容偏廢，有其一端而絕亡其一，剛者至於憤強而
> 拂戾，柔者至於頹廢而闇幽，則必無與於文者矣。〔註46〕

剛柔兩者間是雜揉而非相互排斥或絕緣的，被視爲以陽剛稱雄的作家
也會寫柔美的作品，風格偏於柔美的作者，也會有剛美的風調，有些
作家還能將剛與柔自然陶鑄於一篇作品中，給予讀者剛柔並濟的審美
感受，因此，對於能「摧剛爲柔」的辛棄疾，爲詞「剛亦不吐，柔亦
不茹」的蘇東坡，馮煦給予的評價實不遜於成就「渾」之境界的周邦
彥。

在馮煦之後，朱祖謀主張以「疏」、「密」分詞體，與之效習夢窗
詞，晚篤東坡詞有不可分的關係。〔註47〕在評清眞詞箋註中：「兩宋
詞人，約可分疏、密二派，清眞介在疏、密之間，與東坡、夢窗，分
鼎三足。」〔註48〕此中「疏」、「密」分派依據最主要是從用筆態勢而
論，與辭藻之選取，意象之陳列和整體結構相關。卓清芬從修辭學上
解釋兩者不同：

> 以修辭形貌而言，「疏」包含了較多的虛字，平淺的字面、
> 意象的銜接較爲鬆散，句法平易直暢，條貫而下，而形成

---

〔註46〕 姚鼐〈海愚詩鈔序〉，見姚鼐《惜抱軒全集》，收於楊家駱主編《中
國文學名著》（台北：世界書局，1960 年 11 月），第三集，冊 16，
頁 35。

〔註47〕 朱祖謀數度批校夢窗詞集，用力甚勤，過程可見張爾田〈夢窗詞集
跋〉，見《彊村叢書》（台北：廣文書局有限公司，1970 年 3 月），冊
12，頁 4069～4070。葉昌熾謂之「詞家之君特也」。晚年頗好東坡詞，
龍沐勛謂「彊丈之翼四明，能入能出，晚歲於坡公，猶爲篤嗜」，見
〈答張孟劬先生〉收於《龍榆生詞學論文集》（上海：上海古籍出版
社，1997 年 7 月），頁 490。歷來評家論夢窗詞皆稱其綿密，如謝章
鋌《賭棋山莊詞話》「南宋詞人如夢窗之密，玉田之疏，必兼之乃工」，
馮煦《宋六十一家詞選例言》「夢窗之詞，麗而則，幽邃而綿密」，
況周頤《蕙風詞話》「近人學夢窗，輒從密處入手。夢窗密處，能令
無數麗字一一生動飛舞。」

〔註48〕 朱古微輯、唐圭璋箋注《宋詞三百首箋註》（台北：台灣中華書局，
1983 年 11 月），頁 86。

清朗疏順的文字樣態。以東坡詞〈水調歌頭・黃州快哉亭贈張偓佺〉為例：……「密」則涵括了較多的實字、凝鍊工麗的字面、緊密銜接的意象，句法錯綜複雜、曲折深隱，形成深摯縝密的文字樣態。以夢窗詞〈齊天樂・與馮深居登禹陵〉為例：……。〔註49〕

將夢窗之「密」歸於人力之研鍊，東坡之「疏」造端於下筆不經意，而天趣獨到，而評周邦彥作品中所提到「清真介在疏、密之間」，則有調和疏密兩端，致力於兩者間取得平衡之意。其實，無論是剛柔、疏密、婉約豪放，二分法只能是大致統攝，至於細部分類，是有必要，且必須再加以說明的。而「剛」、「柔」分派，因為援引古代周易哲學的觀念，且沿用以評文學也行之久遠，觀念的概括性也夠，因此，若真要以二分法分詞體派，剛柔分派，是個相當可取的分類方式。

　　事實上，宋詞分體，尚有其他分類方式，在〈重刻東坡樂府序〉中馮煦即言：

> 詞之有南北宋，以世言也。曰秦、柳，曰姜、張，以人言也。若東坡之於北宋，稼軒之於南宋，並獨樹一幟，不域於世，亦與他家絕殊。〔註50〕

於此，馮煦點出宋詞分派，有以世分，以人分兩種普遍性的分割方式。然而，以稼軒、東坡不為時所限，同時又非秦柳姜張之屬來看，以世分、以人分體派實有未到之處，因此，馮煦主張以風格區分，而指出「詞有二派，曰剛曰柔」。就概括性而言，「無論是陰陽、剛柔、疏密，都是比婉約、豪放具有更大的涵蓋力。」〔註51〕

---

〔註49〕見卓清芬《清末四大家詞學及詞作研究》（台北：國立台灣大學中國文學研究所博士論文，2000年1月），頁140～141。另，吳則虞解釋疏密，認為「所謂密，即表現為工整、細緻，一字一句都精雕細刻，並保持全詞的平衡；所謂疏，即表現為清空、飄逸，不在句句字字上用力，至少不使人看出是那樣用力，而著重創造整個意境。在密的一派中，是繼承吳文英的，在疏的一派中，是繼承姜夔的。」見吳則虞校《山中白雲詞》（北京：中華書局，1983年），頁1。

〔註50〕馮煦〈重刻東坡樂府序〉，《蒿盦續稿》，卷三，頁1831。

〔註51〕林玫儀《晚清詞論研究》（台北：國立台灣大學中國文學研究所博士

至於以地域分派，馮煦於例言中提到「西江派」：

> 宋初大臣之爲詞者：寇萊公、晏元獻、宋景文、范蜀公與
> 歐陽文忠並有聲藝林；然數公或一時興到之作，未爲專詣；
> 獨文忠與元獻學之既至，爲之亦勤，翔雙鵠於交衢，馭二
> 龍於天路。且文忠家廬陵，而元獻家臨川，詞家遂有西江
> 一派。其詞與元獻同出南唐，而深致則過之。宋至文忠，
> 文始復古，天下翕然師尊之，風尚爲之一變。即以詞言，
> 亦疏雋開子瞻，深婉開少游。（例言第 2 則）

所謂「西江詞派」是後人對歐陽脩、晏殊之流的追稱〔註52〕，晏、歐
二人並無自覺性的組成詞派，而馮煦爲何將晏、歐並舉，且封以「西
江詞派」之名，根據該則所言及晏、歐皆屬江西人而詞作又同出南唐
這兩點推斷〔註53〕，「西江詞派」只是就地理與風格所立的籠統概括
之名，並非眞正嚴格的詞派劃分，也就是劉揚忠所言因晏、歐「二人
都屬於同一歷史時期中互有社會聯繫和文化淵源關係的上層社會文
人士大夫，有相近的士大夫意識和審美趨尚，歐又剛好是晏的門生，
自有可能以座師的歌詞創作爲典則；兩人皆爲江西人，而江西爲南唐

---

論文，1979 年 6 月），頁 500。

〔註52〕「西江詞派」或言「江西詞派」，其名最早出現於厲鶚論詞絕句之九
「送春苦調劉須溪，吟到壺秋句絕奇。不讀鳳林書院體，豈知詞派
有江西」。詩末自注：元《鳳林書院詞》三卷，多江西人。語見厲鶚
《樊榭山房集》，卷七，收於王雲五主編《四部叢刊正編》（台北：
台灣商務印書館，1979 年），冊 84，頁 74。「鳳林書院體」是指元初
廬陵鳳林書院所刻《名儒草堂詩餘》，除首二人爲元詞人外，其餘爲
南宋遺民，如劉辰翁、羅志仁等凡六十家，江西詞人佔其中一半。
這種以地域性來劃分詞派的做法，啓發了後來者。但這裡所指的江
西詞派是指南宋遺民詞人，與馮煦所言宋初晏歐西江詞派意涵不同。

〔註53〕因爲除了例言第二則提到西江詞派之名外，馮煦再無進一步申說，
故只能就該則所論推斷。「文忠家廬陵，而元獻家臨川」，廬陵、臨
川皆位江西，此以籍貫言；「其詞與元獻同出南唐，而深致則過之」
以及例言第一則：「晏同叔去五代未遠，馨烈所扇，得之最先，故左
宮右徵，和婉而明麗，爲北宋倚聲家初祖。劉攽《中山詩話》謂『元
獻喜江南馮延巳歌詞，其所自作，亦不減延巳』。」說明晏殊與南唐
五代詞之淵源，而歐陽脩爲晏殊門生，受晏詞沾溉，同出南唐。此
就師出同源而論。

舊地，其首府南昌一度是南唐京城，馮延巳罷相後又出鎮撫州三年之久，因而此地遺留的南唐詞風頗為深厚，在南唐滅亡之後不久就出生成長於此地的晏歐二人受到薰染，作詞自然趨向南唐。」〔註54〕至於是否有其他詞家列屬西江詞派，畢竟目的不在立宗樹派，故馮煦也就無進一步闡說。其後朱祖謀、劉子庚談論江西詞派〔註55〕，以江西籍貫是論，作為列分江西詞派之依據，忽略作者的審美傾向與風格，實不夠客觀全面。

## 第二節　實用價值與尊體

由於時代與文壇的需要，晚清詞在創作與理論上愈來愈強調詞的實用價值，馮煦論詞受此影響，相當重視詞的言志功能與反映真實的作用，不同於以往常州詞派從詞的「出身」、「血統」上，以上媲風騷為手段，謀求體尊。馮煦則十分務實地選擇以詞擔負與詩相同的社會責任，要求詞體文學的實用價值，同時具有橫向共時記錄史事的功能，而也由此，詞體自然就能莊重，遠離小道、餘事之譏，其體自尊。

## 一、實用價值

就詞初始發展狀態來看，其在反映現實的深度和廣度上不及唐詩

---

〔註54〕劉揚忠《唐宋詞流派史》（福州：福建人民出版社，1999 年 3 月），頁 198。

〔註55〕見朱祖謀〈映盦詞序〉「西江詩派，卓絕千古，為詞亦然。有宋初造，文忠、元獻，實為冠冕。平園近體，踵廬陵之美；叔原補亡，嬗臨淄之風。乃若〈桂枝〉高調，振奇半山；《琴趣外篇》，導源山谷。南渡而後……堯章以番陽布衣，建言古樂，襟韻孤夐，聲情道上，瑰姿命世，翕無異辭」將江西詞派一脈延續到南宋。文見夏敬觀《忍古樓詩·映庵詞合刊》（台北：台灣中華書局，1970 年 6 月），頁 3。劉子庚言：「晏家臨川，歐家廬陵，王安石、黃庭堅，皆其鄉曲小生，接足而起，詞家之江西派，尤早於詩家，惟二氏誦法南宋，僅工小令。」文見劉子庚《詞史》（台北：台灣學生書局，1982 年 3 月），頁 55。

和元曲，馮煦在〈唐五代詞選序〉與例言第十則中分別提及的「詞爲小道」、「爲文章末技」之說的確也道出部分文人的心聲，但文學畢竟根於現實，能否與社會接軌，關係著該文體發展之前景，回顧詞的歷史，更可得到印證，隨著時代的發展與現實需要，文壇對詞體所肩負之言志功能、社會責任愈發重視。在理論上陳維崧、周濟、謝章鋌等倡發「詞亦有史」的觀念，在創作上，林則徐、鄧廷楨寄賦於詞中的憂患意識，龔自珍、周閑、姚燮、蔣敦復、薛時雨等皆在一定程度上以倚聲之道反映時代陵替的軌跡，而常州詞派發展到最後，理論上保留詞體特質時，已賦予詞體同詩歌一樣的價值功能，這樣的觀點，在馮煦的詞論中亦有所反映，於此分三方面敘說。首先，要求詞要有寄託。自張惠言以寄託說釋詞始，「寄託」成爲常州詞派的中心詞論，幾經周濟、譚獻之修正與闡揚之後，寄託說更加完善，馮煦接受此觀點，認爲「文不苟作，寄託寓焉，所謂文外有事在也，於詞亦然。」〔註56〕將散文創作要則移於詞論中，如此，增加詞體內容之深度與廣度，同時，亦是配合時代風會之要求。

其次，所寄託者須是眞情實性。張惠言〈詞選序〉「感物而發，觸類條鬯，各有所歸，非苟爲雕琢曼詞而已」〔註57〕、周濟「感慨所寄，不過盛衰，或纏綿未雨，或太息厝薪，或己溺己飢，或獨清獨醒，隨其人之性情學問境地，莫不有由衷之言。」〔註58〕因爲外物所激，而心有所慨，寄予詞作，篇章字句無不發自衷誠，這是張、周二人所強調的以詞言志。馮煦〈重刻東坡樂府序〉言，透過詞作，可使「後之讀者莫不睪然思，逌然會，而得其不得已之故」，要求讀者要善於從言外領會作家使用比興寄託下的「不得已之故」。此「不得已」即是詞人在歷經漂泊、心懷幽怨，情釀哀思之後積囤於胸中不得不發、不吐不快的沉摯深情，如謝章鋌所言「夫人苟非不得已，

---

〔註56〕馮煦〈重刻東坡樂府序〉，《蒿盦續稿》，卷三，頁1832。
〔註57〕張惠言〈詞選序〉，見唐圭璋《詞話叢編》，冊2，頁1617。
〔註58〕周濟《介存齋論詞雜著》，見唐圭璋《詞話叢編》，冊2，頁1630。

殆無文學，即填詞亦何莫不然」〔註59〕。詞之創作來到晚清，已不再是初始酒筵歌席的遊戲之作，文人在不得行其志於世時，以詞寄託萬端，以詞作爲內心眞實面的反映，特別是在面對當時大廈將傾、國將不國的現實，文人敏感的心往往在觀覽風雨江山之外，而有萬不得已的心緒存在，此「萬不得已」即是眞心，亦是詞心，是爲詞作之精魂眞髓〔註60〕。因此馮煦〈重刻東坡樂府序〉言「世非懷襄，而效靈均〈九歌〉之奏；時非天寶，而擬杜陵〈八哀〉之篇，無病而呻，識者恫之。」〔註61〕再次強調詞作眞心的必要性。

　　復次，苟能寄託，則以憂生念亂之情爲高。張惠言雖也強調詞能「道賢人君子幽約怨誹不能自言之情」，但並未實指此情爲何，而馮煦則以爲，能以詞發抒詞人對社會國家、生民百姓的關懷，加強詞之社會作用與言志功能，詞體就能跳出閨閣林園之外，走進人生社會，因內容題材的莊重，詞體自然就能矜莊，自能擺脫「小道」、「餘事」之譏。基於以上三點，馮煦因時局之阽危，對於「愛國詞」激賞不已，甚至只要出自一腔忠憤之性，可不必論詞之工拙。對此，就有論者指出，馮煦之論「與其說是對於那個時代與作品的客觀評論，毋寧說是由於家國身世之感的共鳴而借題發揮，藉此宣揚其『憂生念亂』的詞論」〔註62〕。

---

〔註59〕謝章鋌〈張鳴珂寒松閣詞序〉，見《續修四庫全書》編輯委員會編《續修四庫全書》（上海：上海古籍出版社，2002 年），冊 1727，頁 302。

〔註60〕況周頤《蕙風詞話》「吾聽風雨，吾覽江山，常覺風雨江山外，有萬不得已者在，此萬不得已者即詞心也。而能以吾言寫吾心，即吾詞也。此萬不得已者，由吾心醞釀而出，即吾詞之眞也，非可強求，亦無庸強求。視吾心之醞釀何如耳。」況周頤《蕙風詞話》，見唐圭璋《詞話叢編》，冊 5，頁 4411。吳惠娟解釋所謂「萬不得已者」即是在觀照了審美客體後萌動於心中的極爲強烈的無法排遣的感受，或是原就躁動於心中，一遇外界的審美客體就如乾柴烈火噴薄而出的意緒。見吳惠娟《唐宋詞審美觀照》（上海：新華書店，1999 年 8 月），頁 30。

〔註61〕馮煦〈重刻東坡樂府序〉，《蒿盦續稿》，卷三，頁 1832。

〔註62〕黃霖《近代文學批評史》（上海：上海古籍出版社，1993 年 2 月），頁 294～295。

## 二、尊體方法

　　詞於藝事,「微之微者」〔註63〕,所以宋人於廁上閱讀小詞〔註64〕,然而,隨著文人的涉入,賦予更深的意義之後,「小詞」就不僅只是酒席歌筵間的興到之作,文學思想意義的加深,文壇上也就出現了尊體之說。蘇軾用「以詩爲詞」改革詞風,李清照又提出詞「別是一家」的主張,兩者都是爲尊體而發〔註65〕。馮煦之前,清人尊詞的方式就大致分循蘇、李所提出的這兩個方法:「破體尊詞」與「辨體尊詞」。前者是透過打破詩詞界限,在創作上向詩看齊,從而提升詞的地位;後者則是辨明詩詞界限,保持詞體獨立的文體特徵與審美風格,以此抬高詞的地位。〔註66〕常州詞派理論要旨最初就是以破體的方式使詞向詩靠攏,來達到尊體的目的。隨著清王朝勢力的中衰,有愈來愈多的文人將心中抑鬱愴悱之情假填詞之路以抒發,詞體所負載之內容與詩之界限愈發模糊。張惠言〈詞選序〉言詞「蓋詩之比興,變風之義,騷人之歌,則近之矣」,將詞與政治連接起來,同時,又重視詞體「低徊要眇」的美感特質〔註67〕,將詩教精神與詞之美感做了較好的結合。到了周濟,在重視寄託、詞史之餘,又論及倚聲之章法、聲律、

---

〔註63〕 成肇麐〈蒿盦詞序〉,見楊家駱主編《清詞別集百三十四種》(台北:鼎文書局,1976 年 8 月),冊 12,頁 6307。

〔註64〕 〔宋〕歐陽修《歸田錄》記載錢惟演「坐則讀經史,臥則讀小說,上廁則閱小辭 (詞)」。見歐陽修《歸田錄》,收於傅璇琮主編《全宋筆記》(鄭州:大象出版社,2003 年 10 月),第一編,冊 5,頁 257。

〔註65〕 張宏生:「儘管蘇軾和李清照的詞論彼此帶有一定的否定性(當然其間有主客觀之別),但不可否認,二者都有尊體的動機。前者是從意義的層面上,要把詞向傳統詩文的表達功能靠攏,從而否定小道之說;後者則從詞的本來意義上,強調藝術的精工,從而保障這一文體的特殊性。」見張宏生《清詞探微》(北京:中華書局,2008 年 5 月),頁 338。

〔註66〕 曹明升《清代宋詞學研究》(揚州:揚州大學博士論文,2006 年 5 月),頁 45。

〔註67〕 詩騷的的諷諭美刺功能,言志作用,以及詩經吟詠性情、風雅比興;楚騷特有的感情上迴旋、反覆纏綿、精微細致之美等等形式內容上的特徵,在張惠言將詞上媲詩騷時,也用以作爲倚聲之藝術特質。

用韻〔註68〕，皆凸顯了詞迥異於詩的特質。如此，又將原本「破體尊詞」和「辨體尊詞」這兩種各有所長又各有所偏的尊體方式作了理想的結合，進而成為晚清詞學的理論指導。

同樣的，馮煦在接受這樣的觀念同時，更順應時勢，提出具體且能落實尊體的確切辦法。首先，詞發展至清末，幾乎無事不可入詞，從而使詞成為一種在描寫對象上幾乎不受任何限制的，具有完整意義的抒情韻文，這是在詞體發展上的客觀現實，而馮煦蒿目時艱，更強調詞應肩負社會責任，成為詞人抒情言志的載體，能言詩所不能言，於詩所能言者，詞亦可承擔，只是表現方式與藝術效果有所不同。周濟「感慨所寄，不過盛衰：或綢繆未雨，或太息厝薪，或己溺己饑，或獨清獨醒」以詞言個體對政治、社會的深層觸發，作為「後人論世之資」，馮煦發揮更甚，對於詞作所發揮的愛國精神，忠憤之情的愛國之作，大加讚揚：

> 《酒邊詞》「紹興乙卯大雪，行鄱陽道中」〈阮郎歸〉一闋，為二帝在北作也。眷戀舊君，與鹿虔扆之「金鎖重門」、謝克家之「依依宮柳」，同一辭旨怨亂。不知壽皇見之，亦有慨於心否？（例言第 18 則）

> 于湖在建康留守席上賦〈六州歌頭〉，感憤淋漓，主人為之罷席。他若〈水調歌頭〉之「雪洗虜塵靜」一首，〈木蘭花慢〉之「擁貔貅萬騎」一首，〈浣溪沙〉之「霜日明霄」一首，率皆眷懷君國之作。龍川痛心北虜，亦屢見於辭，如〈水調歌頭〉云：「堯之都、舜之壤、禹之封，於今應有一個半個恥和戎」；〈念奴嬌〉云：「因笑王謝諸人，登高懷遠，也學英雄涕」；〈賀新郎〉云：「舉目江河休感涕，念有君如此何愁虜」；又：「涕出女吳成倒轉，問魯為齊弱何年月」：忠憤之氣，隨筆湧出；並足喚醒當時聾聵，正不必論詞之工拙也。（例言第 22 則）

〔註68〕周濟有關詞之聲律、聲韻之言論見《宋四家詞選目錄序論》，收於唐圭璋《詞話叢編》，冊 2，頁 1645～1646。

以上所列舉皆爲詞人丹心碧血的結晶，感憤之深，撼人心脾，「忠憤之氣，隨筆涌出；並足喚醒當時聾聵，正不必論詞之工拙也」一說，將以闡述忠君愛國之情爲題材的詞作，推崇至最高點，以此爲基點，透露出馮煦對豪宕剛健之風的賞愛，不遜於對陰柔蘊藉的評價。黃霖認爲這是由於「隨著時世的劇變，越來越突出憂時念亂、忠君愛國的基調，以致發展到了『不論工拙』，不顧『本色』，幾於到了以『獨往獨來』、駘宕奔放之勢突破『低佪要眇』、『溫柔敦厚』藩籬的邊緣了」〔註69〕。

沿此而來，將詞體推尊到「史」的地位，與詩史並駕，是馮煦落實尊體的第二個方法。早在清初陳維崧論詞選時，就已經提出「詞史」的觀念，陳維崧〈詞選序〉「選詞所以存詞，其即所以存經存史也夫」〔註70〕，將選詞視爲不朽盛事，與經、史相提並論，該選所輯錄的是康熙前十年的作品，大都是表現作者激憤不平之聲或故國之思，具有深遠的寄託意涵，反映了重大的社會內容，可以當做經書或史書來閱讀。其後周濟以史家眼光，提出「詩有史，詞亦有史」〔註71〕之說，認爲詞應爲後人論世之資。到了謝章鋌，認爲填詞之法「與古文家紀傳相通」〔註72〕，要求以史筆來寫詞，並提出以詞紀史，可爲大觀：「予嘗謂詞與詩同體，粵亂以來，作詩者多，而詞頗少見。是當以杜之〈北征〉、〈諸將〉、〈陳陶斜〉，白之〈秦中吟〉之法運入減偸，則詩史之外，蔚爲詞史，不亦詞場之大觀歟。……夫詞之源爲樂府，樂府正多紀事之篇。詞之流爲曲子，曲子亦有傳奇之作。誰謂長短句之中，不足以抑揚時局哉。」〔註73〕基於以上觀點，謝章鋌曾擬輯喪亂

〔註69〕黃霖《近代文學批評史》（上海：上海古籍出版社，1993 年 2 月），頁 295。
〔註70〕陳維崧〈詞選序〉，見陳維崧《陳迦陵文集》，收於王雲五主編《四部叢刊正編》（台北：台灣商務印書館，1979 年），冊 82，頁 31～32。
〔註71〕周濟《介存齋論詞雜著》，收於唐圭璋《詞話叢編》，冊 2，頁 1630。
〔註72〕謝章鋌《賭棋山莊詞話》卷二「詠事之詞，有通闋述其事而美刺自見者，有上半闋述其事、下半闋或議論或讚歎者，其法皆與古文家紀傳相通」，收於唐圭璋《詞話叢編》，冊 4，頁 3341。
〔註73〕謝章鋌《賭棋山莊詞話續編》，收於唐圭璋《詞話叢編》，冊 4，頁 3529。

以來各家弔亡悼逝諸作爲一集〔註74〕，從實際面落實詞史之說。與馮煦時有往來的譚獻，注重詞史功能不在周濟、謝章鋌之下，他曾批評鄧廷楨《雙硯齋詞》「其才氣韻度與周稚圭伯仲，然而三事大夫，憂生念亂，竟似新亭之淚，可以覘世變也。」〔註75〕而馮煦所際遇的時會較之前人更艱辛異常：各省民亂四起，反洋教事件，延燒各地。甲午戰爭，開前所未有之奇恥大辱；義和團之亂、八國聯軍，又將中國陷入萬劫不復的深淵，馮煦食君之祿，忠君之事，作爲一個儒家典型的傳統士大夫，對於家國之淪落，痛徹心扉，上書參政，提出建言，又往往付諸流水，撫今追昔，馮煦在詞壇上引馮延巳爲知音人，對於正中詞的欣賞解說，從知人論世的觀點出發，認爲正中處於南唐「如羹如沸，天宇崩析」內憂外患交侵而來的世局，而「負其才略，不能有所匡救危苦，煩亂之中，鬱不自達者，一於詞發之，其憂生念亂，意內而言外」〔註76〕，將所懷之千頭萬緒，憂生念亂之情以詞表之，從而反映世局時政，讀正中詞，就是閱讀一部南唐歷史。此足見馮煦之「詞史」意識與周濟、謝章鋌、譚獻等人的接近雷同——以詞作爲反映政治社會的文學載體。〔註77〕

---

〔註74〕謝章鋌《賭棋山莊詞話》於光緒三十九年付梓，此時的清政府，已是內憂外患相繼不絕，詞人親會如此時運，以詞寫現實，以選錄實作，深有寄寓。

〔註75〕譚獻認爲作家情志與時事盛衰密切相關，充分肯定文人傷時感事、與時憂樂的傳統。又認爲詞出於詩，發人之喜怒哀樂，更感於當時事變日亟，在《復堂類集・古詩錄序》表示「島夷索虜，兵革相循，天下因之鼎沸，民命幾於剿絕」，於是要求以詞傳達「憂生念亂」的時代憂患意識。莊棫〈復堂詞序〉「仲修年近三十，大江以南兵甲未息，仲修不一見其所長，而家國身世之感，未能或釋，觸物有懷，蓋風人之旨也。」以詞反映時代風會，亦是譚獻創作的主張。

〔註76〕馮煦〈陽春集序〉，《蒿盦類稿》，卷十六，頁854。

〔註77〕馮煦在例言第22則認爲南宋愛國詞人如張孝祥，部分詞作有「眷懷君國」之情，陳亮因「痛心北虜」，其感動憤發「亦屢見於辭」，將詞做爲時事之載體，並給予「忠憤之氣，隨筆涌出；並足喚醒當時聾聵，正不必論詞之工拙也」之評，筆者以爲亦可視爲有關「詞史」的等同觀念。

　　楊海明認爲清人「尊體」的方法和途徑主要有兩種：〔註78〕一是在詞的起源問題上作文章，力圖將詞的體式接源或並行於詩體，以顯示其歷史之悠久和「家世」之不凡，如提出「詞爲詩裔」、「今之長短句，蓋樂府曲之苗裔也」。二是在詞的言情問題上作文章，力圖將它與詩的言志相通，以達到「詩詞一理」和詩詞同科的結論與目的，如「詞導源於詩，詩言志，詞亦貴乎言志」、「詞導源於古詩，故亦兼具六義」。〔註79〕從馮煦有關詞論中，明顯可見遵循常州尊體榘矱，但最主要是透過第二種方式，使詞體有了更尊崇的文學地位，這當然也是與當時國是日非、大廈將傾，詞人以長短句澆心中塊壘之風氣息息相關。馮煦這種詞能應時、應事的觀念做法，無形中更提高詞的地位，達到「尊體」的效果，比起前人止於理論上提高詞位，更加落實，也更具說服力。

## 第三節　推尊唐五代

　　詞肇始於中唐，成體於唐五代，盛於兩宋。因著時代風會與文體自身發展的改變，呈現出不同的藝術風貌。清初以來，詞學上的南北宋之爭一直是不斷延燒的話題，貫穿有清一代，孫克強謂「清代詞學流派分立，先後有雲間、浙西、常州諸派主盟詞壇，各派都建立了自己的詞學理論，而學北宋、習南宋不僅爲各派詞論的重要內容，且必爲其派的代表性主張，以至於對北宋或南宋的推崇竟成爲其派的代稱」〔註80〕。對於兩宋詞，馮煦以「詞至北宋而大，至

〔註78〕楊海明〈略論清代詞論中的尊體之說〉，收於《詞學研討會論文集》（台北中央研究院中國文哲研究所籌備處，1996年6月），頁269～272。

〔註79〕「詞爲詩裔」之說爲蘇軾所提出、「今之長短句，蓋樂府曲之苗裔也」之說見王炎〈雙溪詩餘自序〉，「詞導源於詩，詩言志，詞亦貴乎言志」之說見沈祥龍《論詞隨筆》、「詞導源於古詩，故亦兼具六義」出自劉熙載《藝概・詞概》。

〔註80〕孫克強〈清代詞學的南北宋之爭〉，《文學評論》，1998年第四期，頁127。

南宋而深」〔註81〕作爲分別，這樣的認知符合詞體發展進程，北宋詞在題材選取與體式規範上突破花間，於內容、風格、形式上都有所擴展，爲南宋奠基；發展至南宋，則於藝術造詣上，追求更深更高的技巧。張德瀛《詞徵》謂「詞至北宋，堂廡乃大，至南宋益極其變」〔註82〕說得也是同樣的現象。於此，馮煦曾比較兩宋之別，認爲北宋大家「每從空際盤旋，故無椎鑿之跡」，而南宋眾詞人則是「於字句間凝煉求工，而昔賢疏宕之致微矣」〔註83〕，北宋詞深得自然之趣，南宋詞則有雕鏤之美，天工與人巧孰優孰劣，在不同藝術觀念指導下各有擁護者，而馮煦隱然對於北宋詞有著較高的評價，以詞之最高境──渾成，禮讚周邦彥，認爲「詞至於渾，而無可復進矣」〔註84〕，由此，皆是馮煦與常州詞派同一論調。至於，如何臻於清眞之化境，常州詞派理論的完善者周濟開出「問途碧山，歷夢窗、稼軒，以還清眞之渾化」〔註85〕的途徑，以南宋詞家爲入門。然而，馮煦卻提出以唐五代詞爲師法對象，作爲習詞者之起步，馮煦有此一說，乃是認爲唐五代詞爲詞家本源：

> 詞雖導源李唐，然太白、樂天興到之作非其顓詣。逮於季葉，茲事始盆。溫韋崛興，專精令體，南唐起於江左，祖尚聲律，二主倡於上，翁和於下，遂爲詞家淵叢。〔註86〕

唐五代因有溫、韋、二主、正中之作，遂成詞家淵藪，開後世詞流。故唐五代詞在詞體發展史上有著初始濫觴的地位，馮煦對此極其重視：

> 詞有唐五代，猶文之先秦諸子，詩之漢魏樂府也。近世學者，祖尚南渡，天水而上，罕或及之，殆文禰唐宋八家而

---

〔註81〕馮煦〈宋六十一家詞選序〉，見馮煦《蒿盦類稿》，卷十六，頁851。
〔註82〕張德瀛《詞徵》，收於唐圭璋《詞話叢編》，冊5，頁4078。
〔註83〕例言第20則。
〔註84〕例言第13則。
〔註85〕周濟《宋四家詞選目錄序論》，收於唐圭璋《詞話叢編》，冊2，頁1643。
〔註86〕馮煦〈陽春集序〉，《蒿盦類稿》，卷十六，頁853。

　　　　祧東西京，詩學黃涪翁而不知有蘇李十九首，可謂善學乎？
　　　〔註87〕
散文之始上溯先秦諸子，詩歌之源追根漢魏樂府，兩者不僅是母胎，
同時亦是散文與詩歌的典範，後來者無不出自其中，而學者窮源溯
本，奉爲經典。〔註88〕馮煦以唐五代詞與先秦諸子散文，漢魏樂府詩
對舉，認爲在詞體演進過程中，唐五代詞以其成熟完形的姿態，作爲
倚聲填詞的成體與模範，實有代表意義。對於浙西詞派只見南宋，而
不知唐五代詞的重要性與啓示意義，畫地自限於姜張一派的小天地
中，視爲管窺蠡測，非眞正對詞學有深刻體認者。嚴羽《滄浪詩話》
告以學詩「入門需正」，對學者而言，入手之門徑，必須正確，否則
劣習一旦養成，日後將難以改正，又云「學其上，僅得其中；學其中，
斯爲下矣」，典範之認定，影響後續發展的廣度，以經典爲極則，雖
不能至，但亦不遠矣。馮煦以唐五代詞爲善學者入門之階，矯正了浙
西詞派的自限，擴大了常州詞派的視野。〔註89〕

--------

〔註87〕馮煦〈唐五代詞選序〉，《蒿盦類稿》，卷十六，頁849。
〔註88〕以唐宋八大家而言，韓愈文如〈原道〉、〈與孟尚書書〉，精神面貌近
　　　　於《孟子》。〈答李翊書〉論爲文以學養並提，實由孟子知言養氣之
　　　　説而來。柳宗元論文，主張「參之《孟》《荀》以暢其支，參之《莊》
　　　　《老》以肆其端。」（〈答韋中立論師道書〉）；又謂「《左氏》、《國語》、
　　　　莊周、屈原之辭稍採取之」（〈報袁君陳秀才書〉）；而其寓言文學更
　　　　是學習諸子寓言的成果。蘇洵生平尤好《孟子》，曾端坐讀之七八年，
　　　　謂其「語約而意盡，不爲巇刻斬絶之言，而其鋒不可犯」（〈上歐陽
　　　　内翰書〉）。王安石解《孟子》，其文亦學《孟子》；議荀卿，文亦學
　　　　荀卿。而蘇軾之文，得力於《莊子》，他説：「吾昔有見於中，口未
　　　　能言。今見《莊子》，得吾心矣。」（〈東坡先生墓誌銘〉）；集中如〈赤
　　　　壁賦〉及清風閣、凌虛臺、墨寶堂、超然臺諸記，其思想語言無不
　　　　出於莊子；而其文章的暢達，所謂「如行雲流水」，「如萬斛泉源，
　　　　不擇地而出」者，亦與《莊子》的風格相近。就詩歌而言，李白繼
　　　　承了漢魏樂府感於哀樂、緣事而發的優良傳統和詩歌風骨，並以作
　　　　爲振起詩道的革新手段，同時大量體現在他擬作古樂府的創作實踐
　　　　中。而杜甫對漢魏六朝樂府詩歌文學觀念、思想精神、藝術手法、
　　　　敘事技巧多有繼承與發展。
〔註89〕清末，蔣兆蘭「歐陽、大小晏、安陸、東山，皆工小令，足爲師法。

　　馮煦之所以如此推崇唐五代詞，在於唐五代倚聲創作合乎自身所提倡的詞學標準：

> 唐五代作者數十人，大抵緣情託興，無藉湛明奧窔之思，而耳目所寓，出入動作之所適，舉以入諸樂章，或意中之恉，不克徑致，則隱謬其辭，旁寄於一事一物，而俯仰之際，萬感橫集，使後之讀者，如聆其聲，覩其不言之意，世有鬱伊於內，無可訴語，偶有觸焉，亦且怳然於其中之纏綿蘊結。〔註90〕

以其所思，寄予樂章；隱謬其辭，使後之讀者，如聞其聲，見其言外之意，發揮了詞體特有的藝術效果，也合乎常州詞派一貫的論詞要求，有寄託入，以寄託出。然而，唐五代詞中確有不少偎紅倚翠、流連光景之作，似有違小雅溫厚和平之旨，對此，馮煦從當時詞人所處時代氛圍為解釋，認為晚唐五季政教陵夷、國事蜩螗，有識之士，遭際滄桑，心懷隱痛，周遺之悲，楚纍之託，一寄詞中，何暇雕琢，「其詞則亂，其志則苦，義兼盍各，毋勞刻舟」〔註91〕對於詞之解釋，無須囿於作品字面，結合政治社會、作家背景，則見詞中所依託的是最深刻的黍離麥秀之痛，銅駝荊棘之傷，「固有先我而發之者，又皇論其詞之貞邪正變，與其人之妍媸也耶？」〔註92〕，工拙妍媸之辨已不是最重要的了。對於唐五代詞之推崇，馮煦更積極透過選本的方式加

---

詞家醉心南宋慢詞，往往忽視小令，難臻極詣。鄙意此道，要當特致一番功力於溫韋李馮諸作，擇善揣摩，浸淫沉潛，積而久之，氣韻意味，自然醇厚，不復薄索。蓋宋初諸公，亦正從此道來也。」以為學詞自唐五代入手，王國維亦稱「唐五代北宋詞，可謂生色真香」，對其推崇備至。見唐圭璋《詞話叢編》，冊5，頁4637～4638、4260。

〔註90〕成肇麐〈唐五代詞選序〉，見成肇麐《唐五代詞選》（台大：久保文庫，昭和9年10月），頁1～2。馮、成二人共同編選《唐五代詞選》兩人在詞學觀點上若合一契，此雖為成肇麐之序文，但亦可知馮煦之論點。

〔註91〕馮煦〈唐五代詞選序〉，見馮煦《蒿盦類稿》，卷十六，頁850。

〔註92〕成肇麐〈唐五代詞選序〉，見成肇麐《唐五代詞選》（台大：久保文庫，昭和9年10月），頁1。

以鼓吹。光緒十三年（1887A.D），與成肇麐共同編選《唐五代詞選》
付梓，該書是馮、成二人「日夕三復，雅共商搉，損益百一」的結果，
本於「意內言外之旨，緣情託興之義，因身世之遭逢，以風雅爲歸宿。
凡意淺旨蕩者，蓋從刪削。故即花間所有，亦多甄擇」〔註93〕，嚴選
出唐五代詞家五十位，三百四十七首作品。馮煦在序言中提到「詞雖
小道，本末爛然，先河後海，義有取焉」，馮煦認爲分明本末之別，
對辨識詞體而言極爲重要，因此賦予該選正本清源之使命，又成肇麐
則認爲「詞家總集，《花間》最古，叔暘采擷，兼及兩宋，茲編所錄，
詎足仰企曩賢。」以追步先賢的態度，賦予該書在空間與時間上補前
人之不足的任務。〔註94〕是書一出獲得好評，陳匪石認爲該選「體尊
而例嚴」、「宋後，唐五代選本只此一種，而實爲最精，宜乎聲家人手
一編也」〔註95〕，列爲詞家必讀書目。而於晚唐五代詞人中，對馮延
巳，馮煦更是青眼有加，至於爲何如此推許馮正中，於本文第五章〈馮
煦詞學—作家論〉中，將有詳細說明。

## 第四節　謀篇貴「渾」

　　與詞尚要眇相應的是特殊的藝術表現手法，馮煦提出「顯者約之
使晦，直者揉之使曲」〔註96〕之手段，既可避免詞作落入寫盡無餘的
淺俗之病，又可使讀者玩味不盡，「謬悠其詞，若顯若晦」也是同樣
的意思。雖然到了晚清時期，詞評家論詞多用詩學標準審視詞格，要
求詞體也能擔負與詩同樣的社會責任，加強言志功能，但論者並沒有
忘記，詞畢竟不是詩，因此論詞體要求中，仍希望保留詞體要眇宜修

〔註93〕陳匪石《聲執》卷下，見唐圭璋編《詞話叢編》，冊5，頁4955。
〔註94〕趙崇祚《花間集》所收詞人以西蜀爲主，除溫庭筠、皇甫嵩、孫光
　　　　憲外其餘十四位都是西蜀作家，因此該選所收集之地域範圍有限。
　　　　而黃昇《花庵詞選》收唐五代南北宋詞人二百二十三家，然主要以
　　　　兩宋詞人爲主，唐五代詞人相對而言並不多。
〔註95〕陳匪石《聲執》，見唐圭璋《詞話叢編》，冊5，頁4955。
〔註96〕〈重刻東坡樂府序〉，見馮煦《蒿盦續稿》，卷三，頁1831。

的特質，寫人心中隱曲難言的情愫，能言詩所不能言，達到詞體「旨隱詞微」〔註97〕的特有藝術美感。在遣詞用字方面，馮煦曾盛讚淮海、小山「淡語皆有味，淺語皆有致」，以自然之語言爲詞面，深懷眞摯之情感，一經出手便是佳作。對於過度雕琢，荒豔炫目者，則多加鄙棄。事實上，馮煦以爲填詞需出以眞心，如同周濟所論，「學詞先以用心爲主，遇一事，見一物，即能沉思獨往，冥然終日，出手自然不平」〔註98〕，而南宋諸家由於在字句間凝煉求工，多了斧鑿之氣，失去了北宋詞疏宕自然的氣質〔註99〕，因此總體評價上不如北宋詞人。另外馮煦以爲白石詞能融合清空與幽澀，欣賞姜詞宜從「俗處能雅，滑處能澀始」，閱讀如此，模習亦如此。馮煦「是雅非鄭」的觀念已見前述，至於提倡填詞自「滑處能澀始」，則是鑒於浙派空疏浮滑之弊病而論，浙派推崇姜夔，卻只見姜夔「野雲孤飛，去留無跡」的清空高雅，而無視於白石詞中意澀層深的一面，既無白石之藝術造詣，又只偷得皮毛，觀念的錯誤，使浙西末流弊病叢生，沈祥龍《論詞隨筆》言：詞能幽澀，則無淺滑之病〔註100〕，馮煦倡言以「澀」治「滑」，實有見地。

就謀篇佈局而言，馮煦重視在善發端之餘，亦要善過渡、善結尾，才算的上是好作品。南宋胡仔《苕溪漁隱叢話》言「凡作詩詞，要當如常山之蛇，救首救尾，不可偏也。」〔註101〕對通篇結構之講求如是言，馮煦評洪咨夔〈沁園春〉四首，工於發端，用古人事典，爽麗高亢，足有「振衣千仞」之氣象，然而，〈沁園春〉四首，兩首爲壽詞，「明朝去，趁傳柑宴近，滿袖天香」、「從今去，願君王萬歲，元帥千秋」，結句落入實語，尤其是後一首，更是近於曬詼；另兩首爲

---

〔註97〕〈陽春集序〉，見馮煦《蒿盦類稿》，卷十六，頁853。

〔註98〕周濟〈介存齋論詞雜著〉，收於唐圭璋《詞話叢編》，冊2，頁1630。

〔註99〕例言第20則。

〔註100〕沈祥龍《論詞隨筆》，收於唐圭璋《詞話叢編》，冊5，頁4055。

〔註101〕〔宋〕胡仔《苕溪漁隱叢話》（台北：長安出版社，1978年12月），後集，頁321。

次韻，應酬之作，本難工巧，此類作品又非舜俞本色〔註102〕，起頭開得漂亮，惜其下無法續航，氣勢漸靡，終篇無佳作〔註103〕，即是觀詞作整體而評斷。

就創作總體上，馮煦以「渾」爲創作最高境。此一「渾」字在馮煦的批評觀念裡，包含了用意、鑄詞、設色、命篇等範疇，從形式到內容，一切都要符合詞體審美要求，特別是透過藝術的淬煉，使結構、用語「層深渾成」，無斧鑿之跡，神理骨性能夠高健幽咽，這才是倚聲藝術的極詣，馮煦言「詞至於渾，而無可復進矣」，即是此意。綜觀眾詞人群中，馮煦以「渾」許之者，唯清眞一人而已。自周濟揭示四家門徑始，周邦彥就成了常州詞論中詞作最高境的代表人物，標示著北宋詞渾化的典範，是後學者學詞的最終目標，對此，馮煦亦循止庵之說。不過，與周濟論清眞渾化、渾厚、集大成，對清眞稱美備至，視清眞爲詞壇不祧宗主不同，馮煦論其他詞人，如正中、東坡、稼軒，字裡行間所表現出的讚許、推揚實不遜於以「渾」所許的清眞。蓋馮煦重視詞作內容更甚於形式，尤其是關乎國家社會的主題，可以讓馮煦盡棄一切形式的約束，而直搗詞人用心之內在，不必論詞之工拙。關於此點，詳見第五章〈馮煦詞學─作家論〉。

〔註102〕洪咨夔（字舜俞，號平齋，著有《平齋詞》）爲人鯁亮忠愨，其詞淋漓激壯，多抑塞磊落之感。況周頤《歷代詞人考略》評洪詞「其中懷所蘊蓄，鬱勃不能自已，及至放筆爲詞，慷慨淋漓，自然與辛、劉契合，非刻意模仿辛、劉也」，文見況周頤《歷代詞人考略》（北京：全國圖書館文獻縮微複製中心，2003年5月），下冊，頁1489～1490。

〔註103〕李調元評論《平齋詞》喜用成語作起句，且極爲自然，如〈沁園春·壽俞紫薇〉（詩不云乎，蒹葭蒼蒼，白露爲霜）、〈沁園春·次黃宰韻〉（歸去來兮，杜宇聲聲，道不如歸）等闋。見李調元《雨村詞話》，收於唐圭璋《詞話叢編》，冊2，頁1425。馮煦批評見例言第28則：「平齋工於發端，其〈沁園春〉凡四首，一曰：『《詩》不云乎？蒹葭蒼蒼，白露爲霜。』二曰：『歸去來兮，杜宇聲聲，道不如歸。』三曰：『飲馬咸池，攬轡崑崙，橫鶩九州。』四曰：『秋氣悲哉，薄寒中人，皇皇何之？』皆有振衣千仞氣象；惜其下並不稱。」

# 第五章　馮煦詞學─作家論

　　馮煦的詞學觀主要建立在對個別詞家的批評之上，〈宋六十一家詞選例言〉是馮煦對南北宋六十一家詞人的品第評價，這些例言正如陳匪石《聲執》所說「評騭各家，而論其長短高下周疏之實，蓋不啻六十一家之提要與六十一家之評論」〔註1〕。因爲例言所論獨到，陳廷焯以爲議論多有可採之處，陳銳認爲足可「囊括先民之矩矱，開通後學之津梁，字字可寶矣」〔註2〕，故價值奇高。對《宋六十一家詞選》一書而言，四十四則例言不僅是該書的序言，同時兼具詞話批評的特性，因此，以例言爲主，再加上序跋與論詞絕句相互補充，則該詞人、詞作之形象就更加鮮明，適可建立馮煦的詞學組織架構。本章先論馮煦評騭形式大要，次論詞人批評實際狀況。

## 第一節　批評形式大要

　　馮煦對於個別詞家的批評，最主要集中在例言前三十五則，論述南北宋詞人六十一家，另外論詞絕句十六首，論唐五代溫庭筠、李煜、馮延巳三人，凡三首，北宋柳永、張先、蘇軾、秦觀、周邦彥五人，

---

〔註1〕陳匪石《聲執》，見唐圭璋《詞話叢編》，冊5，頁4967。
〔註2〕陳銳之評見《袌碧齋詞話》，又陳廷焯《白雨齋詞話》云「近時馮夢華煦所刻喬笙巢《宋六十一家詞選》，其屬精雅，議論亦多可採處。」以上論述分見唐圭璋《詞話叢編》，冊5，頁4200；冊4，頁3889。

凡四首、南宋姜夔、史達祖、吳文英、周密、王沂孫、張炎、李清照
七人，凡七首；清代納蘭性德、朱彝尊、厲鶚三人，凡二首。〔註3〕
其中所根據的唯一底本《宋六十名家詞》未刻入張先、周密、王沂孫、
張炎、李清照等人詞集，因此馮煦新選例言中也無相關評述，更遑論
不屬於兩宋的溫庭筠、納蘭性德、朱彝尊與厲鶚了〔註4〕，因此論詞
絕句恰可填補這方面的遺漏，至於與例言重複的柳永等人，則可與之
相互發明補充。再加上序跋所提，特別是〈陽春集序〉、〈重刻東坡樂
府序〉中對馮延巳、蘇軾之評，無論在深度與廣度上都拓展了例言之
論。因文體不同各有限制，論詞絕句多化用或襲用所論詞家之作品以
入詩的方式，此舉具有摘句批評之特質，且達到以己之作品論詞人、
詞風的效果，具有一定的客觀程度。

　　至於例言所呈現的論述形式，馮煦在第三十二則聲稱「詞家各有
塗逕，正不必強事牽合」，不強爲詞家溯本源、歸家數，而以獨立個
體目之，因此馮煦評騭諸家，多個別分論，數家通論者如趙師俠、趙
彥端、趙長卿因同爲宋宗室，陳師道、侯寘、王千秋、戴復古並爲嫻
雅，劉過、周必大、黃機、楊炎正、程珌諸家因豪放之情近稼軒，有
共通相近處故合而論之，但對於合論眾家同中有異處，亦標舉闡明，
給予重視。此外，與詞選內容刻意保持毛晉刻本原貌不同，除因少數
爲比較而提前論述外，例如南宋葉夢得、方千里、趙彥端分別與蘇軾、
周邦彥、趙師俠、趙長卿相比，故而提前〔註5〕，例言論詞家之順序
大致上是以時代先後來進行評述的，馮煦在例言上煞費心思的安排，

〔註3〕由於王偉勇、王曉雯〈馮煦〈論詞絕句〉十六首探析〉一文已對馮
　　　　煦十六首論詞絕句有詳盡精要之分析，故本論文揀論詞絕句以評說
　　　　馮煦詞論時，則斟酌援引該文，該文已論述詳盡者，不再重複，只
　　　　於註腳中說明。王偉勇、王曉雯〈馮煦〈論詞絕句〉十六首探析〉
　　　　收於《清代文學與學術》（台北：新文豐出版股份有限公司，2007年
　　　　3月），冊3，頁223～266。
〔註4〕馮延巳、李煜雖不屬兩宋，但例言論晏殊、歐陽脩時略帶提及，因
　　　　此，論正中、後主之論詞絕句可作爲補充。見例言第1、2則。
〔註5〕見例言第9、14、15則。

彌補了毛晉本隨到隨刻的疏漏。另外，以歐陽脩、蘇軾、周邦彥、辛棄疾爲主位，順勢帶出客位之諸家，例言之間彼此補充的互文性，以及藉例言建構詞史的企圖等，都是〈宋六十一家詞選例言〉的批評方法之細節。〔註6〕

　　馮煦評論眾詞家之語，或摘擇佳句以評，或就總體風格以論，內容多自出機杼，亦有採擷前人意見，遇有與己心神遇合者，則不惜照原文搬錄，如劉熙載評東坡諸語，馮煦就認爲「尤爲深摯」，於例言第四則大量引用《藝概・詞概》之論以爲己說，論正中詞也以劉熙載之說爲「知翁者」。評清眞詞無可復進，用陳子龍〈王介仁詩餘序〉、張綱孫、毛先舒詞論，凸顯《片玉詞》之難能可貴。也有變化他人評論移以論詞者，如評秦觀「詞心」之說，就是借用張天如論相如賦「他人之賦，賦才也；長卿，賦心也」而來，「詞心」從此成爲評價秦觀詞的最佳標語，後來者如沈曾植加以沿用，至況周頤發揚光大〔註7〕，雖內涵並非完全一致，但馮煦實有首倡之功。而仿陳子龍論塡詞有四難，馮煦於〈重刻東坡樂府序〉亦列言四難，以表東坡樂府之出類拔萃，難以追嗣。但對於前人之論，時亦有所疑異，甚至持相反意見，特別是對楊愼、毛晉、四庫館臣之評，馮煦抗顏糾舉，例如直言楊愼稱美程垓〈四代好〉、〈閨怨無悶〉、〈酷相思〉爲「牝牡驪黃」之論；四庫館臣論沈端節「吐屬婉約，頗具風致」，馮煦以爲未盡沈詞之妙，而加以補充，至於對毛晉跋語的批駁，馮煦更是不諱言其「自相矛盾」、「殊非篤論」、未諳實情、流於皮相〔註8〕。如此勇於表達與前人捍隔之意見，可見馮煦對自身詞學修養之自信。

---

〔註6〕關於例言中主客位之評、互文法之運用，以及建構詞史等方法觀念，見劉興暉在〈馮煦《宋六十一家詞選》的論詞與選詞〉一文，收於《中山大學學報（社會科學版）》，2007年第6期，頁69～70。因該文論述與舉例皆甚爲明晰，故本文不再贅述。

〔註7〕見沈曾植《菌閣齋瑣談》、況周頤《蕙風詞話》分見唐圭璋《詞話叢編》，冊4，頁3607、3608。冊5，頁4407、4411。

〔註8〕語見例言第15、17、23、34則。

## 第二節　個別詞人評騭

　　如前所言，馮煦例言順序，有意以詞人時代先後爲次第，因此，本節所論馮煦對詞人的評騭依鄭騫所劃分「唐五代」、「北宋前期」、「北宋後期」、「南宋前期」、「南宋中期」以及「南宋後期」六個節目進行論述。其中「唐五代」作家以馮延巳爲主，略提溫庭筠、南唐二主；「北宋前期」有晏殊、歐陽修、晏幾道、張先、柳永；「北宋後期」有蘇軾、黃庭堅、秦觀、周邦彥；「南宋前期」含李清照、張孝祥、陸游；「南宋中期」則有辛棄疾、陳亮、劉克莊、劉過、姜夔、史達祖；而「南宋後期」則論吳文英、周密、王沂孫、張炎、蔣捷諸人。〔註9〕另，馮煦於論詞絕句第十五、十六首評納蘭容若、朱彝尊、厲鶚三人則附於最後。又考慮馮煦所論詞人著眼點之相近，如論黃庭堅同柳永皆犯俚俗之病，許晏幾道與秦觀爲古之傷心人，故將原屬北宋後期的黃庭堅、秦觀提前分別與柳永、晏幾道同論。張孝祥雖屬南宋前期，但馮煦稱美其愛國詞之人格與胸次，與論劉克莊《後村詞》觀點相近，故將張孝祥移後與陳亮、劉過、劉克莊同論。而辛棄疾之「摧剛爲柔」與東坡「剛亦不吐，柔亦不茹」有同工之妙，故於論蘇軾時附帶對辛稼軒之評。

## 一、論唐五代詞人—南唐二主、馮延巳

　　馮煦主張習詞當從唐五代詞入手，其觀點見於〈陽春集序〉與〈唐五代詞選序〉〔註10〕，而在例言開篇，即首論南唐二主，馮煦認爲「宋

〔註 9〕鄭騫《詞選》一書對唐宋作家依時代先後分成八編，其中一至六編分別爲「唐五代」、「北宋前期」、「北宋後期」、「南宋前期」、「南宋中期」以及「南宋後期」六個部分，選錄唐宋代表作家三十人之作品，其於不成家數之名篇佳作，則收錄於七、八兩編。而各時代中之作家，鄭騫採選者皆有代表性，本文則只取馮煦與鄭騫重出者論。鄭騫編纂之凡例見《詞選》例言，各時代之代表作家名錄見該書目次。鄭騫編註《詞選》版本爲台北，中國文化大學於 1982 年 4 月出版。

〔註10〕關於馮煦認爲習詞當從唐五代詞入手之說，論敘內容可見論文第四章第三節。

初諸家，靡不祖述二主，憲章正中」，南唐二主，特別是李煜亡國後，以血淚成就的哀婉淒切之作，最是扣人心弦，馮煦論詞絕句「夢徧羅衾夜未央，秦淮一碧照興亡。落花流水春歸去，一種銷魂是李郎」，以亡國之後〈浪淘沙〉（簾外雨潺潺）、（往事只堪哀）、〈菩薩蠻〉（人生仇恨何能免）詞句入詩，體現李煜經歷天上人間的強烈落差，孤寂悽涼，於身世是極苦的磨難，於文學卻是極佳的淬煉，血淚所書之作，開拓了詞境，給予後人深刻的啓迪，也成就了李煜在詞史上的地位。
〔註11〕

　　而唐五代詞人中，馮煦雖謂溫詞含蓄蘊藉的美感特質能繼李白〔註12〕，但最是推崇的當屬馮延巳（字正中）。編選《唐五代詞選》時，以只收馮詞五十四闋爲憾，事隔一年，復從王鵬運處獲《陽春集》鈔本，以爲「得未曾有」，爲之序言曰：

> 詞雖導源李唐，然太白樂天興到之作非其頫詣。逮於季葉，茲事始萼，溫韋崛興，專精令體。南唐起於江左，祖尚聲律，二主倡於上，翁和於下，遂爲詞家淵叢。翁頻印身世，所懷萬端，繆悠其詞，若顯若晦，揆之六藝，比興爲多。若〈三臺令〉、〈歸國謠〉、〈蝶戀花〉諸作，其旨隱，其詞微，類勞人思婦，羈臣屏子欝伊愔悒之所爲。翁何致而然邪？周師南

〔註11〕關於馮煦論詞絕句論李煜「夢徧羅衾夜未央，秦淮一碧照興亡。落花流水春歸去，一種銷魂是李郎」，王偉勇、王曉雯〈馮煦〈論詞絕句〉十六首探析〉，認爲「此處顯然著重於李煜亡國後之際遇與作品所體現之興亡感慨。故所摘錄或化用之李煜詞句，皆爲詞人亡國後，『歸爲臣虜』之作品，此與馮煦身處之時代極有關係；蓋馮煦活動之時代，係自同治、光緒至民國初年，亦即近代之中後期。此時，馮氏身經喪亂，內憂政治腐敗、災旱頻仍，外痛列強侵略、兵禍連連。……足見其所懷抱者，係屈騷憂國憂民之志，故論後主亡國之痛，益見感傷。」這樣的情懷，在馮煦評馮延巳之論，更顯鮮明。王偉勇、王曉雯之論收於《清代文學與學術》（台北：新文豐出版股份有限公司，2007年3月），冊3，頁229～231。

〔註12〕張惠言以爲五代詞人中以溫庭筠成就最高，其詞深美閎約，而馮煦論詞絕句第一首「謫仙去後風流歇，一集金荃或庶幾。又是瀟湘春雁盡，海棠謝也雨霏霏」以《金荃集》醞釀深刻，意蘊無窮之作能繼李白之流風餘韻。

> 侵，國勢岌岌，中主既昧本圖，汶闇不自彊，彊鄰又鷹瞵而
> 鶚睨之，而務高拱，溺浮采，芒乎滬芴乎，不知其將及也。
> 翁負其才略，不能有所匡捄危苦，煩亂之中，鬱不自達者，
> 一於詞發之，其憂生念亂，意內而言外，迹之唐五季之交，
> 韓致堯之於詩，翁之於詞，其義一也。世亶以靡曼目之，誣
> 巳。善乎劉融齋先生曰：「流連光景，惆悵自憐，蓋本易飄
> 颻於風雨者」，知翁哉，知翁哉。〔註13〕

此段序言實近於張惠言〈詞選序〉「其緣情造端，興於微言，以相感
動，極命風謠里巷男女哀樂，以道賢人君子幽約怨悱，不能自言之情，
低徊要眇，以喻其致。蓋《詩》之比興，變風之義，騷人之歌，則近
之矣。」〔註14〕論創作源起，乃因關涉外界環境，心有所感；論寄託
內容，是不能明言之千萬幽情；論表現方式，以詩騷比興爲主要手段；
論風格情韻，皆低徊要眇，若顯若晦。馮煦對正中的推崇雖有私心之
故〔註15〕，但更重要的原因是在於馮延巳詞作完全符合馮煦的詞學
觀，相對而言，馮煦也從馮延巳詞領會塡作長短句的要則，並以之用
於理論和實際創作中。其實，馮延巳之創作在五代不類《花間》眾作，
而與二主自成他格。正中詞結合了溫庭筠「畫屏金鷓鴣」的精艷絕倫
與韋莊「絃上黃鶯語」的情深語秀，但在情感之醞釀提煉更爲深刻，
給予人最直接的感動，不過，卻又因其盤旋鬱結的深沉表現方式，所
以能使讀者在感動之餘，又不爲詞面所拘限，產生另一種若有似無的
情思。葉嘉瑩稱「正中詞所表現的……是一種『感情之境界』，而且
正中之感情的境界乃是曾經過反省掙扎的熬苦以後的一種無法解脫
的執著，這種熬苦的過程中，更充滿著寂寞的悲涼之感，而且以其執
著的熱情時時流露出穠麗的色澤，又以其悲涼之寂寞表現爲闊遠之風
致，其內容是豐富而深美的，其過程是曲折而沉鬱的。所以正中詞使

---

〔註13〕馮煦〈陽春集序〉，《蒿盦類稿》，卷十六，頁853～854。
〔註14〕張惠言〈詞選序〉，見唐圭璋《詞話叢編》，冊2，頁1617。
〔註15〕言馮煦對馮延巳有私心，乃因兩人皆屬馮姓，馮煦亦謂「吾家正中
　　　翁」、「吾家正中才絕代」，頗有以馮延巳後人自居之意。

人讀之自然會別有一種纏綿頓挫幽咽怊悅之感,這正是馮延巳詞最大的好處,也正是其特色之所在」〔註16〕,可爲深識正中詞之人。

　　造成馮延巳感情上的掙扎與執著,熬苦與反省的紊亂,最主要的原因還是在於南唐岌岌可危的國勢與馮延巳拋卻不了的身世。除〈陽春集序〉所述「周師南侵,國勢岌岌,中主既昧本圖,汶闇不自彊,彊鄰又鷹瞵而鶚睨之,而務高拱,溺浮采,芒乎芴乎,不知其將及也」〔註17〕外,〈唐五代詞選序〉亦言「晚唐五季,如沸如羹,天宇崩析,彝教凌遲,深識之士,陸沉其閒,思忠言之觸機,文誹語以自晦」〔註18〕正是遭遇這樣的局勢,成爲馮延巳深刻的創作底蘊,也使馮詞與當時社會政治有了深刻的聯繫,「憂生念亂」之情以「意內言外」的比興寄託方式表達,故詞隱旨微,委婉而深沉〔註19〕。對此,張爾田〈曼陀羅㝧詞序〉言「正中身仕偏朝,知時不可爲,所爲〈蝶戀花〉諸闋,幽咽怊怳,如醉如迷,此皆賢人君子不得志發憤之所作也」〔註20〕。馮煦認爲這種寄託心慨於文學作品中的手法,就像當年韓偓〔註21〕香奩詩一樣,匪特綺羅香澤,而深有所慨。丁

---

〔註16〕葉嘉瑩〈從《人間詞話》看溫韋馮李四家詞的風格〉,收於《葉嘉瑩自選集》(濟南:山東教育出版社,2005 年 5 月),頁 53。

〔註17〕〈陽春集序〉,見馮煦《蒿盦類稿》,卷十六,頁 853～854。

〔註18〕〈唐五代詞選序〉,見馮煦《蒿盦類稿》,卷十六,頁 850。

〔註19〕詹安泰〈論寄托〉認爲「寄託之深淺廣狹,故隨其人之性分與身世爲轉移,而寄託之顯晦,則實左右於其時代環境。」見詹伯慧編《詹安泰詞學論集》(汕頭:汕頭大學出版社,1997 年 10 月),頁 222。

〔註20〕張爾田〈曼陀羅㝧詞序〉,見朱孝臧輯《滄海遺音集》,收於楊家駱主編《中國學術名著‧詞學叢書之一》(台北:世界書局,1962 年 1 月),頁 1。

〔註21〕韓偓,字致堯,小字冬郎,生於唐武宗會昌三年 (843 A.D),卒於後梁龍德三年 (923 A.D)。韓偓身歷武宗、宣、懿、僖、昭、哀帝至後梁龍德三年 (923 A.D),這段期間,唐室內有宦官亂政、朋黨爲禍,外則藩鎮跋扈、變亂紛起,《新唐書》記載「懿、僖以來,王道日失厥序,腐尹塞朝,賢人遁逃,四方豪英,各附所合而奮。天子塊然,所與者惟佞慁庸奴,乃欲郭橫流、支已顚,寧已殆哉!」(〔宋〕宋祁等撰《新唐書》,北京:中華書局,1997 年 11 月,卷一八三,冊 12,頁 1378。)韓偓貢職朝廷,眼見時局日非,「內

紹儀《聽秋聲館詞話》「韓致堯遭唐末造，力不能揮戈挽日，一腔忠憤，無所於洩，不得已託之閨房兒女。世徒以香奩目之，蓋未深究厥旨耳」〔註22〕。韓偓著有《香奩集》，作品或慷慨激昂，或纏綿悱惻，詩歌中，蓋有寄寓國是不可爲，隱有忠憤之情，格調迥於晚唐諸作，方回《瀛奎律髓》評「致堯筆端甚高。唐之將亡，與吳融詩律皆不全似晚唐。善用事，極忠憤。惟香奩之作，詞工格卑，豈非世事已不可救，姑留連荒亡以紓其憂乎？」〔註23〕又潘淳《潘子眞詩話》謂韓偓詩「其詞淒楚，切而不迫，不忘其君也」〔註24〕，韓偓詩號稱香奩體，是時代風氣使之然，然而，卻又能在詩詞眾作，參雜身世家國之感，故柔情曼聲中有忠憤之氣。馮煦以爲馮延巳在身世遭遇上近於韓偓，以文學寄託感懷亦如出一轍，美人香草之比興〔註25〕，異代而同工。張侃《揀詞跋》甚而指出：「『香奩集』唐韓偓用此名所編詩，南唐馮延巳亦用此名所製詞，又名『陽春』，偓之詩淫靡類詞家語。前輩或

預祕謀，外爭國是，屢觸逆臣之鋒」。爲朱全忠所忌恨。天祐元年（904 A.D），朱全忠殺宰相崔胤，挾昭宗遷都洛陽，旋弑昭宗立太子祝，是爲唐哀宗，開平元年（907 A.D）廢哀帝，自行稱帝，改名爲晃，建都開封，是爲後梁太祖。韓偓見大勢已去，趁朱全忠亂政之時，遠遁入閩，得以終老。《四庫全書總目·韓內翰別集提要》云「偓爲學士時，內預祕謀，外爭國是，屢觸逆臣之鋒。死生患難，百折不渝。晚節亦管寧之流亞，實爲唐末完人。其詩雖局於風氣，渾厚不及前人；而終憤之氣，時時溢於言外。性情既摯，風骨自遒，慷慨激昂，迥異當時靡靡之響。其在晚唐，亦可謂文筆之鳴鳳矣。變風變雅，聖人不廢，又何必定以一格繩之乎」。見紀昀總纂《四庫全書總目提要》（石家莊：河北人民出版社，2000年3月），頁3911。

〔註22〕丁紹儀《聽秋聲館詞話》，收於唐圭璋《詞話叢編》，冊3，頁2576。
〔註23〕〔元〕方回《瀛奎律髓》評韓偓〈幽窗〉一詩。見《景印文淵閣四庫全書》（台北：台灣商務印書館，1986年），冊1366，頁83。
〔註24〕見〔宋〕潘淳《潘子眞詩話》，收於郭紹虞輯《宋詩話輯佚》（台北：華正書局有限公司，1981年12月），卷上，頁310～311。
〔註25〕納蘭容若〈塡詞詩〉「……冬郎一生極惟悴，判與三閭共醒醉。美人香草可憐春，鳳蠟紅巾無限淚。」納蘭將倚聲源頭上溯詩三百，將韓偓香豔之作比諸屈原離騷的香草美人。納蘭詩見張德瀛《詞徵》卷六，收於唐圭璋《詞話叢編》，冊5，頁4181。

取其句，或剪其字，雜於詞中」〔註26〕，韓偓以其纏綿悱惻，綰領晚唐，馮延巳則取其風，爲宋詞開出纖妍而富寄寓的蹊徑。

再回顧馮延巳詞，平心而論，馮詞並非每闋皆有寄託，但因「正中在一般『花間』題材之中灌注了一定的思想意蘊，也就一定程度地拓展了唐五代文人詞的藝術境界，開掘了唐五代文人詞的抒情深度」〔註27〕，作品有了深度內容，同時又照應馮延巳身世遭遇，以周濟「仁者見仁，知者見知」〔註28〕、譚獻「作者之用心未必然，而讀者之用心何必不然」〔註29〕解之，容有商議空間。與其說馮煦釋正中詞時完全客觀，不如說已橫亙一憂生念亂之意於胸中。馮煦所存晚清時代政治腐敗，災患頻仍，加之以列強欺凌，兵燹連年，陳夔龍〈蒿盦類稿序〉謂馮煦「一念及人事天時，內憂外患，又未嘗不怵焉深憂，相對太息世運之靡有屆也」〔註30〕。又，陳三立〈蒿盦類稿序〉謂馮煦雖避居上海，但「踢天蹐地之孤抱无可與語，輒閒託詩謌以抒其伊鬱煩毒无聊之思，宛然屈子澤畔，管生遼東之比也」〔註31〕，時代的艱苦，使馮煦研讀馮延巳詞時產生移情作用，對馮延巳有著同情的理解，因此，釋馮延巳詞對馮煦而言，成爲一種「藉他人酒杯，澆心中塊壘」的紓解，對《陽春集》中憂約怨悱之情更加心有戚戚了。

關於馮延巳之人品，釋文瑩《玉壺清話》記常夢錫指其爲人「姦佞險詐」〔註32〕，史虛白《釣磯立談》對馮延巳之人品與對國家之危害做出如下論斷：「所養不厚，急於功名，持頤豎頰，先意希旨，有

〔註26〕〔宋〕張侃〈揀詞跋〉，見張侃《張氏拙軒集》，卷五，收於〔清〕紀昀等纂《景印文淵閣四庫全書》（台北：台灣商務印書館，1983年），冊1181，頁430。

〔註27〕劉尊明《唐五代詞史論稿》（北京：文化藝術出版社，2000年10月），頁180。

〔註28〕周濟《介存齋論詞雜著》，收於唐圭璋《詞話叢編》，冊2，頁1630。

〔註29〕譚獻《復堂詞話》，見唐圭璋《詞話叢編》，冊4，頁3987。

〔註30〕陳夔龍〈蒿盦類稿序〉，見馮煦《蒿盦類稿》，頁7。

〔註31〕陳三立〈蒿盦類稿序〉，見馮煦《蒿盦類稿》，頁3。

〔註32〕釋文瑩《玉壺清話》，收於朱易安、傅璇琮主編《全宋筆記》（鄭州：大象出版社，2003年10月），第一編，冊六，頁227。

如脂膩，其入人肌理也，習久而不自覺。卒使烈祖之業，委靡而不立。」
〔註33〕陸游《南唐書》記「延巳負其才藝，狹侮朝士」，一次，馮延
巳譏誚孫忌，孫忌憤然答曰「僕山東書生，鴻筆麗藻，十生不及君；
詼諧歌酒，百生不及君；諂媚險詐，累劫不及君。然上所以賓君於
王邸者，欲君以道義規益，非遣君為聲色狗馬之友也。僕固無所解，
君之所解，適足以敗國家耳。」馮延巳聽後「慙不得對」〔註34〕；
馬令《南唐書》屢書其人「無才而好大言」、「蠹國殃民」，所記史事
如詆蔑烈祖李昪，顯示馮延巳的愚駭荒唐。與魏岑、陳覺、查文徽、
馮延魯五人結黨營私，時稱為「五鬼」，敗亂國政。〔註35〕筆記、史
書對其人品之低下言之鑿鑿，遂使常州論詞者張惠言、周濟大為詆
斥。〔註36〕對此，馮煦表現了不同的看法，觀其序言、例言、論詞
絕句有關馮延巳者，多從馮延巳在長短句上的藝術造詣、典範成就
論之，以為「詞為文章末技，故不以人品分升降」〔註37〕，就藝術
論藝術，給予馮延巳在詞壇上應有的評價。其後陳廷焯謂「詩詞不
盡定人品」〔註38〕許馮延巳為巨擘，為「五代之冠」。對馮延巳而言，
馮煦所論，居轉折之關鍵。〔註39〕

〔註33〕史盧白《釣磯立談》，收於朱易安、傅璇琮主編《全宋筆記》，第
　　　　一編，冊四，頁 227。
〔註34〕陸游《南唐書·列傳》，卷八，收於《四部叢刊續編》（上海：上海
　　　　書店，1984 年 7 月），頁 1～2。
〔註35〕馬令《南唐書·黨與傳》，卷二十一，收於《四部叢刊續編》，頁 2～4。
〔註36〕張惠言評馮延巳〈鵲踏枝〉云「忠愛纏綿，宛然騷辯之意，延巳為
　　　　人，專蔽嫉妒，又敢為大言，此詞蓋以排間異己者，其君之所以信
　　　　而不疑也」。見唐圭璋《詞話叢編》，冊 2，頁 1612。周濟《宋四家
　　　　詞選序論》評歐陽脩〈蝶戀花〉（庭院深深）云「數詞纏綿忠篤，其
　　　　文甚明，非歐公不能作。延巳小人，縱欲，偽為君子，以惑其主，
　　　　豈能有此至性語乎。」見唐圭璋《詞話叢編》，冊 2，頁 1650～1651。
　　　　以上言論對馮延巳人品之低下，深表不屑。
〔註37〕例言第 10 則。
〔註38〕陳廷焯《白雨齋詞話》，見唐圭璋《詞話叢編》，冊 4，頁 3894。
〔註39〕王偉勇、王曉雯〈馮煦〈論詞絕句〉十六首探析〉，見《清代文學與
　　　　學術》（台北：新文豐出版股份有限公司，2007 年 3 月），冊 3，頁
　　　　235～236。

　　馮延巳詞之成就不只在唐五代，更在於對後人之啓發。馮煦謂「吾家正中翁，鼓吹南唐，上翼二主，下啓歐晏，實正變之樞冊，短長之流則。」〔註40〕其後王國維言馮延巳詞「堂廡特大，開北宋一代風氣」，看法一致。宋人劉攽《中山詩話》指出「晏元獻尤喜江南馮延巳詞，其所自作，亦不減延巳」〔註41〕，由於晏殊去五代時猶未遠，而地域又相近，藝術品味的投合，使晏殊詞自然趨近於馮延巳詞風，於是，一群以晏殊宰輔爲首的臺閣詞人群體，在創作方式、組成份子、審美趨向與馮延巳爲中心的南唐詞人群體有著極爲相近的共點。其中，又以歐陽脩對馮延巳之作最有心得，而深摯過之，劉熙載《藝概・詞概》謂「馮正中詞，晏同叔得其俊，歐陽永叔得其深」，觀歐陽修〈浣溪沙〉「綠楊樓外出秋千」本於正中〈上行杯〉「柳外秋千出畫牆」〔註42〕，以及歐、晏、馮三家作品互見的現象，可知三家主體風格的相近。

## 二、論北宋前期詞人

### （一）晏殊、歐陽修

　　宋初染指倚聲之大臣者爲數不少，寇準、宋祁、范鎭皆參與其中，但只有晏殊（字同叔）、歐陽修（字永叔，號醉翁，晚更號六一居士）爲之最勤奮，且最有成就，其詞風流韻藉，一時莫及，溫潤秀潔，又無人可比，例言謂：

　　　宋初大臣之爲詞者：寇萊公、晏元獻、宋景文、范蜀公與歐陽文忠並有聲藝林；然數公或一時興到之作，未爲專詣；獨文忠與元獻學之既至，爲之亦勤，翔雙鵠於交衢，馭二龍于天路。且文忠家廬陵，而元獻家臨川，詞家遂有西江

〔註40〕〈唐五代詞選序〉，馮煦《蒿盦類稿》，卷十六，頁850。
〔註41〕〔清〕何文煥輯《歷代詩話》（北京：中華書局，1982年8月），上冊，頁292。
〔註42〕此說見王國維《人間詞話》，收於唐圭璋《詞話叢編》，冊5，頁4243～4244。

> 一派。其詞與元獻同出南唐，而深致則過之。宋至文忠，
> 文始復古，天下翕然師尊之，風尚爲之一變。即以詞言，
> 亦疏雋開子瞻，深婉開少游。本傳云：「超然獨騖，眾莫能
> 及。」獨其文乎哉！獨其文乎哉！（例言第2則）

晏殊善以從容淡雅之筆，寫生平富貴之態，其詞神清氣遠，情韻高致；歐陽脩詞更表現士大夫的意懷浩氣，在深摯沉婉中，隱透著疏宕清曠的豪興，故兩人雖同出南唐五代，又歸之爲西江一派，但誠如鄭騫認爲「珠玉詞緣情體物細妙入微處，爲六一所不及；六一情調之奔放，氣勢之沉雄，又爲珠玉所無」〔註43〕，晏殊雖是「北宋倚聲家初祖」，但歐陽修更居扭轉詞風之關鍵，歐陽修於文壇上居祭酒之位，馮煦認爲就長短句而言，亦超然獨騖，眾莫能及，成就不亞於其文章，並謂其詞「疏雋開子瞻，深婉開少游」，頗有兼善豪、婉宗主之意。〔註44〕

## （二）柳永、張先

於宋初，與晏歐臺閣詞人雅詞相對的是柳永（原名三變，字景莊；後改名永，字耆卿），馮煦對柳詞之評實爲不刊之論：

> 耆卿詞，曲處能直，密處能疏，羸處能平，狀難狀之景，
> 達難達之情，而出之以自然，自是北宋巨手。然好爲俳體，
> 詞多媟黷，有不僅如《提要》所云「以俗爲病」者。《避暑
> 錄話》謂「凡有井水飲處，即能歌柳詞。」三變之爲世詬
> 病，亦未嘗不由於此，蓋與其千夫競聲，毋甯〈白雪〉之
> 寡和也。（例言第3則）

---

〔註43〕鄭騫〈成府談詞〉，收於《景午叢編》（台北：台灣中華書局，1972
年3月），上編，頁251。

〔註44〕黃文吉認爲，就詞史的發展地位而言，六一詞在「疏雋開子瞻」方
面，遠超過「深婉開少游」來得重要。蘇軾對歐詞相當喜愛，例如
歐陽脩〈朝中措〉（平山闌檻倚晴空）下片「揮毫萬字，一飲千鍾」
豪邁之氣，「行樂直須年少，尊前看取衰翁」的超曠，其氣勢大開大
闔，大起大落，與後來蘇軾的豪放詞風相近。見黃文吉《北宋十大
家詞研究》（台北：文史哲出版社，1996年3月），頁63。

於此指出柳詞之優長在於藝術技巧之超逸，缺失之處在於用語下字、內容意境之低俗。首先，就藝術技巧言，「曲處能直，密處能疏，峯處能平，狀難狀之景，達難達之情，而出之以自然」，柳詞善於鋪敘，超越前人，往往在發端、結尾、換頭處勾勒提掇，極有千鈞氣勢〔註45〕，透過筆勢之巧勁經營詞作，自能在曲直、疏密，平峯間來去自如，遊刃有餘。然而，由於柳詞往往是爲風塵歌妓而作，聽眾亦是一般市井小民，其選調用詞，內容題材相較於士大夫審美品味言，是較爲低俗塵下的，故作品數量雖多，流傳也廣泛，但惡濫可笑者亦所在多有，因此，馮煦稱美柳永爲「北宋巨手」之餘，不免嘆惋其下筆之輕率。〔註46〕

　　陳振孫《直齋書錄解題》曰：「柳詞格故不高，而音律諧婉，語意妥貼。承平氣象，形容曲盡；尤工羈旅行役」〔註47〕指出柳詞中兩大主題：太平氣象、羈旅行役，同時也是柳詞中精構佳篇最多的主題內容。以前者言，展現當代風華，反映市民文學，突破歡愉之詞難工的侷限〔註48〕；以後者言，敘寫客居離愁，不減唐人高處，樹立情詞

---

〔註45〕周濟《宋四家詞選》眉批「柳詞總以平敘見長，或發端、或結尾、或換頭，以一二語勾勒提掇，有千鈞之力」，見唐圭璋《詞話叢編》，冊2，頁1651。

〔註46〕周濟《介存齋論詞雜著》云「耆卿爲世訾謷久矣，然其鋪敘委婉，言近意遠，森秀幽淡之趣在骨。耆卿樂府多，故惡濫可笑者多，使能珍重下筆，則北宋高手也。」能平議柳詞之長處，對於柳永「以俗爲病」之弊，亦以「珍重下筆」檢討之，馮煦之論與周濟觀點一致。又陳廷焯對於下筆珍重一事，極爲重視，認爲「聲名之顯晦，身分之高低，家數之大小，不係乎著作之多寡也。……吾願肆志於古者，將平昔應酬無聊之作，一概刪棄，不可存絲毫姑息之意，而後眞面目可見，而後可以傳之久遠，不爲有識者所譏。」所論雖針對近人而發，但認爲創作滿紙而不工，雖以之覆酒甕、覆醬瓿，還恐污酒醬之論，以爲詞在精不在多的見解與周濟、馮煦論柳永，或可相互發明。見陳廷焯《白雨齋詞話》，收於唐圭璋《詞話叢編》，冊4，頁3959。

〔註47〕陳振孫《直齋書錄解題》（台北：廣文書局有限公司，1979年5月），冊下，頁1271。

〔註48〕關於柳詞中太平氣象的藝術技巧，成就與影響，見曾琴雅《物阜民

的經典範式。而兩者在賦筆入詞的手法運用和慢詞塡作的詞調選取上，更是文人詞壇上的創舉，對周邦彥起示範作用，具有啓發與深遠的影響，識者已言及之〔註49〕，一味鄙薄柳詞之俗，而忽略耆卿在詞史上的地位，是不對的。

世恆以張先（字子野）、柳永並稱，然而早在兩宋之交，李清照〈詞論〉就曾提出：「張子野、宋子京兄弟……雖時時有妙語，而破碎何以名家」質疑張先詞作地位，而世對柳永詞亦多所訾議，故張柳是否適於並稱，可謂見仁見智，甚或者認爲柳永不如張先〔註50〕，對於這樣的觀點，馮煦頗不以爲然，而是主張《子野詞》不如《樂章集》，論詞絕句第四首「曉風殘月劇淒清，三影郎中浪得名。卻怪西湖老居士，強將子野右耆卿」，不僅謂張先浪得虛名，又認爲將張先比柳永是爲無稽，這樣的觀點迥異於常州派前輩，以張惠言爲例，〈詞選序〉以「淵淵乎文有其質」讚賞張先，與姜、張、蘇、辛地位相侔，卻以「盪而不反，傲而不理，枝而不物」言柳永，雖能引一端，取重當世〔註51〕，但揚張抑柳十分明顯。由此可見馮煦在接受常派詞論之餘自

豐的圖卷——柳永《樂章集》太平氣象研究》（國立彰化師範大學國文系碩士論文，2005 年 6 月）。

〔註49〕夏敬觀〈映庵詞評〉「耆卿寫景無不工，造句不事雕琢，清眞效之，故學清眞者，不可不讀柳詞」。蔡嵩雲《柯亭詞論》「周詞淵源，全自柳出。其寫情用賦筆，純是屯田家法」，見唐圭璋《詞話叢編》，冊 5，頁 4912。鄭文焯：「能見耆卿之骨，始能通清眞之神」，見陳銳《袌碧齋詞話》，收於唐圭璋《詞話叢編》，冊 5，頁 4199。

〔註50〕如屬鶚〈論詞絕句〉「張柳詞名枉並驅，格高韻勝屬西吳。可人風絮墮無影，低唱淺斟能道無？」認爲張先格高韻勝，乃西吳之驕傲，柳永不配與張先匹敵。見《樊榭山房集·詩集》（台北：中華書局《四部備要》本，1981 年 6 月），卷七，頁 3。錢裴仲《雨華盦詞話》「柳七詞中，美景良辰，風流憐惜等字，十調九見。即如雨淋鈴一闋，只今宵酒醒二句膾炙人口，實亦無甚好處。張、柳齊名，秦、黃並譽，冤哉」，認爲以柳永媲美張先，實有辱張先之地位。見唐圭璋《詞話叢編》，冊 4，頁 3013。

〔註51〕張惠言〈詞選序〉「宋之詞家號爲極盛，然張先、蘇軾、秦觀、周邦彥、姜夔、王沂孫、張炎、淵淵乎文有其質焉。其盪而不反，傲而不理，枝而不物，柳永、黃庭堅、劉過、吳文英之倫，亦各引一端，

有定見。〔註52〕

　　與柳永同有俚褻之病者尚有黃庭堅（字魯直，號山谷道人，又號涪翁），馮煦謂「後山以秦七、黃九並稱；其實黃非秦匹也。若以比柳，差爲得之。蓋其得也，則柳詞明媚，黃詞疏宕；而褻諢之作，所失亦均」〔註53〕，黃庭堅「使酒玩世，喜造纖淫之句」〔註54〕，世所共識，與其不甚用心於詞，目詞爲小道、爲空中語的遊戲心態有關，以此塡詞，雖有疏宕佳作，但終瑜不掩瑕，陳廷焯甚至認爲黃庭堅根本是倚聲之門外漢，不僅不配與蘇、秦並立，就連欲與柳永相提並論也差之甚遠。〔註55〕

### （三）晏幾道、秦觀

　　眞正能與山抹微雲秦學士相提並論者唯有晏幾道（字叔原，號小山），馮煦謂：

> 淮海、小山，眞古之傷心人也。其淡語皆有味，淺語皆有致，求之兩宋詞人，實罕其匹。（例言第 7 則）

晏幾道爲晏殊暮子，王謝子弟，自有秀氣勝韻，爲人狷介，晏殊過世後，深居京城賜第，散盡家財，不與貴冑往來，黃庭堅以「四癡」說其個性。〔註56〕於詞，晏幾道認眞經營，在〈小山詞自序〉中表示：「《補亡》一編補樂府之亡也。叔原往者浮沉酒中，病世之歌詞不足

---

以取重於當世」見唐圭璋《詞話叢編》，冊 2，頁 1617。

〔註52〕 王偉勇、王曉雯〈馮煦〈論詞絕句〉十六首探析〉見《清代文學與學術》，冊 3，頁 239。

〔註53〕 例言第 5 則。

〔註54〕 毛晉〈山谷詞跋〉，見毛晉輯《宋六十名家詞》（上海：上海古籍出版社，1989 年 12 月），頁 81。

〔註55〕 陳廷焯《白雨齋詞話》「黃九於詞，直是門外漢，匪獨不及秦、蘇，亦去耆卿甚遠」，見唐圭璋《詞話叢編》，冊 4，頁 3784。

〔註56〕 黃庭堅〈小山集序〉「仕宦連蹇，而不能一傍貴人之門，是一癡也；論文自有體，不肯一作新進士語，此又一癡也；費資千百萬，家人寒餓而面有孺子之色，此又一癡也；人百負之而不恨，已信人，終不疑其欺己，此又一癡也。」見楊家駱主編《二晏詞・六一詞》（台北：世界書局，1967 年 5 月），頁 1。

以析酲解慍，試續南部諸賢緒餘，作五七字語，期以自娛。不獨敘其
所懷，兼寫一時杯酒間聞見，及所同遊者意中事。因不滿當時倚聲之
侷限，故以南唐繼承人自居，爲詞壇注入新生命。」事實上，小晏詞
比之大晏，勝處在於情韻之淒婉，設色之鮮麗。近人夏敬觀說：「叔
原以貴人暮子，落拓一生，華屋山邱，身親經歷，哀絲豪竹，寓其微
痛纖悲，宜其造詣又過於父」，因爲身世之遭遇，小晏詞處處展現對
盛衰、今昔、悲歡離合的慨嘆，綺語秀句下，是懷才不遇、沉淪下僚
的落拓傷心。而馮煦以爲就抒發傷心之懷抱來看，是與秦觀一致的。
〔註57〕對於秦觀（字太虛，改字少游），馮煦有「詞心」一說，更能
掌握《淮海詞》之精神：

> 少游以絕塵之才，早與勝流，不可一世；而一謫南荒，遽
> 喪靈寶，故所爲詞，寄慨身世，閑雅有情思，酒邊花下，
> 一往而深，而怨悱不亂，悄乎得〈小雅〉之遺；後主而後，
> 一人而已。昔張天如論相如之賦云：「他人之賦，賦才也；
> 長卿，賦心也。」予於少游之詞亦云：他人之詞，詞才也；
> 少游，詞心也。得之於內，不可以傳。雖子瞻之明雋，耆
> 卿之幽秀，猶若有瞠乎後者，況其下邪？（例言第6則）

---

〔註57〕鄭騫〈成府談詞〉提到「小山詞傷感中見豪邁，淒清中有溫暖，與
少游之淒厲幽遠異趣。小山多寫高堂華燭酒闌人散之空虛，淮海則
多寫登山臨水，棲遲零落之苦悶。二人性情家世環境遭遇不同，故
詞境亦異，其爲自寫傷心則一也。」見《景午叢編》（台北：台灣中
華書局，1972年3月），上編，頁252。鄭騫指出了晏幾道、秦觀兩
人以長短句作爲寄寓懷抱之文學載體一致，但終因性情、家世、環
境不同，自然展現出不同詞境。關於此點，或許是囿於例言體制之
限制，馮煦未將秦、晏作品作更細部的分辨。而王國維認爲「古之
傷心人」、「淡語皆有味，淺語皆有致」只適用於秦觀，晏幾道未足
抗衡秦觀，實際上也看出秦觀在生命情感層次上，對於人生的悲慨
與整個現實無理之究詰，皆比晏幾道刻骨銘心。而在遣詞用字上，
晏幾道詞藻較華麗，筆致亦較重，而秦觀寫情則更爲精純，筆觸較
輕。由此看來，王國維之說，較馮煦更爲精到。《人間詞話》原文：
「馮夢華《宋六十一家詞選序例》謂『淮海小山，古之傷心人也。
其淡語皆有味，淺語皆有致。』余謂此唯淮海足以當之。小山矜貴
有餘，但方可駕子野方回，未足抗衡淮海也。」

劉勰曾謂「夫文心者，言爲文之用心也。文果載心，余心有寄」〔註58〕
強調「文心」對創作的重要。於漢賦，司馬相如云「賦家之心，苞括
宇宙，總覽萬物，斯乃得之於內，不可得而傳覽」〔註59〕，此處，賦
家之心是在漢朝盛世之下，求全、求大誇耀昂揚的心理，也是漢大賦
累章綴句的創作根源。〔註60〕然而，司馬相如以其敏銳的觀察，良苦
的用心，與卓越的才力揉合一爐，在以賦作滿足帝王好大喜功的貪念
之際，同時給予綿裡藏針的諷喻規諫，這才是眞正的「賦心」所在。
至於倚聲之「詞心」，在強調以眞精神、眞感情去體驗和反映客觀事物
外，由於詞的特殊藝術美感特徵，對詞家有更深刻的心性要求。

　　馮煦以「詞心」獨許秦觀，是實深有見地。所謂「詞心」與秦觀
情性與閱歷緊密相繫，就情性言，秦觀稟性心思纖細，敏感多情；以
閱歷來說，秦觀早年蹭蹬場屋，中年以後又坐元祐黨籍，遭逢貶謫，
往往身不由己，遇挫時，常是慘愁滿懷，無法排解，鬱結胸中，甚而
變爲淒絕傷厲〔註61〕，不若蘇軾之曠逸、黃庭堅之達觀。一往而深之
情加上無力回天的現實，自是一種無法克制，不容掩蓋的仇天恨海，
宣洩於詞中，以作品「寄慨身世」，成就「怨悱不亂」、「得小雅之遺」，
富於比興寄託的《淮海詞》。況周頤《蕙風詞話》言「詞貴有寄託。
所貴者流露於不自知，觸發於弗克己。身世之感，通於性靈即性靈，
即寄託。」〔註62〕將寄託之眞髓歸於性靈之有無，而性靈即是一種感
性心態的表徵，是發自於內心最深處，觸發於外事，感動於外物，況
周頤進一步解釋「吾聽風雨，吾覽江山，常覺風雨江山之外有萬不得

〔註58〕〔梁〕劉勰著，王更生注譯《文心雕龍・序志》（台北：文史哲出版
　　　　社，1988年3月），下編，頁381～384。
〔註59〕〔晉〕葛洪《西京雜記》，卷二，收於《四部叢刊初編》（台北：台
　　　　灣商務出版社，1967年），頁7。
〔註60〕見郭維森、許結《中國辭賦發展史》（南京：江蘇教育出版社，1996
　　　　年8月），頁104～105。
〔註61〕馮煦在論詞絕句第六首論秦觀言：「楚天涼雨破寒初，我亦迢迢清夜
　　　　徂。淒絕郴州秦學士，衡陽猶有雁傳書」以「淒絕」簡單概括其人
　　　　其詞。
〔註62〕況周頤《蕙風詞話》，見唐圭璋《詞話叢編》，冊5，頁4526。

已者在。此萬不得已者，即詞心也。而能以吾言寫吾心，即吾詞也。此萬不得已者，由吾心醞釀而出，即吾詞之真也，非可彊為，亦無庸彊求。視吾心之醞釀何如耳。」〔註63〕由此，歸結到詞人之情性、遭遇，更能了解詞心中所含藏的萬不得已之意，透過詞體本身特殊的審美特徵，更能以強烈的情感打動讀者。

　　近人鄧喬彬針對馮煦以「詞心」說秦觀，有一段精闢的析論：

> 以馮煦之見，詞心應本於才，卻又高於才。秦觀本具絕塵
> 之才，貶謫的經歷成就他閑雅而情深、怨悱而不亂之詞，
> 使之所表現的詞心超越了他的詞才。……其實馮煦所說的
> 詞心，一在於真切的深情，二在於難以移易的獨特性。「一
> 謫南荒，遂喪靈寶」是說秦觀遭貶而使心靈大變，神情大
> 損，而其詞的「寄慨」、「有情思」、「一往而深」、「怨悱不
> 亂」，且為「後主而後，一人而已」，都在於真情、深情。
> 而「得之於內，不可以傳」則為其詞係內心真情的外現，
> 無此情即無此詞，非技巧之可以傳，才能之可養，具有鮮
> 明的個性。〔註64〕

此論不僅就身世、情性而論，更提到詞心對詞才的超越，其實，馮煦在例言中將詞才與詞心對舉，即表明了秦觀「絕塵之才」對詞心的輔助作用，只是，在此更強調心化色彩，況周頤曾提出「填詞要天資，要學力」、「吾心為主，而書卷其輔也」，詞才之培養實有助倚聲之創作。除對詞人創作心理有細膩之描述外，馮煦還指出秦觀的遣詞造句「淡語皆有味，淺語皆有致」，一般人從事文學創作，多會刻意引經據典，以增加內容深度，亦可使作品顯的博雅有據，但秦觀填詞卻多擇用清新、平易、自然的語言入作，即使用事典、語典，都能在秦觀彩筆點化下，化俗為雅，點鐵成金，最為人所稱道莫過於〈滿庭芳〉名句「斜陽外，寒鴉萬點，流水遶孤村」化用隋煬帝「寒鴉千萬點，流水遶孤村」詩句，雖不識字人，亦知是天生好言語，「天生好言語」

---

〔註63〕原文見況周頤《蕙風詞話》，收於唐圭璋《詞話叢編》，冊5，頁4411。
〔註64〕鄧喬彬〈秦觀「詞心」析論〉，《文學遺產》，2004年，第四期，頁77。

就是一種自然流麗的語言風格，就整體來說，劉應甲指出秦觀用典不若清眞雍容華貴，平易不似柳永詞語塵下，〔註65〕在兩端間取得平衡，讀《淮海詞》總是能在自然平淡的字面下，經過咀嚼後，留香齒頰，感受出豐厚的意蘊。

## 三、論北宋後期詞人

### （一）蘇軾

常州倡言尊體，以比興寄託爲手段，對寄意幽渺，指事深遠，眞正能使體尊的《東坡樂府》卻未予以適當的重視，張惠言雖讚蘇軾（字子瞻，號東坡居士）「淵淵乎文有其質」視之以秦、周等同地位，但未加以掌握另作發揮，周濟更是「退蘇進辛」〔註66〕，將辛棄疾（字幼安，號稼軒）列爲四大家之一，雖能賞蘇軾倚聲韶秀，但也以粗豪爲病。大致而言，蘇軾在常派早期理論中是未受矚目的。其後，劉熙載論東坡，深至到位，屢爲馮煦援引，其餘如謝章鋌以爲蘇不及辛〔註67〕，是承周濟之論。其後譚獻論詞雖規摹張惠言、周濟之論，但對蘇辛，卻是揚蘇抑辛的，其中幾項論點影響馮煦之

---

〔註65〕「用俗語不似柳永『詞語塵下』，用雅語又不像周美成那雍容華貴」，見劉應甲〈淡語皆有味，淺語皆有致——秦觀詞風格初探〉（《中國古代近代文學研究》，北京：中國人民大學書報資料中心，1996 年 2月），頁 205～208。

〔註66〕周濟《介存齋論詞雜著》「世以蘇辛並稱，蘇之自在處，辛偶能到。辛之當行處，蘇必不能到。二公之詞，不可同日語也。後人以粗豪學稼軒，非徒無其才，并無其情。稼軒固是才大，然情至處，後人萬不能及。」又《宋四家詞選目錄序論》「蘇、辛並稱，東坡天趣獨到處，殆成絕詣。而苦不經意，完璧甚少。稼軒則沈著痛快，有轍可循。南宋諸公，無不傳其衣鉢，固未可同年而語也」，分見唐圭璋《詞話叢編》，冊 2，頁 1633～1634、頁 1643～1644。由此二則論蘇辛來看，周濟以爲就當行處說，蘇軾未如辛棄疾。

〔註67〕謝章鋌《賭棋山莊詞話》「……然辛以畢生精力注之，比蘇尤爲橫出。……蘇風格自高，而性情頗歉，辛卻纏綿悱惻。且辛之造語俊於蘇。若僅以大論也，則室之大不如堂，而以堂爲室，可乎。」見唐圭璋《詞話叢編》，冊 4，頁 3444。

論蘇辛。朱祖謀曾爲《東坡樂府》訂譌補闕，並請馮煦作序，馮煦借題發揮闡述了自身對《東坡樂府》的認識：

> 詞之有南北宋，以世言也。曰秦、柳，曰姜、張，以人言也。若東坡之於北宋，稼軒之於南宋，並獨樹一幟，不域於世，亦與他家絕殊。世第以豪放目之，非知蘇辛者也。……煦嗜坡詞與前輩同，綜其旨要厥有四難：詞尚要眇，不貴質實，顯者約之使晦，直者揉之使曲，一或不善，鉤輈格磔，比於禽言，撲朔迷離，或儕兔迹。而東坡獨往獨來，一空羈靮如列子御風以游無窮，如藐姑射神人吸風飲露，而超乎六合之表，其難一也。詞有二派，曰剛與柔，毗剛者斥溫厚爲妖冶，毗柔者目縱軼爲麤獷。而東坡剛亦不吐，柔亦不茹，纏綿芳悱，樹秦、柳之前斿，空靈動盪，導姜張之大輅。唯其所之，皆爲絕詣，其難二也。文不苟作，寄託寓焉，所謂文外有事在也，於詞亦然。然世非懷襄，而效靈均九歌之奏；時非天寶，而擬杜陵八哀之篇，無病而呻，識者恫之。而東坡夙負時望，橫遭讒口，連蹇廿年，飄蕭萬里，酒邊花下，其忠愛之誠，幽憂之隱，旁礴鬱積於方寸閒者，時一流露，若有意，若無意；若可知，若不可知。後之讀者莫不暈然思，迨然會，而得其不得已之故，非無病而呻者比，其難三也。夫側艶之作止以導淫，悠繆之辭或將損性，拘墟小儒懸爲徽纆，而東坡涉樂必笑，言哀已歎，暗香水殿，時軫舊國之思；缺月疏桐，空弔幽人之影，皆屬寓言，無慙大雅，其難四也。……宣統二年庚戌夏五月金壇馮煦。〔註68〕

序言謂蘇軾、辛棄疾，獨樹一幟，非世所域，肯定了兩人在詞壇上英偉特出的地位，同時又指出世人只以豪放目蘇、辛的謬誤。所提出「詞有四難」，先論原則，後言蘇軾若合符節，甚至更上一層，有超逸傑出之處，以下就此四難論述之：馮煦在第一難提出詞體「要眇」的基本特質，以及配合這種特質所需要的表現手法——「約者使晦，直者

---

〔註68〕〈重刻東坡樂府序〉，《蒿盦續稿》，卷三，頁 1831～1833。

使曲」，而一般人或流於叫囂，如禽言詩歌，近於俳體，過度彰顯揭露；或語焉不詳，沉溺於混亂的思緒中，走入莽莽晦澀一途〔註69〕。蘇軾卻能擺脫「露」與「晦」之病，以更高的視野，創作妙絕脫俗的作品，「列子御風」來去自如，「藐姑射神人」超塵遺世，正如黃庭堅讚美蘇軾〈卜算子〉（缺月掛疏桐）「語意高妙，似非吃人間煙火語」〔註70〕，超乎六合之表。馮煦在例言中引劉熙載評「雪霜姿、風流標格，學東坡詞者，便可從此領取。」〔註71〕之後又讚蘇詞具神仙出世之姿，世外仙境，修道仙人亦未逮也。《東坡樂府》能有如此境界，除與其人品之高息息相關外，與藝術修養亦密不可分，劉熙載提出「詞以不犯本位爲高」，意指填詞不可著死句，直說本意，〔註72〕以蘇軾之至情至性，連蹇困厄，心中激動可想而知，但出之以詞，卻能簸之揉之，高華而沉摯，又往往以不羈之才，超脫前人蹊徑，獨往獨來，任思緒在無垠的時空裡穿梭無限，生花妙筆，起人遐想。方東樹引薑塢先生語：「東坡詩詞天得，常語快句，乘雲馭風，如不經慮而出之。淒淡豪麗，並臻妙詣。至於神來氣來，如導師說無上妙諦，如飛仙天

---

〔註69〕即序言中「鈎輈格磔，比於禽言，撲朔迷離，或儕兔迹」之意。「鈎輈格磔」爲狀聲詞，指鷓鴣鳥的叫聲，禽言本近俳體，前人謂禽言詩「以文滑稽，不足取也」，詞體尚要眇，俳諧入作，只顯俗野無韻。又以兔迹、撲朔迷離，表示作品情思主旨，令人捉摸不定，難以分辨，予人隔閡之感。前者過於直露，後者過於晦澀，過猶不及，終非佳作。

〔註70〕〔宋〕胡仔《苕溪漁隱叢話》（台北：長安出版社，1978 年 12 月），前集卷 39，頁 268。俞彥《爰園詞話》亦云「子瞻詞無一語著人間烟火」，收於唐圭璋《詞話叢編》，冊 5，頁 4839。

〔註71〕語見例言第 4 則。劉熙載原文「東坡〈定風波〉云『尚餘孤瘦雪霜姿。』〈荷華媚〉云：『天然地別是風流標格。』雪霜姿，風流標格，學坡詞者，便可從此領取」，收於唐圭璋《詞話叢編》，冊 4，頁 3690。

〔註72〕「不犯本位」的創作手法，初始與禪學所謂「不及不離，若卽若離」相當。其後推闡活用，泛指作品重精神、輕形貌，不從正面直接談說，而從側面對面旁面反面間接敘寫：或起接無端，出入變化，遠合近離，頓挫生姿者。妙用此法，可增添藝術表現力，強化作品感染力，使形象鮮明多姿，意蘊豐足有味。見張高評《宋詩之新變與代雄》（台北：洪葉文化事業有限公司，1995 年 9 月），頁 444。

人，下視塵界」〔註73〕。佛法妙諦擺落塵穢，還予人清淨世界，用以
說蘇軾詩詞，確實能傳神表達蘇軾作品的絕塵脫俗，具有仙品之姿。

填詞第二難在於詞氣風格的表現，在此，馮煦捨棄傳統婉約、
豪放分體的說法，改以「剛」、「柔」分派，「剛」、「柔」分派的合理
性已見前章，而馮煦理想中最完美的詞體風格則是剛柔並濟的渾化
之境，蘇軾詞作符合評家審美視野的期待：「東坡剛亦不吐，柔亦不
茹，纏綿芳悱，樹秦、柳之前旆，空靈動盪，導姜張之大輅。唯其
所之，皆為絕詣」。一般人論蘇軾，常聚焦在蘇軾豪放雄健的一面，
甚或認為此為蘇軾當行本色，稍微客觀者則言蘇詞清麗、韶秀，或
曰清雅、曠放，但都只是反映了蘇詞的部分側面而已。馮煦所論「剛
亦不吐，柔亦不茹」最能識得蘇詞真髓，此論與馮煦論稼軒詞「摧
剛為柔」〔註74〕在藝術層面上的意思是一樣的，都是指出蘇辛詞剛
柔並濟的特質。也因為剛柔兩個看似相對立的風格在《東坡樂府》、
《稼軒長短句》中完美和諧的融貫為一體，因此也就形成了他人難以
企及的藝術境界，「獨樹一幟，不域於世」、「於唐宋諸大家外，別樹
一幟」〔註75〕說的都是蘇軾與辛棄疾的特立超群。以實際作品舉例來
說，蘇軾〈八聲甘州〉（有情風萬里卷潮來）一闋〔註76〕，首句開闊
博大，融涵通達哲理與深沉感慨於潮來潮往中，對照現實處境，蘇軾
浮沉於黨爭之下的宦海中，常常是身不由己，東山之志的興起，是認
清現實同時也是飽嚐折磨後的牢騷，當年出蜀入京，躊躇滿志，而今

〔註73〕〔清〕方東樹《昭昧詹言》（台北：漢京文化事業有限公司，1985年
9月），卷十二，頁292。
〔註74〕詳見例言第24則。
〔註75〕同上註。
〔註76〕〈八聲甘州·寄參寥子〉「有情風、萬里卷潮來，無情送潮歸。問
錢塘江上，西興浦口，幾度斜暉。不用思量今古，俯仰昔人非。
誰似東坡老，白首忘機。　記取西湖西畔，正暮山好處，空翠
煙霏。算詩人相得，如我與君稀。約他年、東還海道，願謝公、
雅志莫相違。西州路，不應回首，為我沾衣。」見朱德才主編《增
訂注釋全宋詞》（北京：文化藝術出版社，1997年12月），冊1，
頁253。

本志不遂，慨嘆歸歟，「約他年、東還海道，願謝公、雅志莫相違。
西州路，不應回首，爲我沾衣」，表面閒逸實則感喟，陳廷焯以爲「寄
伊鬱於豪宕」〔註77〕，葉嘉瑩借夏敬觀語認爲是「天風海濤之曲」和
「幽咽怨斷之音」兩種情調的結合〔註78〕，正是蘇軾詞作裡「剛亦不
吐」的典型。再看〈永遇樂〉（明月如霜）一闋〔註79〕，開頭幾句，
駢散相間，聲音口吻呈現細膩婉轉的風格，「明月如霜，好風如水」、
「曲港跳魚，圓荷瀉露」，營造一片無限清幽與涼靜，然「寂寞無人
見」卻暗藏悠悠心曲，眠覺游園，茫茫悵惘，清絕幽絕中有著沉沉的
舊歡新怨，在換頭處直瀉流下：「天涯倦客，山中歸路，望斷故園心
眼」。仕宦連蹇，疲於奔命，歸鄉無路，何處可訴心曲，面對盼盼、
黃樓，昔日、今我，思考人生的現實未來，終於在最後的喟嘆中獲得
精神的解放。全闋化情爲理，婉淡中不失清雄高曠，柔轉清麗，而不
委弱低靡，正是「柔亦不茹」之作。對於辛棄疾，鄧廷楨雖見其橫絕
與穠纖，但卻是分開而論〔註80〕，未識辛詞剛柔並濟、渾融和合的一
面，對此，馮煦舉稼軒「摧剛爲柔」之作，羅列甚詳：「〈摸魚兒〉、〈西
河〉、〈祝英臺近〉諸作，摧剛爲柔，纏緜悱惻，尤與粗獷一派，判若
秦越」〔註81〕，〈摸魚兒〉（更能消、幾番風雨）一闋，陳洵賞謂「寓
幽咽怨斷於渾灝流轉中」〔註82〕；〈西河〉（西江水）之作，陳廷焯評

---

〔註77〕陳廷焯《白雨齋詞話》，見唐圭璋《詞話叢編》，冊4，頁3975。
〔註78〕葉嘉瑩《北宋名家詞選講》（北京：北京大學出版社，2007年1月），
　　　　頁203。
〔註79〕〈永遇樂‧夜宿燕子樓，夢盼盼，因作此詞〉「明月如霜，好風如水，
　　　　清景無限。曲港跳魚，圓荷瀉露，寂寞無人見。紞如三鼓，鏗然一
　　　　葉，黯黯夢雲驚斷。夜茫茫、重尋無處，覺來小園行遍。　　天涯
　　　　倦客，山中歸路，望斷故園心眼。燕子樓空，佳人何在，空鎖樓中
　　　　燕。古今如夢，何曾夢覺，但有舊歡新怨。異時對、黃樓夜景，爲
　　　　余浩嘆。」朱德才主編《增訂注釋全宋詞》，冊1，頁258。
〔註80〕「世稱詞之豪邁者，動曰蘇辛。不知稼軒詞，自有兩派，當分別觀
　　　　之。」見鄧廷楨《雙硯齋詞話》，唐圭璋《詞話叢編》，冊3，頁2528
　　　　～2529。
〔註81〕例言第24則。
〔註82〕陳洵《海綃說詞》，見唐圭璋《詞話叢編》，冊5，頁4877。

其「似豪實鬱」〔註83〕；〈祝英臺近〉（寶釵分）一闋，俞陛雲認爲「有徘回宛轉之思，剛柔兼擅之筆也」〔註84〕。馮煦站在前人挖掘蘇、辛豪放的基礎上，再對蘇辛詞闡幽發微，捨棄一般因豪放并稱蘇辛的理由〔註85〕，更進一步指出兩人在「摧剛爲柔」藝術造境上的相近，開前人所未有，故相提並論。馮煦這樣的觀點，開啓後人重新評價鑑賞蘇辛詞的契機，論柔婉，蘇辛柔媚不失周秦；論豪逸，蘇辛具有開創發揚之功，英雄詞中亦有沉婉柔韻，空靈動盪，纏綿中自有曠逸豪壯流轉其中，是謂剛柔並濟。

填詞第三難在於對詞作內容的要求。馮煦循常州詞派之說以寄託論詞，認爲文有寄託，詞亦有寄託。馮煦謂蘇軾「夙負時望，橫遭讒口，連蹇廿年，飄蕭萬里」，蘇軾早年也曾有功成名遂的志向，與父、弟偕同赴京時，意氣昂揚，「當時共客長安，似二陸初來俱少年。有筆頭千字，胸中萬卷，致君堯舜，此事何難。用舍由時，行藏在我，袖手何妨閑處看，身長健，但優游卒歲，且鬥尊前」〔註86〕兄弟倆以文章名傾京師，心懷「致君堯舜上，再使風俗淳」之志，實現「結人心、厚風俗、存紀綱」〔註87〕的政治理想，對未來充滿著信心和希望。然而人心的詭譎巧詐，黨爭的排擠傾軋，全都牽連蘇軾，夙負時望不過是樹大招風，子由在〈東坡墓誌銘〉說「東坡何罪？獨以名太高，與朝廷爭勝耳！」蘇軾以才名顯，又因才名獲罪。忠而見疑，信而被謗，安居高位，享萬鍾之厚祿，永遠與蘇軾無緣，然而，此亦非蘇軾所鑽營者。面對現實的打擊，蘇軾思考人生，從生命的存在價值及意

---

〔註83〕陳廷焯《詞則》（上海：上海古籍出版社，1984 年 5 月），頁 322。

〔註84〕俞陛雲《唐五代兩宋詞選釋》（台北：文史哲出版社，1988 年 7 月），頁 377。

〔註85〕例如蔣兆蘭《詞說》：「宋代詞家，源出於唐五代，皆以婉約爲宗。自東坡以浩瀚之氣行之，遂開豪邁一派。南宋辛稼軒，運深沉之思於雄傑之中，遂以蘇辛並稱。」見唐圭璋《詞話叢編》，冊 5，頁 4632。

〔註86〕〈沁園春〉（孤館燈青），見朱德才主編《增訂注釋全宋詞》，冊 1，頁 232。

〔註87〕〔宋〕蘇軾〈上神宗皇帝書〉，見《蘇軾全集》（台北：上海古籍出版社，2000 年 5 月），冊中，頁 1133。

義去解剖人生，認識自我，同時寄意於詞，在纏綿宛轉中，表達政治情懷與身世之感，〈賀新郎〉（乳燕飛華屋）〔註88〕一闋爲代表作之一，蘇軾以工筆描繪美人晚涼新浴後的風雅嫻姿，以飛燕帶出屋與人的幽寂空虛、以團扇暗示美人命運的秋扇見捐、特別是透過對石榴花的描寫，與浮花浪蕊相對比，寓情於物，雖堅貞高潔，但也表示了「今日待君君不歸，他日君歸芳已歇」的無奈惆悵。蘇軾藉華屋美人之閨怨情深，寄一己君國之思，項安世《項氏家說》評論此闋，以爲興寄最深，有「離騷經之遺法，蓋以興君臣遇合之難，一篇之中，殆不止三致意焉」〔註89〕。以香草美人比喻君子，惡鳥鳥雲以喻小人，是中國文學的傳統，政治的連番打擊，使得蘇軾產生懷才不遇、美人遲暮之嘆，以〈賀新郎〉寄託情志懷抱，宛轉曲折地抒志言情，不僅給予讀者傳統長短句的美感享受，同時也賦予更深沉高華的內容情調。馮煦所認爲的「若有意，若無意；若可知，若不可知」即是這種介於吞吐之間，不道盡說破，保留要眇隱約的朦朧美感，留給讀者咀嚼回味的空間，使「後之讀者莫不罜然思，逌然會，而得其不得已之故」，周汝昌言「坡公的詞，手筆的高超，情思的深婉，使人陶然心醉，使人淵然以思，爽然而又悵然，一時莫明其故安在。繼而再思，始覺他於不知不覺中將一個人生的哲理問題，已然提到你的面前，使你如夢之冉冉驚覺，如茗之永永回甘，眞詞家之聖手，文事之神工，他人總無此境」〔註90〕，蘇軾此作，無一字句明言政治之困窘與人生之失意，

---

〔註88〕〈賀新郎‧夏景〉「乳燕飛華屋。悄無人、桐陰轉午，晚涼新浴。手弄生綃白團扇，扇手一時似玉。漸困倚、孤眠清熟。簾外誰來推繡戶，枉教人、夢斷瑤臺曲。又卻是、風敲竹。　　石榴半吐紅巾蹙。待浮花、浪蕊都盡，伴君幽獨。穠豔一枝細看取，芳心千重似束。又恐被、秋風驚綠。若待得君來向此，花前對酒不忍觸。共粉淚、兩簌簌。」朱德才主編《增訂注釋全宋詞》，冊1，頁252。劉乃昌認爲眞正用「婉曲纏綿」之調表達身世之感和政治情懷的，以蘇軾爲最早。見劉乃昌《蘇軾文學論集》（濟南：齊魯書社，2006年3月），頁161。

〔註89〕〔宋〕項安世《項氏家說》，卷八，收於《叢書集成初編》（北京：中華書局，1985年），頁96。

〔註90〕周汝昌、宛敏灝等《唐宋詞鑑賞辭典‧唐五代北宋卷》（上海：上海

但佳人之遭遇卻與詩人之命運相繫相連，意在言外，細味此詞，使人如品佳茗，如食橄欖，反覆咀嚼，餘韻不窮，是相當有藝術魅力的。

　　填詞第四難在於作品需出之以眞性眞情。馮煦批評過去填詞者「側艷之作止以導淫，悠謬之辭或將損性，拘墟小儒懸爲徽纆」，或流於浮艷淫靡，有傷大雅；或徒以技法爭勝，僻澀隱晦，而戕傷作品本眞，然無知者卻不辨優劣，拾人涕唾，以爲瑰寶，敝帚自珍，僵化拘泥在固陋之中，不思進取，無法自拔。蘇軾光明磊落，忠愛根於本生，作品爲其至情至性之發露，「涉樂必笑，言哀已歎」，毫不忸怩造作，甚而可於詞中見蘇軾人品，再加上蘇軾有意擴大詞境，寫自我生活、遭遇、情感，也就是「無意不可入，無事不可言」〔註91〕，於詞體幽微要眇的特殊美感中，開出自我的一條路來，元好問〈新軒樂府引〉「自東坡一出，情性之外，不知有文字，眞有一洗萬馬凡古空氣象」〔註92〕，詞不在大小深淺，在於情性之有無，在於動人之與否，馮煦舉〈洞仙歌〉（冰肌玉骨）〔註93〕爲例，東坡因憶老尼歌曲，推衍孟昶、花蕊舊事，成就此歌，但老尼已逝，蜀主不再，詩人也終將與物遷化，面對流年暗換，無止息的循環，而人類力量的不可轉變，既是東坡的感慨，也是人類自古一直存有的心緒。〈卜算子〉（缺月掛疏桐）〔註94〕中孤鴻「揀盡寒枝不肯棲，楓落吳江冷」的形象，是東坡心有戚戚，特地揀選的意象，寓有東坡悄然獨立，不苟依附，寧甘

---

辭書出版社，1994 年 7 月），頁 674。

〔註91〕例言第 4 則，馮煦引劉熙載語。

〔註92〕元好問〈新軒樂府引〉，收於《遺山集》（台北：台灣商務印書館，影印文淵閣四庫全書，1983 年），第 1191 冊，頁 425。

〔註93〕〈洞仙歌〉「冰肌玉骨，自清涼無汗。水殿風來暗香滿。繡簾開、一點明月窺人，人未寢、敧枕釵橫鬢亂。　起來攜素手，庭戶無聲，時見疏星渡河漢。試問夜如何，夜已三更，金波淡、玉繩低轉。但屈指、西風幾時來。又不道、流年暗中偷換。」見朱德才主編《增訂注釋全宋詞》，冊 1，頁 253。

〔註94〕〈卜算子〉「缺月掛疏桐，漏斷人初靜。時見幽人獨往來，縹緲孤鴻影。　驚起卻回頭，有恨無人省。揀盡寒枝不肯棲，楓落吳江冷。」見朱德才主編《增訂注釋全宋詞》，冊 1，頁 250。

冷淡的現實情操。以上幽憂深慨，都是詞人靈動心曲，眞情流露之作。
再加上蘇軾以雋秀清婉的語彙言情表意，溫柔敦厚，怨而不怒，哀而
不傷，眞正合乎風雅之旨，情深而不膩，洗盡鉛粉，賦予詞作清雅高
華的氣格。馮煦提出的塡詞四難，是他多年創作與編修詞作的經驗總
結，對於唐、五代、南北宋眾詞人，很顯然的，馮煦對於蘇軾是極爲
賞愛，青眼有加的，《東坡樂府》不僅合乎馮煦所提出的審美觀點，
甚至百尺竿頭，超出蹊徑，達人所不能達，影響後世，其後陳廷焯對
蘇軾佳評如潮、晚清四大家或校蘇軾詞集，或以《東坡樂府》爲表率，
蘇軾詞從不被看重到成爲後世詞壇的經典，馮煦之評儼然佔有關鍵地
位。

　　關於蘇軾，馮煦尚有論詞絕句一首：

　　大江東去月明多，更有孤鴻縹緲過。後起銅琶兼鐵撥，莫
　　教初祖謗東坡。（論詞絕句第 5 首）

前兩句用蘇軾〈念奴嬌・赤壁懷古〉、〈卜算子〉（缺月掛疏桐），以言
蘇軾詞作清雄有深意。末兩句「後起銅琶兼鐵撥，莫教初祖謗東坡」
則是澄清後人在音律與豪放風格上對蘇軾的誤解：首先是對蘇軾不曉
音律這點來說，自李清照謂蘇軾之作爲句讀不葺之詩，「往往不協音
律」起，後人針對此，提出解釋，如晁無咎評「蘇東坡詞，人謂多不
諧音律，自然，居士詞橫放傑出，自是曲中縛不住者」〔註95〕，陸游
《老學菴筆記》卷五曰：「世言東坡不能歌，故所作樂府詞多不協。
晁以道云：『紹聖初，與東坡別於汴上，東坡酒酣，自歌〈古陽關〉。』
則公非不能歌，但豪放不喜裁翦以就聲律耳。」〔註96〕此後論蘇軾與
音律間的關係大抵上不出吳曾、陸游之說，而後人不曉音律，卻藉蘇
軾以自諉，謂蘇軾爲不守律之始作俑者，一旦知道蘇軾之詞，豪固豪
矣，未嘗不協律，豈能再文過飾非，藉口推諉。再次，是有關蘇、辛

─────────────

〔註95〕〔宋〕吳曾《能改齋漫錄》（台北：木鐸出版社，1982 年 5 月），頁
　　　469。
〔註96〕〔宋〕陸游《老學菴筆記》（北京：中華書局出版，1997 年 12 月），
　　　頁 66。

創作風格。後人學蘇辛往往只在膚淺處打轉，遂使作品流於粗豪，然而蘇辛之詞其秀在骨，其厚在神，無兩人之胸襟氣度，徒傚仿其形式技巧，往往畫虎不成反類犬，墮於惡道，難有所成。馮煦例言第二十四則評論辛棄疾：「負高世之才，不可羈勒，能於唐宋諸大家外，別樹一幟。自茲以降，詞遂有門戶、主奴之見。而才氣橫軼者，群樂其豪縱而效之；乃至里俗浮囂之子，亦靡不推波助瀾，自託辛、劉，以屏蔽其陋；則非稼軒之咎，而不善學者之咎也。」同樣的看法亦見於陳廷焯《白雨齋詞話》：「東坡一派，無人能繼。稼軒同時，則有張、陸、劉、蔣輩，後起則有遺山、迦陵、板橋、心餘輩。然愈學稼軒，去稼軒愈遠。稼軒自有真耳。不得其本，徒逐其末，以狂呼叫囂為稼軒，亦誣稼軒甚矣」〔註97〕，因後學者之不肖，使蘇辛蒙受污名，馮煦、陳廷焯還予蘇辛公論，為其洗淨正名。

## （二）周邦彥

馮煦論詞絕句論周邦彥（字美成，號清真居士）「大晟樂府宗風扇，褒質褒文孰與多。若使詞中參聖諦，斯人真不媿清和」，以「清和」二字總括周詞，在例言中更借用前人評話對清真作進一步評述，認為清真詞已達渾成之境：

> 陳氏子龍曰：「以沈摯之思，而出之必淺近，使讀之者驟遇之，如在耳目之前，久誦之，而得雋永之趣，則用意難也。以儇利之詞，而製之必工鍊，使篇無累句，句無累字，圓潤明密，言如貫珠，則鑄詞難也。其為體也纖弱，明珠翠羽，猶嫌其重，何況龍鸞？必有鮮妍之姿，而不藉粉澤，則設色難也。其為境也婉媚，雖以驚露取妍，實貴含蓄不盡，時在低回唱歎之餘，則命篇難也。」張氏綱孫曰：「結構天成，而中有豔語、雋語、奇語、豪語、苦語、癡語、沒要緊語，如巧匠運斤，毫無痕跡。」毛氏先舒曰：「北宋，詞之盛也，其妙處不在豪快，而在高健；不在豔冶，而在幽咽。豪快可以氣取，豔冶可以言工；高健幽咽，則關乎

---

〔註97〕陳廷焯《白雨齋詞話》，見唐圭璋《詞話叢編》，冊4，頁3962。

神理骨性，難可強也。」又曰：「言欲層深，語欲渾成。」
諸家所論，未嘗專屬一人，而求之兩宋，惟片玉、梅溪足
以備之。周之勝史，則又在渾之一字。詞至於渾，而無可
復進矣。（例言第 13 則）

陳子龍論詞崇尚南唐北宋，主張婉麗當行，視詞體為纖弱，其〈王介
人詩餘序〉提出填詞四難：用意難、鑄詞難、設色難與命篇難，其中，
關鍵處在「用意難」的部分，意即為作者的思想和情感尋找最為適合、
順暢的藝術表現途徑〔註98〕。根據詞體纖弱婉媚的特質，強調作者用
意必須介乎「隱」與「秀」之間，做到情在詞外與狀溢目前的統一，
而方法就是透過高妙的藝術手段，將此情此意包蘊於詞中，因此，在
鑄詞上，要求用字遣詞必須婉轉流利；在設色上，於纖妍與婉媚中求
得統一；命篇上，要含蓄，能有餘不盡。故沉摯之思，意即作者用意，
雖是填詞初始之動源，然一旦下筆，形式技巧、藝術手法卻成為本段
詞論的重點。再看張綱孫之論，對於詞作中語彙之靈活運用極為要
求，希冀達到「巧匠運斤，毫無痕跡」的天成境界，進而推展至通篇
結構的總體要求，從語彙運用到謀篇佈局，依舊是對形式技巧方面的
講求。而毛先舒論北宋詞強調意境的創造，以為關鍵處在「高健幽咽」
四個字，又言「言欲層深，語欲渾成」，即是周濟言清真透過勾勒之
手段，使詞達到渾成境界〔註99〕，毛、周兩論互為表裡。仔細搜繹毛
先舒評論出處，更可証清真在形式技巧上的超逸：

　　詞家言欲層深，語欲渾成。作詞者大抵意層深者，語便刻
　　畫，語渾成者，便膚淺，兩難兼也。或欲舉其似，偶拈永
　　叔詞云：『淚眼問花花不語，亂紅飛過鞦韆去。』此可謂層
　　深而渾成，何也，……。然作者初非措意，直如化工生物，
　　筍未出而苞節已具，非寸寸為之也。若先措意便刻畫，愈

─────────────────────

〔註98〕方智範、鄧喬彬等《中國古典詞學理論史（修訂版）》（上海：華東
　　　　師範大學出版社，2005 年 12 月），頁 160。
〔註99〕周濟「鉤勒之妙，無如清真。他人一鉤勒便薄，清真愈鉤勒愈渾
　　　　厚」。語見《介存齋論詞雜著》，收於唐圭璋《詞話叢編》，冊 2，
　　　　頁 1632。

深愈墮惡境矣。此等一經拈出後，便當掃去。〔註100〕

言下之意，「言層深，語渾成」是因觸景生情而自然達到的境界，刻意為之，反而落入膚淺浮薄之惡境。反觀周邦彥詞作，因為巧妙地利用許多藝術手法，使結構型態趨向多元，正如陳洵所云「清真格調天成，離合順逆，自然中度」〔註101〕，所以愈是鈎勒，愈顯渾厚。另外，周邦彥在審音協律方面，以精密有法著稱，沈義父《樂府指迷》指出「凡作詞，當以清真為主，蓋清真最為知音」〔註102〕，馮煦在例言第十四則所提方千里和遍清真詞，亦步亦趨，即是就音律聲韻來說的。以上，馮煦所引前人評清真詞及審音度律，多是就藝術手法、形式表現上的臻於完美而論，由於周邦彥在此方面的成就已達於化境，故使後之為詞者，難以出其範圍，言「詞至於渾，無可復進矣」，即是言周邦彥所創造的詞境藝術成為典範，不僅突破前人，如柳永的成就〔註103〕，後學者能超越其範圍者有限。

## 四、論南宋前期詞人

### （一）李清照

北宋末，能與秦觀差肩者有一掃眉才子李清照（號易安居士），沈曾植說她「氣調極類少游」〔註104〕，王士禎論詞之正調、極工，亦以少游、易安為典範〔註105〕，確實，在語言的錘鍊上，李清照堪比秦觀，舉例言，秦觀〈滿庭芳〉「山抹微雲，天粘衰草」，字工語俏，鮮活有意趣；李清照「寵花嬌柳」、「綠肥紅瘦」，語新意俊，更有豐

---

〔註100〕王又華《古今詞論》，見唐圭璋《詞話叢編》，冊1，頁608。

〔註101〕陳洵《海綃說詞》，見唐圭璋《詞話叢編》，冊5，頁4841。

〔註102〕沈義父《樂府指迷》，見唐圭璋《詞話叢編》，冊1，頁277。

〔註103〕馮煦在例言第14則提到「屯田勝處，本近清真；而清真勝處，要非屯田所能到。」

〔註104〕沈曾植《菌閣瑣談》，見唐圭璋《詞話叢編》，冊4，頁3608。

〔註105〕王士禎認為「正調至秦少游、李易安為極致」見王士禎撰，張世林點校《分甘餘話》，卷二，收於《清代史料筆記叢刊》（北京：中華書局出版，1997年12月），頁28。

情。兩人在揣色摹形上，自然而準確，清新且流暢，形成了雅俗共賞
的語言風格。就表現手法的精巧上，對於情感，都能以形象化的語彙
具體表現抽象的情感，例如秦觀言愁是「飛紅萬點愁如海」、「便作春
江都是淚，流不盡，許多愁」，以江、海之浩大蒼茫，言愁之深廣；
李清照「只恐雙溪舴艋舟，載不動許多愁」、「獨抱濃愁無好夢」，愁
有了重量，有了形體，此類形象化的語言，令人有生新之感，深刻感
受到語言藝術的魅力〔註106〕。就詞之柔婉一面來說，易安以雅言表
現了情感的悲歡喜樂，長短句中情深款款處婉曲而含蓄，但又非如秦
觀軟媚柔弱，而有一股明亮、清新甚至近於陽剛的氣格貫流貫於詞
中。其實，李清照天姿俊秀，性靈鍾慧，出言吐句，不作閨音，〈烏
江〉、〈打馬賦〉等詩歌、文章直批政事，用典譏刺當道，氣慨直押鬚
眉，於詞，則有論者以為「易安儱傯，有丈夫氣，乃閨閣中之蘇辛，
非秦柳也」〔註107〕，以「閨閣中之蘇辛」喻李清照，是見到了《漱
玉詞》中飛揚神駿的一面，總合上述，後人論李清照，或以秦觀比之，
或以蘇辛喻之，亦有以周邦彥、柳永共論者，但馮煦盡捨以上眾說，
許李清照為「南唐替人」：

　　金石遺文迥出塵，一編漱玉亦清新。玉簫聲斷人何處，合
　　與南唐作替人。（論詞絕句第14首）

論詞絕句著眼李清照後期作品，認為合該為南唐李煜之繼承人。〔註108〕
將李煜與李清照並提，在馮煦前還有沈謙，其《填詞雜說》云：「男中
李後主，女中李易安，極是當行本色」〔註109〕；王又華《古今詞論》

---

〔註106〕黃文吉言易安「在詞中表現最多的莫過於情愁，而情愁本身都是抽
　　　　象的，只能感受，不可捉摸，但文學家必須透過作品的力量，讓讀
　　　　者如親歷其境，有同樣的感受，這完全要靠新奇的意象。……李清
　　　　照在這方面更是能手，所以也製造了不少人人可以琅琅上口的名
　　　　句。」語見黃文吉《宋南渡詞人》（台北：台灣學生書局，1985年
　　　　5月），頁133～134。
〔註107〕沈曾植《菌閣瑣談》，見唐圭璋《詞話叢編》，冊4，頁3605。
〔註108〕王偉勇、王曉雯〈馮煦〈論詞絕句〉十六首探析〉，收於《清代文學
　　　　與學術》（台北：新文豐出版股份有限公司），頁260～261。
〔註109〕沈謙《填詞雜說》，見唐圭璋《詞話叢編》，冊2，頁631。

引沈謙此語，並續云：「前此李太白，故稱詞家三李」。此後，以李煜、李清照並舉者，夐無其人，而以淮海、易安同論者反而為數眾多，那麼，沈謙、馮煦之說是否比其他評家說法更為合理？也就是說，以李煜、李清照並舉比秦觀、李清照並舉更為適當？答案是肯定的。秦觀與李清照相近之處已如上述，主要在語言錘鍊與表現手法的生動鮮活，但秦觀詞心極細，詞情極敏，故用字組句雖然多是清淺平淡之語，卻細緻深刻，風格更為悽愴幽柔，與李清照詞中提煉口語入詞，不避民間俗話寫作，大不相同，例如〈鳳凰臺上憶吹簫〉過片「休休。這回去也，千萬遍陽關，也則難留」、〈聲聲慢〉「守著窗兒，獨自怎生得黑」，以尋常語度入音律，煉俗為雅。而李煜部分詞作也呈現同樣的生趣，在詞中安插口語、白話字，例如〈一斛珠〉「晚妝初過，沉檀輕注些兒個。人微露丁香顆，一曲清歌，暫引櫻桃破。　羅袖裛殘殷色可，杯深旋被香醪涴。繡床斜憑嬌無那，爛嚼紅茸，笑向檀郎唾」，其中「些兒個」、「檀郎唾」等用語都是俗而淺白，卻不影響作品的格調，可謂「粗服亂頭，不掩國色」〔註110〕。李清照與李煜兩人在遣詞用句上多近白描，但卻清麗超俗，離即之間，具真香生色。況且，李後主填詞，以本真率性為之，作品直率自然，無所偽飾，前期作品，如與小周后幽會，透過白描手法，給予讀者大膽多情、爛漫嬌嗔的少女形象〔註111〕，後期作品如〈相見歡〉（林花謝了春紅）、〈相見歡〉（無

〔註110〕 郭預衡〈李清照詞的社會意義與藝術價值〉認為李清照詞的藝術特點是「直書胸臆和用語的樸素自然」，又指出「只有前代的李煜，和她有共同的特點」，又言「秦、周諸人在語言上是善於刻劃、錘鍊，常於鋪敘、雕飾的，但他們作品只見工巧，而不見自然，只見人工，而不見天工；只見人籟，而不見天籟」與李清照以白描手法，寫真情實感，語言深具樸素之美是不同的。見《文學評論》1961年第2期，頁77～78。關於此點繆鉞深表贊同。繆鉞之說見《冰繭庵詞說》收於《繆鉞全集》（石家莊：河北教育出版社，2004年7月），第三卷，頁99。

〔註111〕 〈菩薩蠻〉「花明月暗籠輕霧，今宵好向郎邊去。剗襪步香階，手提金縷鞋。畫堂南畔見，一向偎人顫，奴為出來難，教君恣意憐。」見曾昭岷等編《全唐五代詞》（北京：中華書局，1999年12月），

言獨上西樓）等，將歸爲臣虜，寂寞淒涼的哀思，毫不掩飾，眞誠自然地表現出來，樸素不假雕琢如同日常口語。《漱玉詞》中亦有直率坦然的一面，婉中見直，但直中存雅，如其〈點絳唇〉（蹴罷鞦韆）寫少女初次萌動的愛情，將少女驚詫、惶懼、含羞、好奇、愛戀的心裡活動，栩栩如生地刻畫出來，風格明快，節奏輕鬆，與花間嬌媚婉變、羞不可抑的女子形象，有所不同；〈醉花陰〉（薄霧濃雲愁永晝），全闋無一字言思，但思念之情充溢字裡行間，毫不掩飾對丈夫的熱烈情感；〈聲聲慢〉（尋尋覓覓），起首連疊十四字，道盡空虛慘烈、失所依靠，惶惶不可終日之情，後人拜服於此絕世奇文下，以爲千古創格，如公孫大娘武劍器，何只稱雄閨閣，士林亦罕見也。李清照忠於當下情感，不管是少女初情、新婚戀情還是晚年淒情，寄於倚聲，就是自然不矯作，坦承不諱的抒發，比秦觀的氣格纖弱，李清照明亮直接，與李煜的坦然眞率同工〔註112〕。再就身世遭遇而言，秦觀雖士途蹭蹬，但未經歷國破家亡，而李煜與李清照，一個是帝王貴胄，早年過的是管絃笙歌、醉心一切文藝的歡悅生活，然山河易主，倍嘗人間冷暖，臣虜賤俘，苟延殘喘；另一個是書香閨秀，少女時代天眞爛漫，嫁做人婦又幸福甜蜜，但晚景歷經國破家亡，身世飄零。兩人作品都因政治鉅變，分成了前後兩期截然不同的風格，特別是後期，寫身世、哀家國、嘆時運，錐心刺骨，遣詞用字誠摯平易，異曲同工。由以上三點看來，沈謙、馮煦並提李煜、李清照，的確是洞燭之見。

### （二）陸游

早於稼軒，在雄渾豪壯一格上與稼軒仰足並馳於詞壇的作家，陸

---

頁 754。

〔註112〕王廣琪比較二李在用語遣詞上「皆長於白描、用語含蓄、少用典故。……易安製詞用字以新穎奇巧膾炙人口，淺顯流暢的白描手法是繼南唐李後主之後不作第二人想的能手。」而在詞體風格上，則認爲「李煜詞多數眞情流露、自然率眞的方法表達感情，與易安同爲一純情詞人。」見王廣琪《動亂中的詞人──李煜李清照詞比較研究》（彰化：國立彰化師範大學國文教學研究所碩士論文，2008 年 8 月），頁 117、175。

游（字務觀，號放翁）是不可忽視的一位，高旭〈十大家詞題詞〉：「高論斷推同甫，狂歌合讓劍南。南渡諸人有限，與公鼎立而三」。認爲南渡諸家唯有陳、陸二人能與稼軒差肩，餘者皆不足論。在此，凸顯了稼軒的難以企及，同時也表達了陳亮、陸游的難能可貴。關於陸游，馮煦例言第二十六則：

> 劍南屏除纖艷，獨往獨來，其遒峭沈鬱之概，求之有宋諸家，無可方比；《提要》以爲詩人之言，終爲近雅，與詞人之冶蕩有殊，是也。至謂游欲驛騎東坡、淮海之間，故奄有其勝，而皆不能造其極，則或非放翁之本意歟？

此則馮煦大量引四庫提要之言：「楊愼《詞品》則謂其『纖麗處似淮海，雄快處似東坡』。平心而論，游之本意，蓋欲驛騎於二家之間。故奄有其勝，而皆不能造其極。要之，詩人之言，終爲近雅，與詞人之冶蕩有殊。」〔註113〕對於此說，馮煦贊同以「雅」評放翁詞，但認爲與東坡、淮海爭勝非放翁本意，從而將論述重點放在「屏除纖艷」、「遒峭沈鬱」等方面，有意凸顯《放翁詞》在愛國詞作上與稼軒的相近。事實上，馮煦所言陸游不同於一般詞家的特點：以詩人之言入於詞作，掃除纖麗華艷，同時賦予作品遒峭沈鬱之氣格，也因爲這樣的詞風，後人視辛、陸爲同一詞派。陸游填詞乃詩歌餘事，相對於萬首詩作而言，《放翁詞》爲數一百三十餘首，眞是天差地別，對陸游來說，詩歌才是他用力最勤的正事，於詞作上以才掩眾人，本非放翁熱衷之事，然而，陸游雖輕視詞體，卻又在填詞時不自覺地將詩歌反覆詠唱的憂時愛國之情帶入其中，面對大好河山陷入敵手，朝廷卻酣豢遊戲酒食間，不思振作，陸游一人無法與大環境相抗衡，個體力量的有限，給予詩人沉痛的打擊，但即使如此，老驥伏櫪，壯心未已，收復失土之願，至死方休，這樣的心境與稼軒何等相近，英雄失意，一寄於詞，抑鬱感慨，如秋風

---

〔註113〕〔清〕紀昀總纂《四庫全書總目提要》（石家莊：河北人民出版社，2000 年 3 月），頁 5480。

夜雨，萬籟呼號，草木同悲，風雲變色。作品蘊含著詞人無限的悲淒，而這才是馮煦一直強調的寄憂生念亂之情於詞體中，最優秀的創作實踐〔註114〕。今人夏承燾論放翁詞云：「陸游這些詞，比之兩宋諸大家：姿態橫生，層見間出，不及蘇軾；磊塊幽折，沉鬱淒愴，不及賀鑄；縱橫馳驟，大聲鐺鞳，也不及辛棄疾；但是他寫這種寤寐不忘中原的大感慨，不必號呼叫囂為劍拔弩張之態，稱心而言，自然深至動人，在諸家之外，卻自有其特色。」〔註115〕放翁自成一家，自有特色，何需與兩宋眾家爭勝。

## 五、論南宋中期詞人

### （一）陳亮、劉過、劉克莊

自東坡於北宋獨標異格，後有陸游於南宋響應之，稼軒、陳亮（字同甫，號龍川居士）、劉過（字改之，號龍洲道人）等人賡續和之，以愛國豪壯為創作內容，一時間竟佔據詞壇主位。由於靖康之難所產生的天翻地覆的改變，使民族矛盾、統治集團內部的權力鬥爭，社會政治的動盪不安攤在陽光下，詞人們面對空前未有的巨變，婉轉綺靡之風已無法承載複雜沉痛的情感，蘇辛之風反而符合了詞壇所需，王

〔註114〕陸游詩歌的創作工力可從趙翼《甌北詩話》卷六論陸詩重鍛鍊一段見得：「或者以其平易近人，疑其少煉。抑知所謂煉者，不在乎奇險詰曲，驚人耳目；而在乎言簡意深，一語勝人千百，此真煉也。放翁工夫精到，出語自然老潔，他人數言不能了者，只在一二語了之；此其煉在句前，不在句下，觀者併不見其煉之迹，乃真煉之至矣。」夏承燾在〈論陸游詞〉一文認為「當陸游作詩的工力來作『詩餘』時，便自在游行，有『運斤成風』之勢。……藝術的境界，有時原不能專以力取，卻於『餘事』中偶得之。……以『夷然不屑，所以尤高』八個字評陸游詞，我以為卻很恰當。『夷然不屑』不是就內容說，而是說他不欲以詞人自限，所以能高出於一般詞人。」此論正與馮煦評放翁之語不謀而合。夏承燾〈論陸游詞〉文，見夏承燾、吳熊和箋注《放翁詞編年箋注》（台北：木鐸出版社，1982年5月），頁11～12。

〔註115〕夏承燾《月輪山詞論集》，收於《夏承燾集》（杭州：浙江古籍出版社，1997年），冊2，頁267。

士禎〈倚聲初集序〉認爲倚聲之變，「眉山導其源，至稼軒、放翁而盡變，陳、劉其餘波也」，又分詞有四種，其中「英雄之詞，蘇、陸、辛、劉之屬是也」〔註116〕。言其「變」、言其爲「英雄之詞」，這都與作品內容取材的改變息息相關，馮煦謂蘇軾作品眞誠，以其胸中有「不得已」之故，面對現實，蘇軾從生命的存在價值及意義去解剖人生，這樣的人生思考，帶有深刻的哲理性。而稼軒所處時空環境畢竟與東坡不同，「如果說北宋時人生憂患主要表現爲出與入個體生活方式抉擇的困惑」，那麼，「南宋詞較爲突出地反映了個體力量與國家危難無法相統一的矛盾」〔註117〕。辛劉等人作品，正是箇中代表。面對國亡家變，有志之士多麼希冀能扶大廈之將傾，挽狂瀾於既倒，對敵人之仇懍，對勢局之憤慨，往往積鬱胸中，噴薄而出，將「悲歌慷慨抑鬱無聊之氣，一寄於詞」〔註118〕，求作品的宣洩淋漓，盡吐胸臆。對於這種繫乎國家安危，憂君主憂社稷，懷抱屈騷之志的作品，馮煦最爲激賞，例如向子諲〈阮郎歸〉（江南江北雪漫漫）、鹿虔扆〈臨江仙〉（金鎖重門荒院靜）、謝克家〈憶君王〉（依依宮柳拂宮牆），表

〔註116〕 王士禎〈倚聲初集序〉「詩餘者，古詩之苗裔也。語其正，則景煜爲之主，至漱玉淮海而極盛，高、史其大成也。語其變，則眉山導其源，至稼軒、放翁而盡變，陳、劉其餘波也。有詩人之詞，唐蜀五代諸君子是也；有文人之詞，晏、歐、秦、李諸君子是也；有詞人之詞，柳永、周美成、康與之之屬是也；有英雄之詞，蘇、陸、辛、劉之屬是也。」見《倚聲初集》，收於《續修四庫全書》（上海：上海古籍出版社，2002 年），冊 1729，頁 164。

〔註117〕 孫立《詞的審美特性》（台北：文津出版社，1995 年 2 月），頁 84。清人王昶曾說「南宋詞多黍離麥秀之悲，北宋詞多北風雨雪之感」，語見謝章鋌《賭棋山莊詞話》，收於唐圭璋《詞話叢編》，冊 4，頁 3321。「黍離麥秀之悲」是指國破家亡之悲患，「北風雨雪之感」多指個人遭遇榮辱的感懷。

〔註118〕 梨莊曰：「辛稼軒當弱宋末造，負管、樂之才，不能盡展其用，一腔忠憤，無處發洩，觀其與陳同甫抵掌談論，是何等人物！故其悲歌慷慨抑鬱無聊之氣，一寄之於詞。今乃欲以搔頭傅粉者比，是豈知稼軒者？」此處雖言稼軒，但以之論過、陳亮、劉克莊等人亦復如是見〔清〕徐釚《詞苑叢談》（北京：人民文學出版社，1998 年 2 月），卷 4，頁 250。

忠君之情，馮煦就特擢於例言闡述〔註119〕，可見其對審美偏向。也因此，馮煦更進一步提出內容勝於文辭的觀點，論張孝祥《于湖詞》：

> 于湖在建康留守席上賦〈六州歌頭〉，感憤淋漓，主人為之罷席。他若〈水調歌頭〉之「雪洗虜塵靜」一首，〈木蘭花慢〉之「擁貔貅萬騎」一首，〈浣溪沙〉之「霜日明霄」一首，率皆眷懷君國之作。龍川痛心北虜，亦屢見於辭，如〈水調歌頭〉云：「堯之都、舜之壤、禹之封，於今應有一個半個恥和戎」；〈念奴嬌〉云：「因笑王謝諸人，登高懷遠，也學英雄涕」；〈賀新郎〉云：「舉目江河休感涕，念有君如此何愁虜」；又：「涕出女吳成倒轉，問魯為齊弱何年月」：忠憤之氣，隨筆涌出；並足喚醒當時聾聵，正不必論詞之工拙也。（例言第 22 則）

馮煦對於詞體形式美是相當看重的〔註120〕，但必要時可以捨棄這些規範，「不必論詞之工拙」，但前提在於，內容必須是足以振聾發聵，喚醒世人的有力之作，這種能不為形式規範所囿，肯定文學反映真性靈、真世界的觀念，相當具有進步而積極的意義。馮煦雖不以人品作為升降詞品的依據，但對於那些有特殊背景的作品，特別是從作品中散發出的英偉磊落的人格，馮煦總是為之吸引而擊節讚嘆，例如：說《龍川詞》，陳亮以氣節自許，一生力主抗金，所作感憤淋漓，眷懷君國，〈水調歌頭〉（不見南師久）一闋，有人批評過於直顯，非上上乘〔註121〕；〈念奴嬌・登多景樓〉、〈賀新郎・同劉元實唐與正陪葉丞相飲〉、〈賀新郎・酬辛幼安，再用韻見寄〉等皆盡吐胸臆，毫無掩藏，

---

〔註119〕見例言第 18 則：《酒邊詞》「紹興乙卯大雪，行鄱陽道中」〈阮郎歸〉一闋，為二帝在北作也。眷戀舊君，與鹿虔扆之「金鎖重門」、謝克家之「依依宮柳」，同一辭旨怨亂。不知壽皇見之，亦有慨於心否？宜為賊檜所疾也。「終是愛君」，獨一「瓊樓玉宇」之蘇軾哉？

〔註120〕關於馮煦對詞體藝術特徵的要求見第四章第一節〈詞之基本觀點〉與本章評騭周邦彥一節。

〔註121〕如陳廷焯《白雨齋詞話》，就認為此作「精警奇肆，幾於握拳透爪，可作中興露布讀。就詞論，則非高調。」見唐圭璋《詞話叢編》，冊 4，頁 3794。

慷慨激昂，不類詞作，完全違背一般人所認知的詞體婉轉柔媚的審美要求，但馮煦卻不以爲意，反而欣賞陳亮這種氣沖山河、恨怨悲愁，悃款孤忠之作。說《蘆川詞》，特別論及張元幹不畏當道，作〈賀新郎〉〔註122〕詞爲胡銓送行，其節操人格，如同楊無咎恥於依附擅權的秦檜，故屢被徵召而不就；黃公度寧遠徙他鄉，也不願與秦檜同朝爲官，三人品清格高，有所爲有所不爲，形於作品亦表露嶔崎磊落的風格。四庫館臣說《蘆川詞》「慷慨悲涼，數百年後，尚想其抑塞磊落之氣」〔註123〕、楊無咎《逃禪詞》「詞格殊工，在南宋之初，不忝作者」〔註124〕，陳廷焯讚黃公度《知稼翁詞》「氣和音雅，得味外味。人品既高，詞理亦勝」〔註125〕，兼論了詞格與人格的關係。又如，論劉克莊《後村詞》，亦強調人格胸次與作品：

> 後邨詞與放翁、稼軒，猶鼎三足。其生丁南渡，拳拳君國，似放翁。志在有爲，不欲以詞人自域，似稼軒。如〈玉樓春〉云：「男兒西北有神州，莫滴水西橋畔淚」；〈憶秦娥〉云：「宣和宮殿，冷煙衰草」，傷時念亂，可以怨矣。又其宅心忠厚，亦往往於詞得之：〈滿江紅〉送宋惠父入江西幕云：「帳下健兒休盡銳，草間赤子俱求活」；〈賀新郎〉壽張史君云：「不要漢庭誇擊斷，要史家編入循良傳」；〈念奴嬌〉壽方德潤云：「須信詔語尤甘，忠言最苦，橄欖何如蜜」？胸次如此，豈翦紅刻翠者比邪？升菴稱其壯語；子晉稱其雄力：殆猶之皮相也。（例言第 34 則）

〔註122〕〈賀新郎・送胡邦衡待制〉「夢繞神州路。悵秋風、連營畫角，故宮離黍。底事昆侖傾砥柱。九地黃流亂注。聚萬落、千村狐兔。天意從來高難問，況人情、老易悲如許。更南浦，送君去。涼生岸柳催殘暑。耿斜河、疏星淡月，斷雲微度。萬里江山知何處。回首對床夜語。雁不到、書成誰與。目盡青天懷今古，肯兒曹、恩怨相爾汝。舉大白，聽金縷。」見朱德才主編《增訂注釋全宋詞》，冊 2，頁 71。
〔註123〕〔清〕紀昀總纂《四庫全書總目提要》（石家莊：河北人民出版社，2000 年 3 月），頁 5465。
〔註124〕同前註，頁 5468。
〔註125〕陳廷焯《白雨齋詞話》，見唐圭璋《詞話叢編》，冊 4，頁 3795。

從處境，從志向，言其宅心之忠厚、胸臆之廣闊，發爲詞章，衝破婉變靡弱一格，然亦非肆其雄力，徒逞壯語而已，而是愛國憫民、正直耿介的人格在作品中的眞誠流貫。綜觀馮煦對蘇、辛、陸、劉等人作品的欣賞，除東坡、稼軒剛柔並濟，臻於塡詞藝術高境的作品外，在面對形式與內容無法兩全其美時，馮煦選擇內容作爲第一要義，特別是寄託了家國之念，以天下國家、黎民蒼生爲己任的作品，給予最大的包容與賞愛。有時結合詞品與人品，要求詞人在作品中表現眞性，即使作品最後不盡如人意，但人格操守，若能閃現於文章之外，也是相當可取的。

　　馮煦對辛劉一派作品的欣賞與喜愛，是毫無疑問的，但對於辛劉個別詞人作品之缺失，馮煦也不迴護，所謂「不致覥顏自附於作者」、「偶爾失檢，不必爲作者曲諱」〔註126〕是也。以劉過爲例，馮煦批評「龍洲自是稼軒附庸；然得其豪放，未得其宛轉」〔註127〕，黃昇說劉過之壯語多學稼軒〔註128〕，《龍洲詞》中接近稼軒或受稼軒詞影響的作品不在少數，但稼軒乃詞中之龍，才情富艷，思力果銳，更重要的是，稼軒之胸襟學問、雅量高致，非一般人所能企及，後學者徒作壯語以爲雄，襲其獷，遺其清，只能得稼軒之偏，非稼軒眞面目。而龍洲雖爲稼軒嗣響，但終難以同起平坐。雖然劉過愛國詞作的確偶有粗率之處，但風格豪壯，亦不失爲一家〔註129〕。至於毛晉、陶宗儀屢屢讚賞的〈天仙子〉、〈小桃紅〉、〈沁園春〉等作品，馮煦頗不以

〔註126〕馮煦「偶爾失檢，不必爲作者曲諱」於例言第40則中，雖是講論前人作品出韻，不合格律，後人無需爲前人隱諱，但不限於格律範疇，用以論前人作品之失，也是可行的。

〔註127〕例言第25則。

〔註128〕黃昇「其詞多壯語，蓋學稼軒者也」。見〔宋〕黃昇輯，王雪玲、周曉薇校點《花庵詞選》（瀋陽：遼寧教育出版社，1997年3月），冊2，頁251。

〔註129〕劉熙載稱劉過詞「狂逸之中，自饒俊致，雖沉著不及稼軒，足以自成一家」，見劉熙載《藝概·詞曲概》，收於唐圭璋《詞話叢編》，冊4，頁3695。

爲然，認爲是「褻矣未甚」與「市井俚談」，特別是〈沁園春〉詠美人指甲、美人足，刻畫猥褻，有違大雅，可說是詞中最下品。眞正能作爲《龍洲詞》代表的是那些感慨國事，大聲疾呼的作品，這些作品縱橫跌宕，浩氣屈盤，縱使不能與蘇辛並駕齊驅，但尚可爲之執鞭，況且，《龍洲詞》往往能在這類豪縱恣肆中，帶有秀美工致，特別是在以激楚爲主調，抒嘆飄零不遇的淒婉哀感之作，才是劉過的本色代表〔註130〕，毛晉、陶宗儀捨精華而不取，反取糟粕，眞是有眼無珠。至於周必大爲相八年，立朝剛正，學問人品皆爲時人所敬重，詩詞歌賦皆奧博詞雄，黃機與稼軒時相唱和，詞筆沉鬱豪渾，雖雄壯不若稼軒，但不作花香草媚之語，沉鬱蒼涼，卻不減稼軒，而楊炎正之作俊逸可喜，縱擒之間，能擺脫一切、程珌爲稼軒忘年之交，作品亦出入蘇辛之間，惜此二人於長短句終非聖手，比起劉過又更下矣。

### （二）姜夔

姜夔，字堯章，號白石道人，馮煦對白石詞之論既有承襲前人看法，又有獨到之見：

> 白石爲南渡一人，千秋論定，無俟揚榷。《樂府指迷》獨稱其〈暗香〉、〈疏影〉、〈揚州慢〉、〈一萼紅〉、〈琵琶仙〉、〈探春慢〉、〈淡黃柳〉等曲；《詞品》則以詠蟋蟀〈齊天樂〉一闋爲最勝。其實石帚所作，超脫蹊逕，天籟人力，兩臻絕頂，筆之所至，神韻俱到；非如樂笑、二窗輩，可以奇對警句相與標目；又何事於諸調中強分軒輊也？孤雲野飛，去留無跡，彼讀姜詞者，必欲求下手處，則先自俗處能雅，滑處能澀始。（例言第 30 則）

關於此段評述，首先要澄清的是，對〈暗香〉等作品之稱美，非《樂府指迷》，而是出自張炎《詞源》論「清空」一條〔註131〕。再從三方

---

〔註130〕王偉勇論劉過云「龍洲詞風，當推以悲嘆之筆或淒婉之音，抒其不遇之情、飄零身世爲主；而後者尤稱本色」。見王偉勇《南宋詞研究》（台北：文史哲出版社，1987 年 9 月），頁 347。

〔註131〕張炎《詞源》，唐圭璋《詞話叢編》，冊 1，頁 259。

面申敘該則詞學內容：第一，馮煦以為姜詞成就來自兩方面，一是天份，一是人力，兩臻絕頂。姜夔生前往來之人多當時名望公卿，為人恬淡寡欲，恥於媚俗干謁，對於他人為其輸資拜爵，往往辭謝不願，故未能濟其窮，而以布衣終身，范成大謂其「翰墨人品，皆似晉、宋之雅士」〔註 132〕，所好皆為藝文之事，詩、文、書、樂無一不工，高潔的人品與文藝修養影響其詞作，自屬高格。姜夔精通音律，是南宋詞家少數能自度曲者，所填作品音調諧婉，叮嚀悅耳，此外講究文詞，語語精鍊，造句圓美靈妙，時有新意，歸於醇雅，其倚聲之學，冠絕一時。朱彝尊以為姜夔當為南渡第一人，陳廷焯以為即使是周邦彥亦有不及姜夔之處。〔註 133〕第二，賞味姜詞應保留作品完璧，而非將作品拆碎解體，獨標某句某詞，至於標示奇對、警句更是多此一舉。張炎作詞要訣見於陸行直《詞旨》一書，該書卷上列有「屬對」三十八則，「樂笑翁奇對」二十三則；卷下列有「警句」九十二則、「樂笑翁警句」十三則、「詞眼」二十六則，都是從張炎、姜夔、吳文英、史達祖……等眾多詞人作品中摘錄符合著者旨意的文詞字句，有表示欣賞與做為示範的用意，同時又認為吳文英之字面足為詞家學習。而周密敲金戞玉、鏤冰刻楮，句法、字法精雕細琢。張炎、吳文英、周

---

〔註 132〕 語出〈姜堯章自敘〉，見周密《齊東野語》（北京：中華書局，1983 年 11 月），頁 211。又，姜夔生平、交遊亦可於此自敘略窺一二。

〔註 133〕〔清〕朱彝尊《曝書亭集》卷四十〈黑蝶齋詩餘序〉「詞莫善於姜夔，宗之者張輯、盧祖皋、吳文英、蔣捷、王沂孫、張炎、周密、陳允平、張翥、楊基，皆具夔之一體。夔之後，得其門者寡矣。」見《景印文淵閣四庫全書》（台北：台灣商務印書館，1986 年 7 月），冊 467，頁 105。陳廷焯《白雨齋詞話》「美成、白石，各有至處，不必過為軒輊。頓挫之妙，理法之精，千古詞綜，自屬美成。而氣體之超妙，則白石獨有千古，美成亦不能至。」見唐圭璋《詞話叢編》，冊 4，頁 3798。關於白石其人其詞，劉熙載《藝概・詞曲概》有兩段精采描述「詞家稱白石曰白石老仙，或問畢竟與何仙相似，曰：『藐姑冰雪，蓋近為之』」、「姜白石詞如幽韻冷香，令人挹之無盡，擬諸形容，在樂則琴，在花則梅也」。語見唐圭璋《詞話叢編》，冊 4，頁 3694。

密作品充滿奇句警對。但只賞其佳句，忽視其通篇佳構，只欣賞字面之美，無視於全詞內容意涵，豈是詞人創作初始用意，況且姜詞麗情密藻，盡態極妍，若拆碎支離則無從見到作品流貫之氣，與隱藏作品中的灰蛇蚓線之妙。〔註 134〕第三，提出幽澀與清空在姜詞的和諧統一，主張學習白石詞自「俗處能雅，滑處能澀」入手。白石詞以其清空騷雅之風獨立於清眞、稼軒之外，浙派對姜夔的推崇、追仿也是從這方面入手，浙派之優長在此，弊端亦在此，特別是嚴重忽略了白石詞「幽澀」之內蘊。沈祥龍《論詞隨筆》言：「詞能幽澀，則無淺滑之病」〔註 135〕、況周頤《蕙風詞話》：「澀之中有味、有韻、有境界，雖至澀之調，有眞氣貫注其間」〔註 136〕，皆言詞之澀，成爲晚清詞論的重點，因爲「幽澀」是救浙派末流的一帖良藥。此救命藥石不假外求，白石詞中早已內含。最早以「澀」論白石詞者爲包世臣：「倚聲得者又有三：曰清、曰脆、曰澀。不脆則聲不成，脆矣而不清則膩，清而不澀則浮。屯田、夢窗以不清傷氣；淮海、玉田以不澀傷格，清眞、白石則能兼三矣」〔註 137〕，謂白石詞能有「澀」，故在清空之外，不至於像張炎一樣只剩清與浮。晚清譚獻論白石之「澀」意義更清楚，譚獻在《篋中集》評厲鶚「不能如白石之澀，玉田之潤」〔註 138〕，評項鴻祚「蕩氣迴腸，一波三折，有白石之幽澀，而去其俗。有玉田之秀折，而無其率；有夢窗之深細，而化其滯」〔註 139〕，譚獻論詞主張折衷柔厚，特別欣賞那種能植根生命感悟的柔厚風格，「而『澀』是譚獻追求詞作深厚秀折之美的表現，從藝術體驗上具體落實柔厚旨

---

〔註 134〕鄒祇謨《遠志齋詞衷》「梅溪、白石、竹山、夢窗諸家，麗情密藻，盡態極妍，要其瑰琢處無不有灰蛇蚓線之妙，則所云一氣流貫也。」收於唐圭璋《詞話叢編》，冊 1，頁 650。

〔註 135〕沈祥龍《論詞隨筆》，唐圭璋《詞話叢編》，冊 5，頁 4055。

〔註 136〕況周頤《蕙風詞話》，唐圭璋《詞話叢編》，冊 5，頁 4527。

〔註 137〕〔清〕包世臣〈謂朱震伯序月底脩簫譜〉，收於《藝舟雙楫》（台北：台灣商務印書館，1986 年 11 月），冊 1，頁 66。

〔註 138〕譚獻《復堂詞話》，唐圭璋《詞話叢編》，冊 4，頁 4008。

〔註 139〕譚獻《復堂詞話》，唐圭璋《詞話叢編》，冊 4，頁 4011。

趣」〔註140〕，所謂「澀」或「幽澀」並非求文字句讀上的晦澀難懂，而是從佈局、結構層台緩步，一轉一深的曲折章法入手，以救浮滑淺薄之病。再進一步說，幽澀不只是章法的曲折層深，更在於心思意境上之「意澀」，譚獻評馮煦詞作「心思甚邃，得澀意，惟由澀筆，時有累句，能入而不能出，此並當救以虛渾」〔註141〕，此評不只再度說明幽澀非筆澀外，更指出填詞沉深篤實的初衷、用心，此為「意澀」之根本，許宗衡以為此初衷用意是「哀感頑艷，煩冤悃悅，口誦而心靡，情苦而意柔」的。從白石實際創作來看，小令如〈點絳唇〉（燕雁無心），弔古傷今，乃詞人幽渺之思；近、引如〈淡黃柳〉（空城曉角）參慢曲之法，時有騰挪之筆，而淒情耐人三思；長調如〈齊天樂〉（庾郎先自吟愁賦）收縱自如，寄情綿邈；〈揚州慢〉（淮左名都），感懷家園，哀時傷亂，淒異之音，沁入紙背，幾令鮑參軍之〈蕪城賦〉不得專美於前；詠物詞〈暗香〉（舊時月色）、〈疏影〉（苔枝綴玉），或謂其內容寄身世於梅花，托喻君國，感懷今昔，極宛轉回環之妙，或謂其技法簡繁相生，有側重有映帶，銜接轉換緊密自然。由以上可見，白石詞不僅藉藝術技巧的變化，使詞作具翻騰離合的審美感受，更因立意深刻，使氣韻流轉於作品中，層入層深，避免淺滑之弊。馮煦能承繼包世臣、譚獻幽澀之說，識得白石詞在清空和幽澀的統一，以白石之幽澀救浙派末流，同時更明舉學習白石詞的入門途徑，便是從「俗處能雅，滑處能澀始」，這不僅是對浙派末流提供一帖針砭良

〔註140〕文見楊柏嶺《晚清民初詞學思想建構》（合肥：安徽大學出版社，2004年9月），頁304。譚獻《篋中詞》卷三評郭麐「予初事倚聲，頗以頻伽名焉，樂於風詠。繼而微窺柔厚之旨，乃覺頻伽之薄。又以詞尚深澀，而頻伽滑矣，後來辨之。」深、澀是以柔厚論詞的一貫主張，針對的是詞作的薄與滑。楊柏嶺還提到譚獻的「澀」不是晦澀，而是在審美克難中實現的漸進自然之妙，猶如探喉而出，彈丸脫手，或如聲可裂竹，如聞水月。「澀」中須見深、幽、柔、厚，深澀自然旨趣反映在詞作章法上即是所謂的曲折處有「潛氣內轉之意」。見譚獻輯《篋中詞》，卷三，收於《續修四庫全書》（上海：上海古籍出版社，2002年），冊1732，頁651。

〔註141〕譚獻《復堂詞話》，唐圭璋《詞話叢編》，冊4，頁4000。

劑，也是對常州理論一味糾彈姜、張，無視姜詞之優長的突破。而以
「澀」論詞，更在晚清四大家的詮釋活用下，重新評價夢窗詞特出之
一面，成爲用以療治浙派空滑的一大利器，具積極正面意義。

## （三）史達祖、高觀國

周邦彥詞作乃「渾成」之冠冕，而能與清眞相提並論者，馮煦心
儀史達祖（字邦卿，號梅溪）〔註142〕，除於例言十三中謂梅溪、清
眞無愧陳子龍、張綱孫、毛先舒之譽外，論詞絕句以史達祖緊接周邦
彥而論的順序來看，亦有唯史能追周之意〔註143〕。與周邦彥在藝術
技巧上的精湛表現一樣，梅溪詞爲人稱道處亦在此，張炎《詞源》論
句法，以爲梅溪〈春雨〉「臨斷岸新綠生時，是落紅帶愁流處」，〈燈
夜〉「自憐詩酒瘦，難應接許多春色」，平易中有句法。言詠物，讚賞
梅溪〈東風第一枝・詠春雪〉、〈綺羅香・詠春雨〉、〈雙雙燕・詠燕〉，
「全章精粹，所詠了然在目，且不留滯於物」；道「節序」，稱美梅溪
〈東風第一枝・賦立春〉、〈喜遷鶯・賦元夕〉「不獨措辭精粹，又且
見時序風物之盛，人家宴樂之同」，以上，言平易中有句法、詠物了
然在目、措辭精粹，都可見《梅溪詞》藝術技巧的精妙。與清眞形式
結構的渾然天成相較，梅溪或許略遜一籌，但就內容深廣度而言，《梅
溪詞》反而更爲開闊，更具時代特色，所觸動的情思感慨也比清眞深
沉，除卻工筆雕勒的詠物詞〔註144〕，家國興亡之嘆，身世凋零之傷

〔註142〕將兩人並提的主張亦見於戈載《宋七家詞選》謂「梅谿乃清眞之附
庸」，但馮煦謂清眞以「渾」勝梅溪，戈載以爲梅溪不過是附庸角
色，並明言，「周爲主，史爲客」，可見，梅溪即使詞藝出色，仍不
及周邦彥。〔清〕戈載著、杜文瀾校註《宋七家詞選》（台北：河洛
圖書出版社，1978年5月），卷二，頁15。

〔註143〕馮煦論詞絕句論南北宋詞人，除李清照爲女性，故列於最後外，其
他十首以時代先後爲排列次序，唯獨於北宋周邦彥後，接續者列史
達祖（1163？～1220？）於姜夔（1155？～1221？）前，有以史達
祖爲周邦彥嗣響之意。

〔註144〕史達祖精於體物，所作詠物詞二十七首，採凝情靜觀式的觀物方式
與創作姿態，擅用白描，禁體物語的技法，在虛實間擺盪，其中〈雙
雙燕・詠燕〉、〈綺羅香・詠春雨〉、〈東風第一枝・詠春雪〉深得張

也是史達祖作品中瑰璧，故朱庸齋說：「史從清真出，然周之舒徐、渾厚處，史所不及，故前人謂周之勝史，全在一『渾』處。通體渾成，史確實不如周，但就尋章摘句而論，史則較周更多警策處」〔註145〕，能承襲而有創新，史梅溪能有出藍之妙，不至湮滅在眾多摹習者中，鶴立雞群。

此外，中國文學評論家最重視的知人論世，倡言人品與作品的相稱，在史達祖身上產生爭議，劉熙載《藝概》卷四云：「周美成律最精審，史邦卿句最警煉，然未得爲君子之詞者，周旨蕩而史意貪也」；周濟《介存齋論詞雜著》：「梅溪甚有心思，而用筆多涉尖巧，非大方家數，所謂一勾勒即薄者」、「梅溪詞中喜用『偷』字，足以定其品格矣」都是從人品方面否定梅溪的文學成就，但馮煦卻認爲「詞爲文章末技，故不以人品分升降」〔註146〕，梅溪生平，不載史傳，因此關於依附韓侂冑爲省吏之說，尚未定論，但觀梅溪詞作如〈滿江紅・書懷〉卻充滿欲歸不能、身不由己的難言之隱，因此，即使馮煦承認「所造雖深，識者薄之」，人品對詞品的影響，「但同時亦注意到兩者分離的現象，無須因人廢詞，從而試圖自作品中探索作者人格，從詞作中品定詞品，擺脫作者實際道德品格及爲人的束縛，獨立地衡量詞作的高下，肯定史達祖，這雖與作者實際人格有些距離，但對以往『以人廢詞』的說法有一針見血的作用，帶有反傳統的進步意義。」〔註147〕

前人謂能與史達祖一樣立清新之意，寫不經人道語而自成一家名世者，另有高觀國（字賓王，號竹屋）：

> 陳造序高賓王詞，謂竹屋、梅溪，要是不經人道語。玉田

炎激賞，在歷代詞選中備受青睞，屢屢入選，成爲詠物詞史上頗負盛名之佳作。見路成文《宋代詠物詞史論》（北京：商務印書館，2005 年 12 月），頁 195、208～213。

〔註145〕朱庸齋《分春館詞話》（廣州：廣東人民出版社，1989 年 12 月），頁 123。

〔註146〕語見例言第 10 則。

〔註147〕金鮮〈晚清詞論中的「詞品與人品」說〉，《中國學術年刊》，1997 年 3 月，頁 18。

> 亦以兩家與白石、夢窗並稱。由觀國與達祖疊相唱和，故
> 援與相比。平心論之：竹屋精實有餘，超逸不足；以梅溪
> 較之，究未能旗鼓相當。今若求其同調，則惟盧蒲江差足
> 肩隨耳。（例言第 33 則）

高觀國在南宋享譽不低，與史達祖一樣精於詠物，四庫館臣亦以爲二
人酬唱，旗鼓相當﹝註 148﹞，但馮煦顯然不以爲然，謂《竹屋詞》「精
實有餘，超逸不足」，也就是說在用典上技巧嫻熟，詞作柔婉工麗，
但有質實凝著之弊，故整體而言，比之史達祖，即有高下之別，陳廷
焯《白雨齋詞話》言「竹屋、梅溪並稱，竹屋不及梅溪遠矣」、「竹屋
詞最雋快，然亦有含蓄處。抗行梅溪則不可」﹝註 149﹞，高、史二人
雖同相唱和，藝術趣味與詞風亦相近，得有清眞詞之妙，但梅溪祖述
清眞能做到具體而微，甚至骨韻能出於吳文英之右，反觀高觀國有時
爲求文辭字句的新鮮有味，特意營造下卻與通篇文意不甚協調，此爲
其詞病，自與史達祖之作成高下之分。既無法差肩梅溪，與其同調唯
有盧祖皋，但細味馮煦用「差足肩隨」一詞，則又認爲盧祖皋只能勉
強與高觀國並稱，兩人相比，《蒲江詞》遜於《竹屋詞》，縱使盧祖皋
工於樂章，詞作纖雅有佳趣，但顯窘促，特別是長調流於枯寂平直，
只有小令尚有可觀者，故又在高觀國之下了。以上，從馮煦論周邦彥，
並提史達祖，至於他則，言兼高觀國、盧祖皋，構築出一群以纖婉爲
主要風格的主客群體，透過互文、比較見同中之異，於此，可看到例
言雖彼此獨立論說，但細微處卻有所牽連，馮煦之用心油然畢現。

# 六、論南宋後期詞人

## （一）吳文英

晚清民初，詞家討論與仿習最多的首推吳文英（字君特，號夢

---

﹝註 148﹞「觀國與達祖疊相酬唱，旗鼓俱足相當」，原文見〔清〕‧紀昀總纂
《四庫全書總目提要》（石家莊：河北人民出版社，2000 年 3 月），
頁 5483。

﹝註 149﹞陳廷焯《白雨齋詞話》，見唐圭璋《詞話叢編》，冊 4，頁 3800、3801。

窗）。夢窗詞自南宋以來評價不一，大致來說負面居多，尤其是張炎謂《夢窗詞》「如七寶樓臺，眩人眼目，碎拆下來，不成片段」〔註150〕，此論一出，似成千秋定論。常州詞派起，初始張惠言《詞選》未收夢窗一闋，但至周濟，卻一反張惠言之論，將吳文英列爲學詞門徑之一〔註151〕，此後，清人對於吳文英的關注變得異常熱烈，紛紛給予正面肯定評價，尤其是晚清四大家：王鵬運從校夢窗詞得出校詞五例：正誤、校異、補脫、存疑、刪複，開創近代詞籍校勘之學；朱祖謀花費二十餘年，四次校勘夢窗詞，闡幽發微；鄭文焯研治夢窗詞十餘年可謂殫精竭慮，況周頤師事王、朱時也參與夢窗詞校勘，其後，以夢窗爲師法對象者，如傳彊村衣缽的陳洵，詞作得夢窗之妙，吳梅、王朝陽、陳去病等民初詞家亦宗法夢窗〔註152〕，夢窗詞之熱從清末延燒至民國，歷久不衰，眞所謂「轉移一代風會」〔註153〕是也。對於夢窗詞，馮煦基本上持推崇之觀點，論詞絕句提到夢窗是除清眞、白石卓然有成之大家，其詞華麗於外，豐腴於內，他人難以差肩，〔註154〕例言第三十一則所論，更是鞭辟入裡，其論點奠定晚清

---

〔註150〕張炎《詞源》，見唐圭璋《詞話叢編》，冊1，頁259。
〔註151〕周濟《宋四家詞選目錄序論》「清眞集大成者也。稼軒斂雄心，抗高調，變溫婉，成悲涼。碧山鬱心切理，言近指遠，聲容調度，一一可循。夢窗奇思壯彩，騰天潛淵，返南宋之清泚，爲北宋之穠摯。是爲四家，領袖一代。餘子犖犖，以方附庸。……問塗碧山，歷夢窗、稼軒，以還清眞之渾化，余所望於世之爲詞人者，蓋如此。」收於唐圭璋《詞話叢編》，冊2，頁1643。
〔註152〕蔣兆蘭《詞說》「吳瞿安梅、王飲鶴朝陽、陳朝南去病諸子，大抵宗法夢窗，上希片玉，猶是同光前輩典型」，見唐圭璋《詞話叢編》，冊5，頁4639。
〔註153〕錢萼孫（仲聯）〈改正夢窗詞選箋釋原序〉（上海：上海人文印書館，1993年）。因爲四大家對夢窗詞的校勘闡發與研究，使夢窗詞在晚清民初成爲議論最多的話題，吳熊和言「清末崇尚夢窗詞之風氣轉盛。王鵬運、朱校藏、鄭文焯、況周頤爲晚清詞壇四大家，於夢窗詞皆寢饋甚深，倡導甚力。」見吳熊和〈鄭文焯手批夢窗詞〉，《文史》（北京：中華書局，1996年4月），第四十一輯，頁218。
〔註154〕馮煦論詞絕句第十首論夢窗：「七寶樓臺迥不殊，周姜而外此華腴。雁聲都在斜陽許，餘子紛紛道得無」。

民初「由吳希周」學詞門徑的理論基礎：

> 夢窗之詞麗而則，幽邃而綿密，脈絡井井，而卒焉不能得
> 其端倪。尹惟曉比之清真。沈伯時亦謂深得清真之妙，而
> 又病其晦。張叔夏則譬諸七寶樓台，眩人眼目。蓋《山中
> 白雲》專主「清空」，與夢窗家數相反，故於諸作中，獨賞
> 其〈唐多令〉之疏快。實則「何處合成愁」一闋，尚非君
> 特本色。《提要》云：「天分不及周邦彥，而研煉之功則過
> 之。詞家之有文英，如詩家之有李商隱。」予則謂：商隱
> 學老杜，亦如文英之學清真也。（例言第 31 則）〔註 155〕

將夢窗與清真並提，謂夢窗學清真，相當於是說夢窗部分詞作得清真
渾厚之妙，兩人在傳承與主從關係上甚為分明，高度抬舉夢窗在詞史
上的地位。例言一起首，馮煦以「麗而則，幽邃而綿密，脈絡井井，
而卒焉不能得其端倪」說夢窗詞，正看出夢窗本色。蔣兆蘭《詞說》
「繼清真而起者，厥惟夢窗，英思壯采，縟麗沉警，適與玉田生清空
之說相反。玉田生稱其『何處合成愁』篇，為疏快不質實。其實夢窗
佳處，正在麗密，疏快非其本色也」。〔註 156〕張炎指責夢窗詞過於質
實，乃因兩者詞學主張不同，囿於成見，張炎對夢窗詞也只能看到夢
窗〈唐多令〉（何處合成愁）之疏宕，不能賞夢窗之本色——縟麗幽
邃。事實上，馮煦用揚雄評詩人之賦「麗而則」一詞〔註 157〕，正可

---

〔註 155〕例言中所引尹煥原文「求詞於吾宋者，前有清真，後有夢窗，此非
　　　　煥之言，四海之公言也。」見《中興以來絕妙詞選》，卷十，引山
　　　　陰尹煥夢窗詞敍。沈義父《樂府指迷》「夢窗深得清真之妙，其失
　　　　在用事下語太晦處，人不可曉」。張炎《詞源》卷下「吳夢窗詞，
　　　　如七寶樓臺，眩人眼目，碎拆下來，不成片段。此清空、質實之說。
　　　　此詞疏快，卻不質實。如是者集中尚有，惜不多耳」。沈義父與張
　　　　炎都指出夢窗之晦澀，而此晦澀，也成為後人不滿夢窗詞的主因。
〔註 156〕蔣兆蘭《詞說》，唐圭璋《詞話叢編》，冊 5，頁 4633。
〔註 157〕揚雄《法言·吾子》「詩人之賦麗以則，辭人之賦麗以淫」，認為「麗」
　　　　是賦的共同特性，但以「則」與「淫」相對，「淫」是指繁濫、放
　　　　縱，競為侈麗宏衍之辭；「則」，言有法度，有原則，從容中道。然
　　　　詞與賦畢竟是不同文體，具有不同的審美要求，故馮煦用以評詞的
　　　　同時，經過些許變化轉換。

分別道出夢窗詞的兩個特質，「麗」即指「幽邃綿密」的一面，「則」用以指夢窗詞之「脈絡井井」。先就「幽邃綿密」而論，張祥齡謂「詞至白石，疏宕極矣。夢窗輩起，以密麗爭之」〔註158〕，與姜白石、辛稼軒之疏宕是完全不同的寫作風格〔註159〕，亦迥異於傳統婉約、豪放之作。夢窗講究字面、烹鍊詞句，後人以爲如唐賢詩家之李賀，往往鎚幽鑿險，開徑自行，取字多從長吉詩來，故造語奇麗〔註160〕。就章法而言，夢窗往往以奇特意象構築奇幻意境，在時空上轉換跳躍，語句轉折更汰去前人使用虛字的習慣，而代以實詞，故通篇詞作，往往予人密麗飽滿，卻又惝恍不知所處，迷離不見其蹤之感。況周頤認爲「夢窗密處，能令無數麗字，一一生動飛舞，如萬花爲春，非若瑯璃蹙繡，毫無生氣也」〔註161〕指出夢窗之迥異他人，卓然成家之處，事實上，夢窗塡詞特意追求綿麗，運意深遠，用筆幽邃，雕繢滿眼，有意求此方向，再加上才思之敏捷，夢窗詞自然呈現與玉田、白石不同的面目。再就夢窗詞「脈絡井井」一面來說，前人屢言夢窗詞晦澀難懂，除因夢窗用字用句，刻意求工，好用僻典外，更因通篇結構的變化倏忽，令人難以捉摸，其實，在夢窗詞挪騰變幻的章法下，仍有脈絡可循。鄒祇謨《遠志齋詞衷》曾說夢窗詞「麗情密藻，盡態極妍，要其瑰琢處無不有灰蛇蚓線之妙，則所云一氣流

〔註158〕張祥齡《詞論》，唐圭璋《詞話叢編》，冊5，頁4211。

〔註159〕唐圭璋認爲夢窗詞「烹鍊精綻，密麗幽邃；而大氣盤旋，脈洛井井；故能生動飛舞，異樣出色。南宋詞學大家，稼軒、白石皆尚疏，惟夢窗尚密，三家分鼎詞壇。信乎各有千古也。」見唐圭璋〈論夢窗詞〉，收於《詞學論叢》（台北：宏業書局有限公司，1988年9月），頁981。

〔註160〕鄭文焯〈大鶴山人詞話附錄〉「君特爲詞，用雋上之才，別構一格，拮均習取古諧，舉典務出奇麗，如唐賢詩家之李賀，文流之孫樵、劉蛻，鎚幽鑿險，開逕自行，學者匪造次所能陳其細趣也。」收於唐圭璋《詞話叢編》，冊5，頁4335。

〔註161〕況周頤《蕙風詞話》「近人學夢窗，輒從密處入手。夢窗密處，能令無數麗字，一一生動飛舞，如萬花爲春，非若瑯璃蹙繡，毫無生氣也」，見唐圭璋《詞話叢編》，冊5，頁4447。

貫也」〔註162〕，對夢窗用力甚深的朱祖謀也提到「君特以儁上之才，舉博麗之典，審音拈韻，習諳古諧，故其爲詞也，沉邃縝密，脈絡井井，繾幽抉潛，開徑自行，學者匪造次所能陳其義趣。」〔註163〕既有脈絡可循，朱祖謀遂以夢窗詞作爲教導弟子詞學的入門教材，弟子楊鐵夫憶其從彊村學詞：

> 憶十年前執教鞭於香島中，始學爲詞。……及走上海，得執贄歸安朱漚尹師，呈所作，無襃語，止以多讀夢窗詞爲勗。始未注意也，及後每一謁見，必言及夢窗。……師於是微指其中順逆、提頓、轉折之所在，並示以步趨之所宜從。又一年，加以得海綃翁所評清眞、夢窗詞諸稿讀之，愈覺有得。於是所謂順逆、提頓、轉折諸法，觸處逢源，知夢窗諸詞無不脈絡貫通，前後照應，法密而意串，語卓而律精，而玉田「七寶樓臺」之說，眞矮人觀劇矣。〔註164〕

洞悉夢窗詞之意緒脈絡後自然就不覺其晦澀了。馮煦看出夢窗詞之「脈絡井井」，對朱祖謀等人研究夢窗詞或許有所啓發。再換個角度看待夢窗之澀，正可救浙派浮滑的創作弊端，孫麟趾「夢窗足醫滑易之病」〔註165〕、「石以皺爲貴，詞亦然。能皺必無滑易之病，夢窗最善此」〔註166〕及蔣敦復「勿專學玉田，流于空滑，當以夢窗救其弊」〔註167〕，都是從善用夢窗之「澀」方面立說的。

最後，要提的是夢窗與清眞的關係。《四庫全書總目提要》指出夢窗「天分不及周邦彥，而研煉之功則過之。詞家之有文英，如詩家

---

〔註162〕鄒祇謨《遠志齋詞衷》「梅溪、白石、竹山、夢窗諸家，麗情密藻，盡態極妍，要其瑰琢處，無不有灰蛇蚓線之妙，則所云一氣流貫也。」見唐圭璋《詞話叢編》，冊1，頁650。

〔註163〕朱祖謀〈夢窗詞集跋〉，見《彊村叢書》（台北：廣文書局有限公司，1970年3月），冊12，頁4935。

〔註164〕楊鐵夫〈吳夢窗詞箋釋序〉，楊鐵夫《吳夢窗詞箋釋》（廣州：廣東人民出版社，1992年），頁10。

〔註165〕孫麟趾《詞逕》，唐圭璋《詞話叢編》，冊3，頁2553。

〔註166〕同上註，頁2556。

〔註167〕蔣敦復《芬陀利室詞話》，唐圭璋《詞話叢編》，冊4，頁3671。

之有李商隱也」〔註168〕，馮煦則進一步深化而言「商隱學老杜，亦如文英之學清眞也」，夢窗詞學清眞，是歷來論者的共識，先就創作理論來說，沈義父《樂府指迷》開宗明義「論詞四標準」，就是吳文英詞法的精義所在〔註169〕：音律欲其協，不協則成長短之詩；下字欲其雅，不雅則近乎纏令之體。用字不可太露，露則直突而無深長之味。發意不可太高，高則狂怪而失柔婉之意。〔註170〕以上所論皆以清眞爲依歸，故該書又言「夢窗深得清眞之妙」，這四條詞法，實際上可看作是周邦彥、吳文英一派的共同法則〔註171〕。而馮煦以夢窗學清眞，類比商隱學老杜，則意謂著夢窗非僅止模仿擬效，更能自闢蹊徑，獨樹一格。〔註172〕李商隱學老杜，不僅在於體式、風格，更在於其詩穠麗之中，時帶沈鬱，李商隱跟杜甫一樣，內心深處有一股鬱結很深的沉潛之氣，發而爲詩，在情思的沈鬱上十分相近。但不同的是，杜甫較李商隱外向，詩思經常盤旋在社會家國、江山朝市之間，詩境與社會與自然直接溝通。「篇終接混茫」，所接的是外部世界。李商隱則隱轉向內心，內在浩浩茫茫，無涯無際，撲朔迷離，大量的無題詩作，充分表現了內心無從訴起，幽約森渺之情，隱約的詩境，使後人有「無人作鄭箋」之嘆。故李商隱雖學杜甫，但更趨向內在世界，

〔註168〕〔清〕紀昀總纂《四庫全書總目提要》（石家莊：河北人民出版社，2000 年 3 月），頁 5480。

〔註169〕吳梅〈樂府指迷箋釋序〉「雖謂此書（樂府指迷）爲闡明吳詞家法，亦無不可也。」見沈義父撰，蔡嵩雲箋釋《樂府指迷箋釋》（台北：木鐸出版社，1982 年 5 月），頁 92。

〔註170〕沈義父《樂府指迷》，唐圭璋《詞話叢編》，冊 1，頁 277。

〔註171〕吳熊和《唐宋詞通論》（杭州：浙江古籍出版社，2005 年 10 月），頁 302。

〔註172〕戈載論夢窗「夢窗詞以縣麗爲尚，運意深遠，用筆幽邃，煉字煉句，迥不猶人。貌觀之，雕繪滿眼，而實有靈氣行乎其間。細心吟繹，味美方回，引人入勝。既不病其晦澀，亦不見其堆垛。此與清眞、梅谿、白石竝爲詞學之正宗，一脈眞傳，特稍變其面目耳。猶之玉谿生之詩，藻采組織，而神韻流轉，旨趣永長，未可妄譏其獺祭也。」見戈載著、杜文瀾校註《宋七家詞選》（台北：河洛圖書出版社，1978 年 5 月），卷四，頁 38。

更加內斂渺茫。比之清真與夢窗也是如此，清真詞縱使在技巧上鉤
勒，在章法上盤旋曲折，但總體而言，詞之旨意是明白可探的，但夢
窗詞卻是迂迴含蓄、凝練晦澀、用筆鉤勒——這樣的寫手法亦與義山
相近。掩藏詞心於炫詞麗藻、翻騰挪越的章法之下，奇思壯采，騰天
潛淵，欲求夢窗之詞旨，若非獨具隻眼，實難取得。馮煦「商隱學老
杜，亦如文英之學清真」之說一出，其後朱孝臧「浣花、玉谿於詩，
猶清真、夢窗於詞」〔註173〕，亦是同一論調，實則，夢窗在晚清民
初地位的抬高，影響了當時學詞的風氣，陳洵「學詞者由夢窗以窺美
成，猶學詩者由義山以窺少陵，皆塗轍之至正者也」、甚而改變學詞
門徑：「立周吳爲師，退辛王爲友」〔註174〕，以上詞論，都說明了晚
清在繼承常州詞派尊清真的同時，又推舉夢窗，以爲學詞主徑，聞馮
煦論夢窗之言，已可嗅出端倪。

## （二）周密、王沂孫、張炎

　　白石詞在南宋詞壇發酵，宋末規遵白石詞者就有周密（字公謹，
號草窗，又號四水潛夫、弁陽老人、弁陽嘯翁）與王沂孫（字聖與，
號碧山，又號中仙、玉笥山人）、張炎（字叔夏，號玉田，又號樂笑
翁）三大家。馮煦對周密與王沂孫之論只見於論詞絕句：

> 弁陽嘯翁漁笛譜，艷歌芳酒太闌珊。可堪人比垂楊瘦，猶
> 倚西窗第幾欄。（論詞絕句第11首）

> 清禽一夢春無著，頗愛中仙絕妙辭。一自冷雲埋玉笥，黃
> 金不復鑄相思。（論詞絕句第12首）

前者論周密，「艷歌芳酒太闌珊」一句，似有責備周密於宋亡前夕淨
寫些流連光景、縱情詩酒之作，詞作中嗅不到對於宋朝危在且夕的關
心，李萊老題《草窗韻語》詩，提到周密當時心境是「綠遍窗前草色
春，看雲弄月寄閑身。北山招隱西湖賦，學得元和句法眞」，儼然一

---

〔註173〕嚴幾道〈嚴幾道先生與朱彊村書〉，見唐圭璋《詞話叢編》，冊5，
　　　　頁4384～4385。
〔註174〕以上言論皆見陳洵《海綃說詞》，收於唐圭璋《詞話叢編》，冊5，
　　　　頁4839。

派瀟灑飄逸、閒散無羈的才子詞人形象，作品趨近〈北山移文〉、〈招隱詩〉、元白酬唱流連一類的風格，這樣的無視於現實，只一味「敲金戛玉，嚼雪鹽花」違背了馮煦重視詞作反映現實的審美觀。相對於周密的脫離現實，次首論王沂孫，馮煦則大加贊許，直言「頗愛中仙絕妙辭」。周濟言王沂孫最多故國之感〔註175〕，陳廷焯說他「品最高，味最厚，意境最深，力量最重。感時傷世之言，而出以纏綿忠愛」〔註176〕。《碧山詞》往往以托物言志的手法書寫鬱積胸中的隱恨，工於體物，而不滯於色相，〈眉嫵・新月〉、〈水龍吟・牡丹〉、〈齊天樂・蟬〉、〈天香・龍涎香〉、〈齊天樂・螢〉、〈水龍吟・落葉〉……等詠物諸作低迴深婉，托諷喻於有意無意間，反覆纏綿，都歸忠厚，王沂孫這些精於比興，寄旨遙深的作品，深得常州詞人之愛賞，周濟將之列為入手門徑的第一步，陳廷焯將王沂孫列位詞壇三絕。〔註177〕其實與王沂孫同期的張炎、周密都是對他非常服膺的。王沂孫對詠物詞創作態度極為嚴謹，總是精益求精，這樣的創作理念使得他的詠物詞較同時代幾位詞人更為工麗而精純，視王沂孫為詠物詞史上之殿軍，實不為過。〔註178〕王沂孫仙逝後，堪稱曠世的詠物之作，也就在詞史上成為絕響。比較馮煦論周密、王沂孫，可以看出馮煦對詞作內容的重視。寄託政治社會現實，且合於詞體要眇婉轉之要求者，最得馮煦青睞。

　　那麼，對於同樣是瓣香白石的張炎，馮煦之評又是如何，與論姜夔一致，馮煦所採角度迥異於傳統常州詞派。因毛晉《宋六十名家詞》並未刻錄《山中白雲詞》，所以例言中並未專門評騭張炎〔註179〕，亦

〔註175〕周濟《介存齋論詞雜著》，見唐圭璋《詞話叢編》，冊2，頁1635。
〔註176〕陳廷焯《白雨齋詞話》，見唐圭璋《詞話叢編》，冊4，頁3808。
〔註177〕陳廷焯《白雨齋詞話》「詞法之密，無過清真。詞格之高，無過白石。詞味之厚，無過碧山，詞壇三絕也。」見唐圭璋《詞話叢編》，冊4，頁3808。
〔註178〕語見路成文《宋代詠物詞史論》（北京：商務印書館，2005年12月），頁249。
〔註179〕例言31則論夢窗，馮煦提到「山中白雲專主清空，與夢窗家數相反」

未見於序跋中，同論周密、王沂孫一樣，對於張炎之具體評價只有論詞絕句一首：

> 王孫風調極清遒，石老雲荒眇眇愁。猶見貞元朝士否，空彈清淚下西洲。（論詞絕句第 11 首）

關於此詩已有詳專精闢的解讀，不再贅述〔註180〕，在此要補充的是馮煦用「清遒」與「眇眇愁」共論張炎詞，而非清空、騷雅等張炎極力主張的詞體風格，看出晚宋時期豪放與婉約在《山中白雲詞》的交通融合。張炎早期少年英俊，富有文采，於詞，展露難得的天才，但是總體而言，格調欠高；宋亡之後，先是透露著孤雁失群般的落寞蕭索，整體詞風還是以哀婉低沉之音為主，此時代表作如〈解連環‧孤雁〉（楚江空晚）。但在經歷應召北征、貧困流離，親眼目睹河山破碎，家國瘡痍之後，原本深婉淒清的詞風已不能承載他的聞見思感，遂在不自覺中向辛棄疾一派豪健慷慨的詞風傾斜，作品如〈淒涼犯‧北游道中寄懷〉，旅途的勞辛，斷梗漂萍的心緒，嘆老無望的悲慨，全都化在北國深秋的蕭瑟之中；又如〈壺中天‧夜渡古黃河，與沈堯道、曾子敬同賦〉，將傷慟於神州分裂之感，藉詞作噴薄而出，俞陛雲謂此詞「為集中傑作，豪氣橫溢，可與放翁、稼軒爭席」〔註181〕，此次北游對張炎來說不啻開闊了視野，也擴大了詞境，故國之思、身世之感、山河之助增添了張炎作品的慷慨氣度。之後，張炎又回到江南，但窮愁潦倒，居無定所，以鬻文賣卜維生，黍離之悲，喪家深愁，身世飄零，悲今悼惜，無一不是此時《山中白雲詞》之主題，例如〈月下笛〉（萬里孤雲）、〈探春慢〉（列屋烘爐）、〈綺羅香‧紅葉〉（萬里飛霜）……等，都是此時代表之作。由

---

這是例言中唯一對張炎詞學思想所作最直接的論述。張炎提倡「詞要清空，不要質實」，與綿密質實的夢窗詞兩者審美主張不同，因此對夢窗詞評價不高。馮煦謂玉田、君特家數不同，是符合實際的。

〔註180〕關於馮煦論詞絕句見王偉勇、王曉雯〈馮煦論詞絕句十六首探析〉收於《清代文學與學術》，頁 255〜258。

〔註181〕俞陛雲《唐五代兩宋詞簡釋》（台北：文史哲出版社，1988 年 7 月），頁 620。

於對清眞、白石的傾心認同，張炎自覺地走向周姜二人深婉柔美、清空騷雅的路子，但畢竟所處時空背景不同，做爲遺民，對節操的堅持，對前朝的眷戀，精神本質上又與辛、劉南渡詞人是那麼相近，再加上姜夔詞脫胎自稼軒〔註182〕，張炎詞作自能於幽婉中備清遒。四庫館臣評《山中白雲詞》：「（張）炎生於淳祐戊申。當宋邦淪覆，年已三十有三，猶見及臨安全盛之日，故所作往往滄涼激楚，即景抒情，備寫其身世盛衰之感，非徒以剪紅刻翠爲工」〔註183〕，馮煦之論張炎是對四庫館臣評論的發揮。

## （三）蔣捷

　　宋末元初遺民詞人中，在後世評價中最爲歧異者莫過於蔣捷（字勝欲，號竹山）。謝章鋌以爲蔣捷規摹白石清空一派〔註184〕，然而比起《白石詞》、《夢窗詞》的飄逸、密麗，《竹山詞》多了一層憤慨悲創；江順詒以爲蔣捷同辛棄疾爲變徵之音，出豪邁之語〔註185〕，但蔣捷實不及辛棄疾摧剛爲柔的藝術造詣，豪宕中蘊含著的，是不同於辛棄疾壯志未酬的抑鬱，而是亡國遺民的哀咽低吟。再加上蔣捷處先

〔註182〕周濟〈宋四家詞選目錄序論〉「白石脫胎稼軒，變雄健爲清剛，變弛驟爲疏宕」，語見唐圭璋《詞話叢編》，冊2，頁1644。唐圭璋亦贊同周濟的看法，同時還指出，姜夔爲大家，能出能入，雖脫胎於稼軒，但未肯隨人俯仰，自棄地位，因此，稼軒既以雄健弛驟之歌詞，豪視一世，白石無以勝之，遂變爲幽邃綿麗，獨樹一家。原文見唐圭璋〈姜白石評傳〉，收於《詞學論叢》（台北：宏業書局有限公司，1988年9月），頁963。

〔註183〕文見〔清〕紀昀總纂《四庫全書總目提要》（石家莊：河北人民出版社，2000年3月），頁5486～5487。

〔註184〕謝章鋌《賭棋山莊詞話續編》「填詞之道，須取法南宋，然其中兩派焉。一派爲白石，以清空爲主，高、史輔之。前則有夢窗、竹山、西麓、虛齋、蒲江，後則有玉田、聖與、公謹。」見唐圭璋《詞話叢編》，冊4，頁3510～3511。

〔註185〕江順詒《詞學集成》「夫宋人之詞，皆可入樂。……況宋人自度腔皆可歌，後人不得其傳。至辛、蔣以豪邁之語，爲變徵之音」，見唐圭璋《詞話叢編》，冊4，頁3252。胡適《詞選》「蔣捷受了辛棄疾影響，故他的詞明白爽快，又多嘗試的意味」，見胡適選注《詞選》（石家莊：河北人民出版社，1999年1月），頁299。

輩之後，得覽眾家之作，或雕琢，或肆放，小令、長調風格不拘，也因此故，煉字精深，音詞諧暢者有之；憫世遺俗，托興遙深者有之；逞能使才，玩弄文字者亦有之，故後人有稱揚其作，如毛晉跋語「竹山詞語語纖巧，字字妍倩」〔註 186〕，劉熙載謂「蔣竹山詞未極流動自然，然洗鍊縝密，語多創獲，其志視梅溪較貞，其思視夢窗較清。劉文房爲五言長城，竹山其亦長短句之長城與。」〔註 187〕，但也有看輕蔣捷作品者，如馮煦就直陳《竹山詞》之瑕疵：

> 子晉之於竹山，深爲推挹，謂其有《世説》之靡，六朝之腧；且比之二李、二晏、美成、堯章。《提要》亦云：「練字精深，調音諧暢，爲倚聲家之矩矱。」然其全集中，實多有可議者：如〈沁園春〉「老子平生」二闋，〈念奴嬌〉「壽薛稼翁」一闋，〈滿江紅〉「一掬鄉心」一闋，〈解佩令〉「春晴也好」一闋，〈賀新郎〉「甚矣吾狂矣」一闋，皆詞旨鄙俚；匪惟李、晏、周、姜所不屑爲，即屬稼軒，亦下乘也。又好用俳體：如〈水龍吟〉仿稼軒體，押腳純用「些」字；〈瑞鶴仙〉「玉霜生穗也」押腳純用「也」字；〈聲聲慢〉秋聲一闋，押腳純用「聲」字，皆不可訓。即其善者，亦字雕句琢，荒豔炫目：如〈高陽臺〉云：「霞鑠簾珠，雲蒸篆玉」；又云：「燈搖縹暈茸窗冷」；〈齊天樂〉云：「電紫鞘輕，雲紅箑曲」；又云：「峰繪岫綺」；〈念奴嬌〉云：「翠簨翔龍，金樅躍鳳」；〈瑞鶴仙〉云：「螺心翠靨，龍吻瓊涎」；〈木蘭花慢〉云：「但鷺斂瓊絲，鴛藏繡羽」等句，嘉、道間吳中七子類祖述之，其去質而俚者自勝矣，然不可謂正軌也。（例言第 35 則）

馮煦以實際作品佐證所言不虛，明白指出《竹山詞》三項弊病：一

---

〔註 186〕毛晉跋語「昔人評詞，盛稱李氏、晏氏父子及耆卿、子野、子游、子瞻、美成、堯章止矣。蔣勝欲泯焉無聞。今讀《竹山詞》一卷，語語纖巧，眞《世説》靡也；字字妍倩，眞六朝腧也；豈其稍劣於諸公邪？」見〔明〕毛晉《宋六十名家詞》（上海：上海古籍出版社，1989 年 12 月），頁 252。

〔註 187〕劉熙載《藝概·詞概》，見唐圭璋《詞話叢編》，冊 4，頁 3695～3696。

是詞旨鄙俚：〈沁園春〉、〈念奴嬌〉、〈滿江紅〉等作品邯鄲學步，為文造情，用詞粗野，旨意卑下。　二是好用俳體：玩弄聲韻，遊戲筆墨，所作皆味同嚼蠟〔註188〕。三是過於雕琢：刻意求工，求字面之炫目，敷以濃墨重彩，明珠翠羽、翔龍躍鳳反而使作品凝重滯塞。〔註189〕。其後，陳廷焯更是加以痛貶：「劉改之、蔣竹山，皆學稼軒者然僅得稼軒糟粕，既不沉鬱，又多支蔓。詞之衰，劉、蔣為之也。」〔註190〕視蔣捷外強中乾，將之推為南宋一家，是為欺人之論。就作品而言，《竹山詞》在常州一派評價是不高的，但由於蔣捷於宋亡後，遁跡不仕，其人格卻受到常州人士景仰，陳廷焯也明白說了：「蔣竹山，……詞不必足法，人品卻高絕。」〔註191〕況周頤也說「蔣竹山詞極穠麗，其人則抱節終身。……詞故不可概人也。」〔註192〕晚清詞家極注重詞品與人品的聯繫，雖也承認「詩詞原可觀人品，而亦不盡然」，但大致而言，對於作者之襟抱、人格修養，還是極為要求的，縱使人品高，不一定詞品就高，但人品低，詞品必定低下，與其如史達祖因人格低下，連帶評家對其作品抱持保留態度，還不如蔣捷以高潔人格於史書留下芳名，供後人景仰。

〔註188〕例如沈雄曾批評蔣捷作品「福唐體，即獨木橋體也。竹山如效醉翁也字，楚辭些字、兮字，一云騷即福唐也，究同嚼蠟」。見沈雄《古今詞話‧詞品》，卷上，收於《續修四庫全書》（上海：上海古籍出版社，2002年），冊1733，頁267。

〔註189〕張祥齡《詞論》「尚密麗者失之於雕鑿。竹山之鶯曰『瓊絲』，鶯曰『繡羽』。又『霞鑠簾珠』、『雲蒸篆玉』、『翠篁翔龍』、『金樅躍鳳』之屬，過於澀鍊，若整疋綾羅，剪成寸寸。」見唐圭璋《詞話叢編》，冊5，頁4213。馮煦曾引陳子龍論詞之四難，用以說明詞之要眇體輕的特質：「其為體也纖弱，明珠翠羽，猶嫌其重，何況龍鶯？必有鮮妍之姿，而不藉粉澤，則設色難也」，語見例言第13則。竹山以濃墨重彩填詞，實是與詞體要求相違背。

〔註190〕陳廷焯《白雨齋詞話》，見唐圭璋《詞話叢編》，冊4，頁3794。

〔註191〕陳廷焯《白雨齋詞話》，見唐圭璋《詞話叢編》，冊4，頁3894。

〔註192〕況周頤《蕙風詞話》，見唐圭璋《詞話叢編》，冊5，頁4420。

## 七、論清代詞人

### （一）納蘭容若

馮煦論清代詞人只在論詞絕句第十五首評納蘭容若（原名成德，改名爲性德；字容若，號楞伽山人），與第十六首合論朱彝尊、厲鶚。絕句第十五首：

> 迴腸盪魄成容若，小令重翻邈不群。自折哀絃吟楚些，爭盡空谷蕙蘭焚。

標舉容若詞作重情、工於小令與善於悼亡題材三方面。《飲水詞》風格以哀怨淒婉著稱，嘉慶間詞人楊芳燦在〈納蘭詞序〉中說：「其詞則哀怨騷屑，類憔悴失職者之所爲……寄思無端，抑鬱不釋，韻澹疑仙，思幽近鬼。」〔註193〕特別是他的愛情詞篇，陳維崧謂其「哀感頑艷」，譚獻以爲「幽艷哀斷」，周稚圭認爲「纏綿婉約」，張德瀛許予「幽怨淒暗」等等。即使是花前月下，除少數「應歌」之需外，亦寄有情。其實，容若作品之感人全在一「情」字，愛情詞如此，其他題材之作亦如此，舉例來說，與友朋間的唱和詞作，顧貞觀謂其「其於道誼也甚真，特以風雅爲性命，朋友爲肺腑」〔註194〕，徐乾學更是認爲容若「所相知心，款款吐心腑，倒囷囊與爲酬酢不厭」〔註195〕，對於知交，容若往往傾蓋相從，作中流露「念念以來生相訂交，情至此，非金石所能比肩」〔註196〕，對朋友用情至深，可見一斑。〔註197〕

---

〔註193〕楊芳燦〈納蘭詞序〉，見納蘭性德《納蘭詞》（台北：台灣商務印書館，人人文庫，1983 年），冊349，頁1。

〔註194〕顧貞觀〈祭文〉，見《通志堂集》卷十九〈附錄上〉，收於《續修四庫全書》（上海：上海古籍出版社，2002 年），冊1419，頁 509。

〔註195〕徐乾學〈通議大夫一等侍衛進士納蘭君神道碑文〉，《通志堂集》卷十九〈附錄上〉，收於《續修四庫全書》（上海：上海古籍出版社，2002 年），冊1419，頁 489。

〔註196〕謝章鋌《賭棋山莊詞話》，見唐圭璋《詞話叢編》，冊4，頁 3416。

〔註197〕清初，淥水亭雅集就是以納蘭容若爲中心的文人聚會，在容若過世後，雅集亦隨之風流雲散，然王鴻緒、翁叔元、姜宸英、張純修、朱彝尊等當世文人依舊對容若悼念不已，甚至掛懷終生，渠等之情感已超越一般集會的泛泛之交。尤其是容若允諾摯友顧貞觀（字平

至於邊塞行吟之篇，看遍窮山惡水，蒼茫遼闊的荒寒，發自內心的羈棲良苦的鬱悶，以寫景爲手段，勾勒邊塞景緻，以敘情爲目的，發抒鄉思、別情、閨悶等千萬感慨，也是以眞情實感爲基調，而成就容若蒼涼清怨的邊塞行吟詩篇。謝章鋌言詞「竹垞以學勝，迦陵以才勝，容若以情勝」〔註198〕，將容若與朱彝尊、陳維崧比，而得出容若詞情之勝。近人徐培均以爲「納蘭的《通志堂詞》都蘊有濃郁深摯的感情，哀婉淒緊的韻致，即使寫景，也是情寓其中，使景物塗上濃重的感情色彩」〔註199〕，納蘭深於情，篤於情，於人於詞皆是如此。絕句第二句點出納蘭小令之佳，王煜以爲納蘭「於小令最工」，譚獻謂其小令「格高韻遠，極纏綿婉約之致，能使殘唐墜緒，絕而復續」〔註200〕，實爲清詞冠冕。末二句稱美其悼亡詞。容若之悼亡詞繼蘇軾、賀鑄之後，無論在質與量上，皆爲詞壇罕見，僅提序標明悼亡妻者就有七首，未見提序而實則追思亡婦，憶念舊情的尚有三、四十篇，篇篇情深意

遠，號梁汾）營救吳兆騫（字漢槎）一事，更見其以朋友爲肺腑，結義輸情的慷慨之氣。容若引顧貞觀爲知己，相互酬答之作如〈金縷曲‧贈梁汾〉（德也狂生耳）、〈金縷曲‧酬容若見贈次原韻〉（且住爲佳耳）可見兩人的相知與默契，容若更委託顧貞觀整理編刊自己的詞作《飲水詞》。順治十四年，爆發丁酉科場案，吳兆騫因被謗遭陷，流放寧古塔（今黑龍江省寧安縣）。顧貞觀向納蘭容若提出營救吳兆騫的請求，容若急人所急，爲之想方設法，商情父親明珠出面，終於贖回吳兆騫，並將兆騫及其妻小接至自己府中同住。康熙二十三年，吳兆騫因腹疾病逝北京，容若執筆〈祭吳漢槎文〉，哀痛之情充滿字裡行間。納蘭容若與顧貞觀、吳兆騫及眾友間的交游往來，容若待友的忠誠眞心可參見劉德鴻《清初學人第一：納蘭性德研究》（北京：中國社會科學出版社，1997年9月），頁265～319。

〔註198〕 「長短調并工者，難以哉。國朝其惟竹垞、迦陵、容若。竹垞以學勝，迦陵以才勝，容若以情勝」。見謝章鋌《賭棋山莊詞話》，收於唐圭璋《詞話叢編》，冊4，頁3472。

〔註199〕 徐培均〈言情之妙品──試論納蘭性德詞〉收於林玫儀主編《詞學研討會論文集》（台北：中央研究院中國文哲研究所籌備處，1996年6月），頁73。

〔註200〕 譚獻《篋中詞》卷二，收於《續修四庫全書》（上海：上海古籍出版社，2002年），冊1732，頁626。

切，哀婉痛絕，讀之令人黯然神傷，無怪乎嚴迪昌以爲「納蘭的悼亡詞不僅開拓了容量，更主要的是赤誠淳厚，情眞意摯，幾乎將一顆哀慟追懷，無盡依戀的心活潑潑地吐露到了紙上。所以，是繼蘇軾之後在詞的領域內這一題材作品最稱卓特的一家。」〔註 201〕馮煦以絕句形式標出納蘭詞的大體風格─「迴腸盪魄」，注意其小令體制之工和悼亡題材之成就，二十八字大致涵括納蘭詞整體，也能見馮煦論詞之精到了。

### （二）朱彝尊、厲鶚

至於朱彝尊（字錫鬯，號竹垞，晚號小長蘆釣魚師，又號金風亭長）與厲鶚（字太鴻，號樊榭），論詞絕句十六首是這樣說的：

金風亭長詩無敵，更有詞名押浙西。一躡遺綦樊榭叟，馬塍溪畔子歸啼。

朱彝尊爲浙西詞派初祖，厲鶚爲浙西殿軍，兩人論詞尚雅，朱彝尊謂「念倚聲雖小道，當其爲之，必重爾雅，斥淫哇，極其能事，則亦足以宣昭六義，鼓吹元音」〔註 202〕，厲鶚〈羣雅詞集序〉通篇討論詞與雅的關係〔註 203〕；兩人并好南唐、兩宋詞，但以取法南宋爲主，朱彝尊宗姜夔、張炎，厲鶚極喜周密《絕妙好詞》，視該書爲詞家之準的；同時又講求詞之比興寄託，朱彝尊序陳緯雲《紅鹽詞》「善言詞者，假閨房兒女子之言，通之於離騷、變雅之義，此尤不得志於時者所宜寄情焉」〔註 204〕，要求詞人透過兒女感情的描寫而有所寓託；厲鶚論詞絕句第一首「美人香草本離騷，俎豆青蓮尚未遙」就是要求詞人繼承《離騷》、李白托興寄意的傳統。以上兩人在論詞主張上，

〔註 201〕嚴迪昌《清詞史》（南京：江蘇古籍出版社，2001 年 7 月），頁 306。

〔註 202〕朱彝尊〈靜惕堂詞序〉，收於施蟄存主編《詞集序跋萃編》（北京：中國社會科學出版社，1994 年 12 月），頁 543。

〔註 203〕厲鶚〈羣雅詞集序〉，見《樊榭山房集・樊榭山房文集》，卷四，收於王雲五主編《四部叢刊正編》（台北：台灣商務印書館，1979 年），冊 84，頁 240～241。

〔註 204〕朱彝尊〈陳緯雲紅鹽詞序〉，見《竹垞文類》收於《四庫全書存目叢書》（台南：莊嚴文化事業有限公司，1997 年），冊 248，頁 347。

竹垞倡於前，樊榭和於後，前後相應，爲浙西詞派兩大健將。而在創作上，由於厲鶚身世之窮，遭遇之窘，有才無命，一生落魄，詞情往往幽怨感傷，慘澹寂寥，故馮煦以子規啼聲喻之，深刻到位。

至於，清代詞人眾多，馮煦爲何獨論納蘭與朱彝尊、厲鶚，可分兩方面解釋，對於容若，本身氣質才性近於李煜，納蘭謂「花間之詞，如古玉器，貴重而不適用，宋詞適用而少質重，李后主兼有其美，饒煙水迷離之致」〔註205〕對於後主，容若本人也是推崇景仰的，後人則多許以爲容若詞直追後主〔註206〕，對於唐五代詞極爲推崇，以爲學詞門徑的馮煦而言，能在眾清詞人中找到一位能追續五代遺風的詞家〔註207〕，自是可喜。而朱、厲二人雖在部分觀點上與馮煦所認可者不同，但重雅脫俗，在創作與理論上保有詞體隱約之美，同時深有寄寓，卻是一致的，因此也給予朱、厲二人在詞壇上的肯定，這與一般常派因浙派末流之弊而上溯朱、厲，進而全盤否定、去棄之的以偏概全不同。謝章鋌謂「嗣法不精，能累初祖率如此」，馮煦跳脫此論詞之弊，能以更客觀的眼光視竹垞、樊榭，見詞壇之眞面目。

〔註205〕納蘭性德〈淥水亭雜識四〉，見《通志堂集》，卷十八，收於《續修四庫全書》（上海：上海古籍出版社，2002年），冊1419，頁480。
〔註206〕陳維崧言容若「得南唐二主之遺」、周之琦謂容若爲「南唐李重光後身也」。
〔註207〕譚獻謂容若小令「格高韻遠，極纏綿婉約之致，能使殘唐墜緒，絕而復續」。見謝章鋌《賭棋山莊詞話》，收於唐圭璋《詞話叢編》，冊4，頁3472。

# 第六章　馮煦詞學─選本論

選本，「是指選者按照一定的選擇意圖和編選標準，在一定範圍內的作品中選擇相應的作品編排而成的作品集」〔註1〕，於中國文選批評長流裡，選本是相當重要的一種形式。在清代，詞學之傳遞，更有賴乎選本的編輯。馮煦寓其詞學思想於《宋六十一家詞選》選本中，又於選前冠以例言四十四則，使該書同時具有「選」與「論」的性質。二十世紀，唐圭璋將馮煦「宋六十一家詞選例言」獨立而出，成為詞話單篇，編列於《詞話叢編》，命為「蒿庵論詞」，此舉使「例言」隨之傳布更廣，但卻造成《宋六十一家詞選》選本與「宋六十一家詞選例言」理論的一分為二。實則，例言相當於選本的提要與評論，而選本則為例言的實際作品印證；「選」與「論」之間既相互配合，又相互補充、互為發明，例言與詞選應相互參看方稱完璧。本章先綜述選本批評之大概與晚清詞選壇之態勢，再就《宋六十一家詞選》結構要素進行分析，三論該選之「選」與「論」的配合與互補。

---

〔註1〕鄒雲湖〈導言：選本──一種批評〉，見《中國選本批評》（上海：上海三聯書店，2002年7月），頁1。

## 第一節　選本概論

### 一、選本批評

選本，在中國圖書分類中列入集部「總集類」，《四庫全書總目》解釋總集的意義，一則爲「網羅放佚，俾零章篇什，竝有所歸」，一則爲「刪汰繁蕪，使菁稗咸除，菁華畢出」〔註2〕，前者重輯佚，後者重刪選，後者比前者更具文學批評價值〔註3〕。在源遠流長的選本批評史裡，其源頭可以追溯到《詩經》。班固《漢書·藝文志》言「孔子純取周詩，上采殷，下取魯，凡三百五篇。」〔註4〕「采」和「取」即有刪選之意〔註5〕，《詩經》之成書經過對於後世選本的編纂具有典範意義。西晉時期，文學批評家摯虞編《文章流別集》一書，將各類文章匯集成冊，並予以系統評論〔註6〕，然而，《文章流別集》已亡佚，目前所能見南北朝保存完整的文學選本只有蕭統《文選》和徐陵《玉臺新咏》，尤其是《文選》一書，「從蕭統對文學性質的闡釋及對文章體製的辨析，可以看出他在魏晉『文的自覺』、『批評的自覺』的大背景中對作品所做的取捨」〔註7〕，文學的獨立，批評的意識是《文選》所帶給後世重大的啓示。

魯迅認爲「凡是對於文術，自有主張的作家，他所賴以發表和流

---

〔註2〕　〔清〕紀昀等纂《四庫全書總目》（台北：藝文印書館，1969年3月），冊7，頁3865。

〔註3〕　張伯偉考察中國古典文學批評，認爲古人早已認識到選本的批評作用，可以說，選本是最古老的批評形式。見張伯偉《中國古代文學批評方法研究》（北京：中華書局，2002年5月），頁278。

〔註4〕　班固《漢書·藝文志》，見《景印仁壽本二十六史》（台北：成文出版社有限公司，1971年10月），冊3，頁1341。

〔註5〕　張伯偉《中國古代文學批評方法研究》（北京：中華書局，2002年5月），頁280。

〔註6〕　摯虞對其所選文章之評最主要表現在〈文章流別論〉中，然該文只剩殘文。

〔註7〕　李建中、閻霞〈從寄生到彌漫——中國文論批評文體原生型態考察〉，《華中師範大學學報（人文社會科學版）》，2004年9月，第43卷第5期，頁98～99。

布自己的主張的手段，倒並不在作文心、文則、詩品、詩話，而在出選本」〔註8〕，因此，研究中國文學理論，選本實是不可忽視的一環，即使是選錄古人作品，也可以以自己的意見為依歸，做為取擇標準，寓己意於選本中，相當於請古人做自己文學觀念的代言，「雖選古人詩，實自著一書」〔註9〕，就是這個道理。其後，通過閱讀品賞選集，就完成了讀者接受選家審美趣味的過程，達到選者做為文學接受者的啓蒙者與領路人的效用。一本經由選家精心刪選過的選集，「往往能比所選各家的全集或選家自己的文集更流行，更有作用」〔註10〕，《文選》就是最好的例子，他對中國文人的影響，遠遠超過任何一部詩文評論之作。由於體認到選本的影響力，後代文人在文壇上取得一定地位後，往往操持選政，通過選集來表達對文學的看法，從而奠定他們在文壇的地位〔註11〕。詞壇亦如是，王士禎編選《倚聲初集》、陳維崧編錄《今詞苑》、朱彝尊選輯《詞綜》、張惠言輯錄《詞選》，因著這些選集的流播，後人每述及廣陵、陽羨、浙西、常州之發展，總會以該人該選作為源流，阮亭、迦陵、竹垞、茗柯等人宛然該派領袖。選家可藉選本揚名立萬，作家在文學史上的地位更可能因選本的選錄與否有所改變：或名留後世，或浮沉不定。舉例言，部分名不見經傳的江湖詞人因趙聞禮的《陽春白雪》而留下作品、名號，許多遺民詞人由於周密《絕妙好詞》的著錄使名姓不致湮滅。而若干大家，如吳文英，從宋末至晚清民初的詞史地位就是一個由晦至顯的過程，張炎主詞尚清空，夢窗的密麗詞風不被青睞，只賞其〈唐多令〉一詞之疏快；常州茗柯《詞選》，未收夢窗一闋；董毅《續詞選》雖收夢窗詞，但仍取〈唐多令〉，亦非真識夢窗者；至周濟謂其詞「奇思壯采，騰

---

〔註8〕 見魯迅《集外集・選本》，收於《魯迅作品集》（台北：風雲時代出版公司，1990年3月），頁191。

〔註9〕 〔明〕鍾惺〈與蔡敬夫〉，收於鍾惺著，李先耕、崔重慶標校《隱秀軒集》（上海：上海古籍出版社，1992年8月），頁469。

〔註10〕 見魯迅《集外集・選本》，收於《魯迅作品集》，頁191。

〔註11〕 楊松年《中國文學批評問題研究論集》（台北：文史哲出版社，1994年5月），頁46。

天潛淵，返南宋之清泚，爲北宋之穠摯」〔註12〕，以夢窗爲四家途徑之一，其後常州眾人多能尋繹夢窗之優長，從而效習之。近世朱祖謀、陳洵等人更是畢生精研夢窗，四明絕調終告沉而復振。作家的創作活動對於選本來說，就像源頭活水般不可或缺，但是，在選本的成書過程中，作家卻又只是被動地存在，作家和選家間就像是魚肉刀俎的關係，作家與作品的存留棄去完全操縱在選家的自由心證中。而讀者也在選家的刻意策劃下，接受了這場精心安排的選局，其文學觀念不知不覺間有可能就被引導了。〔註13〕

然而，編纂一本優秀選集並非易事，選家之才、學、識決定了選集的良窳。「才」，指選者的才智，關乎編選選集的才能和技術；「學」，指選家之學養，關乎文學知識的廣博和掌握資料的豐富，然而，選家之「識」，即所持的觀點和立場，更是決定一部選集存在價值的最終關鍵。〔註14〕周密《浩然齋雅談》有記「劉平國戲題云：選詩非選官，論詩非詩人，故若耶女子，天竺牧童子，得預唐名公之列」〔註15〕、王世貞〈宋詩選序〉謂「代不能廢人，人不能廢篇，篇不能廢句」〔註16〕，皆道出選本縱使是選家文學觀念的貫徹，但亦不可忽視選擇的公正性，以公正

---

〔註12〕 周濟《宋四家詞選目錄序論》，見唐圭璋《詞話叢編》，冊2，頁1643。

〔註13〕 魯迅謂「讀者的讀選本，自以爲是由此得了古人文筆的精華的，殊不知卻被選者縮小了眼界，……選本既經選者所濾過，就總只能吃他所給予的糟或醨。」見魯迅《集外集·選本》，收於《魯迅作品集》，頁191。

〔註14〕 關於選家之才、學、識，鄒雲湖認爲「具體說來，『選詩難於作詩』主要是因爲『選』這一強烈的主體行爲實際上是選者本人修養、素質、才能的一次綜合展示，在從創作、傳播到接受的整個文學過程的運作完成中，選者的角色都更爲強調自身的才、學、識。蓋有『才』方能『尊其創格』，有『學』方能『存其面目』，而有『識』方能『汰其熟調』。選者的才、學、識是選本的經典性（對選本的存價值而言）、權威性（對入選作者的定位而言）、指導性（對選本讀者的文學接受而言）的根本保證」。見鄒雲湖《中國選本批評》，頁289。

〔註15〕 周密《浩然齋雅談》，見《文津閣四庫全書》（北京：商務印書館，2005年），冊495，頁806。

〔註16〕 王世貞〈宋詩選序〉，見《弇州山人續稿》，收於沈雲龍主編《明人文集叢刊》（台北：文海出版社，1970年3月），冊22，頁2240。

客觀的觀點與立場操持選政，所編纂出的選集才能行之久遠。就以詞選而論，周銘認爲「選詞之難，十倍於詩。蓋詩之途廣，易求佳什；詞則拘於腔調，作者既少，求其協律者尤不可多得」〔註17〕，這是就聲律論選詞之難；周濟「以一人之心思才力，進退古人，既未必盡無遺憾」〔註18〕，此爲就時代隔閡而論；胡應宸「大抵詞不難於取而難於去，不難於多而難於少。去斯精，少斯當」〔註19〕，則是從實際操選後的心得抒發。由此可見，詞選之纂輯，如何在選者自我意識與實際作品間取得平衡，考驗著選家的才智、學養與識力。也由於意識到選詞之難，清人論詞選時就特別針對選壇上的疏失與弊端提出鍼砭。清初，王晫〈與友人論詞選書〉對詞選發表了自己的看法，首先提到「毋以己意橫於胸中，第就本集孰佳孰尤佳，細如論定，則便娟者無失其爲便娟，豪宕者無失其爲豪宕。合蘇、辛、周、柳爲一堂」，認爲每一種風格都有存在的合理性，豪放婉約並無絕對界線，即使同一作家也有不同風格的作品，同一選本只一面目，非選本佳構。接著批評了選詞的弊端：「若夫交情深者，詞雖不工，亦選至什百；交不深者，詞雖工，亦不過二三。愛者存之，憎者刪之」，在此提到以交情深淺選詞；「有資者，詞固不工，亦可不論交，必列如數；無資者，交且不論，又何暇論詞，必棄如遺，往往以刻資厚薄爲選之多寡，以酒席之豐儉爲詞之去留。」此爲以刻資厚薄選詞；又「有名登仕版，毋論素不工詞，并不知詞爲何物，亦必多方僞作，以存其名；若韋布之士，毋論詞所素工，且有全稿，或有刻本，必相讓議曰：『是非香奩語也？是爲應酬作也？』概置不錄。」是爲選壇弊病之更下者——以選詞取悅貴人。以上三點就是部分拙劣詞選的弊端。另外，如諸遲菊〈詞綜續編序〉〔註20〕指出詞選五弊：淫艷、豪莽、寒乞、不守律、

---

〔註17〕周銘〈林下詞選・凡例〉，見周銘《林下詞選》，收於《四庫全書存目叢書補編》（濟南：齊魯書社，2001年9月），冊2，頁557。
〔註18〕周濟《介存齋論詞雜著》，見唐圭璋《詞話叢編》，冊4，頁1636。
〔註19〕〈蘭皋明詞匯選序〉，見〔清〕顧璟芳、李葵生編《蘭皋明詞匯選》（瀋陽：遼寧教育出版社，1986年），頁4。
〔註20〕諸遲菊〈詞綜續篇序〉「詞選之難，厥弊惟五：夫其翠詭紅笑，好

惑於虛名，對詞選中諸弊的清晰認識，顯見清人對詞選之高標準要求。〔註21〕

　　「選本」是中國文學評論豐富而重要的資產，要呈現一個時代完整的文學批評面貌，以及架構出全面的中國文學批評史，有賴於對選本批評這個環節的研究重視。

## 二、晚清詞選

　　清代爲中國古典學術集大成與總結的時代，詞壇亦是如此，清詞創作號稱中興，從詞人之數量可見一斑；特別是在晚清〔註22〕，從道

---

搜艷歌，粉怨珠啼，但羅研唱。溺志丁娘之索，塞耳秀師之呵。雅音不存，哇響競奏。古怨寫意，閒情署題。此則強鬚眉之容，塗飾粉黛；襲閨房之語，評騭履舄。此一弊也。或者矯宗辛、劉，蔑視秦、柳。累牘塊磊，乏縱橫之才，連篇叫囂，無雄放之氣。謂寶瑟不韻，矜其箏琶，謂瓊琚可捐，崇其冠劍。斯猶竇牗奇士，引怒蠆爲鼓吹；幽幷少年，結屠狗而賓客。此一弊也。乃至抗心邁古，肆力式靡。吹花嚼蕊，相炫虛車。模山範水，自詫澹遠。鮮姜、史之清俊，守郊、島之寒儉。韻要眇而不幽，思纏綿而不盡。是謂宋子名句，僅此蘋末見賞；南威淑姿，必以蓬葆稱微。此又一弊也。握玉塵者，惑清淡之習；唱銅鞮者，忘正始之源。嗝指之聲，訾石帚多事；煞尾之字，以夢窗太嚴。取快喉舌，毀棄鍾呂。又何當冠笏倚胡牀之座，絃袍攪羯鼓之撾。是曰逾閑，難語同律。則亦一弊也。又吹求過刻，鷔博或誇。光耀沉落，非無天外一鶴之表，聲氣標榜，不皆春初萬花之觀。謝客山居，未登削簡，南郭朝位，乃備吹竽。況之潮汐鮮流，則屬雜蚌蠣，培塿孤峙，而希樹松柏。此賢者之過，此一弊也。」江順詒於序文下案語曰「此節當與金應珪詞序後先參看」，指金應珪〈詞選後序〉中所提到的淫辭、鄙詞與游詞。亦收於江順詒《詞學集成》中。金應珪〈詞選後序〉與諸遲菊〈詞綜續篇序〉見江順詒《詞學集成》，唐圭璋《詞話叢編》，冊4，頁3280～3282。

〔註21〕孫克強《清代詞學》（北京：中國社會科學出版社，2004年7月），頁68。

〔註22〕王易《詞曲史》謂「晚清國事凌遲，民生憔悴，⋯⋯。迨光緒中葉以降，變亂紛乘，內外交迫，憂時之士，怵於危亡，發爲噫歌，抒其哀怨，詞學則駸駸有中興之勢焉。迨於鼎革，著述之盛，不讓於唐。」語見王易《詞曲史》（台北：廣文書局有限公司，1988年8月），頁453～454。

光起至宣統朝結束，九十一年間，已見詞集九百三十家，數量佔全清之冠〔註23〕。隨著創作的發達，詞學理論也跟著高度發展，詞韻、詞史、校勘、圖譜之學蒸蒸日隆〔註24〕，遠邁前修。這一時期的詞集整理和刊刻也取得卓著的成績，無論是當代詞選或是前代詞集的整理，其成就皆達到巔峰。

　　清代詞選的編纂風氣可遠溯至康熙年間。由於八股科舉的影響，士子相率結社，揣摩文風，切磋制藝，為提高應試技巧，有一模仿效習的對象，各種時文選本以範本姿態出現於集社、坊間。流風披及文壇，文人大量借助編纂文選宣傳自己的理念主張，供人們作為學習體會的入門津逮。〔註25〕在倚聲選壇上，不僅為了附庸風會，更在於掃除前朝之積弊，「以選言志」，欲以詞選揭示初學者入門途徑，或作為學詞道路上的一環〔註26〕。而藉著選本，影響讀者觀念與創作，達到指導學人甚至是主導詞壇風氣之期望，引領人們走向詞選家所認為的

---

〔註23〕統計數目見嚴迪昌《清詞史》（南京：江蘇古籍出版社，2001年7月），頁535。

〔註24〕龍榆生〈研究詞學之商榷〉一文以為清詞盛事有四：為詞韻之學、詞史之學、校勘之學、圖譜之學。龍榆生《龍榆生詞學論文集》（上海：上海古籍出版社，1997年7月），頁87～89。

〔註25〕以上論述請見陳水雲〈論清代詞選的編纂及其意義〉，《滄州師範專科學校學報》，第18卷第1期，2002年3月，頁15。

〔註26〕關於詞選的這項功能，許多詞論家已有深刻體認，例如蔣兆蘭《詞說》云「詞之選本，既始於讀詞，則所讀之選本宜審矣。」其後認為張惠言《詞選》途軌最正，周濟《宋四家詞選》論議透闢、步驟井然，於戈載《宋七家詞選》中，學者隨取一家，皆可奉為師法。況周頤《蕙風詞話》錄夏敬觀語「夫初步讀詞，當讀選本。選本當以何者為佳，不能不告之也。」羅列古本《草堂詩餘》、周密《絕妙好詞》、近人選本馮煦《宋六十一家詞選》、朱祖謀《宋詞三百首》、龍榆生《唐宋名家詞選》、萬樹《詞律》、戈載《詞林正韻》。陳匪石《聲執》更以選本作為學詞步驟，先從張惠言《詞選》、周濟《宋四家詞選》入手，再近一步，則成肇慶《唐五代詞選》、《宋六十一家詞選》為必讀之書，其餘《詞綜》、《宋七家詞選》、《宋詞三百首》等補其未備，再觀各名家專集，就其性之所近，專學一家，或兼採數家，互相補益。以上各家說法分別見唐圭璋《詞話叢編》，冊5，頁4631、4599、4970。

審美理想與所追求的詞學境界〔註27〕，而這才是清詞選壇編纂選本的
最重要目的。

　　以詞選數量而言，道、咸、同、光、宣就有近五十部的詞選編纂。
特別是光緒宣統至清末民初，就有二十九部詞選問世〔註28〕，此二十
九部詞選選源、編者選心、選域限制、選陣設定、選型形成、與選系
關係各有不同。又如頗具特色的地域性詞選，如《閩詞鈔》選福建一
省詞，《粵東詞鈔》、《粵西詞見》擇粵、桂兩省詞；甚而有地域範圍
更小的詞選，如《曲阿詞綜》錄丹陽一地詞，《梅里詞緝》選嘉興梅
里鎮之詞〔註29〕。除對有清一代倚聲作品進行選輯，如《篋中詞》、《國
朝詞綜補》等大型詞選，古詞選本也在此時蓬勃發展，《唐五代詞選》、
《天籟軒詞選》、《宋六十一家詞選》、《宋詞十九首》、《宋詞三百首》、
《蓼園詞選》等，多以唐宋為選詞斷限。作為唐宋詞的精華刊本，提
供了晚清詞人踵武前賢、追嗣先人的典範。特別值得一提的是，詞論
與詞選的結合，更成為此期詞選重要特徵，許多重要的詞學觀念都是

─────────────

〔註27〕 龍榆生認為「(詞壇) 風氣轉移，乃在一、二選本之力」，一針見血
　　　　地指出了有清一代選本對詞壇風氣的絕大影響力。見龍榆生〈選詞
　　　　標準論〉，《龍榆生詞學論文集》(上海：上海古籍出版社，1997 年)，
　　　　頁 73。

〔註28〕 此二十九部詞選根據李睿《清代詞選研究》一文所列，分別為《晚
　　　　清詞選》、《粵東詞鈔》、《薇省詞鈔》、《粵西詞見》、《國朝常州詞錄》、
　　　　《國朝金陵詞鈔》、《皖詞紀勝》、《唐五代詞選》、《詩餘偶鈔》、《詞
　　　　則》、《湘綺樓詞選》、《篋中詞》、《國朝詞綜補》、《宋六十一家詞選》、
　　　　《微雲榭詞選》、《閨秀詞鈔》、《白山詞介》、《詞荔》、《宋詞三百首》、
　　　　《宋詞十九首》、《廣篋中詞》、《補國朝詞綜補》、《國朝湖州詞錄》、
　　　　《湖州詞徵》、《復堂詞錄》、《滇詞叢錄》、《三臺名媛詩輯附錄輯一
　　　　卷》。李睿《清代詞選研究》(上海：華東師範大學博士論文，2006
　　　　年 4 月)，頁 181。

〔註29〕 「地域詞選一般收籍貫為本地的詞人之作品，也有的兼收流域詞人
　　　　的作品。一般來說，地域性詞選不具有強烈的選擇意味；以它們多
　　　　以『詞見』、『詞徵』、『詞錄』、『詞鈔』等命名，而一般不以『詞選』
　　　　命名，原因正在這裡。他們盡量廣選博徵，希望保留盡可能多的的
　　　　詞人詞作，達到存人存詞的目的，為保留鄉邦文獻作出貢獻。」見
　　　　李睿《清代詞選研究》，頁 184。

存在於詞選的序跋、凡例、引言、評註中，而選本實際選詞內容則成
爲選家理論、觀念的實踐，「選」與「論」成爲完美的結合體，也由
於這些選本、詞論詞評的推波助瀾，更充分地確立了唐宋詞作爲「一
代文學」的輝煌〔註30〕。以上，多樣的詞選型態使詞選壇呈現多元紛
紜的樣貌，作爲詞學理論的重要載體的選本，對詞風之嬗變和詞學理
論發展起著重要作用，是晚清詞壇上不可忽視的勁旅。

　　馮煦《宋六十一家詞選》就是在這樣的晚清文風之下產生的，馮
煦「以我之性情，通古人之性情」〔註31〕，對兩宋六十一家詞人作品
進行刪選，同時又在顯隱間表現自我的審美理想。陳匪石認爲馮煦是
選之成就可歸爲三方面：一是「務存諸家之本來面目，別其尤者寫爲
一編，而不以己意爲取捨。然則詞尤雅，誹謔之作，則所無也。」二
是「（詞論）與所選之詞參互觀之，即可了然於何者當學，及如何學
步。」三是「非有宗派之見存，可謂能見其大者矣」〔註32〕。既體現
了選者的苦心孤詣，又不強古人以就我，呈現古人作品原貌本眞，無
怪乎夏敬觀、陳匪石會將馮選列入學者入門讀本書目了。

## 第二節　《宋六十一家詞選》結構要素

　　馮煦《宋六十一家詞選》以毛晉《宋六十名家詞》爲刪選底本，
於此，對毛晉與該底本先作簡單介紹。毛晉（1599～1699），初名鳳
苞，晚更名晉，字子晉。世居虞山東湖，世家務農，而子晉奮起爲
儒，通明好古，博記強覽，壯從錢謙益游，益深知學問之旨意。訪
佚典，搜秘文，用以裨輔正學。嗜卷軸，好藏書，多方求購，不惜

---

〔註30〕方智範、鄧喬彬等人認爲「唐宋詞作爲『一代文學』的輝煌，是到
　　　　了清代，特別是近代才充分得到顯現的。」語見方智範、鄧喬彬《中
　　　　國詞學批評史・前言》（上海：華東師範大學出版社，2005 年 4 月），
　　　　頁 11。
〔註31〕此爲陳廷焯論選詞之語，見陳廷焯《白雨齋詞話》，收於唐圭璋《詞
　　　　話叢編》，冊 4，頁 3970。
〔註32〕陳匪石《聲執》，收於唐圭璋《詞話叢編》，冊 5，頁 4967。

重金〔註33〕，積書至八萬四千餘冊，構汲古閣庋藏之，蓄奴婢二千指，鳩集刻書，子晉日坐閣下，反覆校閱，對於紙張、印紙墨色、字體刀法等皆十分講究。毛母戈氏亦不吝資財，傾囊相助，繼室嚴孺人主中饋，亦內助其刻書事業。晉有五子，第五子毛扆，尤耽校讎，父子倆刻書殷殷，信有至樂，傳為藝林佳話。汲古閣刻《六十家詞》是中國匯刻詞集之始。〔註34〕在朱祖謀《彊村叢書》出版以前，毛刻實為宋詞淵叢，繫乎江南一代之文獻。事實上，朱祖謀匯刻詞集也是站在毛刻基礎上而成的。〔註35〕該書刻於明崇禎三年（1630A.D）前後〔註36〕，蒐羅南北宋六十一家詞，書前有六十一家總目，每家則又各有目次，依詞牌列序，詞家與詞調乃隨得隨雕，不經去取，未差別時代先後。於若干詞家附有他人題跋，但於六十一家後皆附有毛晉跋語。《四庫全書總目》謂「明常熟吳訥曾匯宋、元百家詞，而卷帙頗重，鈔傳絕少。惟晉此刻，搜羅頗廣，倚聲家咸資採掇」〔註37〕，在清代算是流行最廣，數量最多之宋詞匯刊，

---

〔註33〕當時有諺云「三百六十行生意，不如鬻書於毛氏」，語見〔清〕葉德輝撰、紫石點校《書林清話外二種》（北京：北京燕山出版社，1999年5月），頁194。

〔註34〕「匯刻詞集，自毛晉汲古閣刻《六十家詞》始」，語見〔清〕葉德輝、紫石點校《書林清話外二種》，頁200。

〔註35〕葉公綽「匯刻宋詞，始於虞山毛氏，雖編校疏舛，猶夫明人刻書遺習，然天水一代詞集，藉是而存者不尠，實有宋詞苑之功臣也。……毛氏尚有未及見者，遂不克謂之完璧，然甄采之功，匪可沒也。自《彊村叢書》出，人手一編，毛刻或淪祧廟，但若無此基礎，恐古微老人亦未易奏功，斯又先河後海，論者所宜知者矣。」語見葉公綽〈毛刻宋六十家詞勘誤序〉，收於〔明〕毛晉《宋六十名家詞》（上海：上海古籍出版社，1989年12月），頁611。

〔註36〕據夏樹芳為該書作〈刻宋名家詞序〉，夏樹芳為萬曆舉人，胡震亨〈宋詞二集序〉落款「庚午夏之朔」，「庚午」為明崇禎三年，由此判斷，毛晉刻印此書年代約可推定。夏序與胡序分見〔明〕毛晉輯《宋六十名家詞》（上海：上海古籍出版社，1989年12月），頁1～3、頁176～177。

〔註37〕〔清〕紀昀總纂《四庫全書總目提要》（石家莊：河北人民出版社，2000年3月），頁5520。

但傳至清末，已不易得。〔註38〕毛晉《宋六十名家詞》並非最好之宋詞傳本，由於校刊之疏漏，訛誤不少，文字之脫漏、錯置，詞作之誤刪，隨處可見，又任意合併原本卷次，有礙後人版本源流之探討〔註39〕。毛本雖有以上諸項疏漏，但不可否認的是，許多宋元善本賴此得以流傳，《四庫全書》所收兩宋名家別集多爲汲古閣本，而被後世校輯者做爲重要的參校底本不在少數〔註40〕，所附之題跋，也有相當的詞學參考價值。毛晉誠爲宋詞苑之有功者。馮煦視該本爲兩宋詞學之淵叢，並以之作爲選本底本，所立基礎不可不謂厚實穩固，再經馮煦以作家兼選家之雙重身分，以一己觀點，同時兼顧作者、時代因素，客觀刪繁汰蕪，進而提供後學者學詞範本也就適當合宜了。以下，係就馮煦《宋六十一家詞選》組織形式之呈現與對深層結構之剖析，以見該選之深意。

## 一、組織形式

《宋六十一家詞選》內容依次爲馮煦自序一則，自敍編書起由、成書過程。序文之後爲例言四十四則，前三十五則內容以評騭各家爲

〔註38〕唐圭璋〈朱祖謀治詞經歷及其影響〉稱汲古閣《宋六十名家詞》爲流行最廣、數量最多之詞集。見唐圭璋《詞學論叢》（台北：宏業書局，1988年9月），頁1019。然至晚清，馮煦〈宋六十一家詞選序〉言「十七八少少學爲詞，先生已前卒，無可是正，友學南朔求是刻，亦竟不得。乙酉，有徐州之役，道宿邊，過王氏池東書庫，則是刻在焉。服先生之教裏之幾三十年，始獲一見，驚喜欲狂。」透露了該本之搜羅匪易。

〔註39〕近人朱居易針對毛本缺失，校輯而成《毛刻宋六十家詞勘誤》一書，指出毛本所收詞家詞作錯誤之處，禆益後學者用毛本時之勘誤。葉公綽謂其「爲毛氏之功臣」。朱居易之勘誤與葉公綽之評見〔明〕毛晉輯《宋六十名家詞》（上海：上海古籍出版社，1989年12月），頁611～627。

〔註40〕轟安福言朱祖謀、王鵬運刊印《東坡樂府》與《清眞集》，校訂《夢窗詞》皆以毛刻本爲重要參考底本，唐圭璋《全宋詞》取毛本中晏殊、陳師道、李之儀、陳亮等三十五位詞家爲收錄底本。見轟安福〈明清匯刊宋人詞集略述〉（上），《古典文學知識》，1998年，第1期，頁106～107。

主，相當於六十一家之提要與評論，與其所選之詞參互觀之，對於何
者當學，及如何學步，當可瞭然於胸；後九則，義屬發凡，爲選錄校
讎之事。其後是詞選主體部分，各家皆有目次，以詞調名魚貫而列，
之後，便是該家作品。毛本原書於各詞家皆附有毛晉題跋，若干詞家
前附有他人題序〔註41〕，馮煦選本一律刪除，另外，對於黃公度《知
稼翁詞》刪改幅度更大，例言三十九則：「汲古於詞前備載其子沃所
案，今移爲詞下夾註，而標名於首。其他作者自記，及子晉校語，凡
在詞下者，並冠以『原注』，示與今校區別」。如此篩汰後的結果，使
馮選本主體部分完全爲詞家作品，未有任何圈點、旁注、批示，還予
讀者清爽潔淨的閱讀空間。成書時間依序言所示爲光緒丁亥
（1887A.D）九月既望，是年馮煦四十三歲。刪選過程中，「復郵成
子漱泉審正之，再寫而后定，遂壽之木，以質同好，刊譌糾闕，一漱
泉力也」〔註42〕，可見成書過程中成肇罄出力甚多。該選依底本汲古
閣《宋六十名家詞》所列北宋詞人十四家、南宋詞人四十七家，合計
南北宋共六十一位詞家，別爲十二卷，每家錄選作品數量與比例不
一，比例最高者爲姜夔，毛本原收詞三十四闋，馮煦選錄三十三首，
僅〈鷓鴣天〉（京洛風流絕代人）一首未收，錄選比例幾達 100%，
其次依序爲盧祖皋、陳與義，詞作入選比例分別爲 68%、67%，其
餘詞家作品入選後與原本相較比例皆未過半。而洪咨夔《平齋詞》、
葛勝仲《丹陽詞》、楊无咎《逃禪詞》則分別爲作品入選比例最低的
前三位。〔註43〕

---

〔註41〕 計有六一詞、清眞詞、梅溪詞、白石詞、石林詞、酒邊詞、溪堂詞、
樵隱詞、竹山詞、書舟詞、坦菴詞、于湖詞、竹坡詞、聖求詞前均
附有他人題序，毛晉一并刻錄詞集中。

〔註42〕 馮煦〈宋六十一家詞選序〉，《蒿盦類稿》，卷十六，頁 852。序言中
「漱泉」爲成肇麐字。

〔註43〕 洪咨夔《平齋詞》、葛勝仲《丹陽詞》、楊无咎《逃禪詞》作品入選
比例分別爲 2.2%、2.6%、3.4%。關於各家入選作品數量與原本比
例之狀況見〈附錄一：毛馮選本比較表〉。

至於爲何以毛本爲刪選藍本，可在序言中探得原因：

> 予年十五從寶應喬笙巢先生游。先生耆倚聲，日手毛氏宋
> 六十一家詞一編。顧謂予曰：詞至北宋而大，至南宋而深，
> 是刻實其淵叢，小子識之。予時弱不知詞，然知尊先生之
> 言，而是刻之可寶也。

年少時的詞學啓蒙教育對馮煦影響甚深，由於當時通行的宋詞匯本以
毛刻爲最，喬守敬以之作爲授詞教本，並殷殷叮囑，以其爲兩宋詞人
淵藪〔註44〕，成爲夢華對詞學最初始也是最深刻的認知。其後序言又
云：

> 十七八少少學爲詞，先生已前卒，無可是正，友學南朔求
> 是刻，亦竟不得。乙酉，有徐州之役，道宿遷，過王氏池
> 東書庫，則是刻在焉。服先生之教裹之幾三十年，始獲一
> 見，驚喜欲狂。因從果亭假得之。長夏無俚，粗得卒業。
> 諸家所詣，其短長高下，周疏不盡同，而皆嶷然有以自見。
> 先生所云大且深者，亦比比而在。讀之凡三月未嘗去手，
> 且念赭寇之亂，是刻或爲煨燼，以予得之之難，而海內傳
> 本不數數覯也，乃別其尤者，寫爲一編。

懷此三十年，未敢須臾忘，然至清末，毛本卻成爲難得之珍本〔註45〕。
幾經輾轉，終於在偶然機會下於宿遷王氏池東書庫獲得藏本，再觀此
書，見識「諸家所詣，其短長高下，周疏不盡同，而皆嶷然有以自見。
先生所云大且深者，亦比比而在」，再次確定其價值所在，讀之三月，
未嘗去手，同時也看出該書短長高下、周疏優劣同匯之實情，促使馮
煦欲就是編，略其蕪穢，集其菁英，別爲一編，以示純粹之心。復加

---

〔註44〕蕭鵬謂「毛氏刻詞的意義，在於打開了人們的眼界，展示了一片比
　　　　『花草』廣闊的多的詞世界，使得詞人有機會重新審視和權衡自己
　　　　的選擇」，說明了毛晉所刻宋詞，當然也包括《宋六十名家詞》在內
　　　　之匯本，作爲詞壇上的劃時代意義是不可抹滅的。」蕭鵬《羣體的
　　　　選擇——唐宋人選詞與詞選通論》（台北：文津出版社，1992 年 11
　　　　月），頁 230。

〔註45〕陳匪石謂「其時汲古本除原刻外，只汪氏振綺堂翻印本，而皆不易
　　　　得也」，見陳匪石《聲執》，收於唐圭璋《詞話叢編》，冊 5，頁 4967。

上當時變亂紛乘，典籍失於兵燹，付諸一炬者，所在多有，基於對史料典籍保存的使命感〔註46〕，同時亦是選者對作者與讀者的責任感，花費兩年時間進行刪選，先是「別其尤者，寫爲一編」，復郵成肇釁審正，刊謬糾闕，最末「再寫而後定」，兩度修治，態度謹嚴，終成名山事業，可謂毛刻之精簡本。〔註47〕

另外，此書之編修另有馮煦私人情感在內：

> 嗟乎，往予與先仲兄事先生於吾園，先生愛予甚，嘗賦七絕句書扇畀予，首章云：「自昔名聞大小馮，而今鵲起又江東，世家科第尋常事，難得清才鳳噦桐」。其六章今不復記憶矣。酒酣耳熱，執卷烏烏，爲予晰原流正變甚悉，既綴講，則與兄各述所聞相上下，而宿草一萎，墜簡再逸，先仲兄之沒，忽忽且十年矣，是刻竟，既悼先生不復作，又重予人琴之戚也。

以是書爲少時與師友習詞作一見證，帶有詠懷故舊之意，以學術之作紀念學術中人，也算是對師友的告慰。〔註48〕

---

〔註46〕 李睿言「文獻存錄意識是清人編詞選的深層動機，它貫穿著清代選本。正是在這種文獻存錄意識的引導下，清人編選了大量詞選」。見李睿《清代詞選研究》，頁27。金鮮於《清末民初宋詞學析論》更直言「馮煦所編《宋六十一家詞選》的選詞目的在於存史（包括傳人和傳史）」，見金鮮《清末民初宋詞學析論》（台北：國立台灣師範大學國文系博士論文，1997年），頁308。

〔註47〕 施蟄存謂「是此書乃毛氏汲古閣刻《宋六十一家詞》之選本，仍按毛刻次序，就各家集中選十之一二，所選極精，可爲毛刻之簡編。當時毛刻全帙至不易得，此書既出，頗爲詞家稱賞。……此書猶當珍視，概以抉取菁英，汰其凡下，實宋詞選本之至善者也。」語見舍之〈歷代詞選集敍錄（六）〉，收於《詞學》（上海：華東師範大學編輯，1988年7月），第六輯，頁224。

〔註48〕 對於清末學人編選宋詞，以寄託詞學思想，楊柏嶺認爲晚清學人的詞學思想，揉合了當下的時代訊息，「以一種『拒新戀舊』的詞學感悟沉涵在傳統的理念之中，有著屬於他們自己的『孽臣孤忠』式的時代共感。」從馮煦一生對清廷的忠貞與平生所奉之傳統信念來看，楊柏嶺所言用於馮煦《宋六十一家詞選》之編輯動機亦不爲過。原文見楊柏嶺《晚清民初詞學思想建構》（合肥：安徽大學出版社，2004年9月），頁75。

## 二、深層結構

一部詞選外部構成如名稱、編選者、參校者、序跋、體例、卷帙、所選詞人及其時代跨度、品評與詞選本體都是顯而易見的。但透過以上構成分子，由此外部結構推向深層內涵，才是徹底了解該選之用心所在。於此以蕭鵬所提選源、選心、選域、選陣、選型、選系六個要素爲切入點〔註49〕，對馮煦《宋六十一家詞選》進行深度剖析。

### （一）選源

「所謂選源，是指選詞者所採選的對象和範圍」。馮煦《宋六十一家詞選》最主要選源爲毛晉汲古閣《宋六十名家詞》。馮煦對待毛刻所收作品大抵原則是「篇中則疑以傳疑，不敢遽變其舊」〔註50〕，在選家次序上亦是因襲不變，馮煦謂：

> 汲古原刻，未嘗差別時代，故蔣勝欲以南都遺老，而列書舟之前。晁補之、陳後山生際神京，顧居六集之末。蓋隨得隨雕，無從排比。今選一依其次，亦不復第厥後先，惟篇帙較原書不及十之二三，聯合成卷，異乎人自爲集矣。
> 〔註51〕（例言第37則）

---

〔註49〕 蕭鵬〈羣體的選擇—唐宋人選詞與詞選通論·緒論〉提出對詞選本體的研究必須由外部構成推入深層結構，其中深層結構包含六個層面依次爲：辨其選型、察其選心、探其選源、觀其選域、列其選陣、通其選系。而選心與選源是最基本的要素，選心爲主觀存在，選源爲客觀存在，二者結合產生詞選，六個要素彼此構成互相生成與制約的關係。見蕭鵬《羣體的選擇——唐宋人選詞與詞選通論》（台北：文津出版社，1992 年 11 月），頁 5～10。本文引用六個要素因論述所需，更動先後次序爲選源、選心、選域、選陣、選型、選系，定義原則上採用蕭鵬緒論原論，再加以補充變置。

〔註50〕 例言第 42 則。

〔註51〕 清代許多詞集的編纂往往帶有一定的宗派意識，以宗派審美標準作爲編選詞集的標準，並以選本作爲宗派宣揚的利器，例如朱彝尊《詞綜》、張惠言《詞選》、周濟《宋四家詞選》編纂之初都帶有一定程度的派別意識，而這些選本問世後，也曾引領一時詞壇風氣。但馮煦於例言第四十三則，言「今所甄錄，就各家本色，擷精舍麤」展現了博觀約取的選詞不選人的原則，迥異於當時的選壇風尚，故有「異乎人自爲集矣」之嘆。

馮本新刻詞家排序依照毛本原刻，進行篩汰後，存原書不及十之二三，所刪削者極多。又毛本不過收兩宋六十一家，如王安石、張先、賀鑄、范成大、張炎、周密、王沂孫等人缺而未錄，馮煦亦不敢驟然補入：

> 毛氏就其藏本，更續付梓，於兩宋名家，若半山、子野、方回、石湖、東澤、日湖、草窗、碧山、玉田諸君子，未及彙入。即所刻諸家之中，亦仍有裒輯未備者。茲既從之甄采，雖別得傳本，亦不敢據以選補。域守一隅，彌自恧已！（例言第44則）

即使是已收錄集中之詞家，亦非全本，而有部分作品脫佚，也不擅自增補，故言「域守一隅，彌自恧已」，對於毛本之缺，馮煦是知之明曉的，因此，馮煦在選系上有所安排，使在保留毛晉底本原貌的同時，能彌補殘缺之憾。〔註52〕

　　但是，對於原毛晉底本中作家之考證與作品上若干顯而易見的錯誤，馮煦則給予辨正。以作家考辨來說：

> 《提要》辨韓玉有二：一終於金，字溫甫，為鳳翔府判官；一為北方之豪，由金入宋，而歷引集中在南諸題以為證，分析頗詳。乃毛識《東海詞》，直稱韓溫甫；竹垞《詞綜》，歸之金人，其所敘爵里，亦與終金者合。蓋皆誤併二人為一人，當據《提要》以正之。（例言第36則）

> 楊西樵名炎正，號濟翁。《文獻通考》誤「正」作「止」，且屬下為號。竹垞、紅友並沿其謬。汲古初刻亦舛。今定從後改之本。此外，人名集名有待參考者，如：黃叔暘名昇，諸書所同；而毛氏獨以「昇」為「昃」。又楊無咎《逃禪詞》，「楊」字從「木」，《提要》據《圖繪寶鑒》改「楊」作「揚」。李公昴《文溪詞》，《提要》據《宋史·黃疇傳》及《文溪集》，定為名昴英，辨毛題李公昴之誤；然今本實作公昴，非公昴，與《提要》所見之汲古歧出。盧炳《烘堂詞》，《提要》據《書錄解題》，改「烘」作「哄」，多足證

---

〔註52〕馮煦在選系上的安排，見本文「選系」一項。

明子晉之疏。今悉附著於此。而篇中則疑以傳疑，不敢遽
變其舊。（例言第 42 則）

辨正了韓玉之爵里、楊炎正之名號，黃昇、李公昂之名姓與爲盧炳
《烘堂詞》正名，以達「正名實」之目的。而對作品之改動，大致
而言，「義得兩通者，一仍毛本之舊；其有顯然舛失，則從別本改正」，
其他「於原刻可通而他本異文足資參酌者，則旁注篇中，以質大雅」
〔註 53〕。若一詞兩見者，則詳其語意，爲之勘正。若原刻與校刊本
通闋歧出者，則選錄佳善者。〔註 54〕

　　根據例言第三十八則所述，馮煦用以校刊的書目就有黃昇《花菴
詞選》、趙聞禮《樂府雅詞》、周密《絕妙好詞》、朱彝尊《詞綜》、萬
樹《詞律》、王敬之《淮海集》刊本、杜文瀾校訂戈載《宋七家詞選》
本、《四庫總目》〔註 55〕，馮煦本身就是藏書家〔註 56〕，例言所列應

〔註53〕見例言第 38 則：《四庫總目》盛推毛氏考證釐訂之功。觀所記跋，
　　　　知於辨譌糾謬，所得已多；然字句之間，頗有尚待商榷者，爰以見
　　　　存選錄，校刊各本，一一讎對：凡義得兩通者，一仍毛本之舊；其
　　　　有顯然舛失，則從別本改正。如《淮海》〈菩薩蠻〉詞：「欲似柳千
　　　　縷」，「縷」誤「絲」，據王氏敬之刊本所引汲古改。《小山》〈泛清波
　　　　摘遍〉詞「暗惜光陰恨多少」，「光」上衍「花」字，據萬氏樹《詞
　　　　律》刪。《琴趣外篇》〈滿江紅〉詞：「便江湖與世永相忘」，「與世」
　　　　誤在「江湖」上，據趙氏聞禮《樂府雅詞》乙轉。《聖求》〈小重山〉
　　　　詞：「小窗風動竹」，「小」誤「上」，據朱氏彝尊《詞綜》改。《蒲江》
　　　　〈賀新郎〉詞：「荒祠誰寄風流後」，「祠」誤「詞」，據黃氏昇《花
　　　　菴詞選》、周氏密《絕妙好詞》改。若片玉、梅溪、白石、夢窗諸家，
　　　　則率從近世戈氏、杜氏校訂之本，亦即用戈選宋七家例，不復指明
　　　　所出，以省繁重；惟於原刻可通而他本異文足資參酌者，則旁注篇
　　　　中，以質大雅。見聞僻陋，藏本尤尠，罣一漏萬，知難免爾。
〔註54〕例言第 41 則：各集內有一詞而見兩家者：梅溪集載〈玉蝴蝶〉詞「晚
　　　　雨未摧宮樹」一首，《夢窗乙稿》中，復列此章。詳其語意，似與邦
　　　　卿爲近，故歸之史集。又原刻遇兩本通闋歧出者，每附注詞下：兹
　　　　則惟善之從。故於《後山》送胡舍人，錄原詞；而贈晁無咎舞鬟，
　　　　則易用注中之一本云。
〔註55〕例言第 38 則。
〔註56〕馮煦〈遺囑〉「藏書約二百櫝，皆一生心力所寄也」。又仿四庫與孫
　　　　星衍平津館之例爲己所藏書即予以編目，分爲經、史、子、集四項。
　　　　見《蒿菴隨筆》，頁 667、166～169。

只是用以校勘之書其中一部分而已。

## （二）選心

「所謂選心，是指選詞之意圖、選擇者希望透過選詞傳達出來的審美觀念和宗派意識（這種觀念和意識也可以是不自覺的）、詞選所體現的選擇標準。」馮煦該選除有保存典籍與見證昔日習詞之意圖外〔註57〕，於詞學上更冀以是選表達己見。例言四十三則明言「今所甄錄，就各家本色，擷精舍麤」，承認並欣賞各家本色的存在，不強事牽合，不以單一審美標準進退各家，還予作者原本真我，展示給讀者一個全面而精緻的典範。然而，在一般狀況下「通過編選一些世所公認的佳篇妙作，讓人們在學習寫作某類文章實有可資模仿借鑑的榜樣，這是中國古代大多數文學選本自覺承擔的一項使命」〔註58〕，因此，秉持開放客觀的選心同時，馮煦心中仍有一去取標準，那就是對雅詞的追求。易言之，即是在各家風格中，揀選雅而不失其本色之作。綜觀馮煦對選錄之詞或以清雅、溫雅、嫻雅、騷雅稱之，或謂俗處能雅、得小雅之遺〔註59〕，皆以去俗為務，即使稍涉俳諢，也割捨不留。以石孝友（字次仲）《金谷遺音》為例，馮煦認為次仲「小調間有可采，然好為俳語」〔註60〕，故於《金谷遺音》一百四十九闋詞中嚴擇十九闋，〈茶瓶兒〉（相對盈盈一水）如市井俚談、〈惜奴嬌〉（我已多情）、（合下相逢）庸惡露劣，猥褻極似淫辭，〈品令〉（困無力）為歌伶語氣，太嫌不雅；〈亭前柳〉（有件佇遮）用字鄙俗甚於元曲，以上作品，大違雅詞之則，故馮煦新選皆割捨不取。然而〈南歌子〉（亂絮飄晴雪）、〈醉落魄〉（空庭草積）情悲鬱抑，怨而不怒；〈浣溪沙〉

〔註57〕見本章第二節，一、組織形式。
〔註58〕鄒雲湖《中國選本批評》（上海：上海三聯書店，2002年7月），頁304。
〔註59〕馮煦用「清雅可誦」稱坦菴、介菴、惜香。以「溫雅有致」稱溪堂。以「嫻雅有餘」稱後山、嬾窟、審齋、石屏。以「俗處能雅」說白石，謂淮海能「得小雅之遺」。
〔註60〕見例言第29則。

（宿醉離愁慢髻鬟）集前人詞句，卻無湊泊之痕，生動自然，皆為馮
煦輯入新選中。至於，對劉過〈小桃紅〉、〈天仙子〉、〈沁園春〉詠美
人足、美人指甲；程垓《書舟詞》中〈四代好〉、〈閨怨無悶〉、〈酷相
思〉；蔣捷〈沁園春〉「老子平生」二闋，〈念奴嬌〉（壽薛稼翁），〈滿
江紅〉（一掬鄉心）、〈解佩令〉（春晴也好），〈賀新郎〉（甚矣吾狂矣），
都因其鄙俗俳薄，詞旨卑下，置於屏棄之列。馮煦論詞「是雅非鄭」
〔註61〕，欲以此選正本清源，做為後學者習摹楷範，雅正之觀念也就
成為馮煦選心的一部分，因而所編輯的詞選也在刪取之間體現了相同
的理念。〔註62〕

## （三）選域

「選域係指一部詞選所覆蓋的範圍，包括所選詞人的時代跨度和
規定角度，也包含所選作品內容的豐富程度，題材的廣闊程度以及風

〔註61〕見論文第四章〈馮煦詞學—本體論〉。
〔註62〕馮煦對於戈載以用韻之嚴謹作為選詞標準，深不以為然，在例言
第 43 則中指出：古無所謂詞韻也。《菉斐軒》雖稱紹興二年所刊，
論者猶疑其偽託，它無論已。近戈氏載撰《詞林正韻》，列平上去
為十四部，入聲為五部，參酌審定，盡去諸弊，視以前諸家，誠
為精密。故所選七家，即墨守其說，名章佳構，未嘗少有假借。
然考韻錄詞，要為兩事：削足就屨，宵無或過？且綺筵舞席，按
譜尋聲，初不暇取《禮部韻略》逐句推敲，始付歌板。而土風各
操，又詎能與後來撰著，逐字吻合邪？今所甄錄，就各家本色，
擷精舍麤，其用韻之偶爾出入，有未忍概從屏棄者，姑舉一二以
見例。如：竹山〈永遇樂〉詞，以「水」「袂」叶「聚」「去」；竹
屋〈風入松〉詞，以「陰」及「根」叶「晴」「情」；龍州〈賀新
郎〉詞，以「頷」「淚」叶「路」「雨」之屬，皆是。匪獨《老學
菴筆記》引山谷〈念奴嬌〉詞，「愛聽臨風笛」，謂「笛」乃蜀中
方音，為不合《中州音韻》也。是在讀者折衷今古，去短從長，
固無庸執後儒論辨，追貶曩賢；亦不援宋人一節之疏，自文其脫
略，斯兩得之。此段論述明白指出，時有古今，地有南北，音韻
之出入實屬必然，依一韻以選詞，實為削足適履。對於選詞，今
之學者認為「苟能就各家特色、規矩，擷精捨粗，不以韻之偶爾
出入為計較，斯可矣」，語見王偉勇〈試述「當行」、「本色」在詞
壇上之應用〉，收於《詞學專題研究》（台北：文史哲出版社，2003
年 4 月），頁 150。

格樣式的多少。選域越寬，越含有備史之意味；越狹窄，越體現有以選成派或以選為論的意思。」馮煦既以毛晉《宋六十名家詞》為唯一選源，就限定了其選域範圍只能跨越兩宋，且是只有此六十一家詞人〔註63〕，因此，如王安石、賀鑄、張炎、周密等足以自成家數，卻不在匯刻之內的作家，只能成為新選本的遺珠之憾。所幸，「兩宋五期」之代表家皆在選之列〔註64〕，透過這些代表家之作，仍可觀詞史之變，再加上馮煦在以「雅」為去取標準之時，又能兼顧各家風格本色，所擅長題材，因此使該選呈現眾芳爭妍、百花齊放的豐富姿態。以題材言，別情、閨怨、鄉愁、愛國、酬唱、和作……，無不入選，以風格言，雄放、密麗、清新、豪宕、淒楚、嫻雅、幽澀、沉鬱、高華……，無所不包，兼容並蓄，網羅範圍之大補足只能在有限作家中取擇的遺憾，選域之寬，使馮煦之選備史之意味極為濃厚。胡德芳曾盛言黃昇《花庵詞選》「博觀約取，發妙音于眾樂並奏之際，出至珍于萬寶畢陳之中，使人得一編，則可以盡見詞家之奇」〔註65〕，以此謂馮選，不亦宜乎。

在此，不得不提的是，詞本艷科、小道，從最早的《雲瑤集》應歌而編，《花間集》、《遏雲集》、《家宴集》侑觴佐酒，《尊前集》、《金

---

〔註63〕《宋六十名家詞》所錄之六十一位詞家，十四人為北宋，其餘四十七家，皆是南宋人，毛晉所輯，雖以南宋詞集為多，然非刻意重南輕北。一來，南宋詞人本就多於北宋，再者，從毛晉所藏書目可得知，彙刻入《宋六十名家詞》者，北宋詞人別集之比例尚且高於南宋詞人別集。論證過程見陶子珍《明代四種詞集叢編研究》（台北：秀威資訊科技股份有限公司，2006年4月），頁61～62。

〔註64〕所謂兩宋五期是指「北宋前期」、「北宋後期」、「南宋前期」、「南宋中期」以及「南宋後期」。此分期是依據鄭騫編註《詞選》對兩宋詞人的分期選論方式，亦是承繼論文第五章〈詞人評騭〉論述小節的劃分而來。鄭騫編纂之凡例見《詞選》例言，各時代之代表作家名錄見該書目次。鄭騫編註《詞選》版本為台北，中國文化大學於1982年4月出版。

〔註65〕見胡德芳〈花庵詞選序〉，收於〔宋〕黃昇輯，王雪玲、周曉薇校點《花庵詞選》（瀋陽：遼寧教育出版社，1997年3月），冊1，頁1。

奩集》，都是應歌的唱本〔註66〕，所選之詞幾無詞人個體意識感懷，多為偎紅倚翠、引商刻羽的內容。然而，選本之纂到了晚清，「隨著各種內憂外患的急劇加深，對現實強烈的憂患意識成了晚清文學批評的主要內容，不單是詞體有了深沉的『幽憂之思』，傳統的詩文領域也被時代劇變的風雲所激盪裏脅而紛紛浸染上一股濃重的『末世情懷』，作為批評的選本也概莫能外。」〔註67〕因此，與詞選總集最初編纂的立意極為不同的是，馮煦《宋六十一家詞選》特別選錄了許多激昂慷慨、憤力迭宕，以抒發愛國情志、感慨世局為內容的作品。不論是張元幹〈賀新郎‧送胡邦衡待制〉，陸游〈雙頭蓮‧呈范至能待制〉，張孝祥〈六州歌頭〉（長淮望斷）、〈水調歌頭‧聞采石戰勝〉，辛棄疾〈念奴嬌‧登建康賞心亭呈史留守致道〉、〈水龍吟‧過南劍雙溪樓〉，陳亮〈水調歌頭‧送章德茂大卿使虜〉，無一不高健淋漓、義氣酣暢，所展現之風格迥異於一般詞集的溫柔和婉。馮煦透過選本之選，呼應了與當代社會政治、詞壇之風氣。〔註68〕

## （四）選陣

「這是一個與選域相關的概念，特指選域中所列出的全部詞人或主要詞人之排列結構、排列層次和排列方式。」馮煦該選不論是在詞

---

〔註66〕龍榆生〈選詞標準論〉「宋人編纂詞集或選集歌詞，皆以便於歌唱為主，樂章流播歌者之口，尤足窺見義例」，《雲瑤集》、《花間集》、《過雲集》雖編選於兩宋之前，但作為歌本，其功能是一致的。

〔註67〕鄔雲湖《中國選本批評》（上海：上海三聯書店，2002 年 7 月），頁277。

〔註68〕樊寶英認為「中國古代的選本批評並不單單選近世的文學作品，而且大多數選本選古代作品。即使這樣，他們的所選仍把重心落在為當代的文學創作服務方面，從而顯現為古為今用的當代意識。」又說「古人文學史的現代意識很強。他們選古代的文學作品，總是挖掘其中所隱含的與現代同一的精神空間，從而達到以史為鑑，可以正得失的作用」。透過對古代文學作品的選擇，以選本映照當今文壇所需，不論是自覺或不自覺，操選政者都會受到當代風會的影響。樊寶英之論見〈選本批評與古人的文學史觀念〉，收於《文學評論》，2005 年第 2 期，頁 50～51。

人先後與詞作排列之次序上，皆依循毛晉「隨到隨刻」﹝註69﹞之次第，不若周濟《宋四家詞選》以碧山、夢窗、稼軒、清眞爲先後途徑，其餘詞人歸屬四家之下，構成一有次第先後之詞家陣容。然而，不同於周濟以選本做爲闡釋詞學主張之手段，藉以表明「常、浙分流」的決心﹝註70﹞，故在選陣安排上特別經營，詞學發展至晚清時期，無論是常州或是浙西詞派，皆遇著瓶頸有待突破，而晚清詞人對待兩派的態度，能擺脫門戶主奴之見，持客觀角度審視之，再加上常、浙詞學主張本非徹頭徹尾的對立，在理論共源性上，雙方皆上述風騷，倡言尊體，崇雅黜俗；在生成環境中，也在一定程度上擔負扭轉空疏、浮艷詞風的歷史責任。常派詞人長於理論，浙派詞人優於創作，只求詞作有寄託無法增加詞作美感，光求醇雅之韻不能彌補作品的空洞，常、浙二派各有所失，由於這種互補的現實性，更促使晚清詞人在瞻顧現實的同時，發展成以常派爲主，浙派爲輔的理論趨勢，更符合詞學發展的需要﹝註71﹞。同樣的觀念亦影響選本的編纂，馮煦該本「選詞不選人」，以此作爲對一部詞史具有不同風格作家創作之美的實際體現，因此，在《宋六十一家詞選》中耆卿可與清眞同列，蘇辛可與姜張並存，無所謂前後高下層次之分。

然而，在例言中，馮煦以時間爲經，詞人爲緯，重新排列六十一位詞家的順序：於宋初，以晏、歐主盟，帶出淵源馮正中、南唐二主與西江詞人之嗣響。以柳永爲首，引出黃庭堅、秦觀、晏幾道作爲正反映襯；以清眞高手，方千里、呂渭老步趨於後，趙師俠、趙彥端、

---

﹝註69﹞四庫館臣謂毛晉《宋六十名家詞》之詞家詞作編次「其次序先後，以得詞付雕爲準，未嘗差以時代」。見〔清〕紀昀總纂《四庫全書總目提要》（石家莊：河北人民出版社，2000年3月），頁5520。

﹝註70﹞周濟《宋四家詞選目錄序論》「退蘇進辛，糾彈姜、張，剗刺陳、史，芟夷盧、高」，說明欲建立新的詞統，其所擇之摩習對象，與浙派不同，有自己的一套詞學理論。

﹝註71﹞關於常浙二派的共源性、互補的現實性與在晚清詞壇的融合狀況，可參見朱惠國《中國近世詞學思想研究》（上海：上海古籍出版社，2005年6月），頁180～203。

趙長卿、史達祖、姜夔另有蹊徑；以蘇軾爲首，程垓、晁无咎、李之
儀尚有可取；以稼軒爲上，蘆川、于湖、龍川、龍洲、劍南同一慷慨
激昂，卻又各有千秋。如此，凸出重點，卻又照顧一般，既有主客位
之不同，又對各家在詞史上的地位及相互影響做了梳理。我們可以
說，例言在隱晦中架構了《宋六十一家詞選》的選陣。

## （五）選型

「選詞目的不同，編選體例各異，故詞選有不同之類型。」以編
選目的區分，有以論爲主要內容的詞選，如周濟《宋四家詞選》；有
以酒筵應歌爲目的的唱本型詞選，例如《家宴集》、《金奩集》。又編
選體例之不同，又可分爲通代型詞選、斷代型詞選。畫分之依據不同，
詞選也就具有不同歸屬，在此，依有清一代選壇狀況，簡單就詞選功
能出發，大致將詞選劃分爲：關注詞的音律性特徵，有定譜功能的「譜
體型詞選」，例如夏秉衡《清綺軒詞選》；以保存詞史、以存人存詞爲
目的的「存史型詞選」，例如王昶《國朝詞綜》；以理論的建構與闡發
爲主的「詞論體詞選」，例如周濟《宋四家詞選》。〔註72〕選心是主觀
操縱選型的關鍵，但選源有時也會對選型造成影響，以馮煦是選來
說，毛晉《宋六十名家詞》隨到隨刻，並無宗派之別，而馮煦以「今
所甄錄，就各家本色，擷精舍麤」〔註73〕爲選心，再加上寬廣的選域，

〔註72〕關於詞選類型的劃分龍榆生以爲有四種「一曰便歌，二曰傳人，
　　　　三曰開宗，四曰尊體。前二者依他，後二者爲我。操選政者，於
　　　　斯四事，必有所居」。語見龍榆生〈選詞標準論〉，收於《龍榆生
　　　　詞學論文集》，頁 59。蕭鵬則以爲「按詞選之功能實際上只有應
　　　　歌、存史和立論三種，存史包括傳人和傳詞，立論則兼有開宗和
　　　　尊體。按詞選之注意重心，龍沐勳之四體說還可以另外概括爲四
　　　　種類型：選歌、選詞、選人和選派」，語見蕭鵬《羣體的選擇——
　　　　唐宋人選詞與詞選通論·緒論》，頁 6。由於事物的屬性和功能是
　　　　複雜的，而詞選的類型往往沒有十分明確的劃分，在此，只能簡
　　　　單就詞選主要功能出發，作一大致歸屬。本文對詞選之劃分原則
　　　　與定義參考李睿《清代詞選研究》（上海：華東師範大學博士論文，
　　　　2006 年 4 月），頁 54。
〔註73〕例言第 43 則。

未偏於特定類型詞家與風格，存人且存詞的編選狀態而言〔註74〕，其選型是接近於黃昇《花庵詞選》一類的「存史型詞選」。

## （六）選系

「選系是對詞選群內部關係的把握。一般來說，詞選都不是孤立存在的。它不僅以類相聚構成羣體，不僅與詞壇有著千絲萬縷之聯繫，而且彼此之間種種互補關係、母子關係、姊妹編關係、前後編關係等。」馮選既爲毛晉汲古閣之精選本〔註75〕，兩者成「母子關係」，馮選後無人再從書名、體例等從事續選、補選、重選、精選等工作，因此毛本與馮本前後自成一選系。光緒十七年（1891A.D），馮煦又將此選本與成肇麐《唐五代詞選》、戈載《宋七家詞選》合刻爲《蒙香室叢書》，此舉，不僅將原選時代推前至唐五代，同時亦補足周密、王沂孫、張炎三人在《宋六十一家詞》選本之缺，再加上《宋七家詞選》融合了詞譜與校勘之學的功能〔註76〕，廣爲利用下，增加了《蒙香室叢書》在詞學與詞選上的深度與廣度。馮、成、戈三選本亦可成爲一套選本系列。

如同一般選本，《宋六十一家詞選》的選源、選心、選域、選陣、選型、選系六個要素是相互影響與制約的，與其他詞選本相較，或有其特長之處，或有其不足之失，但盡善盡美之選本，於世本就難求，

〔註74〕存人存作之選本能使詞人詞作「不零落於荒煙漫草之間」，數百年後還可以流傳於世間，備史存史意味濃厚。
〔註75〕施蟄存謂「是此書乃毛氏汲古閣刻《宋六十一家詞》之選本，仍按毛刻次序，就各家集中選十之一二，所選極精，可爲毛刻之簡編。」語見舍之〈歷代詞選集敍錄（六）〉，收於《詞學》（上海：華東師範大學編輯，1988年7月），第六輯，頁224。
〔註76〕施蟄存以爲《宋七家詞選》「選詞以協律、審韻爲標準，校釋亦惟及韻律。王敬之序謂『所以選七家詞，蓋雅音之極則也。律不乖忤，韻不龐雜，句擇精工，篇取完善。學者由此而求之。，漸至神明乎規矩，或可免於放與拘之失，亦不致引誤筆以自文，效凡語以自安乎。』旨在針砭當時詞家失律落韻之失也。……戈氏則致力於考訂格律聲韻，以糾正汲古閣所刻諸詞集、朱氏《詞綜》、萬氏《詞律》諸書之誤。」語見舍之〈歷代詞選集敍錄（六）〉，收於《詞學》（上海：華東師範大學，1988年7月），第六輯，頁219。

大醇小疵，瑕不掩瑜，於選壇上，馮煦該選做為指導與示範作用，適可勝任。

## 第三節 「選」、「論」之間的整合

例言與詞選是為《宋六十一家詞選》一書的兩大主體，彼此間有著相輔相成的關係，兩者起著相互配合又相互補充的作用。

### 一、「選」與「論」的和合

馮煦論詞體之本質以「要眇」為尚，詞選選心以「雅正」為基本大前提，然而，又能注重各家風格，兼及時代風會之影響，使《宋六十一家詞選》之理論與選例緊密相合，意即，選例是為理論的實地見證，理論則是選例的最佳評價。舉例來說，毛晉汲古閣本收柳永詞作一百九十四闋，馮煦新選揀擇了二十闋，除〈訴衷情近·慶老人星見〉（漸亭皋葉下）為頌美帝王與〈應天長〉（殘蟬聲漸絕）宴飲雅聚之詞外，其餘十八闋，題材皆為羈旅、離恨、思情。後人研究《樂章集》主要題材，大抵分為五類：詠佳人歌妓，約佔作品總數一半；關於羈旅行役，約為作品總數四分之一；描寫都會承平、頌美祝賀之詞、以及詠物詠史之作，別屬其餘。〔註77〕對於第一項「詠佳人歌妓」是歷代評者訾議最烈的一類，鄧廷楨《雙硯齋詞話》認為「《樂章集》中，冶遊之作居其半，率皆輕浮猥媟，取譽箏琶」〔註78〕；陳銳《裒碧齋詞話》比之為小說中的《金瓶梅》〔註79〕。耆卿在描寫歌妓之容姿、才藝與歌妓的情愛不僅大膽而直接，更有儇薄浮媟之語充溢其間，在

〔註77〕《樂章集》題材分類見杜若鴻《柳永及其詞之論衡》（杭州：浙江大學出版社，2004 年 12 月），頁 19～34。然如作者所言，以上分類並非無可挑剔之處，一闋詞若從其主題與創作背景等不同方面析論，往往無法絕對歸類，但大致而言，分柳詞為主要題材為五類，可基本窺探《樂章集》總體分布的梗概。

〔註78〕鄧廷楨《雙硯齋詞話》，收於唐圭璋《詞話叢編》，冊 3，頁 2528。

〔註79〕陳銳《裒碧齋詞話》「屯田詞在小說中如金瓶梅，清真詞如紅樓夢」，見唐圭璋《詞話叢編》，冊 5，頁 4198。

傳統士大夫看來，柳永毋寧是大雅罪人。除此之外，鄙俚卑俗也是柳詞爲人詬病的地方，王灼《碧雞漫志》言「（耆卿詞）淺近卑俗，自成一體，不知書者尤好之。予嘗以比都下富兒，雖脫村野，而聲態可憎」〔註80〕，或言其「詞語塵下」，或評其「多雜以鄙語」，或鄙其「以俗爲病」〔註81〕。柳詞中的俳體也爲人所惡〔註82〕，錢裴仲甚至認爲柳詞與元曲相去不遠〔註83〕，彭孫遹《金粟詞話》更將今人詞作的淺俚歸罪於柳詞對後人的貽誤〔註84〕。馮煦論柳詞亦直陳其過，謂耆卿「好爲俳體，詞多媟黷，有不僅如《提要》所云『以俗爲病』者」，因此，《樂章集》中以「戀妓」、「詠妓」爲思想題材，格調不高的作品，一概屏棄。至於柳作中最具當代社會意義，表現仁宗一朝物阜民豐的民俗節令與都會風華之作，由於多以長調製作，巧用賦筆塡詞之法，卻又難免「備足無餘」之感，縱有大開大闔之筆，然氣韻盡消、率直無味，與倚聲講求要眇含蓄之風，背道而馳，因此，如〈長壽樂〉（繁紅嫩翠）、〈看花回〉（玉城金階舞舜干）等呈現太平盛世的富貴冶遊之作未收入選，就連〈望海潮〉（東南形勝），將承平氣象形容曲盡，對於後世都會詞儼然有示範作用的名作，也不在選錄之列。〔註85〕然

〔註80〕王灼《碧雞漫志》，收於〔清〕鮑廷博輯《知不足齋叢書》（台北：興中書局，1964 年 12 月），冊 3，頁 1669。

〔註81〕以上評述分見李清照《詞論》、徐度《却掃篇》卷下、張端義《貴耳集》卷上、《四庫全書總目提要》。

〔註82〕鄭文焯認爲「夫屯田詞自李端叔、劉潛夫、黃叔暘諸家評泊，多以其俳體爲詬病久矣」。見〔宋〕柳永著，〔清〕鄭文焯校評《樂章集》（台北：廣文書局，1990 年 9 月），頁 7。

〔註83〕錢裴仲《雨華庵詞話》「柳詞與曲，相去不能以寸」，見唐圭璋《詞話叢編》，冊 4，頁 3012。

〔註84〕彭孫遹《金粟詞話》「柳七亦自有唐人妙境，今人但從淺俚處求之，遂使《金荃》、《蘭畹》之音，流入《掛枝》、《黃鶯》之調，此學柳之過也。」見唐圭璋《詞話叢編》，冊 1，頁 723。

〔註85〕關於〈望海潮〉（東南形勝）一闋未入新選之因，還有一個可能，即該闋乃爲應酬供獻之作，耆卿在至和元年爲投謁杭州知州孫沔，乃塡此闋。馮煦曾批評張元幹《蘆川詞》「集中壽詞實繁」，張槃《芸窗詞》「全卷只五十闋，而應酬諛頌之作，幾及十九」對於將倚聲用作獻壽、

而，馮煦力讚柳詞之佳構在於「曲處能直，密處能疏，奡處能平，狀難狀之景，達難達之情，而出之以自然」，而柳詞中最能展現此等超逸藝術技巧的作品，題材多集中在「羈旅行役」一類，以故，對於此類之作，馮煦往往擇優選錄，因此《宋六十一家詞選》中，〈雨霖鈴〉（寒蟬淒切）、〈八聲甘州〉（對瀟瀟暮雨灑江天）深得詞家三昧，情景兼到，骨韻俱高之作必然在選，其餘如〈夜半樂〉（凍雲黯淡天氣）、〈卜算子〉（江楓漸老）、〈玉蝴蝶〉（望處雨收雲斷）、〈安公子〉（遠岸收殘雨）、〈傾杯樂〉（木落霜州）寫羈旅行役中之景，窮極工巧；〈蝶戀花〉（佇倚危樓風細細）、〈迷神引〉（一葉扁舟輕帆卷）、〈佳人醉〉（暮景蕭蕭雨霽），赫然在列；〈陽臺路〉（楚天晚）、〈臨江仙〉（渡口、向晚）、〈傾杯樂〉（樓鎖輕煙），欣然入選。〈訴衷情近〉（雨晴氣爽）在寫景、抒情上，匠心獨運，詞旨點明即止，上下兩片結構相互照應，即使並非名作，仍受馮煦青睞；〈竹馬子〉（登孤壘荒涼）雅致含蓄，雄渾蒼涼的景象中深寓沉慨抑鬱，亦達唐人高處境界，更是馮煦所愛。兩闋〈少年游〉（長安古道馬遲遲）、（參差煙樹灞陵橋）將秋士易感的失志之悲，以令詞開拓，情景相生，含情綿緲，吐屬自然，有曲終人遠之思。諸如此類羈旅行役之詞，雖多同一命意，但用筆確能因調而殊，文采風流，聲律諧婉，自不待多說，引詩用典，溶融不澀，揮灑自如亦為耆卿所長，至於情景交融，曲盡其妙，則非規規小儒能到了。況且，耆卿詞之佳處，在神不在貌，也就是在勾勒提掇之中，使情景兼到，意氣揮灑之下，濃情重意之中，尚有清俊骨氣，鄭文焯校評《樂章集》序云：「耆卿詞以屬景切情，綢繆宛轉，百變不窮，自是北宋倚聲家妍手。其氣骨高健，神韻疏宕，實惟清眞能與頡頏」

應酬諛頌之途，特別是缺乏作家本眞性格，虛情假意的作品，不甚欣賞，故刪選《蘆川詞》與《芸窗詞》極刻意迴避此類題材之作，對於《樂章集》亦是參用同樣標準。有關柳永〈望海潮〉一闋之寫作背景，參吳熊和〈柳永與孫沔的交游及柳永卒年新證〉，收於《吳熊和詞學論集》（杭州：杭州大學出版社，1999 年 4 月），頁 196～206。馮煦對《蘆川詞》與《芸窗詞》之評見例言第 21、32 則。

〔註86〕，又謂「屯田則宋專家，其高渾處不減清眞，長調尤能以沉雄之魄，清勁之氣，寫奇麗之情，作揮綽之聲」〔註87〕，深見耆卿用筆下的底蘊。馮煦新選中所收之柳永詞相當能提供讀者在這方面的檢驗。

至於〈醉蓬萊·慶老人星見〉（漸亭皋葉下）以頌美帝王爲主題，但作品中的描繪素秋新霽之景，清朗秀麗，鮮菊芙蓉，黃深紅淺，如水碧天之下，宮樓臺閣，纖塵不染，秋宮之景，爽氣宜人。下片時光流轉，移至夜晚，月華澄鮮、金風細細、絲竹清響，禁苑池沼，盡起漣漪，一派和爽舒暢的氣象，拋卻《澠水燕談錄》、《古今詞話》等之訛傳〔註88〕，這闋爲皇家所作之詞，用筆清麗，對帝王宸遊之事，只

---

〔註86〕見〔宋〕柳永著，〔清〕鄭文焯校評《樂章集》（台北：廣文書局，1990 年 9 月），頁 2。

〔註87〕見鄭文焯《大鶴山人詞話》附錄〈鄭大鶴先生論詞手簡〉，收於唐圭璋《詞話叢編》，冊 5，頁 4329。

〔註88〕王闢之《澠水燕談錄》記「柳三變，景祐末登進士第，少有俊才，尤精樂章，後以疾更名永，字耆卿。皇祐中，久困選調，入內都知史某愛其才而憐其潦倒，會教坊進新曲醉蓬萊，時司天臺奏：『老人星見。』史乘仁宗之悅，以耆卿應制。耆卿方冀進用，欣然走筆，甚自得意，詞名醉蓬萊慢。比進呈，上見首有『漸』字，色若不悅。讀至『宸遊鳳輦何處』乃與御製眞宗挽詞暗合，上慘然。又讀至『太液波翻』，曰：『何不言『波澄』。』乃擲之於地。永自此不復進用。」王闢之《澠水燕談錄》（北京：中華書局，1981 年 3 月），頁 106。楊湜《古今詞話》記「柳耆卿祝仁宗皇帝聖壽，作醉蓬萊一曲云：（略）此詞一傳，天下皆稱妙絕。蓋中間誤使宸游鳳輦挽章句，耆卿作此詞，惟務鈎摘好語，卻不參考出處。仁宗皇帝覽而惡之。及御注差注至耆卿，抹其名曰：『此人不可仕宦，儘從他花下淺斟低唱。』由是淪落貧窘。終老無子，掩骸僧舍。京西妓者，鳩錢葬於棗陽縣花山。既出郊原，有浪子數人戲曰：『這大伯做鬼也愛打鬨。』其後遇清明日，游人多狎飲墳墓之側，爲之弔柳七。」楊湜《古今詞話》，收於唐圭璋《詞話叢編》，冊 1，頁 25。薛瑞生認爲此詞應作於眞宗天禧二年（1008A.D）九月下旬，考辨過程，參見薛瑞生《樂章集校註》（北京：中華書局出版，1997 年 12 月），頁 115～117。吳熊和則認爲該作做於宋仁宗至和三年（1056A.D）八月，見吳熊和〈柳詞三題〉，《吳熊和詞學論集》（杭州：杭州大學出版社，1999 年 4 月），頁 207～214。

是實說，並無闇然媚世之態，反而是宮樓池院在這闋詞中因清秋、澄夜、明月、細風相襯下，更顯靜雅高華。於此，呈現了柳永慣長的鋪敘之法，但走筆流利，如秋風爽暢無礙，不愧於佳作。而〈應天長〉（殘蟬聲漸絕）是秋日重九，宴飲雅聚，其中雅菊綻放，增添東籬高志，不論是「未饒落帽風流」或是「休效牛山流涕」，秉燭夜遊、及時行樂之意洋溢於字裡行間，頗有李白夜宴從弟桃李園的流風遺韻，此闋風格迥異於柳永一般作品，馮煦將此作輯入新選中頗有與其餘諸作相映襯美之效。在《樂章集》「雅」、「俚」二類詞中，雅詞以骨氣、神韻取勝，俚詞因鄙俗、俳媟見詆，馮煦謂柳永「北宋巨手」之餘，選取最能傳柳詞之精神者，以證例言言之有據，同時，亦在眾作中，爬梳出柳詞高華之處，於例言處先行表明，論詞與詞選在《樂章集》的刪選過程中，互為表裡，和合無間。

　　同樣的選心宗旨，亦貫穿在對其他詞集的選取上。《山谷集》之俚褻為集中渣滓，〈兩同心〉（一笑千金），鄙俚不堪，〈少年心〉（對景惹起愁悶），手法拙劣，於是新選片言不取，至於〈望江東〉（江水溪頭隔煙樹）筆力奇橫，纏綿往復，〈念奴嬌〉（斷虹霽雨）、〈水調歌頭・游覽〉（瑤草一何碧）寫來疏宕橫空，雋雅絕倫，當然無捨棄的理由。對於世人以騷雅稱美的《白石詞》，新選除〈鷓鴣天〉（京洛風流絕代人）一首未收外，全部選錄，馮煦對雅詞之推尚深可明見。白石詞意境之高，騷雅之韻，為例代詞家所稱揚，馮煦對白石詞之賞愛已見本文第五章〈馮煦詞學—作家論〉。而馮煦新選錄詞比例次高的盧祖皋《蒲江詞》，黃昇讚其「樂章甚工，字字可入律呂」〔註89〕；張端義以為「作小詞纖雅」〔註90〕；汪東謂其詞「工整明蒨」〔註91〕；

〔註89〕〔宋〕黃昇《中興以來絕妙詞選》（瀋陽：遼寧教育出版社，1997 年 3 月），頁 316。

〔註90〕〔宋〕張端義《貴耳集》，收於《宋元筆記小說大觀》（上海：上海 古籍出版社，2001 年 12 月），冊 4，頁 4276。

〔註91〕汪東〈唐宋詞選評語〉，見《詞學》（上海：華東師範大學出版社，1983 年 10 月），第二輯，頁 82。

今學人歸結《蒲江詞》之風格，認爲「（盧祖皐）詞作注重字句結撰，精心鍛鍊字詞，巧意安排文句，筆觸纖細明麗、整練工緻而不淺率俚俗、粗豪叫囂，清詞麗句豁人心目，間或點化前人語言、故實入詞，更添典雅婉曲之致。……《蒲江詞》字裡行間常見雍容開雅的氣度，溫潤從容而不迫促酸腐，……於詞中盡是紆徐委婉之音、低徊掩抑之思，少見決絕慷慨之語、雄奇奔放之勢。」〔註92〕綜上諸家所述，正是這種雅麗工藹之風，遂使《蒲江詞》深得馮煦之心，所選〈宴清都・初春〉（春訊飛瓊管）纖豔幽怨，神似史達祖〔註93〕，讀其〈賀新郎〉（挽住風前柳）宛如行山陰道中，山水映發，使人應接不暇〔註94〕，〈木蘭花慢〉（嫩寒催客棹）一闋以空靈錯綜之法，寫出倦游宦途，嚮往隱逸的心境，筆有餘妍，弄姿無限，道盡脫落簪纓，息隱山林之心期。盧祖皐《蒲江詞》多清雅可頌，優雅嫻靜，雖無法與姜張等人之作同日而語，但仍不愧爲婉約詞派之重要羽翼。

然而，雅詞並非一味柔婉，特別是南渡詞人一拋溫柔旖旎之態，轉歌慷慨激昂之曲，發自心靈最深處的悲切憤悶，在馮煦來看，特別能夠觸動心扉，引古人爲知己，以古調爲己唱，感染情動之中，發出「忠憤之氣，隨筆涌出；並足喚醒當時聾聵，正不必論詞之工拙也」〔註95〕之論，因此新選中，有不少剛烈，具排山倒海之勢的瑰奇偉作，如辛棄疾〈破陣子〉（醉裡挑燈看劍）、〈鷓鴣天〉（壯歲旌旗擁萬夫）展現金戈鐵馬、馬革裹屍之抱負，激昂排宕；陳亮〈水調歌頭〉（不見南師久）以政論入詞，坦露其平生經濟之懷，新人耳目；劉過〈沁園春〉（萬馬不嘶）送別張路分，以「不斬樓蘭心不平」爲通篇眼目，其勢雷厲萬鈞，不可扼抑，〈六州歌頭〉（中興諸將）憑弔岳鄂王，借

---

〔註92〕趙福勇〈盧祖皐詞析論〉，《國文學誌》，第 12 期，2006 年 6 月，頁 246～247。

〔註93〕陳廷焯《詞則》（上海：上海古籍出版社，1984 年 5 月），頁 108。

〔註94〕〔宋〕魏慶之《詩人玉屑》（台北：世界書局股份有限公司，2005 年 5 月），頁 481。

〔註95〕見例言第 22 則評張孝祥、陳亮。

題發揮，遒勁高健。即使時空遠隔，閱讀辛派詞人的愛國之作，往往還能感受到那滿腔熱血志在恢復的心，同時又能藉此一窺時政，兼具「詞史」之用。但，詞人之作絕對不是單一面向，馮煦之選也並非用以傳遞褊狹之詞學觀念的工具，故，稼軒之〈念奴嬌〉（野棠花落），纏綿悱惻，蕩氣迴腸，〈祝英臺近〉（寶釵分）昵狎溫柔，銷魂意盡。龍川以錚錚鐵漢卻唱出〈水龍吟〉（鬧花深處層樓）、〈虞美人〉（東風蕩颺輕雲縷）一類的春恨、春愁，而顯和婉清勁、疏宕有致，龍洲之〈唐多令〉（蘆葉滿汀州）詞旨清越含蓄，宛轉柔脆、〈醉太平〉（情高意真）寫閨心，言短情長，素雅秀淨。百煉鋼於此皆曲化為繞指柔，展現了英雄豪傑溫柔情長的一面。他如《于湖詞》既有〈六州歌頭〉（長淮望斷）驚濤出壑的氣魄，亦有〈念奴嬌〉（洞庭青草）的清麗高雋、〈菩薩蠻〉（東風約略吹羅幕）的閨怨神傷。這些柔聲曼倩之作依舊歸於雅正之風，而激壯悲慨之作亦非徒流叫囂，兼容於一書中，展現新選廣匯眾流，忠於現實的客觀選風。同時，也因其客觀，故在例言大抵以時間先後為次第，論述詞人之時，能有絕佳例子佐以實證，「以詞論與詞選互為依托，表現為詞史型選本的初級形態」〔註96〕，在顯與隱之間，透過「選」與「論」的整合完成詞史的建構。

## 二、「論」對「選」的補充

　　《宋六十一家詞選》選詞與例言固然互為表裡，相互配合，尚有「選前說明」與「補選不足」的作用。就「選前說明」而言，馮煦例言雖是獨立成條，對單一詞人、詞作詳分細論者並不多，但往往富有畫龍點睛之妙，對該人、該作具提綱挈領的效用，例如，翻檢新選中石孝友《金谷遺音》時會發現，馮煦所錄者皆為小令，而在例言二十九則裡就已明白揭示「《金谷遺音》小調間有可采」〔註97〕；選錄姜

---

〔註96〕劉興暉〈馮煦《宋六十一家詞選》的論詞與選詞〉，《中山大學學報（社會科學版）》，2007 年第 6 期，第 47 卷，頁 70。

〔註97〕唐宋樂律傳至清代失逸已久，清人為對詞體聲律進行補救，以調選詞時，就以詞之字數代替宮調作為分別依準，故清人所言倚聲之「調」

夔《白石詞》除〈鷓鴣天〉（京洛風流絕代人）一詞未錄外，原汲古閣所收之三十三闋詞全入新選，此舉，在例言三十則論白石詞就已透露端倪，馮煦盛讚白石所作，「超脫蹊逕，天籟人力，兩臻絕頂，筆之所至，神韻俱到；非如樂笑、二窗輩，可以奇對警句相與標目；又何事於諸調中強分軒輊也？」正因爲白石之作臻於絕頂，無需「於諸調中強分軒輊」，故以幾近「凡見則錄」的方式編輯。

再就「補選不足」的作用來說，除了在例言中先行揭發選錄要則之外，例言還有補充詞選內文的作用。意即，馮煦進行選詞時，因某種原因並未將該闋入選，但此作又有若干可許之處，值得學習，完全割捨甚爲可惜，因此在例言中，以片言稱美之，摘瑕指瑜，一方面作爲警惕，一方面可收見賢思齊之效。例如馮煦評呂渭老《聖求詞》中〈撲蝴蝶〉（分釵縮鬢）一闋，整體不佳，但上片神韻介於清眞、淮海間（註98），頗爲可看，因此，詞選雖未選錄，但在例言中按以讚語。論洪咨夔《平齋詞》言：

> 平齋工於發端，其〈沁園春〉凡四首，一曰：「《詩》不云乎？蒹葭蒼蒼，白露爲霜。」二曰：「歸去來兮，杜宇聲聲，道不如歸。」三曰：「飲馬咸池，攬轡崑崙，橫鶩九州。」四曰：「秋氣悲哉，薄寒中人，皇皇何之？」皆有振衣千仞氣象；惜其下並不稱。（例言第 28 則）

因非通闋皆佳，故屏於新選之外，但此四闋又非完全一無可取，故於例言提稱之，使學者在瑕瑜互見中，效其瑜，去其瑕，以收正確仿效之功。而對於辛劉一派詞人，除在詞選中呈現浩然雄健的詞作外，因豪壯之詞不易工，通闋皆佳者難能可貴，未錄選者不在少數，故在例言中特別摘選未錄新選之作中，堪稱「壯語」、「警語」者，以補未列入新選之憾，例如陳亮〈念奴嬌·登多景樓〉「因笑王謝諸人，登高

是從字數區分，馮煦所言之小調應不離此。
［註98］例言第 14 則，「實祇其〈撲蝴蝶近〉之上半在周、柳之間，其下闋已不稱，此外佳構，亦不過〈小重山〉、〈南歌子〉數篇，殆又出千里下矣〈南歌子〉數篇，殆又出千里下矣。」

懷遠，也學英雄涕」、〈賀新郎·同劉元實唐與正陪葉丞相飲〉「舉目
江河休感涕，念有君如此何愁虜」、〈賀新郎 酬辛幼安，再用韻見寄〉
「涕出女吳成倒轉，問魯為齊弱何年月」，馮煦謂此等豪語足以「振
聲發聵」〔註99〕。劉克莊〈滿江紅·送宋惠父入江西幕〉「帳下健兒
休盡銳，草間赤子俱求活」、〈念奴嬌·壽方德潤〉「須信諂語尤甘，
忠言最苦，橄欖何如蜜」，馮煦以為由此等語句可見後村胸次非剪紅
刻翠者能匹敵〔註100〕，遂於例言中標舉以示眾。藉著論人及詞，不
僅凸出作家的特色，更盡可能地呈現作家的完整面貌。另外，如東坡
〈定風波〉（好睡慵開莫厭遲）、〈荷華媚〉（霞苞電荷碧）〔註101〕、〈滿
庭芳〉（歸去來兮）諸闋，實有佳句，傲骨霜雪，慷慨風流，亦不見
新選中，但於例言第四則，引劉熙載語以為褒揚。稼軒好用古語，引
經據典，把弄古人於掌腕之間，驅使古語於柔翰之下，對於此特色，
馮煦不輕易錯過，於選中以〈水調歌頭〉「長恨復長恨」作示範，於
例言中以〈水龍吟〉（昔時曾有佳人）為代表，盛讚其「連綴古語，
渾然天成」〔註102〕。以上，皆是馮煦藉例言補新選的別出寓意。

---

〔註99〕例言第 22 則，「忠憤之氣，隨筆涌出：並足喚醒當時聾聵，正不必
　　　　論詞之工拙也。」
〔註100〕例言第 34 則，「後邨詞與放翁、稼軒，猶鼎三足。其生丁南渡，拳
　　　　拳君國，似放翁。……又其宅心忠厚，亦往往於詞得之：〈滿江紅〉
　　　　送宋惠父入江西幕云：『帳下健兒休盡銳，草間赤子俱求活』；〈賀
　　　　新郎〉壽張史君云：『不要漢庭誇擊斷，要史家編入循良傳』；〈念
　　　　奴嬌〉壽方德潤云：『須信諂語尤甘，忠言最苦，橄欖何如蜜』？
　　　　胸次如此，豈翦紅刻翠者比邪？」
〔註101〕關於蘇軾〈荷華媚〉（霞苞電荷碧）一闋，首句「霞苞電荷碧」應作
　　　　「霞苞霓荷碧」，以鮮明之「霞」與暗淡之「霓」對舉，以未開之
　　　　「苞」與已開之「荷」對舉，為前後互文，亦即泛指已開、未開，
　　　　顏色鮮暗錯落之荷包與荷花也。此句宜解作「絢麗多彩的荷包與荷
　　　　花，嫣然生長在一片碧綠之中」。以「霓」字易「電」字詳細論證
　　　　過程與關於此闋詞其他用字之校勘，見王偉勇《宋詞與唐詩之對應
　　　　研究》（台北：文史哲出版社，2004 年 3 月），頁 446。
〔註102〕例言第 24 則，「即如集中所載〈水調歌頭〉『長恨復長恨』一闋，
　　　　〈水龍吟〉『昔時曾有佳人』一闋，連綴古語，渾然天成，既非東
　　　　家所能效顰。」

# 第七章　馮煦詞學的特色與總結

　　清末民初，世紀的替位，政體的轉換，交織著內憂外患，向中國鋪天蓋地席捲而來。傳統士大夫出身的馮煦，既迥異食古不化的腐朽頑儒，卻也非追新求變的新異份子，馮煦身上，集結的是對新學的排斥抵制與對傳統的積極開展。在文學殿堂裡，馮煦以探鑽晚唐五代、南北兩宋的詞學為主，同時賦予晚清民初的時代精神為之解說，追溯傳統與積極創發成為馮煦詞學的雙重面向。

　　茲董理馮煦相關詞論，將主要詞學思想總結，同時標舉出特殊之處，陳列如下：

## 一、關於詞體的基本論點

　　（一）有關詞的基本認知方面。首先，馮煦以「詞尚要眇，不貴質實」做為詞體特質的基本要義。「要眇」之說直指詞體核心，正合乎常州詞派之論。其次，以「是雅非鄭」的標準，做為衡量詞作好壞的繩墨，批評《樂章集》之說「與其千夫競聲，毋甯〈白雪〉之寡和也」，正是馮煦對雅詞追求的堅持聲明。其三，對於宋詞分派，馮煦在豪放、婉約不能盡定詞派後，借用中國《周易》哲學中陰陽剛柔的觀念，同時參考姚鼐分古文為「剛」、「柔」之說，擬出以「剛」、「柔」二分之法簡單概括詞之派別，再分別賦予「縱

軟」與「溫厚」的內涵。但馮煦又認為剛柔兩者間是雜揉而非涇渭分明，作家之稟氣、作品之風調也非相互排斥或絕緣，因此，能將剛與柔自然融於一爐，給予讀者剛柔並濟的審美感受，馮煦給予的評價不遜於達至「渾」之境界的作品。

（二）有關詞的實用價值與尊體方式上。馮煦採取務實的方法，以詞言志做為增強實用價值與尊體的手段。馮煦真情實性之寄託增加詞體之內容與深度，重視詞的言志功能與作用，所寄託者，若能寄憂生念亂之情、反映真實則為最高，如此一來，詞體就能跳出閨閣林園之外，走進人生社會，因內容題材的莊重，詞體自然就能矜莊，自能擺脫「小道」、「餘事」之譏。當詞具有與社會國家緊密相連的關係時，其實用價值自然也就成立，則詞體自尊，換句話說，使詞具有「實用價值」就是尊體的方法。馮煦更擴大詞的實用範圍，也就是將詞體推尊到「史」的地位，與詩史並駕。以詞作為後人論世之資，此觀念早在周濟詞論中就已提出，但晚清民初的政局動盪，社會民生危殆不安，馮煦認為以詞作為反映政治社會的文學載體，強調「詞史」的功能，無疑有更強烈的時代意義。

（三）以唐五代詞為師法學習對象。馮煦以「詞至北宋而大，至南宋而深」區分南北宋之別，認為北宋大家「每從空際盤旋，故無椎鑿之跡」，而南宋眾詞人則是「於字句間凝煉求工，而昔賢疏宕之致微矣」，北宋詞深得自然之趣，南宋詞則有雕鏤之美，各有天工與人巧之優長，然馮煦隱然對於北宋詞有著較高的評價。至於如何臻於北宋詞之化境，馮煦提出以先從學習唐五代詞入手。馮煦認為唐五代詞為詞家本源，溫、韋、二主、正中之作，乃詞家淵藪，開後世詞流。故唐五代詞在詞體發展史上有著初始濫觴的

地位。以追本溯源之法，尋求典範以為學習對象，自正軌進門，有著深刻的重要意義。馮煦以唐五代詞為善學者入門之階一說，矯正了浙西詞派的自限，也擴大了常州詞派的視野。

（四）在創作指導上，馮煦提出「顯者約之使晦，直者揉之使曲」的方法，避免詞作落入寫盡無餘的淺俗之病，又可使讀者玩味不盡，在加強言志功能的同時，仍要保留住詞體要眇宜修的特質，寫人心中隱曲難言的情愫，能言詩所不能言，達到詞體「旨隱詞微」的特有藝術美感。在遣詞用字方面，馮煦主張以自然之語言為詞面，深懷真摯之情感以出之。對於過度雕琢、荒豔炫目者，則多加鄙棄。就整體而言，馮煦以「渾」為創作最高境界，此一「渾」字包含了用意、鑄詞、設色、命篇等範疇，從形式到內容，一切都要符合詞體審美要求，特別是透過藝術的淬煉，使結構、用語「層深渾成」，無斧鑿之跡，神理骨性能夠高健幽咽，這才是倚聲藝術的極詣。

## 二、關於個別詞人的批評：

（一）馮煦的詞學觀主要建立在實際批評之上，但以不強為詞家溯本源、歸家數為基本原則，進行評述。在唐五代詞人方面，馮煦最推崇馮延巳，特別讚揚他用「意內言外」的比興寄託方式表達「憂生念亂」之情，故能達到詞隱旨微，委婉而深沉的審美效果，而這也正是馮煦所心儀的藝術境界。蓋馮煦所存晚清時代政治腐敗，災患頻仍，加之列強欺凌，兵燹連年，與馮延巳「周師南侵，國勢岌岌，中主既昧本圖，汶闇不自彊，彊鄰又鷹瞵而鶚眡之，而務高拱，溺浮采，芒乎滬芿乎，不知其將及也」之境極為相似，馮煦研讀馮延巳詞時產生移情作用，對馮延巳有著同情的理

解。因此，釋馮延巳詞對馮煦而言，成為一種「藉他人酒杯，澆心中塊壘」的紓解，對《陽春集》中憂約怨悱之情更加心有戚戚了。

（二）北宋詞人中，馮煦認為就長短句而言，歐陽修超然獨騖，眾莫能及，其詞「疏雋開子瞻，深婉開少游」，有兼善豪、婉宗主之姿。以「詞心」一說概括《淮海詞》之精神，鼓勵作家以真精神、真感情去體驗和反映客觀事物外，將性靈之真以詞體表達感動人心。以蘇軾超越「詞之四難」，表達《東坡樂府》的出類拔萃，不同眾格，而「剛亦不吐，柔亦不茹」的風格氣度，正與辛棄疾「摧剛為柔」的藝術本質相近，都是一種獨樹一幟，不域於世的橫放傑出之作。至於《清真詞》之藝術手法與表現形式的「清和」、「渾成」，馮煦以為達於倚聲之極詣，亦是北宋卓然有成的一大詞家。

（三）南宋詞人裡，以愛國豪壯為創作內容，表現激昂慷慨詞風的陸游、劉克莊、張元幹、劉過等人成為當世詞壇不可忽視的一批勁旅。靖康之難天翻地覆的國仇家恨，民族間的矛盾、統治者內部的權力鬥爭、社會政治的動盪不安，皆成為詞人筆下的傷憤，此等「不得已」之痛發為倚聲，振聲發聵，在內容重於文詞的審美觀念下，馮煦也不禁嘆到「正不必論詞之工拙」！不同於此派的慷慨激昂，姜夔憑藉天份人力將「清空」與「幽澀」調和一鼎，馮煦頗識其之長，提出習詞自「俗處能雅，滑處能澀始」，開出一道學習姜夔的大門。至於馮煦指《夢窗詞》的「麗而則」分別統貫了「幽邃綿密」與「脈絡井井」兩個特色，也使後人在閱讀《夢窗詞》「卒焉不能得其端倪」之餘，既能味其精美，亦有脈絡可循。

（四）馮煦對詞人的評騭，有所繼承亦有所創發，更有影響後人

者。例如，馮煦評馮延巳，不以人品升降其詞，給予馮延巳在詞壇上應有的公正評價，扭轉了世人的看法；以為柳永詞之藝術有人所難以企及處，並以「北宋巨手」許之，同時，抑張先以抬升柳永地位，這樣的觀點迥異於常州派前輩。而以白石之幽澀救浙派末流，以「俗處能雅，滑處能澀始」為入手方向，不僅對浙派末流提供一帖針砭良劑，也對常州理論一味糾彈姜、張，無視姜詞之優長的突破。以「澀」論詞，更在晚清四大家的詮釋活用下，重新評價《夢窗詞》特出之一面，成為用以療治浙派空滑的一大利器，具積極正面意義。至於對朱彝尊、厲鶚的評價，馮煦雖有部分持否定態度，但在主張重雅脫俗，保有詞體隱約之美，同時深有寄寓，卻是一致的，因此也給予朱、厲二人在詞壇上的肯定；這與一般常派因浙派末流之弊而上溯朱、厲，進而全盤否定、去棄之的態度，迥然有別。

## 三、關於詞集選本的操作

（一）馮煦《宋六十一家詞選》是以毛晉汲古閣《宋六十名家詞》為底本進行刪削。選前有例言與選本互為表裡，相互配合，選例既是理論的實地見證，理論亦是選例的最佳評價。另外四十四則例言尚有「選前說明」與「補選不足」的作用。就「選前說明」而言，富有畫龍點睛之妙，對該人、該作具提綱挈領的效用。而「補選不足」之作用，則在例言中先行揭發選錄要則，對於未入選之作品，則在例言中，以片言稱美之；摘瑕指瑜，一方面作為警惕，一方面可收見賢思齊之效。

（二）至於《宋六十一家詞選》的深層結構，係以毛晉汲古閣《宋六十名家詞》為唯一選源，以該書所列南北宋六十一家詞人為選域，以「今所甄錄，就各家本色，擷精舍纇」，同

時標舉雅詞為選心；其選型則是接近黃昇《花庵詞選》一類的「存史型詞選」。至於選陣方面，因馮煦新選係「選詞不選人」，故未有顯明的排列結構、層次或方式。然而，在例言中，馮煦則以時間為經，詞人為緯，重新排列六十一位詞家的順序。最後，馮煦之選自毛晉《宋六十名家詞》脫胎而出，又與成肇麐《唐五代詞選》、戈載《宋七家詞選》合刻為《蒙香室叢書》，於焉毛、馮、成、戈四選本，亦可構成一個選系。

馮煦詞學與其前輩如謝章鋌、譚獻相較或非匹敵，其名氣亦不若陳廷焯、晚清四大家響亮，但架構其詞學理念的批評形式遍及詞選、詞話、論詞絕句、序跋四種體製，筆者交互參看映證後，認為其詞學觀念，自成系統理路；亦即馮煦在循繹舊說之時能有所延伸發揮，創發新解之時又能言之成理。因此，在晚清詞學史及詞集選壇上，馮煦實應佔有一席之地。

# 參考書目

## 一、研究文本

1. 〔明〕毛晉《宋六十名家詞》，上海：上海古籍出版社，1989年。
2. 〔明〕毛晉《宋六十名家詞》，台北：台灣商務印書館股份有限公司，1968年。
3. 〔清〕馮煦《蒿盦類稿・續稿・奏稿》，沈雲龍《中國近代史料叢刊》，台北：文海出版社，1969年
4. 〔清〕馮煦《蒿盦（叟）隨筆》，沈雲龍主編《中國近代史料叢刊》，台北：文海出版社，1967年。
5. 〔清〕周濟、譚獻、馮煦等著，顧學頡校點《介存齋論詞雜著・復堂詞話・蒿盦論詞》，北京：人民文學出版社，1988年。
6. 〔清〕馮煦《宋六十一家詞選》，台北：文化圖書公司，1956年。
7. 楊家駱主編《清詞別集百三十四種》，台北：鼎文書局，1976年。

## 二、古籍史料

1. 〔宋〕柳永著，〔清〕鄭文焯校評《樂章集》，台北：廣文書局，1990年9月
2. 〔宋〕吳曾《能改齋漫錄》，台北：木鐸出版社，1982年。
3. 〔宋〕宋祁等撰《新唐書》，北京：中華書局，1997年。
4. 〔宋〕蘇軾《蘇軾全集》，台北：上海古籍出版社，2000年。
5. 〔宋〕秦觀著，徐培均校注《淮海居士長短句》，上海：上海古籍出版社，1992年。

6. 〔宋〕王灼《碧雞漫志》，收於〔清〕鮑廷博輯《知不足齋叢書》，台北：興中書局，1964 年。

7. 〔宋〕陸游《老學菴筆記》，北京：中華書局出版，1997 年。

8. 〔宋〕陸游撰，夏承燾、吳熊和箋注《放翁詞編年箋注》，台北：木鐸出版社，1982 年。

9. 〔宋〕胡仔《苕溪漁隱叢話》，台北：長安出版社，1978 年。

10. 〔宋〕沈義父撰，蔡嵩雲箋釋《樂府指迷箋釋》，台北：木鐸出版社，1982 年。

11. 〔宋〕劉克莊《後村詩話續編》，《古今詩話叢編》，台北：廣文書局，1971 年。

12. 〔宋〕項安世《項氏家說》，《叢書集成初編》，北京：中華書局，1985 年。

13. 〔宋〕周密《浩然齋雅談》，《文津閣四庫全書》，北京：商務印書館，2005 年。

14. 〔宋〕周密《絕妙好詞箋》，楊家駱主編，劉雅農總校《世界文庫・四部刊要》，台北：世界書局，1956 年。

15. 〔宋〕周密《齊東野語》，北京：中華書局，1983 年。

16. 〔宋〕周密選，秦寰明、蕭鵬注析《絕妙好詞注析》，西安：三秦出版社，1996 年。

17. 〔宋〕陳振孫《直齋書錄解題》，台北：廣文書局有限公司，1979 年。

18. 〔宋〕黃昇輯，王雪玲、周曉薇校點《花庵詞選》，瀋陽：遼寧教育出版社，1997 年。

19. 〔元〕方回《瀛奎律髓》，《景印文淵閣四庫全書》，台北：台灣商務印書館，1986 年。

## 三、近代史料

1. 〔清〕朱彝尊《竹垞文類》，《四庫全書存目叢書》，台南：莊嚴文化事業有限公司，1997 年。

2. 〔清〕朱彝尊《曝書亭集》，《景印文淵閣四庫全書》，台北：台灣商務印書館，1986 年。

3. 〔清〕沈雄《古今詞話》，《續修四庫全書》，上海：上海古籍出版社，2002 年。

4. 〔清〕周銘《林下詞選》，《四庫全書存目叢書補編》，濟南：齊魯書社，2001 年。

5. 〔清〕紀昀總纂《四庫全書總目提要》,石家莊:河北人民出版社,2000年。

6. 〔清〕戈載著、杜文瀾校註《宋七家詞選》,台北:河洛圖書出版社,1978年。

7. 〔清〕包世臣《藝舟雙楫》,台北:台灣商務印書館,1986年。

8. 〔清〕徐釚《詞苑叢談》,北京:人民文學出版社,1998年。

9. 〔清〕納蘭性德《納蘭詞》,台北:台灣商務印書館,人人文庫,1983年。

10. 〔清〕納蘭性德《通志堂集》,《續修四庫全書》,上海:上海古籍出版社,2002年。

11. 〔清〕翁同龢、李慈銘等《近代人物志》,台北:新文豐出版公司,1978年。

12. 〔清〕葉德輝撰、紫石點校《書林清話外二種》,北京:北京燕山出版社,1999年。

13. 〔清〕劉熙載撰,劉立人、陳文和點校《劉熙載集》:上海:華東師範大學出版社,1993年。

14. 〔清〕厲鶚《樊榭山房集》,《四部備要》,台北:中華書局,1981年。

15. 〔清〕戴邦楨、趙世榮修,馮煦、朱葊生纂《寶應縣志》,南京:江蘇古籍出版社,1970年。

16. 〔清〕繆荃孫《續碑傳集》,台北:明文書局,1986年。

17. 〔清〕譚獻《篋中詞》,台北:鼎文書局,1971年。

18. 〔清〕竇鎮《國朝書畫家筆錄》,台北:文史哲出版社,1983年。

19. 〔清〕王鵬運《庚子秋詞》,台北:台灣學生書局,1972年。

20. 中國文學史學會編《戊戌變法》,上海:上海書店出版社,2000年。

21. 中國科學院圖書館整理《續修四庫全書總目》,江蘇:齊魯書社,1996年。

22. 卞孝萱、唐文權編《辛亥人物碑傳集》,北京:團結出版社,1991年。

23. 朱祖謀《彊村叢書》,上海:上海古籍出版社,1989年。

24. 李鴻章《李文忠公全集》,台北:文海出版社,1968年。

25. 沃丘仲子《當代名人小傳》,沈雲龍主編《近代史料叢刊三編》,台北:文海出版社有限公司,1986年。

26. 屈興國輯注,況周頤《蕙風詞話輯注》,南昌:江西人民出版社,2000年。

27. 徐世昌纂，周駿富《清儒學案小傳二十一卷》，台北：明文書局，1985年。

28. 秦國經《清代官員履歷檔案全編》，上海：華東師範大學，1997年。

29. 梁啓超《飲冰室文集》，台北：台灣中華書局，1983年。

30. 閔爾昌《碑傳集補》，台北：文海出版社，1911年。

31. 楊家駱《洋務運動文獻彙編》，台北：世界書局，1963年。

32. 趙爾巽《清史稿》，北京：中華書局，1998年。

33. 劉子庚《詞史》，台北：台灣學生書局，1982年

34. 蔣貴麟《康南海先生遺著彙刊》，台北：宏業書局有限公司，1976年。

35. 戴邦楨、趙世榮修，馮煦、朱葭生纂《寶應縣志》，南京：江蘇古籍出版社，1970年。

36. 繆荃孫《續碑傳集》，台北：明文書局，1986年。

37. 寶鋆《籌辦夷務始末（同治朝）》，沈雲龍主編《近代中國史料叢刊》，台北：文海出版社，1966年。

38. 顧廷龍《清代硃卷集成》，台北：成文出版社，1992年。

## 四、研究專書

1. 李恩涵、張朋園《近代中國：知識份子與自強運動》，台北：食貨出版社，1972年。

2. 汪林茂《晚清文化史》，北京：人民出版社，2005年。

3. 周彥文《毛晉汲古閣刻書考》，台北：花木蘭文化出版社，2006年。

4. 尚學鋒、過常寶、郭英德《中國古典文學接受史》，濟南：山東教育出版社，2000年。

5. 金元浦《接受反應文論》，濟南：山東教育出版社，1998年。

6. 侯宜杰《二十世紀初中國政治改革風潮——清末立憲運動史》，北京：人民出版社，1993年。

7. 韋政通《中國十九世紀思想史》，台北：東大圖書股份有限公司，1992年。

8. 孫立《中國文學批評文獻學》，廣州：廣東人民出版社，2000年。

9. 高鴻志《中國近代史》，合肥：黃山書社，1989年。

10. 張伯偉《中國古代文學批評方法研究》，北京：中華書局，2002年。

11. 陳燕《清末民初的文學思潮》，台北：華正書局有限公司，1993年。

12. 喻大華《晚清文化保守思潮研究》，北京：人民出版社，2001年。

13. 黃霖《近代文學批評史》,上海:上海古籍出版社,1993 年。

14. 楊松年《中國文學批評問題研究論集》,台北:文史哲出版社,1994 年。

15. 楊國強《晚清的士人與世相》,北京:生活・讀書・新知三聯書店,2008 年。

16. 鄒雲湖《中國選本批評》,上海:上海三聯書店,2002 年。

17. 鄔國平、王鎮遠《清代文學批評史》,上海:上海古籍出版社,1995 年。

18. 劉乃昌《蘇軾文學論集》,濟南:齊魯書社,2006 年。

19. 劉若愚著、杜國清譯《中國文學理論》,台北:聯經出版事業公司,1985 年。

20. 樂黛雲、陳珏《北美中國古典文學研究名家十年文選》,南京:江蘇人民出版社,1996 年。

21. 蔡鎮楚《詩話學》,長沙:湖南教育出版社,1992 年。

22. 鄭師渠《晚清國粹派──文化思想研究》,北京:北京師範大學出版社,2000 年。

23. 魯迅《魯迅作品集》,台北:風雲時代出版公司,1990 年。

24. 龔書鐸、方攸翰主編《中國近代史綱》,北京:北京大學出版社,2004 年。

## 五、詞學著述

1. 方智範、鄧喬彬《中國古典詞學理論史(修訂版)》,上海:華東師範大學出版社,2005 年。

2. 王兆鵬《詞學史料學》,北京:中華書局,2004 年。

3. 王易《詞曲史》,台北:廣文書局有限公司,1988 年。

4. 王偉勇《南宋詞研究》,台北:文史哲出版社,1987 年。

5. 王偉勇《詞學專題研究》,台北:文史哲出版社,2003 年。

6. 皮述平《晚清詞學的思想與方法》,北京:學苑出版社,2004 年。

7. 朱崇才《詞話史》,北京:中華書局,2006 年。

8. 朱崇才《詞話學》,台北:文津出版社,1995 年。

9. 朱惠國《中國近世詞學思想研究》,上海:上海古籍出版社,2005 年。

10. 朱德才《增訂注釋全宋詞》,北京:文化藝術出版社,1997 年。

11. 朱德慈《常州詞派通論》,北京:中華書局,2006 年。

12. 吳宏一《清代詞學四論》，台北：聯經出版事業公司，1990 年。

13. 吳熊和《吳熊和詞學論集》，杭州：杭州大學出版社，1999 年。

14. 吳熊和《唐宋詞通論》，杭州：浙江古籍出版社，2005 年。

15. 吳熊和《唐宋詞彙評‧兩宋卷》，杭州：浙江教育出版社，2006 年。

16. 杜若鴻《柳永及其詞之論衡》，杭州：浙江大學出版社，2004 年。

17. 邱世友《詞論史論稿》，北京：人民文學出版社，2002 年。

18. 金啓華、張惠民《唐宋詞籍序跋匯編》，台北：台灣商務印書館，1993 年。

19. 俞陛雲《唐五代兩宋詞選釋》，台北：文史哲出版社，1988 年。

20. 姜書閣《陳亮龍川詞箋注》，北京：人民文學出版社，1998 年。

21. 施蟄存《詞籍序跋萃編》，北京：中國社會科學出版社，1994 年。

22. 施蟄存、陳如江《宋元詞話》，上海：上海書店，1999 年。

23. 胡適選注《詞選》，石家莊：河北人民出版社，1999 年。

24. 唐圭璋《詞話叢編》，台北：新文豐出版公司，1988 年。

25. 唐圭璋《詞學論叢》，台北：宏業書局有限公司，1988 年。

26. 夏承燾《夏承燾集》，杭州：浙江古籍出版社，1997 年。

27. 孫立《詞的審美特性》，台北：文津出版社，1995 年。

28. 張宏生《清代詞學的建構》，南京：江蘇古籍出版社，1998 年。

29. 張宏生《清詞探微》，上海：上海古籍出版社，2008 年。

30. 曹濟平《張元幹詞研究》，濟南：齊魯書社，1993 年。

31. 莫立民《晚清詞研究》（北京：中國社會科學出版社，2006 年。

32. 陳水雲《清代詞學發展史論》，北京：學苑出版社，2005 年。

33. 陳正平《庚子秋詞研究》，台北：花木蘭文化出版社，2008 年。

34. 陶子珍《明代四種詞集叢編研究》，台北：秀威資訊科技股份有限公司，2006 年。

35. 曾昭岷《全唐五代詞》，北京：中華書局，1999 年。

36. 華東師範大學編輯《詞學》，上海：華東師範大學，1988 年。

37. 黃文吉《北宋十大家詞研究》，台北：文史哲出版社，1996 年。

38. 黃文吉《宋南渡詞人》，台北：台灣學生書局，1985 年。

39. 楊柏嶺《晚清民初詞學思想建構》，合肥：安徽大學出版社，2004 年。

40. 葉嘉瑩《北宋名家詞選講》，北京：北京大學出版社，2007 年。

41. 葉嘉瑩《南宋詞名家選講》，北京：北京大學出版社，2007 年。

42. 葉嘉瑩《迦陵說詞叢稿》，北京：北京大學出版社，2007 年。

43. 葉嘉瑩《清詞選講》，台北：三民書局股份有限公司，2006 年。

44. 葉嘉瑩《詞之美感特質的形成與演進》，北京：北京大學出版社，2007年。

45. 葉嘉瑩《葉嘉瑩自選集》，濟南：山東教育出版社，2005 年。

46. 詹伯慧《詹安泰詞學論集》，汕頭：汕頭大學出版社，1997 年。

47. 路成文《宋代詠物詞史論》，北京：商務印書館，2005 年。

48. 劉少雄《南宋姜吳典雅詞派相關詞學論提之探討》，台北：國立台灣大學出版委員會，1995 年。

49. 劉尊明《唐五代詞史論稿》，北京：文化藝術出版社，2000 年。

50. 劉揚忠《唐宋詞流派史》，福州：福建人民出版社，1999 年。

51. 劉敬圻、陶爾夫《北宋詞史》，哈爾濱：黑龍江人民出版社，2005 年。

52. 諸葛憶兵、陶爾夫《北宋詞史》，哈爾濱：黑龍江人民出版社，2005年。

53. 鄭騫《景武叢編》，台北：台灣中華書局，1972 年。

54. 鄭騫《詞選》，台北：中國文化大學出版部，1982 年。

55. 蕭鵬《群體的選擇──唐宋人選詞與詞選通論》，台北：文津出版社，1992 年。

56. 龍榆生《龍榆生詞學論文集》，上海：上海古籍出版社，1997 年。

57. 繆鉞《繆鉞全集》，石家莊：河北教育出版社，2004 年。

58. 謝桃坊《中國詞學史》，成都：巴蜀書社，1993 年。

59. 嚴迪昌《清詞史》，南京：江蘇古籍出版社，2001 年。

60. 蘇淑芬《辛派三家詞研究》，台北：文史哲出版社，2006 年。

# 六、工具書

1. 王兆鵬、劉尊明《宋詞大辭典》，南京：鳳凰出版社，2003 年。

2. 朱惠國、劉明玉《明清詞研究史稿》，濟南：齊魯書社，2007 年。

3. 范之麟《全宋詞典故辭典》，武漢：湖北辭書出版社，2001 年。

4. 唐圭璋《唐宋詞鑑賞辭典・南宋、遼、金》，上海：上海辭書出版社，2006 年。

5. 唐圭璋《唐宋詞鑑賞辭典・唐、五代、北宋》，上海：上海辭書出版社，2006 年。

6. 馬興榮等《中國詞學大辭典》，杭州：浙江古籍出版社，1996 年。

7. 陳水雲《明清詞研究史》，武昌，武漢大學出版社，2006 年

8. 廖珣英《全宋詞語言辭典》，北京：中華書局，2007 年。

## 七、學位論文

1. 朱德慈《中晚期常州詞派研究》，南京：南京師範大學中國文學系博士論文，2003 年。

2. 李睿《清代詞選研究》，上海：華東師範大學博士論文，2006 年。

3. 林玫儀《晚清詞論研究》，台北：國立台灣大學中國文學研究所博士論文，1979 年。

4. 金鮮《清末民初宋詞學析論》，台北：台灣師範大學國文研究所博士論文，1997 年。

5. 侯方元《南宋詞研究史（清代部分）》，濟南：山東師範大學碩士論文，2004 年。

6. 柳愛群《晚清官書局刻書研究》，北京：北京師範大學碩士論文，2006年。

7. 曹明升《清代宋詞學研究》，揚州：揚州大學博士論文，2006 年。

8. 許楠《清末詞人馮煦研究》，蘇州：蘇州大學中國文學系碩士論文，2006 年。

## 八、單篇論文

1. 方智範〈常州詞派與近代詞學理論批評〉，《中國文化月刊》，1994 年12 月，第 182 期。

2. 王慶梅〈文章之衡鑑著作之淵藪──總集探析〉，《鄭州大學學報（哲學社會科學版）》，1995 年第 4 期。

3. 丘鑄昌〈近代思潮與近代文學〉，《高等函授學報（哲學社會科學版）》，1998 年第 3 期。

4. 宋邦珍〈馮煦的詞論探析〉，《輔英學報》，第 13 期。

5. 李金堂：〈清代金陵學人傳略（三）－馮煦傳〉，《南京高師學報》，1995 年 6 月，第 11 卷第 2 期。

6. 李建中、閻霞〈從寄生到彌漫──中國文論批評文體原生型態考察〉，《華中師範大學學報（人文社會科學版）》，2004 年 9 月，第 43 卷第 5 期。

7. 金鮮〈晚清詞論中的「詞品與人品」說〉，《中國學術年刊》，1997 年 3 月，第 18 期。

8. 孫克強〈詞選在清代詞學中的意義〉,《南京大學學報》,2006 年第 2 期。

9. 曹保合〈談馮煦的品格論〉,《北京教育學院學報》,1996 年第 2 期,

10. 郭延禮〈在中西文化交匯中的中國近代文學理論〉,《東岳論叢》,第 20 卷第 1 期,1999 年 1 月

11. 郭預衡〈李清照詞的社會意義與藝術價值〉,《文學評論》1961 年第 2 期。

12. 陳水雲〈論清代詞選的編纂及其意義〉,《滄州師範專科學校學報》,第 18 卷第 1 期,2002 年 3 月。

13. 陳銘〈晚清詞論轉變的核心:以詩衡詞〉,《浙江學刊》,1993 年第 3 期。

14. 劉興暉〈馮煦《宋六十一家詞選》的論詞與選詞〉,《中山大學學報(社會科學版)》,2007 年第 6 期。

15. 劉應甲〈淡語皆有味,淺語皆有致——秦觀詞風格初探〉,《中國古代近代文學研究》,北京:中國人民大學書報資料中心,1996 年。

16. 樊寶英〈選本批評與古人的文學史觀念〉,《文學評論》,2005 年第 2 期。

17. 鄧喬彬〈秦觀「詞心」析論〉,《文學遺產》,2004 年第 4 期。

18. 聶安福〈明清匯刊宋人詞集略述(上)〉,《古典文學知識》,1998 年第 1 期。

# 九、會議論文

1. 王偉勇、王曉雯〈馮煦〈論詞絕句〉十六首探析〉,《清代文學與學術》,台北:新文豐出版股份有限公司,2007 年。

2. 徐培均〈言情之妙品——試論納蘭性德詞〉,林玫儀主編《詞學研討會論文集》,台北:中央研究院中國文哲研究所籌備處,1996 年。

# 附錄一　毛馮選詞比較表

| 選本 | | 毛 晉《宋六十名家詞》 | | 馮 煦《宋六十一家詞選》 | | 比例（％） | 備 註 |
|---|---|---|---|---|---|---|---|
| 作者 | 詞集 | 集 次 | 詞量（闋） | 卷 次 | 選詞量（闋） | | |
| 晏殊 | 《珠玉詞》 | 第一集 | 131 | 卷一 | 20 | 15.26 | |
| 歐陽修 | 《六一詞》 | | 171 | | 32 | 18.71 | |
| 柳永 | 《樂章集》 | | 194 | | 20 | 10.30 | |
| 蘇軾 | 《東坡詞》 | | 328 | | 51 | 15.55 | |
| 黃庭堅 | 《山谷詞》 | | 178 | | 21 | 11.80 | |
| 秦觀 | 《淮海集》 | | 87 | 卷二 | 38 | 43.68 | |
| 晏幾道 | 《小山詞》 | | 254 | | 87 | 34.25 | |
| 毛滂 | 《東堂詞》 | | 203 | 卷三 | 20 | 9.85 | |
| 陸游 | 《放翁詞》 | | 131 | | 36 | 27.48 | |
| 辛棄疾 | 《稼軒詞》 | | 561 | | 38 | 6.77 | |
| 周邦彥 | 《片玉詞》 | 簏集 | 194 | 卷四 | 64 | 32.99 | |
| 史達祖 | 《梅溪詞》 | | 111 | | 49 | 44.14 | |
| 姜夔 | 《白石詞》 | | 34 | 卷五 | 33 | 97.06 | 入選比例最高 |
| 葉夢得 | 《石林詞》 | | 99 | | 17 | 17.17 | |
| 向子諲 | 《酒邊詞》 | | 178 | | 15 | 8.43 | |
| 謝逸 | 《溪堂詞》 | | 63 | | 23 | 36.51 | |
| 毛开 | 《樵隱詞》 | | 42 | | 14 | 33.33 | |
| 蔣捷 | 《竹山詞》 | | 93 | | 11 | 11.83 | |

| | | | | | | |
|---|---|---|---|---|---|---|
| 程垓 | 《書舟詞》 | | 155 | 卷六 | 31 | 20 | |
| 趙師俠 | 《坦菴詞》 | | 154 | | 14 | 9.09 | |
| 趙長卿 | 《惜香樂府》 | 第集 | 358 | | 33 | 9.22 | |
| 楊炎正 | 《西樵語業》 | | 39 | | 9 | 23.08 | |
| 高觀國 | 《竹屋癡語》 | | 108 | | 23 | 21.30 | |
| 吳文英 | 《夢窗詞稿》 | | 357 | 卷七 | 138 | 38.66 | |
| 周必大 | 《近體樂府》 | | 12 | 卷八 | 1 | 8.33 | |
| 黃機 | 《竹齋詩餘》 | | 96 | | 16 | 16.67 | |
| 石孝友 | 《金谷遺音》 | | 149 | | 19 | 12.75 | |
| 黃昇 | 《散花菴詞》 | | 43 | | 7 | 16.28 | |
| 方千里 | 《和清真詞》 | | 93 | | 23 | 24.73 | |
| 劉克莊 | 《後村別調》 | | 123 | | 11 | 8.94 | |
| 張元幹 | 《蘆川詞》 | 第集 | 185 | 卷九 | 24 | 12.97 | |
| 張孝祥 | 《于湖詞》 | | 180 | | 32 | 17.78 | |
| 程珌 | 《洺水詞》 | | 40 | | 3 | 7.50 | |
| 葛立方 | 《歸愚詞》 | | 39 | | 2 | 5.13 | |
| 劉過 | 《龍洲詞》 | | 41 | | 11 | 26.83 | |
| 王安中 | 《初寮詞》 | | 42 | | 4 | 9.52 | |
| 陳亮 | 《龍川詞》 | | 37 | | 6 | 16.22 | |
| 李之儀 | 《姑溪詞》 | | 86 | 卷十 | 10 | 11.63 | |
| 蔡伸 | 《友古詞》 | | 175 | | 27 | 15.43 | |
| 戴復古 | 《石屏詞》 | | 33 | | 2 | 6.06 | |
| 曾覿 | 《海野詞》 | 第集 | 123 | | 16 | 13 | |
| 楊无咎 | 《逃禪詞》 | | 173 | | 6 | 3.47 | |
| 洪璞 | 《空同詞》 | | 17 | | 5 | 29.41 | |
| 趙彥端 | 《介菴詞》 | | 126 | | 17 | 13.49 | |
| 洪咨夔 | 《平齋詞》 | | 44 | | 1 | 2.27 | 入選比例最低 |
| 李公昂 | 《文溪詞》 | | 30 | | 2 | 6.67 | |
| 葛勝仲 | 《丹陽詞》 | | 76 | | 2 | 2.63 | |
| 侯寘 | 《嬾窟詞》 | | 92 | 卷十一 | 12 | 13.04 | |
| 沈端節 | 《克齋詞》 | | 44 | | 8 | 18.18 | |
| 張榘 | 《芸窗詞》 | | 50 | | 9 | 18 | |

| | | | | | | | |
|---|---|---|---|---|---|---|---|
| 周紫芝 | 《竹坡詞》 | 箋集 | 150 | | 35 | 23.33 | |
| 呂濱老 | 《聖求詞》 | | 130 | | 13 | 10 | |
| 杜安世 | 《壽域詞》 | | 86 | | 7 | 8.13 | |
| 王千秋 | 《審齋詞》 | | 61 | | 5 | 8.20 | |
| 韓玉 | 《東浦詞》 | | 28 | | 3 | 10.71 | |
| 黃公度 | 《知稼翁詞》 | | 15 | 卷十二 | 7 | 46.67 | |
| 陳與義 | 《無住詞》 | | 18 | | 12 | 66.67 | 入選比例第三 |
| 陳師道 | 《後山詞》 | | 49 | | 8 | 16.33 | |
| 盧祖皋 | 《蒲江詞》 | | 25 | | 17 | 68 | 入選比例次高 |
| 晁補之 | 《琴趣外編》 | | 155 | | 23 | 14.84 | |
| 盧炳 | 《烘堂詞》 | | 63 | | 6 | 9.52 | |
| 總數／總體入選比例 | | | 7152 | | 1249 | 17.46 | |

■「比例」一欄是指個別作家在新選本與原選本入選之比。

# 附錄二　馮煦年譜簡編

本年譜簡編以朱德慈〈馮煦行年考〉爲主要編寫基礎，有所增損而成。

根據《清代硃卷集成》記馮煦於道光癸卯十二月初一日生於江蘇鎮江府金壇縣，此記年爲農曆，西曆則爲 1844 年 1 月 20 日。見顧廷龍主編《清代硃卷集成》（台北：成文出版社，1992 年 11 月），冊 169，頁 245。嚴迪昌《近現代詞紀事會評》、《清詞史》，黃霖《近代文學批評史》俱記以 1843 年，於此正之。許楠《清末詞人馮煦研究》、朱德慈《中晚期常州詞派研究》已明書 1844 年。魏家驊〈副都禦史安徽巡撫兼理提督馮公行狀〉、蔣國榜〈金壇馮蒿盦先生家傳〉、趙爾巽《清史稿》、秦國經主編《清代官員履歷檔案全編》等原始文獻，皆以馮煦虛歲行文，比馮煦實際年齡多增二年。

## 根據文本：

朱德慈〈馮煦行年考〉，見朱德慈《中晚期常州詞派研究》，南京：南京大學博士論文，2003 年，頁 116～127。

顧廷龍主編《清代硃卷集成》，台北，成文出版有限公司，1992 年，冊 169，頁 242～252。

■趙爾巽《清史稿》，北京：中華書局，1998 年，冊 41，卷 449，頁 12541～12543。

■秦國經主編《清代官員履歷檔案全編》，上海：華東師範大學，1997
年。

■蔣國榜〈金壇馮蒿盦先生家傳〉，收於卞孝萱、唐文權編《辛亥人
物碑傳集》，北京：團結出版社，1991年，頁661～666。年譜簡編
簡稱〈家傳〉。

■魏家驊〈副都御史安徽巡撫兼理提督馮公行狀〉，見閔爾昌纂錄《碑
傳集補》，台北：文海出版社，1911年，冊26，頁940～947。年譜
簡編簡稱〈行狀〉。

■楊家駱主編《清詞別集百三十四種》，台北：鼎文書局，1976年，
冊12，頁6306～6359。

■徐世昌纂，周駿富輯《清儒學案小傳二十一卷》，台北：明文書局，
1985年，頁407～409。

■馮煦《蒿盦類稿‧續稿‧奏稿》，沈雲龍主編《中國近代史料叢刊》，
台北：文海出版社，1969年。

■馮煦《蒿盦（叟）隨筆》，沈雲龍主編《中國近代史料叢刊》，台北：
文海出版社，1967年。

## 年譜簡編：

### 道光二十三年癸卯（1844）1歲

行履：十二月一日馮煦出生於江蘇。

〈行狀〉「以生時母夢僧拈花以授，遂字夢華，再宅憂，
又號蒿盦，晚自號蒿叟，辛亥後稱蒿隱。」

〈家傳〉「公初生時，母朱太夫人夢僧拈花入室，遂字
以夢華，晚號蒿庵。」

時事：洪秀全於廣東花縣創立拜上帝會。中英簽訂「虎門條約」

### 咸豐二年壬子（1852）8歲

行履：侍母至河南，依外祖朱士廉。

〈行狀〉「咸豐壬子，侍母往河南。時外王父朱士廉知
固始縣事。」

〈家傳〉「中侍母居河南固始縣外王父朱公士廉任所。」

時事：太平軍圍攻長沙。十一月，曾國藩奉命幫辦湖南團練後擴
　　　編爲湘軍。

**咸豐四年甲寅（1854）10 歲**

行履：返江蘇寶應，依堂舅朱百川。

　　　〈行狀〉「越三歲返，依寶應外家以居。從成心巢先生
　　　　　　　學。先生名孺，百行純備，稱江淮大儒，國
　　　　　　　史儒林有傳，是爲公一生學行淵源之所自。
　　　　　　　初習詞賦，爲喬笙巢先生守敬所奇賞，親爲
　　　　　　　點定，并贈以詩云『自昔名聞大小馮，而今
　　　　　　　鵲起又江東，世家科第尋常事，難得清才鳳
　　　　　　　噦桐。』蓋才思敏贍，藻采葩流，羣以爲由
　　　　　　　天授也。」

　　　〈家傳〉「越三歲，返寶應。天資穎悟，篤實礪學，先
　　　　　　　從成心巢先生孺治經及天算。成爲江淮通
　　　　　　　儒，事迹具國史儒林，又公從母夫也。是爲
　　　　　　　公一生學行淵源所自出。兼從喬先生守敬治
　　　　　　　詞賦，先生贈詩奇賞之。」

時事：十二月，太平軍大敗湘軍於鄱陽湖口。

**咸豐六年丙辰（1856）12 歲**

行履：父馮元棟歿。

　　　〈行狀〉「公生十四歲而孤。」
　　　〈家傳〉「生十四歲而孤。」
　　　馮煦〈上尤杰庵丈〉「吁嗟歲在丙，先子喪帝京。」

時事：太平天國內鬨。英艦進犯廣州，第二次鴉片戰爭起。

**咸豐七年丁巳（1857）13 歲**

行履：從喬守敬習詞賦。

　　　〈行狀〉「初習詞賦，爲喬笙巢先生守敬所奇賞，親爲點定，
　　　　　　　并贈以詩云『昔名聞大小馮，而今鵲起又江東，
　　　　　　　世家科第尋常事，難得清才鳳噦桐。』蓋才思敏

　　　　瞻，藻采葩流，羣以爲由天授也。」

　　　〈家傳〉「兼從喬先生守敬治詞賦，先生贈詩奇賞之。」

　　　馮煦〈宋六十一家詞選序〉「予年十五，從寶應喬笙巢
　　　　先生游。」

　　時事：石達開離開天京，與洪秀全決裂。英法聯軍攻陷廣州。

## 咸豐十年庚申（1860）16歲

　　行履：識交毛次米

　　　　馮煦〈毛次米哀辭〉「余年未弱冠即與毛次米爲昆弟之
　　　　　交。次米長余僅一歲耳。所居去予家不數武，門長
　　　　　終歲扃，惟予至，自起納之。」

　　　　馮煦〈毛次米傳〉「十八奉母居寶應，依其姑之子朱。
　　　　　朱又予之所自出也，因得數見君。君嚴冷少所可，
　　　　　獨與予如舊相識，予之交君始此也。」

　　時事：英法聯軍攻克大沽、天津，焚圓明園。咸豐帝逃往熱河。
　　　　簽訂中英、中法「北京條約」。十二月，清廷設立總理各
　　　　國事務衙門。

## 同治元年壬戌（1862）18歲

　　行履：從成孺學於朱氏之虧園。

　　　　馮煦〈毛次米哀辭〉「壬、癸二歲，同學於朱世虧園，
　　　　　踪跡益密邇。」

　　　馮煦〈清固靈壽縣知縣贈太僕寺卿銜諡恭恪成君墓誌銘〉
　　　　　「予數從心巢先生游，退與漱泉質難，所得爲多。其
　　　　　時共學者，若潘子伯琴、孔子力堂、毛子次米、朱子
　　　　　仲修、柳子佛青，所詣深淺不必同，而並不適於俗。」

　　　識縣學訓導江寧周保廉。

　　　　馮煦〈周還之丈詩序〉「歲在壬戌，識江寧周丈換之於
　　　　　寶應城北之且巢，相得也。既予奉母與丈鄰，有辱
　　　　　交長君鳳笙，誼益篤。」

　　時事：清軍圍攻太平天國「天京」。

## 同治二年癸亥（1863）19歲

行履：從成孺學於朱氏之虧園。

作品：作〈霜葉飛‧秋末過虧園同次米賦〉（峭寒如雨）

時事：清政府設立同文館。

## 同治三年甲子（1864）20 歲

行履：往游京師

　　馮煦〈清固靈壽縣知縣贈太僕寺卿銜謚恭恪成君墓誌銘〉「同治甲子，予北之燕。」

　　六月，母歿。返鄉奔喪。

　　馮煦丙戌年作〈過固安河〉詩，自注「甲子六月奔母喪經此」

時事：洪秀全病逝。捻軍與西北太平軍結合，推賴文光爲領袖。曾國荃攻陷南京。

## 同治四年乙丑（1865）21 歲

行履：應周保廉邀，往客桃源，陪其長子鳳笙共讀。

　　成肇麐〈蒿盒詞序〉「始君年弱冠，客游淮安之桃源。居處寂寥，間爲詞自娛，歲莫返棹，出而相示，肇麐心竊好之。」

　　馮煦〈周還之丈詩序〉「乙丑，丈爲桃源縣官，招予共鳳笙讀，相依者半歲。予去客曾二泉許，距一牛鳴地，晨夕過從，從無間也。」

作品：〈徵招〉（寒城清角吹煙起）、〈西子妝〉（斷港通煙）、〈淒涼犯〉（敗蘆卷雪）

時事：曾國藩、李鴻章於上海設立江南機器製造局。十二月，清軍攻陷東嘉應州，至此，長江以南太平軍餘部全部失敗。

## 同治六年丁卯（1867）23 歲

行履：毛次米歿。

　　成肇麐〈蒿盒詞序〉「丁卯，次米下世。」

　　馮煦〈毛次米傳〉「君之歿也以肺疾，初不甚劇，以事歸揚州，竟卒於舟次。……時丁卯春二月十三日，

計君生二十有六年。」

初游金陵。

馮煦〈徐州之行果矣〉「予之江寧始丁卯。」

時事：十二月，東捻軍覆滅於揚州，賴文光被俘遇害。

## 同治七年戊辰（1868）24 歲

行履：正月，移家金壇。

成肇麐〈蒿盦詞序〉「逾年，君迻家金壇。獨旅居蘇、
鎮間。」

由鎮江，經常州，往游蘇州。

馮煦〈南歸別芾卿〉「煙湖漠漠半離憂，怨笛吹寒似暮
秋。別有斷腸君不識，愁風愁雨下蘇州。」

作品：往游蘇州，作詩〈登甘雨亭〉、〈瓜步夜雨有懷二泉師〉、〈上
巳江上作〉、〈丹陽道中寄子昌從父〉、〈奔牛〉、〈馬陵〉、〈毗
陵〉等。甘雨亭、瓜步、丹陽、奔牛、馬陵、毗陵皆江蘇
地名。

時事：四川酉陽發生反洋教事件。

## 同治八年己巳（1869）25 歲

行履：入金陵書局校書。

〈行狀〉「同治甲子以後，曾文正公網羅東南碩學方聞之
士，開書局於金陵。公一時師友，若丹徒韓叔起
弼元、寶應成心巢孺暨其子恭恪公肇麐、溧陽強
廣廷汝詢、星源汝諤昆季均先後在局。公己巳游
江寧，與恭恪公同舍小長干里。」

〈家傳〉「曾文正移設書局於江陵冶城，東南碩彥畢集。
同治己巳，公入書局，師友之間，猶及侍汪君
士鐸、張君文虎、戴君望等。若丹徒韓比部弼
元、溧陽強君汝詢昆仲，皆預公廣師之列，講
貫之友。若毛次米、成肇麐、孔廣牧、潘咏、
顧雲、鄧嘉緝、陳作霖、蔣師轍等，相與商榷
古今，學乃益富。全椒薛慰農先生時雨主尊經、

惜陰兩書院，宏獎士類，於公噓植尤摯，公奉
手且久，亦依為歸宿。院課每一藝出，士林皆
斂手傳誦，有『江南才子』之目。」

成肇麐〈蒿盦詞序〉「又一年，相見於江寧。江寧江山
雄偉，其城北諸峰，又至窅邃，為自昔幽人窟宅。
年少健步，春秋佳日，輒相與披榛莽，窮巀嶪，求
六朝以來故蹟所在，及曩時名賢之游躅。有所興發，
則咸寓諸詞。」

秋，送成肇麐歸淮南。

馮煦作詩〈寄伯琴拂青即送潄泉之淮南〉、詞〈水調歌
頭〉（朔雁下平楚）序文：「送潄泉歸淮南，並為伯
琴、茝卿問。」

秋，染病。

作詩〈八月六日病中寄兄妹〉、〈十日枕上作〉「篝淒燈
暗夜孤清，臥病空堂月半明。我亦思歸眠不得，亂
蟲莫更作秋聲。」、〈中秋無月感懷兄妹〉「去年秋正
中，依依在鄉里。酒漿羅高堂，情話雜悲喜。今年
來建康，久客病初起。」

作品：〈長亭怨慢〉（又殘夢、東風吹醒）、〈琵琶仙〉（蠻月籠寒）
〈水調歌頭〉（朔雁下平楚）、〈琵琶仙〉（鐙暈虛堂）

時事：中俄改定「陸路通商章程」。貴州尊義發生反洋教事件。

# 同治九年庚午（1870）26歲

行履：任職金陵書局。

娶吳氏夫人。

馮煦《蒿盦續稿》，卷三，「庚午，娶於吳。」

十一月，成肇麐返金陵。

馮煦〈霜葉飛〉（斷腸時候）序「冬十一月二十三日，
潄泉來自寶應，相見歡甚。」

作品：〈擣練子〉（殘夢斷）、〈南浦〉（江上雁繩斜）、〈琵琶仙〉
（何事西風）〈玲瓏四犯〉（隔浦暗鐙）、〈霜葉飛〉（斷腸

時候）

時事：天津爆發大規模反洋教鬥爭。

**同治十年辛未（1871）27 歲**

行履：任職金陵書局。

> 馮煦〈清固靈壽縣知縣贈太僕寺卿銜諡恭恪成君墓誌
> 銘〉「辛未，同舍小長干里，出則聯袂，入則接席，
> 如是者亦五歲。」

夏五月，成肇麐往游嘉定。

> 成肇麐〈蒿盦詞序〉「又越一年，肇麐去客嘉定。」
> 馮煦作詩〈送潄泉之嘉定〉二首，其二「五月江城草
> 不荒，匆匆分手劇淒涼。」

作品：〈換巢鸞鳳〉（九曲池頭）

時事：俄軍侵占新疆伊犁。

**同治十一年壬申（1872）28 歲**

行履：任職金陵書局。

> 生子，名曰婁生。
> 馮煦《蒿盦續稿》，卷三。「壬申，子婁生生。」

作品：〈江南好〉（庭院悄）、〈憶王孫〉（菰浦獵獵雨潺潺）、〈浣
溪沙〉（一抹西風未夕暉）、〈江南好〉（三月暮）、〈江南好〉
（清夢破）〈南鄉子〉（一葉碧雲輕）、〈渡江雲〉（西風吹
暮雪）

時事：清政府首次派遣留學生出洋。上海成立輪船招商局。

清軍攻陷大理，雲南回民起義失敗。

**同治十二年癸酉（1873）29 歲**

行履：任職金陵書局。

作品：〈江南春〉（春寂寂）、〈浣溪沙〉（何處春殘不杜鵑）、〈江
南好〉（春去也）、〈疏影〉（羅衣乍索）、〈清波引〉（秋聲
淒楚）

時事：清軍攻陷肅州，陝甘回民起義失敗。

　　　劉永福殺法軍將領安鄴，法軍退出越南河內。

### 同治十三年甲戌（1874）30 歲

行履：十一月，應夔太守邀，赴四川夔州任文峰書院山長。

　　　馮煦〈高陽臺〉序曰：「甲戌中冬，予有夔州之役。」

　　　馮煦〈輪船中放歌贈高安丁寶馨〉「甲戌十一月，勞勞
　　　　事西征。」

　　　馮煦〈清固靈壽縣知縣贈太僕寺卿銜謚恭恪成君墓誌
　　　　銘〉「甲戌予游夔州」

　　　〈家傳〉「蒯太守德模延主夔州文峰書院。張文襄時督
　　　　　　　蜀學，試夔州畢，下教示諸生，謂夔僻郡失
　　　　　　　學，當詣馮山長受業，士爭歸之。」

作品：〈高陽臺〉（人去天寒）、〈三姝媚〉（斜帆天際小）、〈玲瓏
　　　四犯〉（別浦亂峰）、〈霓裳中序第一〉（涼蟾弄翠壓）、〈壺
　　　中天〉（楚江一笛）、〈垂楊〉（西風野水）、〈瑣寒窗〉（一
　　　櫂西風）〈卜算子〉（楚甸晚蕭蕭）、〈琵琶仙〉（天際征帆）、
　　　〈秋宵吟〉（擁孤衾）〈暗香〉（朔風正峭）。

時事：十二月，同治帝駕崩，德宗光緒即位，慈禧、慈安垂簾聽
　　　政。

### 光緒元年乙亥（1875）31 歲

行履：任夔州文峰書院山長。

　　　應鄉試，中式副榜。

　　　〈家傳〉「光緒乙亥，中式副榜。」

作品：〈浣溪沙〉（陌上何人控玉驄）、〈浣溪沙〉（花氣冥濛欲破
　　　禪）、〈攤破浣溪沙〉（采盡將蘺客未歸）、〈長亭怨慢〉（自
　　　江左甘郎歸後）、〈暗香〉（酒闌江閣）、〈甘州〉（甚匆匆、
　　　百歲隙中塵）

時事：清廷成立南洋、北洋、粵洋水師。

### 光緒二年丙子（1876）32 歲

行履：任夔州文峰書院山長。

作品：〈霓裳中序第一〉（孤蟾下倦驛）、〈摸魚子〉（憩園探梅柬次泉）、〈鳳凰臺上憶吹簫〉（虛幌籠寒）、〈憶江南〉（春欲盡）、〈河傳〉（城闕）、〈水調歌頭〉（公也古循吏）、〈高陽臺〉（角斷譙門）

時事：英軍強迫清廷簽訂「煙台條約」。

**光緒三年丁丑（1877）33 歲**

行履：春，自夔州返。仲夏，任職金陵書局。

　　成肇麐〈蒿盦詞序〉「丁丑中夏，乃復同居冶城之飛霞閣。閣踞山巔，與鍾阜石城相峙，頫睨塵闤如越世，雲煙朝夕，瑰奇變幻，千端萬態，黱斠之夕暮，益相與研精聲律，商榷同異，縱覽古今作者升降，而折衷於大雅。每登臺舒嘯，或就斗室煑茗，促膝夜話，致足樂也。」

　　馮煦〈清固靈壽縣知縣贈太僕寺卿銜諡恭恪成君墓誌銘〉「光緒丁丑戊寅間，校書冶山之巔。」

作品：〈聲聲慢〉（游絲弄暝）、〈壽樓春〉（招梅邊秋魂）、〈浣溪沙〉（一角南園掩碧暉）、〈一萼紅〉（北城陰）、

時事：王國維生。謝章鋌、樊增祥進士及第。

**光緒五年己卯（1879）35 歲**

行履：任職金陵書局

作品：〈琵琶仙〉（挑菜餘寒）

時事：日軍強佔琉球，改名沖繩縣。

**光緒七年辛巳（1881）37 歲**

行履：任職金陵書局

作品：〈瑣寒窗〉（有客尋秋）、〈瑣寒窗〉（霽雪生寒）

時事：曾紀澤簽訂「中俄伊犁條約」。

**光緒八年壬午（1882）38 歲**

行履：任職金陵書局。

應鄉試，中試第二十六名。

　　〈家傳〉、〈行狀〉「光緒八年，以副貢生舉於鄉。」

　　《清代硃卷集成》「光緒壬午鄉試中式第二十六名。」

　　同年中舉者尚有詞人朱孝臧。

作品：譚獻《篋中詞》在江寧開雕，七月，事竣。馮煦爲之校訂，

　　並作序。

　　馮煦〈篋中集序〉後署「壬午秋七月，金壇馮煦。」

時事：法軍再佔越南河內。中俄簽訂「伊犁界約」

## 光緒九年癸未（1883）39 歲

行履：十二月初九，成孺歿於寶應。馮煦往弔之。

　　馮煦〈清固靈壽縣知縣贈太僕寺卿銜謚恭恪成君墓誌

　　　銘〉「其年冬，漱泉宅心巢先生憂，予弔之寶應。」

時事：中俄簽訂「科塔界約」。

## 光緒十年甲申（1884）40 歲

行履：閏五月七日從兄馮履壽。

　　〈壽樓春〉序曰：「予共祖兄弟四人，予次在末，兩兄

　　　並早世，小春從兄亦旅沒臨安，其幸而在者小艭從

　　　兄。耳兄生道光丁亥閏五月七日，一尊爲壽，輒以

　　　五月代之。其閏者道光丙午、咸豐丁巳、同治乙丑、

　　　光緒丙子，迄今甲申而五矣。」

作品：〈壽樓春〉（羅西堂青袍）

時事：法軍進犯滬尾（台灣淡水），被守軍擊退。新疆改建行省。

　　十二月，法軍攻陷諒山。

## 光緒十一年乙酉（1885）41 歲

行履：正月二十二，薛時雨病卒於金陵。

　　馮煦〈桑根師誄〉「光緒十一年正月二十二日，桑根先

　　　生卒，南州高士競悲孺子之喪，北海諸生競輟康成

　　　之講。」

　　三月中旬，應邀徐州雲龍書院講學。

馮煦〈清固靈壽縣知縣贈太僕寺卿銜諡恭恪成君墓誌
銘〉「乙酉，予之徐州」

四月，道經宿遷，於王氏池東書庫獲見毛晉刻本，商借審
讀之，就該書次序裁汰精選內容，成《宋六十一家祠選》
藍本。

馮煦〈宋六十一家詞選序〉「乙酉，有徐州之役，道宿
遷，過王氏池東書庫，則是刻在焉。」

作品：〈憶舊游〉（記斜帆送暝）、〈甘州〉（去南鴻、影裡望江城）、
〈百字令〉（斷虹初霽）

時事：馮子材大敗法軍，取得鎮南關大捷，收復諒山等地。
「中法新約」簽訂。台灣建行省。

## 光緒十二年丙戌（1886）42 歲

行履：春，參加會試，中式第十五名，殿試第三。授翰林院編修。

馮煦〈清固靈壽縣知縣贈太僕寺卿銜諡恭恪成君墓誌
銘〉「明年予過籍，官翰林。」

〈家傳〉「十二年丙戌，成一甲三名進士，授編修。」

作品：〈浣溪沙〉（獨抱秋心此命騷）

時事：簽訂「中英緬甸條約」。

## 光緒十三年丁亥（1887）43 歲

行履：任職翰林院編修。

作品：九月九日作〈唐五代詞選序〉。九月十六日作〈宋六十一
家詞選〉。

合成肇䡍《唐五代詞選》、戈載《宋七家詞選》、馮煦《宋
六十一家詞選》、《蒙香室賦錄》為《蒙香室叢書》。

〈百字令〉（空階飛霰）、〈滿江紅〉（鏡檻書囊）、〈滿江紅〉
（微雨初收）、〈齊天樂〉（廿年夢斷淮西路）。

作〈論詞絕句〉十六首，〈論六朝詩絕句仿元遺山體〉十
六首。

時事：簽訂「中葡北京條約」。

## 光緒十四年戊子（1888）44 歲

行履：五月二十二日受命湖南鄉試副考官。

作〈戊子五月二十二日有湖南副考官之命紀恩二首〉

〈行狀〉「戊子典試湖南，稱得士。」

〈家傳〉「戊子，典試湖南，稱得人。」

《清代官員履歷檔案》「十四年五月，充湖南鄉試副考官。」

時事：英軍入侵西藏。北洋海軍建成。

## 光緒十五年己丑（1889）45 歲

行履：四月，散館一等。十二月，充國史館協修官，會典館圖上纂修官。

《清代官員履歷檔案》「四月，散館一等。十二月，充國史館協修官，會典館圖上纂修官。」

作品：八月，作〈陽春集序〉

時事：慈禧太后歸政，光緒皇帝親政。

## 光緒十六年庚寅（1890）46 歲

行履：四月，充圖上幫總纂官。五月，充教席庶吉士。

《清代官員履歷檔案》「十六年四月，充圖上幫總纂官。五月，充教習庶吉士。」

京東大澇，潘祖蔭、陳彝奏派馮煦督辦文安、大城諸縣急賑。

〈家傳〉「公之規劃災振也，始於光緒庚寅京東澇。管京尹潘文勤及京尹陳文恪公彝，奏派公辦文安、大城諸縣急振」

〈行狀〉「公之規畫振災也，始於光緒寅庚京東澇，潘文勤公祖蔭、陳文恪公彝奏派公辦文安、大城諸縣急振。」

時事：中英簽訂「藏印條約」。

## 光緒十七年辛卯（1891）47 歲

行履：京察一等，八月，充本衙門撰文

《清代官員履歷檔案》「十七年京察一等，八月，充本
衙門撰文。」

時事：陳廷焯《白雨齋詞話》成書。

## 光緒十八年壬辰（1892）48 歲

行履：五月，充教習庶吉士。

《清代官員履歷檔案》「十八年五月充教習庶吉士。」

作品：十一月，成肇譽爲《蒿盦詞》作序。

時事：陳廷焯卒。

## 光緒十九年癸巳（1893）49 歲

行履：三月，充國史館纂修官。十月，充會典館繪圖處總纂官。

《清代官員履歷檔案》「十九年三月，充國史館纂修
官。十一月，充會典館圖上總纂官。」

時事：《新聞報》創刊於上海。

## 光緒二十年甲午（1894）50 歲

行履：京察一等奉旨記名以道府用，三月，大考二等第五十一名。

《清代官員履歷檔案》「二十年京察一等奉旨記名以道
府用。三月，大考二等第五十一名。」

九月二十七日，夢華同侍讀學士文廷式、編修丁立鈞等翰
林官上〈請斥和議疏〉，杯葛與日本和議之事。

十一月十九日，馮煦再上〈請圖自彊摺子〉。

時事：日軍入侵朝鮮。中日宣戰。孫中山於檀香山建立興中會。

## 光緒二十一年乙未（1895）51 歲

行履：三月十七日，馮煦知和議勢在必行，上〈請圖自彊摺子二〉
針砭時弊。

五月，充國史館總纂官，兼署會典館圖上幫提調官。

九月二十七日，奉旨補授安徽鳳陽府知府。

《清代官員履歷檔案》「二十一年五月，充國史館總纂

官，兼署會典館圖上幫提調官。九月二十七日，奉
旨補授安徽鳳陽府知府。」

馮煦〈清固靈壽縣知縣贈太僕寺卿銜謚恭恪成君墓誌
銘〉「乙未，予出守鳳陽。」

時事：中日簽訂馬關條約，康有爲、梁啓超發起「公車上書」。

**光緒二十二年丙申（1896）52 歲**

行履：四月，護理鳳陽六泗道。

《清代官員履歷檔案》「二十二年四月，護理鳳潁六泗
道。」

時事：李鴻章與沙俄簽訂「中俄密約」。

**光緒二十四年戊戌（1898）54 歲**

行履：護理鳳陽六泗道。

《清代官員履歷檔案》「二十四年以會典館書成過半，
保以道員在任補用。又以國史館畫一臣工列傳書
成，保加鹽運史銜。經前兩江總督劉坤一以查振得
力，平反疑獄奏保，又經前安徽學政徐致祥以辦事
實心，整頓學校奏保，奉旨傳旨嘉獎。」

春，賑濟鳳、泗大災。

〈家傳〉「戊戌春，公臚述鳳、泗等屬災狀，壽州孫文
正據以入告，得旨頒內帑十萬，續開皖振捐
一年。明年鳳、泗等屬大舉辦振，全活尤眾，
公之力也。」

作品：作〈浣溪沙〉（記否江東倦羽栖）。

時事：慈禧太后發動政變，幽禁光緒帝，百日維新結束，戊戌六
君子被殺。

**光緒二十五年己亥（1899）55 歲**

行履：入京述職。

馮煦〈清固靈壽縣知縣贈太僕寺卿銜謚恭恪成君墓誌
銘〉「己亥北覲，遇漱泉天津歸。」

《清代官員履歷檔案》「二十五年，大計卓異，又經前

安徽巡撫鄧華熙奏保，送部引見。又於辦振案內奏
保奉旨傳旨嘉獎。十二月經吏部帶領引見奉旨著回
任准其卓異加一級仍註冊候升，復以明保引見，奉
旨著交軍機處存記。」

時事：美國照會英、俄、德三國，提出對華「門戶開放政策」。

## 光緒二十六年庚子（1900）56 歲

行履：四月，署理安徽鳳潁六泗道。

《清代官員履歷檔案》「二十六年二月回任，四月，署
理安徽鳳潁六泗道。十二月經安徽巡撫王之春於年
終甄別案內奏保，奉旨傳旨嘉獎。十二月經升任陝
西巡撫岑春煊奏保奉旨，仍以道員記名請旨開放，
俟補道員後賞給二品頂戴。」

命門人寶應劉鍾琳及同志往賑關中。

〈家傳〉「庚子，乘輿西狩，關中方大飢，有詔飭安徽、
湖廣各省地方官會同義紳勸募，公盡舉歷任
所入俸兩萬金，命門人寶應劉鍾琳集同志往
振，計查邠、長武、興平三州縣振款十餘萬，
於興平開兩千餘井，尤為根本治災之計。」

時事：義和團起義。八國聯軍占北京，慈禧挾光緒帝出奔西安。
沙俄侵占東北三省。清政府允八國聯軍「議和大綱」十二
條。

## 光緒二十七年辛丑（1901）57 歲

行履：擢山西河東道，道兼陝、豫、晉三省鹽庫。

〈行狀〉「二十七年遷山西河東道」

〈家傳〉「二十七年，擢山西河東道，道兼陝豫晉三省
鹽庫。任此者，歲可中飽無算。公裁汰陋規，加解
羨餘，復創為河東道庫歲出歲入表，使後來者有所
率由，即墨者亦懾於成憲，不至公然侵漁。」

《清代官員履歷檔案》「二十七年九月經開缺河南巡撫
于蔭霖迎鑾面保，奉旨交軍機處存記。旋回鳳陽府

本任。十一月補授山西河東道。」

時事：簽訂「辛丑合約」。李鴻章卒。袁世凱署理直隸總督兼北
　　　洋大臣。

## 光緒二十八年壬寅（1902）58 歲

行履：四月二十一日，奉旨補授四川按察使。

　　〈行狀〉「二十七年遷山西河東道，越一年，遷四川按
　　　察使。」

　　〈家傳〉「越一年，遷四川按察使。」

時事：梁啓超於日本橫濱創辦《新民叢報》。

## 光緒二十九年癸卯（1903）59 歲

行履：署四川布政使。

　　〈行狀〉「二十九年，署布政使。」

　　《清代官員履歷檔案》「二十九年正月二十一日，奉旨
　　　補授四川按察使。」

時事：「蘇報案」發生，章炳麟等被捕入獄。

　　　十二月，日俄戰爭爆發。黃興、宋教仁於長沙成立華興會。

## 光緒三十年甲辰（1904）60 歲

行履：回任四川按察使。

時事：黃興策劃長沙起義，事洩失敗。蔡元培於上海成立光復會。

## 光緒三十一年乙巳（1905）61 歲

行履：遷安徽布政使。

　　〈家傳〉「三十一年，遷安徽布政使。」

時事：中國同盟會於東京正式成立，孫中山任總理。

　　　日俄戰爭結束。日本強迫清廷簽訂「中日會議東三省事宜
　　　條約」。

## 光緒三十二年丙午（1906）62 歲

行履：九月，兼任安徽提學使。

　　〈家傳〉「三十一年，遷安徽布政史。明年，兼提學使。」

時事：鄭孝胥、張謇於上海成立預備立憲公會。

秋瑾於上海辦「中國女報」，宣傳婦女解放。

**光緒三十三年丁未（1907）63 歲**

行履：徐錫麟惠州起義，戕殺安徽巡撫恩銘，五月，朝廷詔馮煦
立補安徽巡撫。

〈家傳〉「三十三年，巡撫恩銘爲道員徐錫麟所戕，時
朝野洶洶，詔立補公安徽巡撫。公治其獄，
立持寬大，不事株連，政局始定。」

〈行狀〉「丙午、丁未閒，國是日非，海內外黨人昌言
革命。安徽道員徐錫麟，故革黨也。教練巡
警，因警生畢業，請巡撫恩銘涖觀，出不易
戕殺之。警生咸惴恐。公以布政使繼巡撫
任，治其獄，不株連一人。」

上〈化除滿漢畛域敬陳管見摺〉。

〈家傳〉「當是時，朝廷懲前毖後，有全行化滿、漢畛
域之諭，著內外衙門，各抒所見。公奏
言：……。疏入，中樞權宰咸嫉之。大學士
世續、兩廣總督岑春暄雖深知公，具疏密
保，皆不省。」

〈行狀〉「當是時，朝廷懲前毖後，有全行化除滿、漢
畛域之諭，著內外衙門，各抒所見。公奏
言：……。疏入，大臣權倖多忌嫉之。識者
已痛心於國事不可爲，而公在皖，遂不能安
於其位矣。」

時事：東北改建行省。光復會首徐錫麟安慶起義，失敗被殺。

同盟會先後於欽州、廉州、鎮南關起義，均失敗。

**光緒三十四年戊申（1908）64 歲**

行履：七月，詔罷安徽巡撫。

〈家傳〉「公當官而行，不避權貴，嚴糾墨吏。安徽道
員石鎮總辦牙厘局，怙權納賄，聲勢煊赫。
徽寧池太廣道文煥貪縱不職。皆劾罷之。任

甫一歲，江督端方以徐錫麟獄未窮治，不
嗛，陰奏公有革命之嫌。詔罷公職，以朱家
寶繼，未到任前，著繼昌署理，有不容公一
日在位者。識者益痛心國事不可爲矣。」

時事：清廷頒布「欽定憲法大綱」。光緒帝駕崩，溥儀即位。慈
禧太后卒。

## 宣統二年庚戌（1910）66 歲

行履：江、皖大水，朝廷復起爲察賑大臣。

〈家傳〉「宣統二年，江皖大水，朝廷始再起公爲查振
大臣。……公既被查振命，再起，五次出入
災區，籌畫規定。至三年六月，江、皖、豫
東各屬始竣事。凡振三十九州縣，振款多至
三百餘萬。」

作品：五月，爲朱祖謀《東坡樂府箋》作序。

## 宣統三年辛亥（1911）67 歲

行履：宣統遜位，避居上海。

時事：同盟會廣州起義（黃花崗之義），失敗。清廷成立「皇族
內閣」。

武昌起義爆發，各省宣布獨立，孫中山任臨時大總統。

十二月，清帝溥儀退位。

## 民國元年壬子（1912）68 歲

行履：在上海。與門人劉鍾琳、朱家驊等籌立「義賑協會」。

〈行狀〉「辛、壬之難，桑海猝更，公辟地滬濱，與劉
鍾琳立義振協會。自是往來白田、黃浦間，
有振必辦，靡一歲寧。本省於水旱外，兼及
兵災。遠而推至直、魯、豫、皖、湘、浙。
居恆誦富鄭公之言曰：『吾豈惜此一身，以
易數十萬人之命哉。』」

時事：袁世凱於北京就任第二屆臨時大總統。

民國二年癸丑（1913）69 歲

　　行履：在上海。十月，《蒿盫類稿》三十二卷刊成行世。

　　時事：宋教仁被殺，南方省分發動二次革命失敗。

民國四年乙卯（1915）71 歲

　　行履：在上海。與朱祖謀、繆荃孫、沈曾植、陳三立等清遺老組
　　　　　成逸社，馮煦為其中間。

　　時事：第一次世界大戰（1914～1918）期間。

　　袁世凱稱帝，改國號為中華帝國，蔡鍔等發動護國戰爭。

民國六年丁巳（1917）73 歲

　　行履：在上海。佐蔣國榜編選《金陵叢書》。

　　時事：府院之爭，張勛擁溥儀復辟失敗，孫中山廣州建大元帥府
　　　　　護法。

民國七年戊午（1918）74 歲

　　行履：在上海。應江蘇省修志局聘，任《江蘇通志》總纂修。

民國九年庚申（1920）76 歲

　　行履：在上海。參與逸社雅集。

　　時事：爆發京國之爭，教育界以北京語音為標準音，在學校推廣
　　　　　新國語。

民國十一年壬戌（1922）78 歲

　　行履：臘月初一，生日，清遜帝賜「修道養壽」匾額。

　　　　　〈行狀〉「先是，公年八十，清帝賜『修道養壽』匾額。」

　　時事：胡適推行白話文運動

民國十二年癸亥（1923）79 歲

　　行履：在上海。《蒿盫奏稿》四卷刊印行世。

　　時事：孫中山到廣州建軍政府，準備聯俄容共。

民國十三年甲子（1924）80 歲

　　行履：在上海。《蒿盫詞剩》一卷刻印行世。

　　時事：黃埔軍校設立。

## 民國十六年丁卯（1927）83 歲

行履：在上海。清明前一日，自書遺囑留示家人。

七月六日，卒。遜帝溥儀頒「清光粹範」額。歸葬寶應。

〈行狀〉「丁卯七月六日，以微疾薨。春秋八十有
五。……至是悼念遺臣，復賜『清光粹範』
額。江淮千里及受他振區域，聞公之薨也。
皆相向哭曰：『善人死矣，脫有旱澇，吾屬
將復何恃而活耶。』」

〈家傳〉「以道光癸卯二十三年十二月初一日生，得年
八十有五。海內識與不識，接奔赴相吊，曰：
『善人死矣，吾屬將復何恃而活耶！』」

時事：國共第一次合作破裂。南京國民政府成立。寧漢分裂。中
共發動南昌暴動。

# 附錄三　《蒿盦詞》內容淺析

　　馮煦以《宋六十一家詞選》及例言四十四則奠定其詞選家與詞論家的地位，然馮煦亦有實際創作，《蒿盦類稿》卷九與卷十各收詞六十闋、七十六闋，《蒿盦續稿》再收詞七闋〔註1〕，合稱《蒿盦詞》或《蒙香室詞》。成肇麐〈蒿盦詞序〉「矧足以寫性情之鬱伊，而藉著友生聚散之跡者哉。」〔註2〕大略指出《蒿盦詞》之內容梗概。本文就《蒿盦詞》百四十餘闋分就「觀世興懷」、「懷鄉念友」、「離別送行」、「詠物題畫」四類淺敘之，末論及詞作中意象之擇取與詞序創作，並歸納出整體結論，為《蒿盦詞》作一總結。

## 一、觀世興懷之吟

　　馮煦作詩為數不少，各種題材皆入詩中，因此觀《蒿盦類稿》詩歌作品可以領受不少風味，但《蒿盦詞》一百四十餘闋抑鬱悲淒之調佔去大半，所呈現之況味不若詩作繽紛多彩，成肇麐言其詞主寫性情之鬱伊〔註3〕，悲哀傷感遂成主調。馮煦之鬱伊來自於長年奔波遷徙、

〔註1〕 本文所採用《蒿盦詞》版本為楊家駱主編《清詞別集百三十四種》（台北：鼎文書局，1976年8月），冊12，頁6307～6359。其後詞作引用只標註頁碼，不再註明出處。
〔註2〕 成肇麐〈蒿盦詞序〉，頁6380。
〔註3〕 成肇麐〈蒿盦詞序〉「矧足以寫性情之鬱伊，而藉著友生聚散之跡者哉」，頁6380。

聚散離合、功名未就，更來自於大時代的低迷氣氛，文人俯仰其間，感慨盛衰，太息厝薪，痛極悲矣；發之於詞，遂成由衷之言。〈一枝花‧曉經秦郵過故居作〉就是咸豐兵燹後見故居殘敗蕭條，發自內心深處的嗚咽：

> 帆影收殘驛。問訊漚邊消息。未黃寒柳外、曉風急。湖水湖煙，一抹傷心碧。甚處尋秦七。衰草微雲，依然舊日詞筆。　霜重城陰溼。歸路暗驚非昔。東偏三五畝、薜蘿宅。十載塵顏，算只有頹波識。俊游忘不得。認禿樹荒祠，乳雅猶帶離色。（p.6315～6316）

譚獻《篋中集》選此闋，下注云「幽咽怨斷，夢華詞境感遇爲多。」〔註4〕此詞係過故居而作，面對曾經居住過的地方，屋宇的意義對馮煦來說不只遮風避雨，更是構築往事的屏障。詞人用「秦七游蹤」、「舊日詞筆」以代往昔的美好，但也暗驚逝者如斯，不舍晝夜，面對荒屋敗宇，也不得不傷心低咽。正因建築會傾壞頹圮，回憶卻不會隨戰火湮滅，兩相對照下，無怪詞人感慨萬千了。〈高陽臺〉則是朋友有身世之感，馮煦唱詞爲之解懷舒心：

> 角斷譙門，梧寒幕府，何郎重到銷魂。騎竹歡游，而今石老雲昏。堂前燕子無歸處，渺難尋、舊日巢痕。悄無言、弔月吟秋，不爲聞猿。　百年富貴春婆夢，問黃雞未唱，誰醒前塵。寶玦珊瑚，爭知少小王孫。長攜手、地新煙換，奈當時、倦柳都髡。共溫存、歲晚江空，且倒清尊。（序：次泉先德曾守夔州，匆匆二十年矣。次泉復客於此，其所居即竹馬嬉游處也。酒邊花下，時有身世之感，予哀其遇，賦此廣之。（p.6335）

上片用何遜思梅請再任揚州典故，以喻友人舊地重遊，不過，相較於何遜的對花彷徨，終日不忍離去，友人確是悽愴無言，「騎竹歡游，而今石老雲昏。堂前燕子無歸處，渺難尋、舊日巢痕。」景物依舊，人事全非，天實爲之，謂之奈何，也只能「悄無言、弔月吟秋」了。

---

〔註4〕譚獻《篋中集》，收於楊家駱主編《歷代詩史長編》（台北：鼎文書局，1971年9月），冊21，頁328。

深會友人之心的馮煦在下片展開安慰，「百年富貴春婆夢，問黃雞未唱，誰醒前塵。寶玦珊瑚，爭知少小王孫。」富貴如雲春如夢是世間常理，應把握的是此刻當下，今日的你豈是昔日富貴花叢中的少小王孫，早已隨時光荏苒脫胎換骨了。「長攜手地新煙換，奈當時、倦柳都髡。共溫存、歲晚江空，且倒清尊。」現下有我陪你共憶往昔，且把盞共飲經營未來的回憶。通闋悲傷中帶有暖暖的友情激勵，讀之倍覺溫馨。〈憶舊游〉則是馮煦陰錯陽差下於征途中滯留三義壩，憶起往昔屢客此地〔註5〕，遂有感懷：

> 記斜帆送暝，破帽欺寒，曾幾經過。認取羈鴻迹，又空波卷絮，冷雨吹蘿。酒邊漸覺春盡，誰按百年歌。但漠漠車塵，瀟瀟鈴雨，懼少愁多。　　消磨。舊游歷，算列騎防秋，夜幕橫戈。各有聞雞感，正星垂平野，冰斷寒河。庾郎賦筆無恙，枯樹此婆娑。奈倦旅淮南，吳霜半入青鏡皤。

（p.6343）

「但漠漠車塵，瀟瀟鈴雨，懼少愁多」道盡長年風塵僕僕，歷遍風霜的勞苦。下片轉入白髮黃雞之嘆，扼腕庾信難歸，「奈倦旅淮南，吳霜半入青鏡皤」縱使歸鄉也是蒼顏白髮老叟一個了。風塵奔波中，青春緩緩消磨，師友遷化，人事非昔，感觸前塵，愴然成篇。馮煦此類

---

〔註5〕〈憶舊游〉序云：「乙酉三月二十四日，阻風三義壩，客桃源時屢泊於此，今二十年矣，二泉師之沒亦一終星，城郭猶是，人民已非，何必丁令威化鶴歸來而後云爾哉，感觸前塵，愴然賦此。」時為光緒十年（1885A.D），距馮煦客桃源伴讀（同治四年1865A.D至同治五年1866A.D）二十載，曾惠（字二泉）卒於同治十二年（1873A.D），距馮煦賦此調十二年矣。陶淵明《搜神後記》首篇載丁令威事：「丁令威，本遼東人，學道于靈虛山。後化鶴歸遼，集城門華表柱。時有少年，舉弓欲射之。鶴乃飛，徘徊空中而言曰：『有鳥有鳥丁令威，去家千年今始歸。城郭如故人民非，何不學仙塚纍纍。』遂高上沖天。今遼東諸丁云其先世有升仙者，但不知名字耳。」見〔晉〕陶潛《搜神後記》，收於《搜神記‧搜神後記》（台北：木鐸出版社，1985年7月），頁1。馮煦序云「城郭猶是，人民已非，何必丁令威化鶴歸來而後云爾哉，感觸前塵，愴然賦此。」說明了物是人非的滄桑，舊地重遊的失落與悵然，不需丁令威闊別千年，二十年就夠令人愴感。

的哀感抑鬱更擅長用小令來表現，例如〈江南春〉「香定後，酒闌前。綠陰濃似畫，黃月澹於禪。南朝一片傷心地，小簟輕衾人未眠。」（p.6323）為客居金陵，因心有所感而夜闌無寐。〈浣溪沙〉「天際斷霞魚尾鮮，一繩南雁送歸舷，孤他楚竹與湘煙。　波亦未生霜未落，漢川西望柳如縣，舊游重到十三年。」（p.6351）觀其詞意似回江南舊鄉。但更多的是不標題目，雖能感受幽怨，但卻又莫名所以，例如：

> 青溪曲，檉柳不勝春。獨自吹香橋下過，晚鶯如夢絮如塵。
> 惆悵更何人。〈江南好〉（p.6321）

> 何處春殘不杜鵑。雨昏煙澹落花前。銷魂時節又今年。
> 　三月東風歸似客，一江春水遠於天。更無人上木蘭船。
> 〈浣溪沙〉（p.6324～6325）

> 陌上何人控玉驄。輕陰漠漠柳毿毿。羅衣初試又添寒。
> 　中酒心情閒似燕，禁煙天氣困於蠶。渾如庾信在江南。
> 〈浣溪沙〉（p.6330）

> 春欲盡，何處不銷魂。稚柳輕潮催小舸，畫簾微雨掩重門。
> 寂寂又黃昏。〈憶江南〉（p.6336）

另幾闋則有閨怨之感：

> 風料峭，月冥濛。波生前渡碧，花謝去年紅。西樓一夜聽
> 鵜鴂，春盡重簾閒夢中。〈江南春〉（p.6322）

> 清夢破，何處叫春禽。乍暖乍寒雲更嬾，熟梅時節晝愔愔。
> 立盡一樓陰。〈江南好〉（p.6324）

> 春寂寂，思厭厭。薄寒人中酒，微雨燕歸簾。庭陰竟日東
> 風峭，吹滿櫻桃花一匳。〈江南春〉（p.6325）

詞風清新流暢，婉麗潔雅，或為閨怨卻也可視為詞人寫照，實際上，馮煦的閨怨之作寫得語近情深，婉約多姿，是《蒿盦詞》中的佳品。〔註6〕有時又非純寫閨中女子的哀怨，而是寓有個人的深情感懷，〈南

---

〔註6〕 譚獻評《蒿盦詞》「單調小令，上不侵詩，下不墮曲，高情遠韻，少許勝多，殘唐北宋後成罕格。夢華有意於此，深入容若、竹垞之室，此不易到。」對於馮煦的小令作品贊譽有加。實際上，馮煦小令能

鄉子〉即是一例：

> 一葉碧雲輕。建業城西雨又晴。換了羅衣氣無力，盈盈。
> 獨倚闌干聽晚鶯。　　何處是歸程。脈脈斜陽滿舊汀。雙
> 槳不來閒夢遠，誰迎。自戀蘋華住一生。（p.6324）

「換了羅衣氣無力，盈盈」將閨中女子纖細柔弱，千嬌百媚的儀態刻
畫入微，「獨倚闌干聽晚鶯」透露女子的獨守空閨，百無聊賴。下片
「脈脈斜陽滿舊汀」既指夕陽靜默無語，亦指女子含情不語，卻又情
深意堅，末句「自戀蘋華住一生」是閨中人等待無極的哀傷自憐，卻
也是對愛情矢志不渝的誓言。馮煦於而立之年寫作此闋，當時仍在金
陵校書局任職，尚未考取功名，此闋既是託閨房之音以表自身的自尊
自愛，卻也是不甘年華老大就此籍籍無名空過一生。譚獻評云「顧影
矜寵」〔註7〕既是對詞中女子而發，亦是對馮煦潔身自愛，有所堅持
而發。〈高陽臺〉一闋則爲不同風姿，消極落寞，如在冷宮：

> 網戶長扃，雕櫳不暝，望中煙水淒迷。舊約湔裙，無人自
> 弄參差。花開陌上歸猶緩，算殘鵑、五夜休啼。夜何其、
> 天上人閒，一樣相思。　　鈿車去後梨雲冷，只燈邊閣夢，
> 笛外歌離。卷盡紅心，爭禁寸草春暉。雙飛乳燕渾無主，
> 怕湘簾、一桁重垂。莫偷窺、明鏡塵生，憔悴誰知。（p.6353）

起拍處映入眼簾的是蛛絲纏掛、暗塵厚積的屋宇，伊人獨坐空閨望向
煙水迷離的遠方，天上人間相隔杳冥，但心裡仍惦記著往昔舊約。下
片再就思念等待的寂寞加以渲染，遙憶當時對方乘車離去後，彷彿一
切都走向淒慘，梨花冷黯，乳燕棲惶，「燈邊閣夢，笛外歌離」窅寐
間都是離情別緒，結拍「莫偷窺、明鏡塵生，憔悴誰知」，無心打扮，

---

去除長調繁冗之病，精巧麗緻，娟娟可愛，正所謂「少許勝多」，取
材範圍廣泛，有時綴以小序說明填作緣由，內容則以若即若離技巧
出之，不落質實；而不明題目或序言者，更能予讀者遐想空間。寫
景明媚清新，用情刻鏤深入，勝於長調眾作。譚獻之評見《復堂詞
話》，收於唐圭璋《詞話叢編》，冊4，頁4000。
〔註7〕譚獻《篋中集》，收於楊家駱主編《歷代詩史長編》（台北：鼎文書
局，1971年9月），冊21，頁330。

明鏡生塵，就算真的照見，怕也只見容顏憔悴，不堪一看了。通闋詞作彌漫著一股濃濃的自傷情懷，女子以局牖獨居，顧影自憐的方式，表達對愛情的等待與承諾的堅守。馮煦對女子的深情更表現在追悼亡妻的詞作中，〈百字令〉是詞人在光緒二十五年（1895A.D）七月十八日爲髮妻五十冥誕所作：

> 哀蟬正咽。掩虛堂、又隕霜前衰葉。小簟輕衾眠未得，況復嫩涼時節。楚魄難招，吳趨莫問，陳迹如煙滅。滄桑塵事，夢迴爭忍重說。　百歲能幾光陰，斷腸分手，兩度聽啼鴂。錦錦瑟華年休更數，可奈冰絃都折。薊北雲孤，淮南草暗，回首成騷屑。潘郎老矣，鬢絲今又將雪。（序：乙未七月十八感賦，是日亡婦五十生日也。p.6354）

上片著眼於妻子過世後，中饋虛涼之景的描寫，夜難成寐，或招魂或於夢中對言，皆難實現。換頭處「百歲能幾光陰」，覺察妻子過世已有一段時間，同時，亦有感慨今世此生之味，「錦瑟年華休更數，可奈冰絃都折」用李商隱〈錦瑟〉詩意，請古人爲己心代言，妻子去後，詞人如「薊北雲孤」，世間也了無生趣，無怪乎「淮南草暗」。結拍處「潘郎老矣，鬢絲今又將雪」，死者已矣，生者惻惻，天人永隔的思念催白了詞人髮鬢。馮煦此闋寫來深情婉轉，纏綿動人，堪可列入古來悼亡佳詞之林。

馮煦漂泊各地常有機會親臨古蹟，每當面對前人遺跡時，心中不免有所觸發，憑弔昔時感懷今日，也填出不少有意義的詞作。〈迷神引〉是馮煦道經高郵露筋祠而賦：

> 水佩風裳寒未翦，門外嫩陰籠碧。揚靈何處，湖上煙如織。柳濛濛，斜陽卷，畫旂溼。一菊蘋香采，春渡寂。廢殿薜蘿叢，暮雲入。　太息湘靈，莫鼓錢郎瑟。灌木淒迷，殘鴉泣。怒潮流恨，算千古，空嗚咽。更菰蘆中，疏星晚，起魚笛。缺月墮無痕，歸怨魄。曲曲奏神絃，近寒食。（p.6312）

據《高郵州志‧貞烈傳》載「唐露筋女，不知何許人。會有行役，與嫂俱抵高郵郭外三十里，值天暮暑雨，蚊甚厲，託宿無所。道旁

有耕夫舍，嫂止宿焉。女曰嫌疑宜閉，堅不就，竟以是夜吮死舍外，其筋露焉。後人哀之，為立廟，貌遂名露筋云。」〔註8〕露筋祠外湖水縹緲無際，岸邊柳蔭參差，湖中有碧荷叢叢，「水佩風裳未翦，門外嫩陰籠碧」就是描寫這樣的美景，「揚靈何處，湖上煙如織」，女子雖已香消玉殞，但貞潔有守的靈魂幻化為女仙，列位仙班，只留遺跡供人憑弔，而「一叙蘋香采，春渡寂。廢殿薜蘿叢，暮雲入」，古祠的幽寂靜謐正如女子生前的獨立不改一樣。撫迹感懷，詞人聯想起帝舜妃子鼓瑟思君之事，「莫鼓錢郎瑟」卻又反用唐詩人錢起〈湘靈鼓瑟〉詩境，〔註9〕或許有羈旅思歸之感，不忍卒聽之意。「更菰蘆中，疏星晚，起魚笛。缺月墮無痕，歸怨魄」女子生前的的貞烈表現深刻感動了詞人內心，故使詞人於夜裡仍在祠前徘徊不已。〈百字令‧沔縣謁諸葛武侯祠〉更將歷史與現實、先賢與自身打并一起，另開一面格局：

> 陣雲似墨，擁叢祠、常與軍山終古。廢壘蕭蕭依沔上，萬壑松濤猶怒。鶴下層霄，猿吟遙谷，彷彿靈旂駐。宗臣遺像，望中猶想綸羽。　　記否古驛沙黃，風斜雨驟，遲我西征賦。世事如碁經幾劫，不數三分割據。起陸龍蛇處，處堂燕雀，爭得南陽顧。倚天舒嘯，石琴煙際重撫。（p.6356）

以「陣雲似墨」、「廢壘蕭蕭」營造凝肅莊重的氛圍，千巖萬壑間鶴鳴猿吟，彷若英靈仍在，「宗臣遺像，望中猶想綸羽」塑造的是千古以來諸葛武侯的經典形象。下片以自身西征之事換頭，其後精神一揚，在前賢鞠躬盡瘁死而已的精神感召下，雖憂世事如棋局般，詭譎多變，但也決意要有一番作為，放手一搏。懷古激切，撼動人心。盧冀

---

〔註8〕楊宜崙修，夏之蓉等纂，馮馨等增修《江蘇省高郵州志》（臺北：成文出版社，1970年），冊29，頁1811。

〔註9〕錢起〈省試湘靈鼓瑟〉「善鼓雲和瑟，常聞帝子靈；馮夷空自舞，楚客不堪聽。苦調淒金石，清音入杳冥；蒼梧來怨慕，白芷動芳馨。流水傳瀟浦，悲風過洞庭；曲終人不見，江上數峰青。」見《全唐詩》（北京：中華書局，1990年2月），冊8，頁2651。

野曾作〈望江南·飲虹簃論清詞百家百三十四集〉一闋評價《蒿盦詞》，云「蒙香室，淮上此宗風。壯語辛劉常涉筆，芊緜不與二窗同。顧盼足稱雄。」〔註10〕就整體來說此論容可再商議〔註11〕，但〈百字令〉此闋展現的難得豪氣，倒可與之相參看。其餘如〈角招·丹陽隱公橋弔張將軍國梁，同夢軒師賦〉（p. 6320）、〈壺中天·經黃州赤壁下示洪雨樓〉（p.6328）、〈琵琶仙·舟中望白帝寄漱泉〉（p.6331）詞境與藝術手法皆各有千秋。

## 二、懷鄉念友之詠

「學而優則仕」一直是大部分中國文士的人生之路，馮煦亦不免如此，入仕前棲皇奔走於地方鄉市間，對前途的渺不可測，不免惴惴不安、心生嘆惋。等到擢紳翰林後或轉任他調，或解職罷黜，又有身不由己，如萍似絮之慨。「歸鄉」成了馮煦難以隨心實現的夢。〈凄涼犯〉寫於馮煦前往桃源伴讀之時，這是詞人第一次離家遠游：

> 敗蘆卷雪。長汀晚、微霜尚戀歸屜。煙籠野樹，亂鴉驚起，暮笳淒咽。酒懷漸歇。奈歡意、都如墜葉。弄空波、寒星數點，鷗外半明滅。　　知否西窗下，一片秋聲，夜吟應怯。相思天末，又望斷、庭陰新月。北雁無書，算只悔、當時輕別。甚銀牋、一寸爲寫恨萬疊。（序：同蘋湘徘徊方塘之上，野風襲人，灑然襟抱，明月在水，荇藻交映，俯仰身世，憂從中來，感成此解，兼寄次米。p.6310）

上片寫景，以景鋪墊思情，時間由黃昏日暮遞走至寒星據天，下片直書情懷「相思天末，又望斷、庭陰新月」，以望斷新月之舉措外顯懷家念鄉的渴切，「又」字婉轉表達了詞人思鄉愁緒恆常縈繞心底，「北雁無書，算只悔、當時輕別。甚銀牋、一寸爲寫恨萬疊」，鄉音的不易獲得使詞人不禁對當時背井離鄉的決定深感惱悔，「算只悔、當時

---

〔註10〕楊家駱主編《清詞別集百三十四種》，冊1，頁8。

〔註11〕馮煦《蒿盦詞》眞正「涉筆辛劉」的壯語微乎其微，而是以婉約委曲、低緩悲慕之風爲主，但又與吳文英、周密的幽邃綿邈不甚相同，故「芊緜不與二窗同」之說，可成立。

輕別」激動表示悔恨，彷若見到詞人搥胸頓足、懊惱不已的神態，「一寸」銀牋又怎負載的了「萬疊」悔恨，透過強烈的對比使讀者深刻感受到詞人的愁天恨海。同治八年（1869A.D）馮煦入金陵校書局展開長達十七年的校書生涯，離鄉久居使馮煦頓生懷歸之意，〈菩薩蠻〉〔註12〕中歸夢不成，酹酒問夕陽，借杯中物以澆愁，奢望南雁帶來鄉音，身倚危欄，峭寒中只見潮來潮往，實則詞人內心何不盼望隨朝歸返呢？光緒元年（1875A.D）馮煦客居夔州，時值除夕，每逢佳節倍思親，〈甘州・乙亥除夕作〉寫的就是這樣的心情：

> 甚匆匆、百歲隙中塵，天涯又相催。正春鐙下了，亂山殘雪來照深盃。惆悵雞聲馬影，人隔楚雲隈。簫鼓娥兒曲，孤抱難開。　　還念故園今夜，趁辛盤薦後，西望徘徊。捫銀荷不語，獨自撥寒灰。總休卜、鏡中消息，算歸期、先負綺窗梅。思千里，向東風祝，莫放春回。（p.6333）

先是感嘆韶光易逝，浮生若夢，後是感慨空間阻隔，在眾人迎春歡會時馮煦抽身而出，獨行徘徊，「捫銀荷不語，獨自撥寒灰。總休卜、鏡中消息，算歸期、先負綺窗梅。思千里，向東風祝，莫放春回」眼看今多又不得歸，於是天真祝禱時間停駐，願春緩歸。〈霓裳中序第一〉〔註13〕（p.6334～6335）是以元宵之夜為寫作時序，在這同樣是代表團聚圓滿的日子裡，馮煦心懷萬端與友踏月南城，見景生懷，上

---

〔註12〕〈菩薩蠻〉「西風縷縷吹衰帽。雲痕闇夢空煙悄。酹酒問斜曛。黃花瘦幾分。　　遙天銜斷碧。南雁無消息。暝色赴危闌，歸潮弄峭寒。」序：九日，薄飲既闌，同蘋湘徘徊長橋，雲波明瑟，愴然賦此。頁6315。

〔註13〕〈霓裳中序第一〉「孤蟾下倦驛。落盡江梅春是客。城上夜烏正寂。漸星暗戍樓，烟沈荒磧。誰歌楚魄。罷玉尊、斷腸今夕。空凝望、峽門秋練，一道界寒白。　　游歷。柳邊坊陌。有簫影、釵光似織。年年歸計未得。曲榭懸鐙，小檻橫笛。斷雲迷故國。忍重問、傳柑消息。君休歡、圍鑪兒女，尚守杜陵宅。」詞前有序「丙子夔州元夕，次泉被酒不歡，與予躡月上南城，迤邐至東坳，望峽門一道，斜界、秋練赤甲白鹽諸山，搖落寒翠，磧畔夕煙舒卷若團雪。市囂漸遠，惟聞灘聲氵虢氵虢，與人語相亂。予與次泉或嘲或諷，各有身世之感，彼汩沒黃塵者，當不復閒如吾兩人也，因各以此解紀之。」

片多景幽閴遼夐，但景中有情，落寞孤寒，下片思鄉念家，其中「忍重問、傳柑消息」念起家中美眷，「君休歎、圍鑪兒女，尚守杜陵宅」想像妻子的溫言勸慰，婉轉情深，思鄉之念兒女情長，感人肺腑，妻子溫婉賢淑的端良模樣，躍然紙上。〈霓裳中序第一〉不只抒發家鄉夫妻之情，「星暗戍樓，烟沈荒磧」更以景物黯淡寓國事衰敗，前途堪憂，個體遭遇與國家命運緊緊相繫，縮家事、國事於一鑪。任職金陵所作〈滿江紅・同二泉師登金山作〉一闋更是意念深厚，將念鄉之情與憂國之慨深刻相連：

> 攜手危嵐，賸舊隱、重到未荒。汀洲外、亂帆孤壘，何限淒涼。北府興衰歸逝水，東山哀樂付殘陽。奈十年、兵甲倦登臨，秋樹蒼。　飄零久，思故鄉。百端恨，對茫茫。算白漚無恙，尚識清狂。更倚天風凝望極，大江東去海雲黃。問甚時、歸去理魚竿，煙嶼旁。（p.6319～6320）

登臨所見滿眼蕭索淒涼，「奈十年、兵甲倦登臨，秋樹蒼」對於烽火連年的煎熬，馮煦表達了厭倦之意，兵燹之災何嘗不是造成千萬人有家不得歸的禍因，「飄零久，思故鄉」正是鄉情的直接吶喊，「算白漚無恙，尚識清狂。更倚天風凝望極，大江東去海雲黃」壯懷激烈，然而詞之結拍氣勢陡然速降，「問甚時、歸去理魚竿，煙嶼旁」帶有路遙歸夢難成的悲涼。馮煦的思鄉小令往往寫得娟娟可愛，輕輕幾筆就將內心底蘊勾勒而出，〈河傳〉〔註14〕以登高引發懷鄉，「杜鵑啼。人未歸。路迷。片帆吹又西」悵惘而淒情，非但不能歸鄉，反而更行更遠。〈浣溪沙〉〔註15〕以從容婉秀之筆，寫春盡時節，歸鄉淮西之夢，醉中望歸帆，聽亂鴉，惝恍迷離間似乎回到家鄉的懷抱了。〈江南好〉

〔註14〕〈河傳・同次泉登夔州南城〉「城闕。愁絕。落花時。野戍殘旂雨微。峽中一春無雁飛。相思。北來音信稀。　十二青樓臨大道。春漸老。處處生芳草。杜鵑啼。人未歸。路迷。片帆吹又西。」頁6336。

〔註15〕〈浣溪沙〉「點點歸帆望不齊，亂鴉啼後暝煙低。酒闌時節更淒迷。　一片空波萍乍暖，二分殘月柳初稊。莫將幽夢過淮西。」頁6321～6322。

〔註16〕「三月暮，何事更干卿」似有花自飄零、水自流的惋惜，但人生自是有情痴，遙想鄉關草長鶯飛的花樣風光，豈能無動於衷，「東望不勝情」終於不再隱藏情感。全詞清圓流走，明白如話，譚獻對其風格給予「漸進自然」四字評價〔註17〕，為點睛之論。另一闋〈江南好〉〔註18〕也是藉春歸抒發鄉愁，但筆下景色更顯淒迷。家書聯繫了山隔水阻的兩端，當杳無音訊時，心中寄掛不已，等到收到家書後，卻又千愁萬緒，〈暗香‧題家書後〉就是描寫這樣的心情：

> 酒闌江閣。甚輕衾似水，羈人先覺。夢到淮南，澹月微霜下簾幕。長是歌離賦別，休更卜、鐙前紅萼。算幾日、鬢影都華，雙袖也應薄。　樓角。正蕭索。記伴我微吟，數徧寒柝。沈郎瘦削。曾倚鑪熏與調藥。孤負機中錦字，湘水闊、征鴻難託。便夜夜、歸去也，忍教見卻。
> （p.6332）

家書讀後夢回淮南，然而現實是客居易感，外界的環境變化，往往是孤客最先聞，憂愁令人消瘦，令髮斑白，想起歲月悠悠，「辜負機中錦字」不能長伴左右，「湘水闊、征鴻難託。便夜夜、歸去也」道盡詞人對家鄉的魂牽夢縈。

　　對友生之思念則是馮煦懷鄉思家的擴及。〈擣練子〉「依約舊時攜手地」（p.6317）重溫舊夢的期待，間接道出往日的友情甚篤。〈瑣寒窗〉「記重門款後，梅陰攜手，夜來初積」（p.6340）、〈百字令〉「記否昆明清露曉，墜粉尙零前浦。亂蕊爭榮，孤根自轉，曾共蓬瀛住」（p.6357）、〈百字令〉「悽惋攜手叢祠，霜前絮酒，曾送南征雁」（p.6346）、〈暗香〉「俊游記得。春草如煙上吟屐」（p.6319）皆是透過對昔日俊游的懷念，對比今日的孤獨，因此更於內心深處暗

---

〔註16〕〈江南好〉「三月莫，何事更干卿。草長鶯飛春水皺，勞勞亭下五清明。東望不勝情。」頁6323。

〔註17〕譚獻《篋中集》，收於楊家駱主編《歷代詩史長編》（台北：鼎文書局，1971年9月），冊21，頁330。

〔註18〕〈江南好〉「春去也，極目更何堪。日落孤帆天樣遠，荒坡冷驛柳毿毿。離思滿江南。」頁6325。

許「待相見，悄揜重簾，共翦鐙深語」〔註19〕的願望。從《蒿盦詞》眾多的懷友之作可以深刻感受出馮煦的重視與顧念，填詞寄贈者如〈玲瓏四犯・寄漱泉、季子〉（p.6327）、〈鳳凰臺上憶吹簫・答次泉〉（p.6333）、〈甘州・答漱泉玄武湖見懷之作即用其韻〉（p.6344）、〈百字令・得少符吳中書，賦此答之。丁亥試燈日也〉（p.6346）都是在贈答間向對方表達關懷思念之意，有的作品中還夾雜飄零之傷、衰老之嘆，使魚雁往返更顯沉重。也因為與友朋深情篤厚，因此容易在觀覽景致的同時，念友之情便油然而生，〈暗香・晚登燕子磯寄蘋湘漱泉〉〔註20〕、〈百字令・登黃樓有懷漱泉〉〔註21〕即是如此：前者登燕子磯，後者登黃樓，皆是上片寫登高所見之景，下片抒相思壞念之感，〈暗香〉摹江干之景，千尺銀濤，聲勢貫天；〈百字令〉狀城闕之色，沙雪漫浩，芳草連綿，皆是高瞻遠矚的壯麗畫面。〈暗香〉下片回首昔日春遊之樂，結束在極望天涯，寒碧無語中；〈百字令〉下片無人瞭會心底意念，以感嘆歲月如電，一閃即逝收結。

懷友之時往往夾帶著「聚散不恆，良會未易」的感慨，〈琵琶仙〉就是如此，序云「己巳三月，予羈建康。十四日之夜暝，飲已醉，同蘋湘、漱泉過長橋，坐磐石上。新月娟娟弄清影，遠笛掩抑，欲吹之墮。起尋南苑廢池，晚風盪愁碧荇藻交映，沉寥無人煙，語亦寂，一

---

〔註19〕〈微招・微雨乍寒，積陰成痗，孤羈白下，冶春欲闌，譜此寄滋泉、仲修、拂青〉，頁6314。

〔註20〕〈暗香・晚登燕子磯寄蘋湘漱泉〉「數聲怨笛。又無端喚我，來尋陳迹。點點峭帆，半帶斜陽下荒驛。幽壑潛蛟自舞，渾怒卷、銀濤千尺。甚絕磴、一綫侵雲，猶有晚樵識。　歸客。正惻惻。數斷角膌烽，總是離索。俊游記得。春草如煙上吟屐。茸帽西風漸暝，空望極、危岑寒碧。算舊日、攜酒處，去潮更急。」頁6319。

〔註21〕〈百字令・登黃樓有懷漱泉〉「斷虹初霽，倚層樓、送盡南來征轍。不見長河千尺瀉，只見驚沙吹雪。病葉欺蟬，虛檐舞蝠，夕照相明滅。高城凝竚，天涯芳草將歇。　淒絕江上離心，鬧紅一舸，處處聞啼鴂。重到羽衣橫笛地，此樂更無人說。四十三年，渾如電抹。秋鬢今騷屑。故人歸否，鄉愁應上眉纈。」頁6343～6344。

星漁火明滅，荻蘆開，如聞山鬼幽嘯者。相與罷去。沿緣至青溪，遙山微茫，雲樹隱隱可辨，時有櫂歌掠波往來，使人絕去世俗營競。漏三下，乃歸。因成此解紀之。時漱泉將歸淮南，予亦欲去建康。聚散不恆，良會未易，得離索之感慨焉，憑生不自知其詞之愴惻也。」〔註22〕略敘作詞緣由。本是新月娟娟，遠笛掩抑，絕塵去俗的暮春清夜，偏又心生離索之慨，一切歸因於「聚散不恆，良會未易」，遂使雁鳴鶴啼聽在耳裡都倍增悽涼，明月青柳觀之亦覺愴惻。另，詞〈霜葉飛〉〔註23〕敘相逢未久，頃刻相離也是同樣的情感，「怕折盡、天涯倦柳」，婉轉道出自古離別之多、感情之重，「算客裏、相逢未久。離心先自酸於酒。」故友重逢不易，卻又必須再踏上征途，各赴西東，實是重情義的馮煦所難以承受的傷痛。除了對生離之友的懷念，死別之天人永隔亦是人生旅程中難以避免的，〈壽樓春‧過二泉師宅示蘋湘〉講述了生者對死者的悼念：

> 招梅邊秋魂。自素絃折後，雨暝煙昏。賸有羈鴻留印，野鵑啼春。幽徑悄、行無人。曳練裙、誰哀王孫。恁題扇橋荒，敲碁墅冷，腸斷昔時塵。　　青谿曲，空斜曛。記映波叢笛，款月芳尊。怎又霜凋孤館，草生叢門。還自念，螢參軍。似野萍、飄零無根。甚馬策重摑，西州淚痕棲角巾。（p. 6336～6337）

起拍以招魂、絃折含蓄道出人亡踪杳的事實，過片「清谿曲，空斜曛」承上片而來，以斜陽暮色述馬帳空依的悵惘，「霜凋孤館，草生重門」雖未敘情，但傷心隱然其中。結拍「甚馬策重摑，西州淚痕棲角巾」

---

〔註22〕〈琵琶仙〉（輦月籠寒），頁6313。
〔註23〕〈霜葉飛〉「斷腸時候。微陰斂、歸雲猶戀孤岫。寒潮帶雨下青溪，正峭帆移後。怕折盡、天涯倦柳。亂鴉聲緊斜陽瘦。恁歲晚重來，漸石老苔荒，俊游無那非舊。　　還又晴雪空江，悄呼魚艇，與君能幾攜手。年年斷羽向西風，怨去鴻何驟。算客裏、相逢未久。離心先自酸於酒。莫更憑、危樓望，海樹如煙，者邊回首。」序：「冬十一月二十三日，漱泉來自寶應，相見甚歡。而歲序將闌，予又將歸海上，南朝異趣，曠若相代，黯然其為懷也。於是漱泉之歸，曾賦此解為別，因更倚此和之。」頁6318。

轉用羊曇哭其舅謝安的典故〔註 24〕，以為桃李興悲之意。除將對朋友、師長的思念寄寓於詞外，《蒿盦詞》中亦有馮煦對親人的懷想，〈清平樂・題小斸兄詞後〉「安得對牀清話，一鐙疏雨淮南」（p.6345）是對何時手足再相逢的深情叩問，此闋可與〈壽樓春〉「臏有衰髯如雪，古荊初苞。還執手，臨江皋。願百年、同樓蓬蒿。任海內風塵，從兄去尋涪麓樵」（p.6342）中老而攜手，死而同游，至死不渝的友于之愛相互參看，更可領略出馮煦兄弟間的手足之情。

「思鄉，是離鄉背井的人們複雜的、但又是美麗的情感表現……單就文學家來說，它集聚了中國文人個體生命力與社會倫理規範間複雜的聯繫與衝突。」〔註 25〕在馮煦的思鄉主題裡，除對故園風物的眷戀不捨外，等候鄉里的人，在鄉里發生的前塵往事更是馮煦魂牽夢縈的主因，妻子、手足、朋友都是詞人心中寄掛的對象，往日游蹤是馮煦心中視如珍寶的烙印，特別是在出門遠遊的征塵客居時光裡，對家鄉、人物的思念就更加深刻，寫作上亦結合多種複雜的情感，例如〈霜葉飛・秋暮過虧園同次米賦〉

> 峭寒如雨。簾陰暗、斜陽猶戀庭宇。苔花吟老斷無人，奈此時情緒。渾不記、留題甚處。暗蟲蝕盡東牆樹。且共倚危闌，怕寸碧煙空，薄游今已非故。　曾是選石延雲，洗瓢邀月，爛藤香裏同住。年年散髮弄涼秋，有幾多淒楚。莫更問、琴歌酒賦。庾郎先自傷遲暮。算我亦飄零久，負了沙邊，舊盟鷗鷺。（p.6309）

上片著眼於今時所見，寒雨、斜陽、暗蟲蝕葉，營造出暮秋衰敗之景況，「薄游今已非故」見景觸情，心生嘆惋。下片則描寫昔日與友閒

〔註 24〕《晉書・謝安傳》「羊曇者，太山人，知名士也，為安所愛重。安薨後，輟樂彌年，行不由西州路。嘗因石頭大醉，扶路唱樂不覺，至州門。左右白曰：『此西州門。』曇悲感不已，以馬策扣扉，誦曹子建詩曰：『生存華屋處，零落歸山丘。』慟哭而去。」後世常以作為追懷故人的典故。見〔唐〕房玄齡《晉書斠注》（台北：新文豐出版有限公司，1975 年 4 月），冊 2，頁 1346。

〔註 25〕王立《中國古代文學十大主題──原型與流變》（台北：文史哲出版社，1994 年 7 月），頁 229。

涼歌賦，自由自在的逍遙伴遊。然而愈是對昔日懷想即愈凸顯出今時之我的孤身單影，於是結拍處「算我亦飄零久，負了沙邊，舊盟鷗鷺」，對自身違背巖穴之士的高曠潔操，而奔波於塵俗名利間，沉深一嘆。〈玲瓏四犯〉〔註26〕觸景生情，序中明白寫道「閏十月十五日之夜飲蘋湘許，酒闌，蘋湘送予。長橋下澹月如煙，寒水一碧可鑑，數家樓閣，搖盪疏影，雅似淮西舊游。去年與漱泉時復有此，今漱泉已歸寶應，予與蘋湘亦意緒非昔。生不百年，清游有幾。使夜夜有月，已非今夜成迹，一逝渺不可追。感賦此解，並寄漱泉。」既有生不百年的蜉蝣之感，進而聯想「使夜夜有月，已非今夜成迹，一逝渺不可追」的纖弱敏感，亦有對昔日淮西舊游的緬懷，「清游有幾」更對往日與現今之游發出消極悲哀的嘆問。詞中「天涯能幾相見」、「算煙波、再來都換」、「十年漂梗」皆道出宦遊生涯在馮煦心中造成的負面情緒，雖在夢中隨輕鴻重遊舊時攜手之處，但不過是一晌貪歡罷了，夢醒也只能孤身一人，借酒澆愁。其他像是「聚散存沒之感不能無愴於中」〔註27〕、「俯仰身世，憂從中來」〔註28〕等多是因現實之觸及而發自內心的深沉感受，與晚清時代的大環境相聯繫，也就不難理解詞人為何會如此多愁善感了。

## 三、離別送行之歌

「別離」，一個令人黯然銷魂而又心旌搖曳的字眼〔註29〕，是《蒿盦詞》中哀怨心折觸發的起點。成肇麐序《蒿盦詞》云「（於詞）少小所習，長大有不能忘，薄技且然，矧足以寫性情之鬱伊，而藉著友

〔註26〕〈玲瓏四犯〉「隔浦暗鐘，孤城清角，天涯能幾相見。斷橋西去月，照影驚蕭散。而今俊游漸嬾。算煙波、再來都換。一別浮塵，十年漂梗，芳序黯將晚。　　無人地憑闌徧。望淮南落木，離緒何限。夜闊潮信穩，夢與輕鴻遠。曾攜手處銷凝甚，又千里、霜空雲亂。誰更遣。愁來怕、尊中酒淺。」頁6317。

〔註27〕〈齊天樂〉（廿年夢斷淮西路）詞序，頁6347。

〔註28〕〈淒涼犯〉（敗蘆卷雪）詞序，頁6310。

〔註29〕蕭瑞峰《多情自古傷離別——古典文學別離主題研究》（台北：文史哲出版社，1996年6月），頁10。

生聚散之跡者哉。」馮煦與群友或因宦遊，或因赴命，或因解職，或因轉任各種不同的原因，各赴西東，能否於生時再相見於煙硝四起的晚清，實難說準，是故更添增詞人心中的不確定感，對於友生的聚散不定、離會無常，馮煦常藉倚聲一抒離愁別怨，送行時的難捨依依，遠別後的傷感愀然，對未來重逢的期待盼望，皆撩動詞人纖敏脆弱的心弦。無論是送人遠遊或自身遠征，送行離別主題在馮煦寫來，總令讀者為之長嘆。

若是送友遠行，馮煦往往會在序文中點明遠行者及其往遊之地，詞作中則以敘別景抒別情為主，〈梅子黃時雨·送滋泉、良甫之淮南，兼寄拂青同漱泉賦〉描寫暮春時節江岸邊的送別：

> 倦柳搖晴，正疏雨半闌，人在南浦。怕一片涼雲，帶愁流去，草長波平天遠，斷腸不是春歸處。空延竚。幾點峭帆，飛下孤嶼。　　淒楚。冥冥芳樹。望荒城不見，來夢先阻。問前度劉郎，銷凝何許。輸與離亭今夜笛，倚寒吹得蘋花聚。漚邊路，甚時共尋煙語。（p.6314）

「怕一片涼雲，帶愁流去」明點離愁，「草長波平天遠，斷腸不是春歸處」順勢將眼界推向遠界，同時再點離愁斷腸。「幾點峭帆，飛下孤嶼」馮煦佇立江岸目送友人乘帆而去，直待片帆如江上星點，依依不捨之情溢於言表。下片轉入別後自傷，「荒城」、「離亭」衰寂寥落，暗夜吹笛表達對遠行者的思念，由「蘋花聚」發想起人物「甚時共尋煙語」的輕聲提問做為結拍。送行之時已有再見的念頭，若非不得已，是不會輕易相別的。有時，詞人還會想像友人征途中的孤獨僝僽，「鐙暈虛堂，算人似病葉飄零難久。離緒吹入，荒煙空、簾斷腸又。淒綠暗、孤帆自倚，莫聽到、冷猿啼後。遠樹冥冥，晴川歷歷，無那僝僽。」〔註30〕此為〈琵琶仙〉上片，序云「冬十二月十又三日，研孫歸湘中，

---

〔註30〕〈琵琶仙〉「鐙暈虛堂，算人似病葉飄零難久。離緒吹入，荒煙空、簾斷腸又。淒綠暗、孤帆自倚，莫聽到、冷猿啼後。遠樹冥冥，晴川歷歷，無那僝僽。　　更殘夢、飛墮淮南，怕雲影銷凝漸非舊。今夜酒醒何處，向遙岑迴首。應也弄，湖陰缺月，有一繩、斷雁歸

惘惘言別，夜更與蘋湘飲酒半，沿緣長橋下，煙月微茫，寒水自碧，淒然其爲懷也，因成此解，並寄滋泉、伯琴、仲修、茝卿。」雖非離別當下，但已沉浸在離愁之中，詞一開篇即以病葉爲喻，落葉不能歸根，反而任風擺弄輾轉流離，那份孤傷更添離緒之悽慘，「遠樹冥冥，晴川歷歷」，進則遠邁，退背丘墓，離愁彷彿在漸行漸遠之際一程深過一程。在彼方形單影隻的神傷，乾脆避身酒鄉也是羈旅解愁的方法，〈徵招〉下片「杜宇莫催歸，問南歸何處。海桑知幾度。便相見、不堪重數。馮高望、萬里乾坤，醉託鄉分付。」〔註31〕以示現手法，懸想友人憑高遠望莽莽天地，怕再見必是相對嘆嗟光陰荏苒，幾度物換星移，縱使愁懷萬端，而今開解之法也只能避託酒鄉暫紓思鄉念友之愁了。〈滿江紅‧心谷將歸海上，賦此留別依韻答之〉一闋除了有對來日的期待外，還加上了對時間的感懷：

> 鏡鑑書囊，算千里、來依下走。奈消得、茶烟禪榻，鬢絲
> 非舊。瞥電光陰吹野馬，浮雲世事成蒼狗。甚百年、聚散
> 水中漚，無何有。　　春漸上，瀹黃柳。塵漠漠，征帆皺。
> 又草生南浦，傷離時候。二月輕陰閒似夢，一壺新淥濃於
> 酒。載歸舲、乳燕共桃根，琅邪叟。（p.6346）

由於歡會之時往往不易察覺時光流逝，因此總在臨行驀然回首之際，驚於光陰渾如電抹，「瞥電光陰吹野馬，浮雲世事成蒼狗」世事變遷令人措手不及，歡聚猶如水中泡沫，難長久。除了送別當下的難分難捨，遠行者心傷憔悴外，留下來的人又何嘗不沉痛難過，〈琵琶仙〉〔註32〕下片，化用柳永〈雨霖鈴〉「今宵酒醒何處？楊柳岸、曉風殘月」句意，「更殘夢、飛墮淮南，怕雲影銷凝漸非舊。今夜酒醒何處，向遙岑迴首。應也弄，湖陰缺月，有一繩、斷雁歸否。爲問茸帽禁寒，

否。爲問茸帽禁寒，共誰消受。」序：冬十二月十又三日，研孫歸湘中，惘惘言別，夜更與蘋湘飲酒半，沿緣長橋下，煙月微茫，寒水自碧，淒然其爲懷也，因成此解，並寄滋泉、伯琴、仲修、茝卿。頁6315。
〔註31〕〈徵招〉（微陰正摭銀灣路），頁6353。
〔註32〕〈琵琶仙〉（鐙暈虛堂），頁6315。

共誰消受。」極望遙岑，故人就在重山的另一邊，殘月宿醉中，滿溢著濃濃的思念，〈滿江紅·再疊心谷韻，送紀堂姪歸江寧，並呈小艤兄〉〔註33〕下半闋寫得也是這種別後自傷的情緒，「吾衰也，蕭蕭柳。塵面在，觀河皺。況一們羣從，晨星凋候。歸計尚遲江上櫂，盛年莫放尊中酒。算到來、白髮話更闌，鍾陵叟」，自友離去，頓感衰頹，雖言「歸計尚遲江上櫂，盛年莫放尊中酒」似有豪達之意，但也許他日再相逢所見到的已是白髮蒼顏的鍾陵老叟。同樣的自傷情懷還有〈水調歌頭·送漱泉歸淮南，並爲伯琴、苔卿問〉〔註34〕的下片「前游地，歸不得，重徘徊。西窗暗雨乍歇、銀燭漸成灰。爲問潘郎淒緊，更念劉郎蕭瑟，相見且銜杯。歲晚莫迴首，殘客尚天涯。」西窗暗，燭成灰是因爲同窗共翦之人翩然已逝，「潘郎淒緊」、「劉郎蕭瑟」〔註35〕是因想念此人而衣帶漸緩，這種思念的折磨實不亞於送行別離當下的煎熬。有時詞人也會心生綺想，希望幻化成雲御風歸返江南：「只我願、夢化吳雲，逐天際、歸颿如葉」〔註36〕，但遐想終歸是遐想，現實生活中，離愁的排遣豈是易事。

有時，爲友送行之後，詞人亦踏上征途遠離，雙重別離更使日後相會遙遙無期，〈長亭怨慢〉即是送成肇聱往征淮南，念及己身亦歸江上所作：

> 又殘夢、東風吹醒。蒭上離亭，斷腸誰省。疏柳微黃，樹

---

〔註33〕〈滿江紅·再疊心谷韻，送紀堂姪歸江寧，並呈小艤兄〉(微雨初收)，頁 6346。

〔註34〕〈水調歌頭·送漱泉歸淮南，並爲伯琴、苔卿問〉(朔雁下平楚)，頁 6316。

〔註35〕「潘郎」原指潘岳，西晉潘岳〈秋興賦序〉「於春秋三十有二，始見二毛」意爲鬢髮班白，「潘鬢點吳霜」、「潘郎霜鬢」遂成爲後世文人用爲嘆老悲窮的典故。「劉郎」則指唐代詩人劉禹錫，劉禹錫兩度游玄都觀曾寫下兩首絕句，其中有「玄都觀裡桃千樹，盡是劉郎去後栽」、「種桃道士歸何處，前度劉郎今又來」詩句。後人用這典故，借「劉郎」喻舊地重遊，並有撫今追昔之嘆。馮煦藉潘岳、劉禹錫之典，喻指自身與友人兩地乖隔，光陰催老，若能舊地重逢，想也是感慨萬千吧。

〔註36〕〈長亭怨慢·送及之歸六合〉(又聽到)，頁 6354。

聲寒笛亂雅暝。碧雲何處，渾墮入、斜陽影。迴首望平蕪，
只一角、城陰愁凭。　　銷凝。怕蒮邊屧悄，忘卻舊游門
徑。西窗暗雨，忍猶憶、斳鐙同聽。算我亦、客思如潮，
待重載、空江煙艇。且緩緩催歸，說與子規應肯。（p.6311）

詞人以晚春暮色爲背景，在東風吹拂中悠悠醒轉，然而醒後所面對的
卻是斷腸別離，寒笛、鴉鳴無不擾亂心緒，倚樓所見斜陽橫亙平蕪之
上，漠漠無邊，愁緒也如此景綿延天際。上片寓情於景，使讀者強烈
感受到詞人別離心緒的疏零寥落。換頭敘事中表達了對昔日朝夕相處
的不忍忘卻。而念頭一轉，「算我亦、客思如潮」悵然想起自己也將
作客他鄉，但尚未啟程，乘棹歸返之心已蠢蠢欲動。整闋詞由離景寫
起，以「銷凝」綰合上片之今與下片之昔，最末進展至對未來歸鄉聚
首之期許，更以別情離緒爲線索穿連時間上的跨度，使結構緊實不致
鬆散。在《蒿盫詞》中，馮煦以自我踏上征程爲主題的詞作，最常用
的表現手法，即是對沿途所見風景加以描繪，同時抒發感慨，〈三姝
媚·荻港道中作〉（斜帆天際小）、〈霓裳中序第一〉（涼蟾弄翠壑）、〈垂
楊〉（西風野水）、〈瑣寒窗〉（一櫂西風）、〈暗香〉（朔風正峭）、〈秋
宵吟·柝聲〉（擁孤衾）等一系列往返夔州行旅之作，即是將道途中
所見所聞付諸倚聲，合眾作而觀之彷若觀賞長卷的山水畫：

斜帆天際小。對蕭蕭荒陂，尚銜殘照。斷塔搖煙，戰半林
黃葉，似愁難掃。幾點輕漚，應笑我、塵欺茸帽。故壘西
邊，霜角吟秋鬢絲催老。　　知否蘆陰孤嘯。怕閉了哀絃，
更添淒悄。舊約匆匆，問片雲涼嶼，甚時垂釣。莫上層樓，
人漸遠。江南寒早。一寸相思難寄，征鴻又杳。〈三姝媚·荻
港道中作〉（p.6327）

涼蟾弄翠壑。卸卻征帆潮又落。秋樹乍驚夜鵲。但煙暗戍
斾，星垂江閣。音書漫託。怕去鴻、猶怨漂泊。愁無語、
一鐙廢驛，冷笛勸孤酌　　天角。片雲寥邈。歎似鐵、重
衾正薄。宵來歸夢更惡。葉響幽坊，雨過涼幕。舊游渾似
昨。奈負了、霜前素約。頻延佇、春迴征岸，寄我小梅萼。

〈霓裳中序第一〉（序：孤舟夜泊，寒月微茫，海上斷鴻，邈無消息，愴然賦此。p.6327）

西風野水。賸幾株冥柳，牽人羈思。慘綠無多，笛聲吹向空煙裏，天涯何限傷心地。畫疏影、殘陽類寺。悔年年、輕暖輕陰。負晚春游騎。　　憔悴孤帆自倚。漸霜落漢南。冷峰無際。斷送秋魂，一丸斜月驚鴉起。荒荒津堠人千里。欹雙鬢、飄蕭如此。相思甚處微黃，棲暗葦。〈垂楊〉（序：漢南道上，煙水淒絕，寒柳蕭蕭，似憫人搖落者，因賦此解。他日漱泉見之，當以爲有桓郎之感也。p.6328）

一櫂西風，蘋鄉秋老，冷楓猶積。昏鴉去翼，尚帶霜前離色。卷南湖、千疊凍雲，峭帆影瘦殘岫碧。漸寒汀水落，荒邨人語。最傷孤客。　　征篷又暝，便送盡歸潮，已非江國。漁天斷葦，似我年年蹤跡。問煙波、舊時釣徒，雁程倦柳應未識。奈吹寒、戍角聲聲，夜壑招楚魂。〈瑣寒窗〉（序：二十一日，過湘南一小湖，微陰作寒，垂垂有雪意。遠峰數點，如野鳥掠帆去。沙水明瑟，時有漁舟三兩泓洄菇蘆中。湖上邨落，柴門晝閉，不復知世有勞人也。p.6329）

朔風正峭。又一篷夜雪，江空人杳。幾片凍鷗，不管殘寒下雲表。休訝潘郎鬢點，算愁外、青山俱老。望萬里、溼粉乾坤，疑是素蟾照。　　欹帽。更一嘯。指石際冷楓，慘綠多少。軟紅盡掃。猶勝當年剡溪櫂。贏得閒身畫裏，知碧宇、瓊樓重到。甚峽影、懸似練，玉龍自繞。〈暗香〉（序：十二月五日大雪，舟過峽中，萬山皆縞素。其上雲氣迷濛，與天一色，山半楓柏蕭蕭，時露丹碧。下則奔濤千尺，如噴銀沫，野鷗數點，拍拍過江去。此身恍在冰壺，曾不知世俗塵壒。此西征最勝處，亦予三十二年中第一奇遇也。擬作「峽中泛雪圖」，先爲此解紀之。p.6329）

「征帆」表示遠行、「涼月」意指遙想、「楊柳」牽人情思、「鴻雁」則爲懷歸，馮煦刻意揀取這些意象放入詞中，藉著意象本身的「遞相沿襲性」〔註37〕傳達了豐厚的情感。當然，面對多年的漂泊生涯，也

---

〔註37〕所謂「遞相沿襲性」是指某些具有定型指義的意象可以被詩人們用

會有感極而哀，無法壓抑的時候，「帶一分酸，離心未飲先酣」〔註38〕，離心能醉人，未飲先酣，以酒澆愁，怕也是「酒醒霜寒人寂」〔註39〕吧！有時也聞聲起興，如〈長亭怨慢‧鈴聲〉（自江左甘郎歸後）、〈聲聲慢‧艣聲〉（游絲弄暝）

> 自江左甘郎歸後。倦上征鞍，數聲催又。馬色侵寒，雁聲搖夢下孤堠。月殘風曉，嗚咽到、蕭蕭柳。敗鐸警虛簷，也似此，將停還驟。　　依舊。曳驚沙落木，負了玉鞭垂手。郎當自語，向零雨、劍門禁受。莫更賦、曲裏黃驄，怕聽到、淒涼時候。只斷塔棲塵，一樣霜中僝僽。〈長亭怨慢‧鈴聲〉（p. 6334）

> 游絲弄暝，波影搖寒，傷春人在蘭舟。倦枕重聽，無奈夢與雲流。東風一枝正緩，算垂楊、猶學輕柔。淒咽處，帶斜陽遠水，脈脈悠悠。　　記否瞿塘清曉，賦劍南愁句，水調應羞。蕩漾如煙，添了隔浦蓮謳。誰招五湖舊隱，倚征篷、欲訴還休。人去也，恁沙邊、驚起野鷗。〈聲聲慢‧艣聲〉（p.6336）

殘景衰色或可閉目不見，然聲音鳴響卻難充耳不聞，特別是征鞍鳴鈴與峭帆搖艣，一路相伴，像一首曲子撩撥征人底心情愫，思緒在時空中回盪，竟覺萬物也含情嗚咽了。

無論送行或是遠遊，懷舊思故中往往也夾雜著對鄉園的牽掛，有時嘆息年華，有時傷時憫亂，也有失意不遇的莫可名狀，其情感是五味雜陳，難以一線切割的，但總以淒苦哀傷爲主調，遂使讀遍《蒿盦詞》者也深染一股酸涼之氣，掩卷喟嘆。

---

　　　　來表達某種既定的情感。相沿既久，積澱既深，以致於讀者不需要借助其他文字，僅由交織在詩中的意象，也能捕捉到作者的情感趨向。蕭瑞峰《多情自古傷離別——古典文學別離主題研究》，頁123。
〔註38〕〈高陽臺‧甲戌中冬，予有夔州之役，漱泉送予江上，賦此別之〉（人去天寒），頁6326。
〔註39〕〈秋宵吟‧柝聲〉（擁孤衾），頁6331～6332。

## 四、詠物題畫之唱

　　題畫詞是《蒿盦詞》中的一道獨特風景，總數一百四十餘闋詞中，題畫詞共三十七首，依其題詠內容大抵可分人物寫眞與自然風物兩類。馮煦的人物寫眞題詞很少就畫中人物外形摹形寫樣，而是多著重在人物精神情意的表達，例如〈壺中天・題心巢師春歸杖履圖〉：

> 煙蘿無恙，問春歸幾許，幽人先覺。宛轉溪橋晴翠瀉，輸與閒鷗棲託。屋借林圍，泉因筧引，差可團蒲著。獨隨霞往，一襟眞想緜邈。　　還憶四壁絃歌，東風飄瞥，舊夢渾如昨。甚日白田殘月裏，許我重攜松屬。謝笠衝寒，呼筇溯遠，來踐琴邊約。南雲歸晚，故山應有猿鶴。（p.6314）

上片先以煙蘿、溪橋、晴翠、閒鷗等意象作爲成心巢出場的鋪墊，塑造出具有藐遠胸襟，獨隨霞往的高士幽人形象，其居處之地是「屋借林圍，泉因筧引」的林泉清境。下片自回憶昔日從師問學，服侍左右的師生情誼入筆，睇畫思往，感念師恩之情油然而生。上片實筆，下片虛寫，使題畫詞虛實相生，也表現了作者與畫中人深厚的感情。另如〈水調歌頭・題蒯子範先生坐翠薇圖〉亦是以讚美畫中人高潔之品格爲詞作旨意 [註40]：

> 公也古循吏，杖節出夔州。千家山郭如畫、嵐翠上南樓。天遣婆娑老子，消受隱囊紗帽，來領峽中秋。萬里控邛僰，何用覓封侯。　　梧竹暗，風日美，足淹留。中興絳灌何限、四顧邈無儔。卻有渝童巴女，歲歲朱旍銅鼓，輂鞉拜前驅。我起爲公舞，一嘯看吳鈎。（p.6330）

「中興絳灌何限、四顧邈無儔」說明了蒯子範之才能絕倫，然而其人卻泥塗軒冕，甘心隅守四川夔州，爲渝童巴女獻身教育，不僅得到當地人士的愛戴，也感動了馮煦而欣然爲之起舞。於此闋，馮煦跳脫《蒿盦詞》中淒愁哀怨的基調，展現了難得的昂揚意志。再如〈石湖仙・

---

〔註40〕馮煦另有〈題蒯子範先生坐翠薇圖〉一詩「昔年南國飾雕輦，今日西州簪角巾。奇氣卓犖蓋一代，和澤亭育周三春。小兒已過楊德祖，下走獨憨鄭子眞。臨風披圖一頻印，中興絳灌誰其倫。」與詞作相呼應。見《蒿盦類稿》，卷五，頁 355～356。

江上晚霞圖用白石壽石湖居士韻為薛丈題〉〔註41〕以半天朱霞籠罩澄
江為背景，襯墊薛時雨詩情千古、灑然清高的襟懷，雖以題圖為名，
內容實則表達對薛時雨的仰慕，而馮煦選韻上的匠心，藉姜夔壽范成
大之故實，亦可看出馮煦對薛老的敬意。除了對講席之頌美外，〈百
字令〉（葦西一舸）〔註42〕則是由圖想人，言概前人閻若璩（1636～
1704）的學術事業、與清靜自守的高曠風範，馮煦在字裏行間表達了
推崇景仰之意。除了以高風亮節的人物為題畫對象外，〈徵招·題空
帷鑑月圖，同漱泉賦〉、〈臺城路·題簫聲鬟影圖〉則是以閨中女子為
題詠對象，兩闋情韻皆屬閨怨之作。

> 酒醒香斷眠還起，依依那時懷抱，素魄尚籠煙，奈修簫人
> 杳。倚寒鐙暈小。算虛幌、淚痕猶照。獨下閒階，滿身梧
> 影絮蟲聲悄。　　換了。一分秋，淒涼意，紛如亂雲難掃。
> 幽夢已無憑。又疏星沈曉。暗塵驚漸老。怕孤館、不禁重
> 到。碧天峭、過盡南鴻，問寄愁多少。〈徵招·題空帷鑑月圖，
> 同漱泉賦〉（p.6320）

> 嫩陰簾幕微雲斂，添來一生幽咽。舊曲吹寒，空匲照影，
> 又是黃昏時節。花消酒祓。算如此清狂，候蛩能說。莫弄
> 參差，夕陽滿地墜殘葉。　　西風片帆又別，漢南秋色晚，

〔註41〕 〈石湖仙·江上晚霞圖用白石壽石湖居士韻為薛丈題〉（春歸煙浦），
　　　　頁 6337。
〔註42〕 〈百字令〉「葦西一舸，是晉祠遺老、舊譚經處。汲冢墜文如掃葉，
　　　　不辨何今何古。一卷烟空，百年電謝，有客重凝佇。琴歌誰續，沙
　　　　邊羈雁能語。　　記否交頎攀張，負乾坤清氣，來守窮章句。一任
　　　　淮南塵頠洞，贏得墊巾麈塵。枚宅孤吟，韓臺罷釣，莫誤尋秋路。
　　　　披圖根觸，甚時還叩幽宇。」序曰「盎屋路山夫坏，卜宅山陽城北，
　　　　閻潛邱著書處也，邊頤公亦嘗居之，名之曰『葦西草堂』。歸安張叔
　　　　憲度為作拜詩圖，予賦此解詩指潛邱也。」頁 6349。閻若璩（1636
　　　　～1704），字百詩，號潛邱，清太原（今屬山西）人。精究經史，深
　　　　造自得，頗為海內名流推重。曾潛心研究古文《尚書》三十餘年，
　　　　撰成《古文尚書疏證》八卷，引經據典，確定古文《尚書》為東晉
　　　　梅賾所偽著。邊壽民（1684～1752），原名邊維祺，字頤公，又字壽
　　　　民，號葦間老人，屬揚州畫派，擅長畫蘆雁，人稱「邊雁」。

相望愁絕。夢醒荒橋，塵棲廢館，瘦盡當年新月。清歌未
歇。怕聽到更闌，漸驚華髮。俊約無憑，杜郎心暗折。〈臺
城路‧題簫聲鬢影圖〉（p.6323）

〈徵招〉以酒醒夢斷起首，寫月下美人淚倚虛幌，獨下閒階的淒悄，
所思不歸，深秋難熬，驚覺紅顏衰老，疏星晨曉，已難再寐，「碧天
峭、過盡南鴻，問寄愁多少」一句，彷彿畫中人物真活躍而起，翹首
叩問，馮煦此詞將原本只是美人空帷鑑月的靜態停格畫面，充實成具
有深厚意緒的有情畫。〈臺城路‧題簫聲鬢影圖〉更以聽覺的感通手
法使畫面栩栩如生，上片「舊曲吹寒」為畫作增上一分蕭索，「算如
此輕狂，候蛩能說」則添秋意殘涼。下片在「夢醒荒橋，塵棲廢館，
瘦盡當年新月」的寥索裡，怕聽到「清歌未歇」，末尾「怕聽到更闌，
漸驚華髮。俊約無憑，杜郎心暗折。」時光催老，伊人恐怕已忘舊時
盟約，留與閨中女子無限憾恨。畫作無法表現聲音，而文學正好補其
不迨，詞與畫相得益彰。同樣的手法〈徵招‧題夢軒師江上聞箏圖〉、
〈淒涼犯‧再題夢軒師江上聞箏圖〉二闋表現的更為出神入化：

離聲蕭帶歸潮起，天涯冷帆初轉。夜鶴引冰絃，恁霜空雲
亂。玉尊休更款。怕贏得、一衿幽怨。昨夢西津，雪迴孤
櫂，暗塵先換。　　謾遣。此時情，哀彈咽、桓郎漸驚蕭
散。墜緒入荒煙，翦涼颸不斷。曲中秋正遠。又添了、隔
江啼雁。峭歌捲、水驛鐙淒，奈舊懷都倦。〈徵招‧題夢軒師
江上聞箏圖〉（p.6319）

峭帆半掠。微雲遠、聲聲蕭帶離索。去潮乍弄，煙沈斷戍，
暗迴清角。芳尊謾酌。甚情緒、中年漸覺。想天涯、歌長
夢窄，往事漸零落。　　無那空江暝，幾許銷凝，雁啼幽
壑。歲華未晚，怎青衫、便成飄泊。莫倚冰絃。怕愁裏、
桓郎瘦削。待鐙昏、曲冷更與溯舊約。〈淒涼犯‧再題夢軒師
江上聞箏圖〉（p.6321）

原本孤棹冷帆獨行江上，已覺淒涼，又聞箏聲亂耳，更長悲苦，箏聲
即是離聲，冰弦帶愁，同時伴隨雁啼、戍角、鶴鳴，桓溫「木猶如此，

人何以堪」之嘆於焉滋生。畫作因詞而有聲，視覺與聽覺透過倚聲之作在無形裡虛擬中作了完美的結合。

在自然風物畫作的題詠對象上，面貌繁複，但多著我之色彩，藉機發揮想像。例如〈齊天樂・題夢軒師金城柳色圖〉以中國千年積澱的攀折柳枝以送別，飛絮飄零寓身世的柳意象爲立足基石，將一幅「金城柳色圖」注入傳統文化底蘊：

> 暝煙搖夢孤城閉，依依舊游如此。廢驛霾雲，荒隄咽雨。誰遣飄零身世。前塵易逝。便墜絮爲萍。更無秋蒂。側側微波，再來總是斷腸地。　　頹垣尚銜莫紫，暗風吹戍角，猶綰羇思。繫馬輕陰，調鶯舊曲，不分而今憔悴。危闌更倚。也應念攀條，酒邊書記。一抹殘陽，亂鴉啼倦疊。〈齊天樂・題夢軒師金城柳色圖〉（p.6320～6321）

其中「飄零身世」正如「墜絮爲萍」，「廢驛」、「荒隄」皆是斷腸之地，欲「攀條」以「綰羇思」不過是增添離緒。全闋以圍繞柳色落筆，濃墨重彩鋪陳羇旅之中，對人生似夢、身世如萍的感慨情思，可說是藉題畫以抒己懷，不禁令人聯想起周邦彥名作〈蘭陵王・柳〉第一疊「柳陰直，煙裏絲絲弄碧。隋堤上、曾見幾番，拂水飄綿送行色。登臨望故國。誰識，京華倦客。長亭路，年去歲來，應折柔條過千尺。」周詞凝鍊，馮詞綿遠，但略顯冗雜，不若清眞言淺實深，包蘊無限。再看〈百字令・題秦淮秋泛圖〉：

> 兩行倦柳，帶淫煙搖暝、牽人羇緒。小篁重簾斜月裏，閱盡興亡無數。自笑疏慵，鶯初燕晚，未問蕭孃渡。江南秋色，斷腸空在紈素。　　還記墜葉輕潮，嫩涼時候，與客攜尊俎。無奈勞勞亭下笛，又喚扁舟西去。水驛鐙昏，愁長夢窄，總是分攜處。甚時重到，酒人零落如雨。（p.6322）

上片畫面寫實，點出當年江南秋色中，秦淮兩岸紅袖招搖的迷離景色，「小篁重簾斜月裏，閱盡興亡無數」雜有歷史感慨，下片轉入回憶昔日攜手游江的歡暢往事，「甚時重到，酒人零落如雨。」是對未來重逢無期的慨嘆。藉畫起興，睹畫思人，同時又悲己之遇，傷朋念

友，是馮煦這類題畫詞慣有的創作方式，如〈西河・題建侯江上春歸圖用美成韻〉（p.6340）、〈壽樓春・題實父山堂聽雨圖兼訊歡坡〉（p.6347）、〈賣花聲・題陳衡山梧月山館圖〉（p.6357）、〈浪淘沙・題唐慕潮梧桐秋痕圖〉（p.6359）寫得哀婉淒清，曾攜手同游又執手相別，斷腸詞賦、楚魂悲吟等皆屬此類題畫詞的情韻基調。馮煦所題的繪畫作品題材少有農村鄉野的質樸稚趣，或市井閭閻的喧鬧囂囂，竹居、梧院、觀雲、聽雨多屬文人雅士的居處活動，以之爲繪畫素材多是士大夫意味濃厚的文人畫，以文人畫爲題詠對象使馮煦題畫詞風趨向高雅。事實上，早在題畫詞發生時就與文人有著密不可分的關係，宋代繪畫的蓬勃發展，倚聲的漸受重視，兩者皆往趨向「高雅」發展，兩者的結合爲具有高雅品味的題畫詞創作奠定了基礎〔註43〕，可以說題畫詞就是「尙雅之風的產物」〔註44〕。馮煦詞論「是雅非鄭」的觀念在《蒿盦詞》題畫詞創作中親身實踐。

馮煦題畫詞除以人物寫眞與自然風物爲創作題材外，〈洞仙歌・題陳寅谷還研圖〉〔註45〕、〈憶江南・題吳華卿一詩一研圖〉〔註46〕畫作取材別有新意，內容更擴及硯石、書法、墨香、書家名人、讀書等相關事物，相連綰合，豐富畫面也展延詞意。另外〈浣溪沙・題江建霞所藏崇禎宮詞冊〉〔註47〕名爲題詞冊，而詞之內容則寫明亡後屈大均

---

〔註43〕 吳文治《宋代題畫詞論說》（保定：河北大學碩士論文，2005 年 6 月），頁 8。

〔註44〕 「題畫詞中詞畫相融的特色本就有著顯著的文人氣息，產生的範圍限於文人士大夫之間。田間地壟、勾欄瓦肆是不會產生此類作品的。」語見吳文治《宋代題畫詞論說》，頁 4。

〔註45〕 〈洞仙歌・題陳寅谷還研圖〉「一卷斷碧，有鸜仙倦眼。曾識荊南舊池館。記詞甄，白石格仿黃庭，晴窗底、一片松游初展。  揭來驚羽化，石老雲荒，孤負香東墨西伴。誰易米家山，長物摩挲，似舊雨、秋宵重見。算我亦青甄昔同遺，恁筆下人歸，塵封篋衍。」頁 6341。

〔註46〕 〈憶江南・題吳華卿一詩一研圖〉「清芬渺，三泖昔栖遲。斷石不隨雲景幻，一編重把瑣窗西。惻惻夜烏啼。」頁 6351。

〔註47〕 〈浣溪沙・題江建霞所藏屈翁山手書崇禎宮詞冊〉「一老纍然蹋野陰。漢家城闕劇蕭森。鵑啼鶴唳又而今。  遺跡半淪皋羽研，行吟還抱水雲琴。更無人識黍離心。」頁 6335。

懷抱黍離之悲，「行邁靡靡，中心搖搖」，獨步野陰的憔悴神傷。詞之下片「遺跡半淪皋羽研，行吟還抱水雲琴。更無人識黍離心」，化自《詩經・黍離》「知我者謂我心憂，不知我者謂我何求，悠悠蒼天，此何人哉！」，將遺世孤臣的悲涼直言道出。對照晚清風聲鶴唳的衰敗凋敝，馮煦以此為賦頗有預言式的感傷意味。〈浣溪沙・題棲霞殘碑面〉〔註48〕題碑、〈瑣寒窗・題孅冠夫人遺箑爲幼蓮賦〉〔註49〕題扇等詠物詞亦能不著泥於物，盪出新意。而〈金縷曲・題次珊前輩日照樓踐別圖，用臞盦前輩均〉〔註50〕，上片緊扣畫面寫離別場景，然而不同於離別時執手相看，淚眼凝咽的悽楚，「更倚天、長劍傷歌闋。渾不爲，傷春別」表現出遙襟俯暢，逸興遄飛，高邁遠征的丈夫形象。下片則補述遠征者因犯顏直諫而得罪當道，揭露了官場的黑暗，「霜隼摩秋凋勁翮，況相逢、雙鬢都成雪。鐵如意，擊將裂。」道盡有志之士一旦投身政局，凌雲壯志迫於現實消磨殆盡的辛酸，使題畫與和韻兼具的此闋與時事相連，更具實用之質。在形式上，〈憶江南・題何雪園先生出處十二圖〉（p.6342）是馮煦題畫詞創作形式上的特別之處，以組詞形式歌詠十二幅繪畫，詞作下附有四字概括畫作內容，例如組詞第一首「冬學晚，弦誦在南鄰。快雪蕭蕭偎凍雀，落梅香裏證聞根。何地不程門」（立雪聽經），「立雪聽經」不只是畫題也具有詞題的作用。另如

〔註48〕〈浣溪沙・題棲霞殘碑面〉「狎客樓空莽夕煙，段侯舊宅竟誰邊。尚留殘字委榛田。　　欲起布公參一指，俗書姿媚有無閒。阿誰解脫北宗禪。」頁6339。

〔註49〕〈瑣寒窗・題孅冠夫人遺箑爲幼蓮賦〉「有客尋秋，塵封鏡檻，怨棠休倩。團團似月，懷袖當年曾見。展銀箋、千疊冶雲，舊題俊句蛛網罥。怕霜棲江表，空簾弔夢，妒他新燕。　　畫圖，視我，算露晚星初，半遮人面。殘紈賸楮，贏得韋郎腸斷。捻瑤笙、碧城舊游，夜涼鶴背歸太晚。奈幷刀、不翦柔情，宛轉縈似繭。」頁6339～6340。

〔註50〕〈金縷曲・題次珊前輩日照樓踐別圖，用臞盦前輩均〉「北望浮雲疊。記樓陰、斜陽欲暝，脂車將發。衿上酒痕猶未浣，已遠漢家宮闕。忍重話、軟紅煙月。蒼狗白衣經幾變，更倚天、長劍商歌闋。渾不爲，傷春別。　　江南叢樹棲巖列。算年時、杜陵奔走，漸空皮骨。諫草如風傳宙合，世事爭禁千蝎。問朝士、貞元幾絕。霜隼摩秋凋勁翮，況相逢、雙鬢都成雪。鐵如意，擊將裂。」頁6358。

〈百字令·集玉田句題蓉曙申江話別圖〉（p.6349～6350）則爲集句詞，集張炎《山中白雲詞》二十闋詞句而來。

## 五、意象選擇，詞序創作

詩歌藝術之美在於意象的的經營〔註51〕，詩人選擇特定意象，象徵、隱喻主體情感，從意象不同的組合型態構成複象之美，使作品具眾象之貌，含不盡之意。《蒿盦詞》中大量使用「征帆」、「楊柳」、「斜陽」、「月」、「鴻雁」等各自深有內蘊積澱的單獨自然意象，同時又著意擇選其他意象構成一闋詞中的意象群體，從而使作品含不盡之意見於言外。「征帆」、「峭帆」、「蘭舟」、「煙艇」、「孤帆」、「帆影」、「歸帆」、「亂帆」、「一舸」等舟船意象既是頻繁遷徙的寫實，同時也渲染了強烈的漂泊之感，一葉扁舟對照茫茫天水，越發凸顯出人的渺小，人在旅途，所見多異鄉風物，更易觸發無限的思緒。對馮煦而言，不繫之舟的從流漂蕩並非任意東西的閒適快活，而是背井離鄉、身赴未知的離怨與憂愁。運用「楊柳」、「殘柳」、「弱柳」、「疏柳」、「冥柳」、「倦柳」、「蕭蕭柳」等與柳有關的辭彙，得到「離情別緒」、「相思念遠」、「思鄉念土」等價值取向，「柳枝」、「柳絮」又分別以其修長之姿代表著情意長久、永久平安之盼與隨風颺亂、身不由己的感慨。〔註52〕與羈思、懷鄉、念友息息相關的，最具代表性的，莫過於「羈雁」、「南雁」、「雁書」、「南鴻」、「雁杳」、「征鴻」、「歸雁」、「去鴻」等「雁」意象的使用，其中包含著深刻的幽思懷人之情，既是漂泊在外的遊子對故鄉親舊的思念；亦是居家之人對漂泊在外的親朋好友的掛念之思。〔註53〕每當秋風吹起，天氣

---

〔註51〕何謂意象，黃永武解釋說：「作者的意識與外在的物象相交會，經過觀察、審思與美的醸造，成爲有意境的景象。」見黃永武《中國詩學──設計篇》（台北：巨流圖書公司，1987年4月），頁3。

〔註52〕關於柳意象之說解見王立《心靈的圖景──文學意象的主題史研究》（上海：學林出版社，1999年2月），頁49～60。

〔註53〕劉增城〈論雁意象的歷史積澱性及審美差異性〉，《安徽理工大學學報（社會科學版）》，第8卷2第一期，2006年3月，頁52。

轉寒，大雁便往南方遷徙。冬末春初又歸返北方，動物尚知返回故
土，多情之人又何以堪？因此不論是在外或居家者，總是期待雁足
傳書，以遞消息，詩人借雁抒懷，寄寓的是自己濃濃的相思之意。
而每每在別離場合或孤身一人時，馮煦總飲酒抒懷，托酒將意。別
離時雙方聊共飲離尊，「玉尊罷，慘將別」〔註54〕，「江上雁繩斜，
酒初闌、早又斷腸今夕」〔註55〕、「今夜酒醒何處，向遙岑迴首」寫
送行飲酒的悲淒斷腸，「馮高望、萬里乾坤，託醉鄉分付」是別友後
登高買醉的寥落，「酒醒霜寒人寂」〔註56〕寫得是夜半酒醒舟船中的
寒涼，「吹愁不醒，羽觴還醉芳杜」〔註57〕則是愁醉芳叢中，至於對
未來聚首的期待，也以「盛年莫放尊中酒」〔註58〕把盞歡飲、及時
行樂來表示，「酒」成爲《蒿盦詞》中情感的醞釀溫床。至於「斜陽」、
「遲暮」、「殘陽」、「斜暉」、「夕暉」等黃昏意象，亦與馮煦的各種
抑鬱之思密不可分，錢鍾書言：「蓋死別生離，傷逝懷遠，皆於昏黃
時分，觸緒紛來，所謂『最難消遣』」〔註59〕對常人來說日落日出，
朝朝暮暮，是自然界永恆的循環，但對棲惶於仕途或爲生計奔波的
人而言，黃昏日落代表的時間意象，是心靈生命無法擺脫迴避的現
實實體，朝往夕至週而復始地叩擊著詞人的心扉〔註60〕，是撩撥煽
動詞人心中隱隱之痛的觸媒。接續黃昏之後的是黑夜降臨，遼廣夜
幕中，月之皎亮，往往擄獲詞人目光，「冷月」、「素娥」、「素蟾」、「涼
蟾」、「黃月」、「殘月」、「缺月」、「顰月」、「霜娥」、「姮娥」等，是
馮煦用以指月的各種稱呼，然月夜之思是黃昏之想的延續，望月懷
遠，以月色烘托心中之悲，月之永恆與人生短暫、月之無情與己之

---

〔註54〕〈金縷曲・再疊前韻送伯平前輩之吳門〉，頁6358。
〔註55〕〈南浦・答衣谷兼以爲別〉（江上雁繩斜），頁6310。
〔註56〕〈秋宵吟・柝聲〉（擁孤衾），頁6332。
〔註57〕〈百字令・乙未清明〉（阮郎游屐），頁6352。
〔註58〕〈滿江紅〉（微雨初收），頁6347。
〔註59〕錢鍾書《管錐編》（台北：書林出版有限公司，1990年8月），冊1，
　　　　頁101。
〔註60〕王立《心靈的圖景——文學意象的主題史研究》，頁278。

多感、呼月以問消息、憐月以爲自憐都是《蒿盦詞》中所表現因月而起的千懷百感。黃永武言「月，是詩人靈感的泉源，望著月亮，自然會懷人、懷鄉、懷古，甚至懷念那宇宙洪荒的神話時代。那遙遠的時空中一切，都浮現到朦朧的月光下來。」〔註61〕月亮的超越時空，如鏡鑑照了詞人的心神。詞的意境由意象決定，特別是意象群的存在，建構出最直接的藝術美感，《蒿盦詞》所使用的主要意象已如前述，而圍繞在主意象群四周的其他形象選擇，加強了詞境的深顯。例如在馮煦作品中大量出現的「征帆」、「楊柳」常與驛亭、渡口、浮萍、海鷗、漁笛等關於「水」的意象相並出現，將《蒿盦詞》領向一片烟水淋漓，朦朧惝恍的境地，而整體詞風也就偏向陰柔婉轉〔註62〕。讀遍《蒿盦詞》還可感受在委曲婉約中，帶著或重或輕的蕭條哀涼之感，此感源於作品中濃濃的「悲秋意識」。「黃花」、「西風」、「霜空」、「秋樹」、「霜角吟秋」、「秋鬢」、「秋山」、「秋寺」、「微霜」等與秋相關的意象群，多是馮煦悲秋傷懷的觸目即景，「秋無迹。落木微霜，野鵲驚寒色」〔註63〕、「敗蘆卷雪。長汀晚、微霜尙戀歸屩。」「知否西窗下，一片秋聲，夜吟應怯。」〔註64〕「斷橋寒渡秋蕭瑟，絲絲殘柳搖空碧」〔註65〕「西風縷縷吹衰帽。雲痕閣夢空煙悄。酹酒問斜曛。黃花瘦幾分。」〔註66〕……等秋景興悲、秋物感懷的詞句在《蒿盦詞》中俯拾即是。似乎只要一經點染，便帶給詞人無限遐思與良多感慨，

---

〔註61〕黃永武《詩與美》（台北：洪範書店有限公司，1985 年 5 月），頁 293。

〔註62〕楊海明認爲「詞中頻繁出現『水』的意象群，又與詞人化『柔』了的心態有關。換句話說，爲欲表現柔性的心理，詞人更偏於選擇有關於『水』的意象群來組景。……婉約詞所表現的，通常便是那種柔性的心態。『柔情似水』，『天下柔弱莫過於水』，於是，『水』和『水』的意象群就『當仁不讓』地變成了婉約詞人所最喜歡和特擅描寫的景物了。」見楊海明《唐宋詞主題探索》（高雄：麗文文化事業有限公司，1995 年 10 月），頁 38。

〔註63〕〈西子妝〉（斷港通煙），頁 6310。

〔註64〕〈淒涼犯〉（敗蘆卷雪），頁 6310。

〔註65〕〈菩薩蠻〉（斷橋寒渡秋蕭瑟），頁 6311。

〔註66〕〈菩薩蠻〉（西風縷縷吹衰帽），頁 6315。

錢鍾書云「凡與秋可相繫著之物態人事，莫非『蹙』而成『悲』，紛至沓來，匯合『一塗』，寫秋而悲即同氣一體。舉遠行、送歸、失職、羈旅者，以人當秋則感其事更深，亦人當其事而悲秋逾甚。」〔註67〕此言正是馮煦塡眾多以秋季爲背景的詞作最佳說解。秋已衰颯，再加上「枯荷」、「敗葉」、「斷鴻」、「暗鐙」、「落木」、「冷楓」之殘景，助以「橫笛」、「戍角」、「雁啼」、「杜鵑」、「漁笛」、「猿鳴」之哀聲，滿眼所見，充耳所聞，皆使人心摧折，斷腸哀怨。

　　最後，馮煦寫作《蒿盦詞》尚有一大特色，即若干小序寫得雋永有味，形式如六朝抒情小文〔註68〕，具小品散文意境：

秋宇澄霽，殘月初上，暝煙不生，樓外叢樹動搖，涼翠欲滴。同蘋湘賦此，一繩新雁若與歌聲相和也。〈西子妝〉（斷港通煙）p.6309

己巳三月，予羈建康。十四日之夜暝，飲已醉，同蘋湘、漱泉過長橋，坐磐石上。新月娟娟弄清影，遠笛掩抑，欲吹之墮。起尋南苑廢池，晚風溫愁碧荇藻交映，沈寥無人煙，語亦寂，一星漁火明滅，茭蘆閒，如聞山鬼幽嘯者。相與罷去。沿緣至青溪，遙山微茫，雲樹隱隱可辨，時有櫂歌掠波往來，使人絕去世俗營競。漏三下，乃歸。因成此解紀之。時漱泉將歸淮南，予亦欲去建康。聚散不恆，良會未易，得離索之感慨焉，憑生不自知其詞之愴惻也。〈琵琶仙〉（蘋月籠寒）p.6313

二十一日，過湘南一小湖，微陰作寒，垂垂有雪意。遠峰數點，如野鳥掠帆去。沙水明瑟，時有漁舟三兩，溯洄菰

〔註67〕錢鍾書《管錐編》（台北：書林出版有限公司，1990 年 8 月），冊 2，頁 628。

〔註68〕趙曉嵐：「如果我們再從散文研究史的角度看，詞序的基本形式是散文，又有相當的駢句，是駢散結合的形式，體制短小，同六朝抒情小文相近，但六朝的抒情小文多爲獨立的形式，因此與詞相輔相成、相得益彰的詞序就給散文流變史提供了新的形式，可看作新的抒情美文的產品。」見趙曉嵐〈論宋詞小序〉，《文學遺產》，2006 年第 2 期，頁 142。

蘆中。湖上邨落柴門晝閉，不復知世有勞人也。〈瑣寒窗〉（一櫂西風）p.6329

十二月五日大雪，舟過峽中，萬山皆縞素。其上雲氣迷濛，與天一色，山半楓柏蕭蕭，時露丹碧。下則奔濤千尺，如噴銀沫，野鷗數點，拍拍過江去。此身恍在冰壺，曾不知世俗塵壒。此西征最勝處，亦予三十二年中第一奇遇也。擬作「匣中泛雪圖」，先爲此解紀之。〈暗香〉（朔風正峭）p.6329

丙子夔州元夕，次泉被酒不歡，與予躡月上南城，迤邐至東坳，望峽門一道，斜界、秋練、赤甲、白鹽諸山，搖落寒翠，磧畔夕煙舒卷若團雪。市囂漸遠，惟聞灘聲氵虢氵虢，與人語相亂。予與次泉或嘲或諷，各有身世之感，彼汨沒黃塵者，當不復閒如吾兩人也，因各以此解紀之。〈霓裳中序第一〉（孤蟾下倦驛）p.6334

這些詞序或交代背景，或敍述作詞緣起，成爲解讀詞作的關鍵鑰匙；有的記錄作者交遊、行蹤，則是研究馮煦的重要資料。行文上，駢散兼備，以從容不迫的筆觸，時而舒緩，時而緊密的步調，描寫展現客觀世界，使人醺然欲醉，恍如置身其中；偶間雜身世感懷，情感委曲，深俱個人主觀色彩，獨立來看，是難得的美文。取之與詞合看，相互補充，足以完整呈現文學藝術的境界；較之南宋姜夔塡詞作序之習尚，實亦不遑多讓。

## 六、結論

馮煦生於世紀之交，改朝換代之際，國家世運激烈變動，以一個傳統士大夫的身分去面對一切劇變，馮煦自有其無法承受的現實考驗。而發生在自己與親人師友的生離死別、社稷危傾、社會動盪，在在都使馮煦不勝傷感，觀世興懷、懷鄉念友、離別送行，成爲《蒿盦詞》主題的大宗；此間情感糾結纏雜，相互衍生，耐人尋味。至於詠物、題畫、閨怨、詠史等，率多借彼抒懷，以爲己唱；情感取向上大抵以幽淒悲感、傷人傷己爲主。馮煦在所任職事與社會公益上是積極

有為的,但在情感上卻是消極悲觀,影響所及,詞人觀萬物皆可懷可嘆,遂常陷入不可自拔的憂鬱之中;偶見奮起振作之姿,但很快又消弭殆盡,《萵盦詞》自有無法突破的格局,也與馮煦情感性格有關。譚獻言「閱丹徒馮煦夢華《蒙香室詞》,趨向在清真、夢窗,門徑甚正,心思甚邃,得澀意,惟由澀筆。時有累句,能入而不能出,此病當救以虛渾。」﹝註69﹞《萵盦詞》中不乏泥著於個別、返縮於小我世界的情境,沉溺在自己的感情天地裡自舐自舐,無法跳脫,難以引起普遍廣大的共鳴,此即「能入不能出」之失。冒廣生《小山吾亭詞話》「金壇馮夢華中丞煦,早飲香名,填詞大手。……《蒙香室詞》,多其少作,幽咽怨斷,感遇為多。」﹝註70﹞《萵盦詞》主要創作於青壯年時期,也就是在這段期間馮煦往來奔波於金壇、南京、夔州、北京間,以友生聚散之跡,發性情之抑鬱,自是「幽咽怨斷」。吾人綜觀《萵盦詞》,氣象婉轉低迴,深自憂怨,晚清詞的文弱清雅、深折雋永、內斂靜弱都體現在《萵盦詞》裡,馮煦論詞云:「忠憤之氣,隨筆涌出;並足喚醒當時聾瞶,正不必論詞之工拙也。」﹝註71﹞,但在實際創作中卻又束手斂心,雖「無愧正宗雅音」﹝註72﹞,但格卑氣弱卻也是不爭的事實,整體創作更偏向浙西詞風。

---

﹝註69﹞ 譚獻《復堂詞話》,收於唐圭璋《詞話叢編》,冊4,頁4000。譚獻以「柔厚」說詞,強調詞作以「深澀」為潛氣內轉,同時具備反虛入渾的惝恍迷離之境。「澀」不是「晦澀」,而是在審美克難中實現的漸進自然,猶如探喉而出、彈丸脫手,或如聲可裂竹、如聞水樂。「澀」中須見深、幽、柔、厚,如此即可謂「咽而後流」的「澀處可味」。表現在章法上,即是所謂「曲折處有潛氣內轉之意」。又,譚獻接受周濟的寄託思想,即寄託出入,返虛入渾,詞作能以虛渾為美,便有一種召喚之力。以上論點見楊柏嶺《晚清明初詞學思想建構》(合肥:安徽大學出版社,2004年9月),頁303~305。「蒙香室」為馮煦書齋名,《蒙香室詞》即《萵盦詞》。

﹝註70﹞ 冒廣生《小山吾亭詞話》,見唐圭璋《詞話叢編》,冊5,頁4722。

﹝註71﹞ 例言第22則。

﹝註72﹞ 錢仲聯評「《蒙香室詞》無愧正宗雅音。」見錢仲聯〈光宣詞壇點將錄〉,收於《詞學》(上海:華東師範大學出版社,1985年2月),第三輯,頁238。